KIMBERLY RAYE

Suche bissigen Vampir fürs Leben

Kimberly Raye

Suche bissigen Vampir fürs Leben

Roman

Ins Deutsche übertragen von
Bettina Oder

Die Originalausgabe erschien 2006 unter dem Titel „Dead End Dating“
bei Ivy Books, an imprint of The Random House Publishing Group,
a division of Random House, Inc., New York.

Deutschsprachige Erstausgabe Januar 2009 bei LYX
verlegt durch EGMONT Verlagsgesellschaften mbH,
Gertrudenstraße 30–36, 50667 Köln

Published by arrangement with Ballantine Books, an imprint of Random
House Publishing Group, a division of Random House, Inc.

1. Auflage
Redaktion: Joern Rauser
Satz: Greiner & Reichel, Köln
Druck: CPI – Clausen & Bosse, Leck
ISBN 978-3-8025-8168-7

www.egmont-lyx.de

Für James H. Adams, den besten Vater auf der Welt.
Ich vermisse dich schrecklich!

1

Für diejenigen unter Ihnen, die mich noch nicht kennen: Mein Name ist Gräfin Lilliana Arabella Guinevere du Marchette (ja, ich weiß), aber meine Freunde nennen mich Lil.

Ich meine, also ehrlich, was hat sich meine Familie *dabei* bloß gedacht? Heutzutage ist es schon schwierig genug, ein alleinstehender, arbeitsloser, fünfhundertjähriger weiblicher Vampir zu sein, ohne dieses ganze angeberische Getue von wegen französischer Adel und dazu noch diesen ganz altmodischen, schwachsinnigen Namen, der noch nicht mal in die Zeile auf dem Antrag für eine Visa-Karte passt. So hat halt jeder sein Kreuz zu tragen. (Ups, das war wohl eine eher unglückliche Wortwahl. Mein Fehler.)

Sagen wir einfach, das Leben ist ohnehin schon hart genug für eine Frau, und der Tod ist auch nicht viel besser. Nach wie vor erwartet man von uns, diesem Image von wegen Barbie der Nacht gerecht zu werden – perfekte Figur, perfekte Haare, perfekte Klamotten, perfekte Eckzähne – und uns fortzupflanzen, für die Familie zu jagen *und* dafür zu sorgen, dass die kleine Morticia nicht die Wände anmalt oder Baby Vlad seiner Graf-Dracula-Puppe nicht die Augen rausdrückt und sie runterschluckt. So viel zum Thema Stress.

Das betrifft natürlich nur den typischen, hingebungsvollen weiblichen Vampir.

Ich auf der anderen Seite habe in den letzten einhundert Jahren noch nicht mal eine anständige Verabredung gehabt, geschweige denn einen Traum-Graf-Dracula gefunden. Deshalb ist mein Leben ein bisschen unkomplizierter. Denn ich bin nicht – ich wiederhole: *nicht* – einsam.

Ich bin ein heißer, absolut hammermäßiger Single-Vampir mit einem Gespür für Accessoires, einer Handvoll supersüßer Freunde – im wahrsten Sinne des Wortes – und einem sehr teuren Therapeuten. Genug fürs Erste.

Also, wo war ich? Ach ja – wie ich in dieser Welt zurechtkomme. Ganz oben auf meiner Liste steht die Suche nach einer Wohnung. Ein Mädchen kann schließlich nur eine begrenzte Anzahl von Jahrhunderten bei seinen Eltern wohnen, ohne einen Nervenzusammenbruch zu bekommen. Als Zweites muss ich mir einen Job suchen. Das beides sollte für jemanden wie mich kein Problem darstellen. Echte Vampire (solche, die von Geburt an Vampire sind und nicht erst dazu gemacht werden) stellen eine ziemlich ehrgeizige Rasse dar. Sie nehmen die Dinge gern in die eigene Hand und sorgen dafür, dass es vorwärtsgeht. Darum sind die meisten von uns auch so schweinereich. Wenn ich wollte, könnte ich mit Leichtigkeit die Kohle meiner Eltern nehmen, um damit ein passendes Apartment in Manhattan zu finden (einschließlich der Hausangestellten, und das wäre es fast schon wert, bis in alle Ewigkeit bei meinen Alten in der Kreide zu stehen, angesichts der Tatsache, dass ich es *hasse* zu putzen). Und ich könnte für meinen Vater arbeiten, indem ich die Leitung seiner Filiale an der New York University, das *Midnight Moe's*, übernehme.

Sie wollen wissen: Was ist das *Midnight Moe's*?

Denken Sie an Kopierer. Denken Sie an diverse Druckereidienste. Denken Sie an zweihundert Franchise-Unternehmen über die Vereinigten Staaten verteilt (jeweils in der Nähe einer Universität).

Denken Sie an *pure Langeweile.*

Ich habe ja gar nichts gegen Kopieren oder Drucken. Ich kann mir bloß einfach nicht vorstellen, von Sonnenuntergang bis Sonnenaufgang hinter dem Ladentisch zu stehen und ein limettengrünes Poloshirt, auf dessen Tasche „Midnight Moe's" aufgestickt ist, und dazu passende Dockers zu tragen. Limettengrün ist ja so was von gar nicht meine Farbe (ich bin ein Wintertyp, und alle anderen Farben lassen mich, na ja, ziemlich tot aussehen). Und was die Dockers betrifft ... es sind *Dockers*. (Schauder.) Sie verstehen also sicher, dass schon der Gedanke, die Ewigkeit als Angestellte im Familienbetrieb zu verbringen, ausreicht, um in mir den Wunsch zu wecken, mir höchstpersönlich einen Pfahl ins Herz zu jagen.

Vermutlich haben Sie inzwischen gemerkt, dass ich nicht so wie die meisten anderen Vampire bin. Vielleicht mit einer einzigen Ausnahme. Mein Vater sagt immer, dass ich meiner Großtante Sophie aufs Haar gleiche, die sich letztes Jahr auf einer Sonnenbank, die sie bei QVC gekauft hatte, selbst atomisiert hat. Sie dachte überhaupt nicht daran, sich an dieses Vampir-Image zu halten, und trug blonde Strähnchen, apricotfarbenen Nagellack und war geradezu süchtig nach Sarongs mit Hawaiimuster.

Ich persönlich möchte in Klamotten mit Hawaiimuster – ganz egal, um was es sich handelt – nicht mal beerdigt werden. Und warum sollte ich meinen Körper auf einen Sunsation 5000 hieven, solange Clinique ein Wahnsinns-Selbstbräunungsspray im perfekten Farbton (Goldschimmer) herstellt? Also wirklich! Ich mache mir nichts aus Apricot, aber Strähnchen habe ich auch und bleibe definitiv eine Nonkonformistin (auch bekannt als „die Tochter, die bei der Geburt vertauscht wurde", das erzählt meine Mutter jedenfalls immer den Frauen in ihrem *Happy Hunting Club*).

Sie müssen wissen: Ich steh nicht auf Schwarz. Ich treibe mich nicht nächtens auf den Straßen herum und beiße irgendwelche ahnungslosen Opfer (es sei denn, er ist so richtig, *richtig* süß).

Ich schlafe auch nicht in einem engen Sarg. Und ich falle nicht bei der bloßen Erwähnung von Marilyn Manson in Ohnmacht. (Hallo? Der Typ ist so was von uncool, auch wenn er diesen ganzen Ich-bin-ein-Geschöpf-der-Nacht-Look ziemlich gut drauf hat.) Genauso wenig bin ich ein eiskaltes, skrupelloses Biest ohne jede Gefühlsregung, es sei denn, es ginge um Prinzessin Colette du Guilliam, diese blonde, blauäugige Schlampe, die mir meinen allerersten Freund abspenstig gemacht hat.

Meine Lieblingsfarbe ist Pink. Beißen ist ja so was von passé.

Ich trinke mein Abendessen lieber aus einem Martiniglas, gefolgt von einem Cosmopolitan Chaser. Ich schlafe in einem Kingsize-Bett auf einer unglaublich weichen, kuscheligen Matratze (seufz). Ich weiß alles über Matt Damon, Brad Pitt und Toby Keith (ich weiß, ich weiß, er ist eigentlich überhaupt nicht mein Typ, aber dieser Cowboyhut hat doch irgendwie was). Es ist auch schon ein paarmal vorgekommen, dass ich während der MasterCard-Werbung losgeheult habe. Und – das ist die achte Todsünde, was meine Spezies angeht – ich bin eine heimliche Romantikerin.

Ich liebe die Liebe, absolut und hundertprozentig.

Ich liebe einfach alles daran, von diesem ersten flüchtigen Blick zwischen zwei Fremden bis hin zu dem welterschütternden Augenblick, wenn beide begreifen, dass sie füreinander bestimmt sind, für alle Zeit (doppelseufz). Mein Lieblingsfilm ist *Pretty Woman*, gefolgt von *Ein Offizier und Gentleman* und *Terminator* (der Film an sich ist nicht besonders bewegend, aber die einzige Liebesszene ist großartig). Mein Lieblingsfeiertag ist der Valentinstag, und links von meiner Bikinilinie habe ich ein herzförmiges Tattoo. Und ich bin tatsächlich auf und ab gehüpft, als Carrie in der letzten Folge von *Sex and the City* endlich ihren Mr Big bekommen hat.

Es leuchtet also ein, wenn ich auf *Moe's* verzichte und mich für etwas entscheide, was einen Hauch romantischer ist, um meine Rechnungen zu bezahlen.

Auch Vampire brauchen Liebe.

Okay, die meisten meiner Brüder und Schwestern würden mir da wohl widersprechen, weil sie (a) nicht daran glauben, zum größten Teil einfach nur die bösartigen Blutsauger spielen und (b) nicht einmal annähernd so aufgeklärt sind wie ich. Aber wenn der durchschnittliche Max Mustervampir auch nichts vom Konzept „Liebe" hält, so hat er doch Riesenprobleme, eine Gefährtin für die Ewigkeit zu finden, aus all den praktischen Gründen, die ich oben genannt habe (siehe Morticia und den kleinen Vlad). Wer aber wäre besser dazu geeignet, ihn zu verkuppeln, als meine Wenigkeit?

Natürlich gegen ein geringes Entgelt. Schließlich muss ein Mädchen auch mal was essen (zugegeben, dieses Mädchen muss eher dafür sorgen, dass ihr der Bräunungspuder von MAC nicht ausgeht, aber Sie wissen, was ich meine). Das ist auch der Grund, warum ich meine Dienste nicht allein auf Vampire beschränke. Daher mein fantastischer unternehmerischer Geistesblitz: *Dead End Dating*. Eine Partnervermittlung mit Sitz in Manhattan, die Wert auf Chancengleichheit legt, für den eleganten, intelligenten, dazu aber auch anspruchsvollen Single, der es satt hat, eine Verabredung nach der anderen zu treffen, ohne dass dabei etwas herauskommt, und den eleganten, intelligenten, anspruchsvollen *Vampir*, der genau so jemanden sucht.

Ich weiß, ich weiß. Es ist einfach brillant. Was soll ich sagen? Genialität liegt bei uns in der Familie (schon mal von Marie Curie gehört?). Jedenfalls ist das ein toller Plan, und ich habe sogar schon damit begonnen, ihn in die Tat umzusetzen. Letzte Woche habe ich das perfekte Büro gemietet, gleich um die Ecke meines Lieblings-Starbucks (oh, der Duft nach Mokka Latte und Scones mit Ahornsirup), und ich habe auch schon meine erste

Angestellte verpflichtet: Evie Dalton. Evie ist so menschlich, wie Sie sich nur vorstellen können. Aber ich hab nun mal eine Schwäche für Leute, die beim Vorstellungsgespräch mit einem beeindruckenden Outfit punkten – DKNY-Mini-Jacke, leicht ausgestellte Kordhose von Gucci, Stiefel von Kenneth Cole und dann die Krönung: ein Strassgürtel, für den ich glatt sterben könnte.

Also sitze ich jetzt hier an einem klaren, mondhellen Oktoberabend in Manhattan, mein Laptop steht geöffnet vor mir, bereit und willens, jemandes Schicksal zu verändern. Ihn (oder sie) aus der Hölle der Einsamkeit zu befreien und ihn (oder sie) in das gesegnete Licht der Zweisamkeit zu geleiten. Sie aus dem Rachen der Isolation zu retten und in die warme, tröstliche Umarmung der … Sie können sich's schon vorstellen.

Wer weiß? Vielleicht finde ich ja meinen eigenen Ewigen Gefährten, während ich für jede Menge „Und wenn sie nicht gestorben sind, dann leben sie noch heute" sorge.

Natürlich mach ich mir in dieser Beziehung nicht allzu große Hoffnung, das ist klar. Wenn es um Männer geht, bin ich sogar noch anspruchsvoller als bei Accessoires. Im Augenblick wäre ich schon vollkommen damit zufrieden, meine Rechnungen bezahlen zu können, vor allem das Mordsding von Visa, das mir demnächst ins Haus flattern dürfte, nachdem ich mit der Karte doch praktisch dieses gesamte Unternehmen finanziert habe.

Nicht dass ich mir Sorgen mache. Wenn meine Anzeige erst mal in allen Lokalzeitungen läuft, werden sich die Massen überschlagen, um in mein Büro zu kommen (ich habe da das Bild eines Ausverkaufs bei Barney's vor Augen, wenn alles um die Hälfte reduziert ist). Das Geld wird nur so hereinströmen und ich muss nicht zu meinen Eltern nach Connecticut zurückkriechen und ein weiteres sonntägliches Abendessen mit einem weiteren zukünftigen Traumgrafen ertragen. Hab ich eigentlich schon erwähnt, dass meine Mutter die Angewohnheit hat, mich zu verkuppeln? Sie kauft mir das Gerede von wegen *Aber ich bin doch gar nicht einsam* nämlich nie ab.

Jedenfalls weiß ich einfach, dass *Dead End Dating* genau das Richtige ist. Die nächste riesensuperheiße Sache. Meine Fahrkarte zu vollständiger finanzieller Unabhängigkeit und persönlicher Erfüllung. Oder aber allermindestens eine echt coole Art und Weise, meine Miete zu bezahlen.

Dieses Partnervermittlungsgeschäft ist wirklich das *Allerobercoolste.*

2

Dieses Partnervermittlungsgeschäft ist wirklich *voll* das Letzte.

Allerdings nicht das Vermitteln an sich. Es ist jetzt schon zwei Wochen her, seit ich *Dead End Dating* eröffnet habe und bis jetzt habe ich immer noch nicht ein einziges Paar zusammengebracht. Es ist der geschäftliche Teil, der mir allmählich ernsthaft auf den Senkel ging.

Ich starrte auf den Stapel Rechnungen, den mir Evie (schwarze Caprihose, weißes Mini-T-Shirt und rosafarbene Strassohrringe) neben meine einzigen beiden Klientenordner auf den Schreibtisch gelegt hatte.

Ja, Sie haben richtig verstanden. Bei 95,7 Millionen Singles (75 Prozent Menschen, 10 Prozent Vampire und 15 Prozent andere) ist es mir tatsächlich gelungen, ganze zwei als Kunden zu gewinnen.

Ich schluckte und versuchte das plötzlich auftauchende Gefühl der Leere in meiner Magengegend zu ignorieren. Ignoranz ist in einer solchen Situation immer gut. Die reine Wonne. Vor allem für eine ausgewachsene Optimistin wie mich. Es ist schlichtweg unmöglich, damit klarzukommen, dass man zig Millionen Jahre alt werden wird, wenn man bei jeder Kleinigkeit, die schiefgeht, in Panik gerät. Da heißt es cool bleiben und etwaige hysterische Anfälle aufsparen, bis man mal ein echtes Problem vor sich hat.

„Ich hatte eigentlich nicht damit gerechnet, jetzt schon monatliche Rechnungen zu bekommen, ehe wir überhaupt einen ganzen Monat geöffnet haben", sagte ich zu Evie.

„Das sind die Anschlussgebühren für Strom, Telefon, Internet – das Übliche halt." Sie reichte mir einen weiteren Stapel. „*Das hier* sind die Monatsrechnungen."

Okay, also das hier war ein echtes Problem, aber ich versuchte trotzdem zu lächeln. „Gab's heute schon irgendwelche Anrufe?" Wenn man mit etwas Negativem konfrontiert wird, betrachtet man es am besten ganz nüchtern und konzentriert sich auf das Positive.

„Nur zwei. Der erste war Mrs Wilhelm." Louisa Wilhelm war für Aktenordner Nummer eins verantwortlich. Sie war Witwe, seit ihr Ewiger Gefährte vor ungefähr zehn Jahren zum Fallschirmspringen gegangen und bei der Landung dem spitzen Ende eines Eichenasts ein wenig zu nahe gekommen war. Außerdem war sie die beste Freundin meiner Mutter. „Sie möchte wissen, ob Sie schon eine Begleitung für sie gefunden haben."

„Aber sie hat sich doch erst gestern Abend bei uns angemeldet."

„Das hab ich ihr ja auch gesagt, aber sie meinte nur, dass die Soiree schon in drei Wochen ist." Die „Soiree" bezog sich auf den alljährlichen Mitternachtsball inklusive Wohltätigkeitsauktion, der vom Jägerinnenclub Connecticut gesponsert wird, dessen Vizepräsidentin meine Mutter ist. Außerdem kümmert sich Mom bei jedem dritten Treffen um die Getränke und verteilt den ein oder anderen Leckerbissen über *moi*, während sie Gläser mit eisgekühltem AB negativ reicht. Nämlich dass ich klug sei. Und schön. Und erfolgreich. Und dass ich ganz dringend einen Gefährten für die Ewigkeit bräuchte, um mein grauenhaft unvollständiges Leben zu vervollständigen.

Aber ich schweife ab. Zurück zur Soiree.

Wir reden da über *das* Ereignis der oberen Zehntausend der Vampire.

„Sie sagte, wir sollen uns beeilen", fuhr Evie fort, „denn wenn sie bis zur allerletzten Minute warten wollte, könnte sie auch gleich Marvin Terribone einplanen, der sie dann sicher wieder am Tag des Balls einlädt, genau wie letztes Jahr. Sie will ihm eine Lektion erteilen und ihn eifersüchtig machen." Evie sah mich mit ausdruckslosem Blick an. „Sie will bis morgen Resultate."

Ich war ziemlich sicher, dass diese Nachricht auf jeden Fall als negativ durchgehen konnte, deshalb wandte ich mich meinem Laptop zu, um irgendetwas Positives zu entdecken. Ich ging auf meine neue Website: www.deadanddating.com. (Ja, ich weiß, dass da „dead *and* dating" steht, aber die Domain „dead *end*" war schon vergeben, also musste ich mich mit dem Nächstbesten zufriedengeben.) Auf der Website wurden jedem, der sich die Zeit nahm, den mit größter Sorgfalt formulierten Fragebogen auszufüllen, um sich der Datenbank der Dead-End-Dating-Familie anzuschließen, drei kostenlose Partnervorschläge angeboten. Innerhalb der letzten vierundzwanzig Stunden hatten zehn Leute meine Website angeklickt und ich hatte ganze drei Anmeldungen.

Drei.

Und alles Frauen.

Eindeutig negativ.

„Vielleicht ist Mrs Wilhelm da ja flexibel", bemerkte Evie, die um den Schreibtisch herumgekommen war, um mir über die Schulter zu schauen. Das köstliche Aroma von Mokka Latte haftete ihr noch an und neckte meine Nase.

„Und vielleicht bin ich die nächste Miss Hawaii Sonnenschein." Auch wenn Vampire Menschen dahingehend glichen, dass ihre sexuellen Präferenzen ganz verschieden ausgeprägt sein konnten, war Mrs Wilhelm schon ungefähr eine Trillion Jahre alt. Also so richtig alt. Und auch richtig altmodisch. Und hochnäsig. Und überheblich. Selbst wenn sie zweigleisig fahren sollte, würde sie das mit größter Wahrscheinlichkeit nicht zugeben.

Jetzt konnte man schon von einem *echten* Problem sprechen.

„Ich hab Ihnen doch gesagt, dass wir am Times Square hätten Werbung machen sollen“, sagte Evie.

„Mein Budget ist gerade etwas knapp bemessen.“

„Wie knapp?“

„Praktisch nicht existent. Ich habe meine Kreditkarten bis zum Limit ausgeschöpft, also, wenn ich nicht den gravierten Pokal meiner Ururururgroßmutter ins Pfandhaus trage, dürfte das einzige Schild, das ich in nächster Zeit am Times Square haben werde, eines sein, das ich höchstpersönlich male und trage.“

„Wenn es ein Trost für Sie ist – Ihre Haare sehen heute Abend echt toll aus.“

Glaubte Evie denn tatsächlich, ich sei dermaßen oberflächlich, dass mich ein solches Kompliment von einer mittelschweren Krise ablenken konnte?

Ich lächelte. „Ich hab ein neues Shampoo ausprobiert.“

„Und dieses Rouge ist einfach unglaublich.“

Mein Lächeln wurde noch breiter. He, wir reden hier immerhin von einem Rouge von MAC. „Das ist eine ganz neue Kombination von Rouge und Tönungspuder, es heißt Sonnenstrahl. Ganz schön heiß, was?“

„Total heiß.“

„Heiß wie eine Sommernacht“, fügte ich hinzu.

„Heiß wie der Wüstenwind.“

„Heiß wie die *Hölle*.“ Nachdem mir keine Steigerungen mehr einfielen, kehrte ich in die Wirklichkeit zurück. Ich seufzte, versuchte mich zu sammeln und machte mich dabei auf das Schlimmste gefasst. „Was ist mit dem zweiten Anruf?“

„Ihr Vater. Er sagte, dass er Ihre neuen Uniformen habe und dass Sie sie noch diese Woche abholen möchten, weil Sie ja schon nächste Woche mit Ihrer Schulung bei *Midnight Moe's* anfangen.“

Okay, darauf war ich allerdings nicht gefasst. Als ich diese Nachricht hörte, schlug mein Magen einen Purzelbaum *und* einen doppelten Salto rückwärts. „Aber ich habe ihm doch schon gesagt, dass ich nächste Woche überhaupt nichts anfange." Ich schüttelte den Kopf. „Ich arbeite nicht für ihn."

„Ich glaube nicht, dass er das verstanden hat. Außerdem hat er noch gesagt, dass er Ihnen Ihr eigenes Namensschild besorgt hat. Beige mit limettengrünem Schriftzug. Passend zum Hemd." Evie muss wohl meine entsetzte Miene richtig gedeutet haben. „Auf der anderen Seite … vielleicht habe *ich* ihn ja falsch verstanden. Es war wirklich ein langer Tag."

Schön wär's.

Mein Vater hörte nur, was er wollte, wenn es um seine vier Sprösslinge ging: mich und meine drei älteren Brüder. Das bedeutete, dass er alles und jedes ausblendete, was sich nicht auf eines von folgenden drei Dingen bezog: (1) Geld verdienen, (2) die New York Knicks und (3) Geld verdienen. Da er mein neues Unternehmen lediglich als ein vorübergehendes und nicht sehr gut durchdachtes Unterfangen betrachtete – genau wie damals, als ich allen erzählte, dass ich Künstlerin werden wollte; ich malte ganze drei Bilder, bevor ich entdeckte, dass ich lieber Porträt sitzen als selber eines malen wollte –, erschien es ihm wenig wahrscheinlich, dass ich damit Geld verdienen würde. Wenn es mir nicht gelang, einen der Knicks in meine Fänge zu bekommen, um meine Kuppeleikünste an ihm auszuprobieren – so viel Glück müsste ich mal haben! –, würde ich auch in Bezug auf Thema Nummer zwei keinen Erfolg vorweisen können. Was bedeutete, dass er mir einfach nicht zugehört hatte, als ich sein Angebot, seine zweite Filiale von *Midnight Moe's* an der New Yorker Uni zu managen, abgelehnt habe.

Allen Ernstes erwartete er von mir, dass ich das limettengrüne Shirt und die Dockers anzöge und mich zum Dienst meldete, genau wie meine drei Brüder. Die Sache war nur die, dass ich nicht so war wie sie.

Ich hatte Träume.

Ich hatte Wünsche.

Ich hatte Ziele.

Und was noch wichtiger war – ich hatte Geschmack.

„Dann wird es jetzt Zeit für die großen Geschütze", teilte ich Evie mit.

„Geht es um eine Beretta oder eine Uzi?"

„Da hat wohl jemand zu viel *CSI* geguckt."

Sie grinste. „Das geht doch gar nicht." Danach wurde ihre Miene wieder ernst. „Dann verscherbeln Sie also doch den Pokal und bringen uns auf den Times Square?"

Jetzt lächelte ich. „Wer braucht schon den Times Square, wenn wir doch zweihundertzwanzig Läden im ganzen Land haben?"

„Ich dachte, der ganze Sinn, dich selbstständig zu machen, bestünde darin, dein eigenes Ding durchzuziehen."

„Ich ziehe auch mein eigenes Ding durch", antwortete ich meinem ältesten Bruder, Max. Die Kurzform für Maximillian Gautier Bastien. Was soll ich noch sagen? Meine Eltern leben praktisch noch im vierzehnten Jahrhundert.

„Du benutzt unseren Kopierer."

„Stimmt, aber ich mache die Kopien selbst." Musste ich denn wirklich alles erklären?

Ich stand hinter dem Tresen der ersten Filiale von *Midnight Moe's* an der NYU in der West Fourth Street, in der Nähe vom Washington Square Park. An der Decke waren zahlreiche Leuchtstofflampen befestigt, die das Innere des Ladens in grellweißes Licht tauchten. Hier und da baumelten Schilder, die diverse Dienste anpriesen, von EINBANDSERVICE bis INDIVIDUELLE VISITENKARTEN. Drucker rauschten und Kopierer schepperten. Der stechende Geruch von Papier und Tinte mischte sich mit den verschiedensten Düften von Menschen, Vampiren – sowohl gewandelten als auch geborenen – und Anderen, die den Laden füllten.

„Es ist ja nicht so, als ob ich mir Geld leihe", erklärte ich.

„Du benutzt unser Papier, unsere Tinte. Beides kostet Geld."

„So kann man das natürlich auch sehen", erwiderte ich.

Max war groß, mit kurzem dunklem Haar, wunderschönen braunen Augen und der typischen Vampir-Aura, die von Sex-Appeal nur so triefte. Er war dreiundzwanzig, als er seine Jungfräulichkeit verlor und aufhörte zu altern. Ziemlich jung für einen gebürtigen Vampir angesichts der Tatsache, dass die meisten unfähig waren, Sex zu haben (der Motor startet und heult auf, aber der Schalthebel lässt sich einfach nicht in die Drive-Position schieben), bevor sie das Alter von fünfundzwanzig erreicht haben (die Ruheperiode, die für ein bestimmtes Gen, das sowohl den Alterungsprozess als auch die Orgasmusfähigkeit kontrollierte, nötig war). Wenn das Gen die nötige Reife erlangt hatte, öffneten sich die Schleusen. Dann hieß es: „Hallo, Mr Orgasmus!" und „Auf Nimmerwiedersehen, Alter!"

Glücklicherweise bedurfte es keiner regelmäßigen Orgasmen, um den Alterungsprozess aufzuhalten; sonst wäre ich inzwischen schon längst zu Staub zerfallen.

Mein Bruder war einer der wenigen Vampire, deren erster Orgasmus schon früher eingetreten war. Seitdem war er ein richtiger Aufreißer. Seine Anziehungskraft wurde durch die Tatsache, dass er über eine außergewöhnlich hohe Fertilitätsrate verfügte, noch erhöht – eine kleine Zahl, die Auskunft darüber gab, wie groß die Wahrscheinlichkeit war, dass er ins Schwarze traf, wenn es um Fortpflanzung ging. Während die Fruchtbarkeit eines Vampirs einem Menschen vollkommen schnuppe war, machte sie ihn bei seiner eigenen Spezies umso begehrter.

Wir geborenen Vampirfrauen hatten ebenfalls unsere eigene Maßeinheit für Erfolg – den Orgasmus-Quotienten oder auch OQ. Nicht zu verwechseln mit der allseits beliebten Serie *O. C., California*, über die ich aber eigentlich gar nichts weiß, da ich nur selten fernsehe. Der OQ sagt aus, wie oft ein weiblicher Vampir während einer einzigen sexuellen Begegnung zum Höhepunkt kommen kann. Je höher die Zahl, desto wahrscheinlicher ist es, dass sie schwanger wird.

Ich weiß, ich weiß. Wir sind ein Haufen Karnickel.

„Nur damit ich das richtig verstehe", fuhr Max fort, während er mir dabei zusah, wie ich eine geradezu unanständig hohe Anzahl von Kopien eingab. „Es gibt noch eine andere Betrachtungsweise dieser Situation, die nicht berücksichtigt, dass du hemmungslos bei *Moe's* schnorrst?"

„Ich schnorre nicht bei *Moe's*. Ich erpresse dich nur ein bisschen."

„Weswegen?"

„Damit ich meinen Mund halte."

„Du hältst doch nie den Mund."

„Und was war, als du für ein halbes Jahr bei dieser Stripperin eingezogen bist? Und so getan hast, als wärst du ein Mensch? Ich kann immer noch nicht fassen, dass sie dir das abgekauft hat. Andererseits glaube ich auch nicht, dass sie noch alle Tassen im Schrank hatte."

„Diane war sehr schlau."

„Wenn du statt ihres IQ ihren Brustumfang nimmst."

„Okay, dann war sie eben nicht so schlau. Aber sie hatte Ausdauer und Durchhaltevermögen."

„Ich hasse es, dir das sagen zu müssen, aber auf einem Schwanz zu reiten ist keine olympische Disziplin."

Ein kleines Lächeln umspielte seine Lippen. „Noch nicht." Er wandte seine Aufmerksamkeit einem dicklichen, blonden Typ zu, der einen ganzen Armvoll mit Büroartikeln auf die Theke fallen ließ.

Während Max die Preise eintippte und die Einkäufe eintütete, schnappte ich mir meinen Stapel rosaroter Handzettel. Im selben Augenblick, als er dem Kunden sein Wechselgeld reichte und sich wieder zu mir umdrehte, drückte ich ihm die Flyer in die Hand. „Du musst nur jedem deiner Kunden einen davon in die Tüte stecken."

Er schüttelte den Kopf. „Dad wird mit Sicherheit vor Wut platzen, wenn er erfährt, dass ich dir helfe."

„Das wird er sowieso, wenn er herausfindet, dass sein ältester, sein zuverlässigster Sohn am Ende doch nicht so zuverlässig ist."

„Was soll das denn heißen?"

„Vor der Stripperin gab's da doch diese Nonne aus der Kirche drüben an der 46. Straße."

„Sie war keine Nonne und es war keine Kirche. Es war eine katholische Mädchenschule. Und sie hat im Sekretariat gearbeitet."

„Was war denn mit dieser Modeschmuck-Designerin? Was war noch mal ihre Spezialität? Mit Edelsteinen besetzte Kruzifixe?"

„Ihr gefiel die Form, nicht die religiöse Bedeutung."

„Und was war mit der Polizistin, die in dieser Spezialeinheit beim Justizministerium arbeitete? Die Frau hatte einen sechsten Sinn, der uns in Teufels Küche hätte bringen können, wenn sie erst einmal damit angefangen hätte, Fragen zu stellen."

„Sie hat aber nie Fragen gestellt. Sie hat nur um Sex gebettelt."

„Die Vegetarierin."

„In den USA kann jeder tun und lassen, was er will."

„Die Frau vom Finanzamt."

„Ist ja schon gut, ich werde die Dinger verteilen." Er nahm die

Flyer und legte sie neben die Kasse. „Glaubst du wirklich, dass diese ganze Sache mit der Partnervermittlung funktioniert?"

Ich betete die Statistiken herunter. „Wir haben es mit einer riesigen Menge alleinstehender Leute zu tun, und es gibt nicht mal annähernd genug Orte, wo man sich begegnen und sich kennenlernen kann. Wenn es dir dann endlich mal gelingt, jemanden zu treffen, dann hast du keine Möglichkeit zu wissen, wie der andere *wirklich* ist."

Max sah mich vielsagend an.

„Ich rede nicht von Vampiren. Wir sind natürlich hypersensitiv und kennen uns ein wenig besser aus, wenn es um das andere Geschlecht geht. Aber für die Menschen gilt das nicht. Und genauso wenig für die Werwölfe und für Dutzende von Anderen da draußen."

„Kann schon sein."

„Von wegen ‚kann sein'. Ich habe hundertprozentig recht. Angenommen, ein Mädel geht mit diesem Typ aus, den sie zufällig bei sich in der Nähe im Coffeeshop kennengelernt hat. Sie ist verzweifelt, will keine Zeit mehr verschwenden, endlich eine Familie gründen und den Richtigen dafür finden. Aber dieser Kerl in seinem schicken Armani-Hemd will nichts Ernsthaftes, sondern verabredet sich lieber mit einer Frau nach der anderen." Ich schüttelte den Kopf. „Das ist alles viel zu unsicher. Und wenn man die One-Night-Stands satt hat, kann man's noch mit Blind Dates versuchen, aber das ist so ziemlich das Unproduktivste, was es gibt."

„Seit wann bist du denn eine Expertin?"

„Seit ich verdammt noch mal definitiv zu viele Blind Dates hatte." Seine Augenbraue schoss in die Höhe. „Okay, ich geb's zu – ich nehme regelmäßig diese Psychologie-Show von Dr. Phil auf. Natürlich nur zu Forschungszwecken. Der Kerl ist echt gut."

„Er ist ein Mensch."

„Niemand ist perfekt."

Er grinste. „Sprich für dich selbst."

„Machen wir uns doch nichts vor", fuhr ich fort. „Die Welt ist voller einsamer Leute, die dringend ein bisschen Hilfe und Unterstützung brauchen." Um meiner Aussage etwas mehr Gewicht zu verschaffen, ließ ich meinen Blick durch den Laden gleiten, bis er an einer jungen Frau hängen blieb, die ganz in der Nähe an einem Computer saß. „Allein", sagte ich an meinen Bruder gewandt, bevor ich mich einem Mann Anfang zwanzig zuwandte, der vorn im Laden mit einem Kopierer kämpfte. „Allein." Ein anderes Mädchen trödelte vor dem Regal mit Korrektur-Rollern und Tipp-Ex herum. „Allein."

Ich blickte auf einen gebürtigen Vampir, der sich neben uns gerade über einen Farbkopierer beugte. Ich wusste, dass er ein gebürtiger Vampir war, weil ich ihn riechen konnte. Gebürtige Vampire hatten eine Wildheit an sich, die ein süßlich üppiges, berauschendes Aroma ausstrahlte. Von dekadenter Schokoladencremetorte bis hin zu Möhrenkuchen mit Mascarpone-Füllung und süßer Glasur. Wenn sich die Düfte auch von Vampir zu Vampir unterschieden, so waren sie doch stets zuckersüß, stark und unverkennbar. Meine Nasenflügel blähten sich. „Allein", verkündete ich mein Urteil.

„Woher willst du denn wissen, dass draußen im Auto nicht seine Ewige Gefährtin wartet?"

„Blödi, er trägt doch gar kein Bindungsamulett." Dieses Amulett war ein kleines Kristallfläschchen, das alle vergebenen Vampire an einer Kette um den Hals trugen. Es enthielt einen Tropfen Blut ihres Lebensgefährten. Obwohl es für den durchschnittlichen Menschen einfach nur wie ein modisches Schmuckstück aussah, symbolisierte es die heilige Union zwischen gebürtigen Vampiren.

Nicht dass mein Bruder so was bemerken würde … Männer! Pahhh.

Ich fuhr mit meiner Suche nach potenziellen Kunden fort. Ein Mann stand bei den PCs, die man stundenweise mieten konnte. „Allein", sagte ich wieder. Eine Frau nahm eine Rolle Klebeband, die wohl für das Paket bestimmt war, das sie gerade ausgesucht hatte. „Allein." Mein Blick blieb an dem Kunden hängen, bei dem Max eben kassiert hatte. Der Mann war in dem Gang mit den Textmarkern stehen geblieben. „Schrecklich allein."

„Warum sagst du das?"

„Weil er schon seit zwanzig Minuten versucht, sich zwischen Neongrün und Fuchsienpink zu entscheiden, und jetzt hegt er gerade Zweifel an seiner endgültigen Entscheidung." Ich blickte meinen Bruder prüfend an. „Wenn er eine Lebensgefährtin hätte, glaubst du wirklich, dass er seine Zeit dann *hier* vertrödeln würde?"

Max (zu Ihrer Information: mit Karamellsoße übergossener Schokoladenkuchen) zuckte mit den Schultern. „Vielleicht ist da ja wirklich was dran."

„Und ob." Ich nahm einen Flyer von dem Stapel und folgte Mr Textmarker, der den Kampf inzwischen aufgegeben hatte und auf dem Weg zur Tür war. „Bis später, Brüderchen."

3

„Hey“, rief ich, als ich die Tür erreicht hatte. Offensichtlich war Mr Textmarker nicht daran gewöhnt, von so richtig scharfen Bräuten angesprochen zu werden. Er ging einfach ohne zu zögern die Fourth Street entlang in Richtung U-Bahn-Haltestelle.

Normalerweise mied ich die U-Bahn, so wie die meisten Leute Dixi-Klos aus dem Weg gehen (schließlich wusste man nie, was sich dort mitten in der Nacht herumtrieb). Aber mein Instinkt drängte mich, ihm zu folgen. Ich hatte da so ein Gefühl bei diesem Typ.

Er sah so traurig aus.

So einsam.

So langweilig.

Er brauchte mich.

Also ging ich hinter ihm her. Ich kam ganze drei Stufen weit, ehe mich ein seltsames Gefühl überkam. Meine Ohren zuckten und die Härchen in meinem Nacken richteten sich auf. Ich hatte das komische Gefühl, dass ich diejenige sei, die verfolgt würde. Ich blickte mich um und sah … gar nichts. Nur den leeren Bürgersteig – und in einiger Entfernung leuchtete das neongrüne MIDNIGHT MOE'S-Schild.

Ich versuchte, das Gefühl abzuschütteln und richtete meine Aufmerksamkeit wieder auf Mr Textmarker, der mittlerweile einen ganz schönen Vorsprung vor mir hatte. Ich ging ein bisschen schneller, was eigentlich hätte reichen müssen, um diesen Kerl in null Komma nichts einzuholen (nur eines meiner zahlreichen Vampirtalente). Ich holte auch ein wenig auf, während er sich der U-Bahn-Station näherte und die Stufen hinabging. Aber irgendwie schien es mir einfach nicht zu gelingen, ihn einzuholen. Er bewegte sich einfach zu schnell.

Schneller als ich?

Das konnte nur bedeuten … Nee. Das war unmöglich. Dann hätte ich ihn doch gleich erkannt. Das war so eine Sache bei Vampiren. Unsere Sinneswahrnehmungen übertrafen die der Menschen bei Weitem. Wir konnten Dinge sehen, die andere Leute nicht sahen. Laute hören, die für das durchschnittliche Ohr nicht hörbar waren. Gerüche deutlicher und intensiver wahrnehmen als die durchschnittliche Nase – ein weiterer Grund, warum ich die U-Bahn mied.

Ich folgte ihm, als er nun den Einlass passierte. Meine Nasenflügel weiteten sich und ich nahm einen tiefen Atemzug, der nach … Crackern roch? Viel zu gewöhnlich für einen gebürtigen Vampir. Aber was war mit einem gewandelten Vampir …? Die wenigen, die ich bisher leibhaftig getroffen hatte, hatten nach alten Mottenkugeln und Gier gerochen.

Offensichtlich holten mich die letzten fünfhundert Jahre jetzt endlich doch ein. Ich war nicht mehr so schnell wie früher. Entweder das oder Nike hatte eine neue Art von Laufschuhen auf den Markt gebracht, die alles Bisherige schlug.

Ich schob mich durch den Einlass an einer Gruppe von College-Studentinnen mit Rucksäcken und einem schwulen Pärchen vorbei, das Hand in Hand dahinschlenderte. Als ich den Bahnsteig betrat, kam Mr Textmarker gerade am anderen Ende in der Nähe einer Gruppe junger Männer zum Stehen.

Sie trugen die klassische Gangbanger-Uniform: weite Jeans, die sich nur mit Mühe auf ihren Hüften hielten, Muskelshirts und genug Goldschmuck, um die Staatsverschuldung auf einen Schlag um ein Viertel zu verringern.

„Ey, was willst du denn hier?“, fragte einer der Typen Mr Textmarker.

„Ich warte auf meinen Zug.“

„Das is’ nich dein Zug, Arschloch.“ Der Typ – ziemlich groß mit kurz geschorenem dunklem Haar, dunklem Teint und dem Tattoo BORN TO DIE auf dem Bizeps – kam auf ihn zu, bis sich seine Nase nur Zentimeter von Mr Textmarkers Gesicht befand. „Das is’ *unser* Zug.“

„Ganz genau“, sagte ein anderer Kerl. Er hatte dunkelrotes Haar, Sommersprossen – und stellte sich in Positur wie Hulk Hogan vorm Titelkampf. „Und das is’ unser Bahnsteig.“

„Also verpiss dich“, sagte Born to Die und versetzte dem Langweiler einen Stoß.

Mr Textmarker taumelte ein paar Schritte zurück, genau in einen weiteren dieser Kerle hinein, der sich von hinten an ihn rangeschlichen hatte.

„Ich schätze, dieses Arschloch hört schlecht.“ Der Typ hinter ihm schubste den Langweiler zurück zu seinem Freund. „Sonst hätte er inzwischen die Fliege gemacht.“

„Ich will keinen Ärger.“

„Dann hättest du nicht ohne Erlaubnis auf unseren Bahnsteig kommen sollen.“ Born to Die zog ein Messer. „Das wird dich was kosten.“

Ich beschleunigte meine Schritte, aber ich war zu weit weg, um zu verhindern, was als Nächstes passierte. Das Messer wurde gegen Mr Textmarkers Kehle gedrückt. Er holte tief Luft, seine Nasenflügel weiteten sich und seine Augen verwandelten sich in ein verräterisches Mitternachtsschwarz.

Ich blieb wie angewurzelt stehen und wartete auf die Transformation, die als Nächstes kommen würde. Ein Wolf oder Schakal oder etwas ähnlich Bösartiges. Etwas, das diese Witzfiguren in Stücke reißen würde.

Die Luft flirrte und den Bruchteil einer Sekunde später war die krächzende Stimme einer alten Frau zu hören.

„Antonio Dante Moreno! Du solltest dich was schämen!“

Der Junge mit dem Messer zuckte zurück und starrte mit großen Augen auf die winzige alte Frau. Kleine, makellos schneeweiße Locken bedeckten ihren Kopf. Sie trug ein Kleid mit Blümchenmuster, orthopädische Schuhe und eine Schürze mit tomatenroten Flecken. Eine verkrümmte arthritische Hand hielt eine Kelle aus Edelstahl. Sie verbreitete den Duft von Haarwasser und Knoblauch.

„*Grandma Maria*?“

Sie drohte dem Gangbanger mit einem krummen Zeigefinger. „Du solltest dich was schämen, Antonio. Dein Papa, Gott hab ihn selig“, sie bekreuzigte sich mit ihrer freien Hand, „würde sich im Grab umdrehen, wenn er dich jetzt sehen könnte.“

„Ich ...“ Er schluckte, sein Blick war zugleich entsetzt und verängstigt. „D-du kannst nicht hier sein. Du bist t-tot.“

Sie kniff die Augen zusammen, ihr Blick bohrte sich in den jungen Mann. „Wart's nur ab, du wirst derjenige sein, der tot ist, wenn ich deinem Onkel Gino erzähle, dass du dich hier rumgetrieben und Ärger angezettelt hast, wo du doch eigentlich zu Hause für deinen Algebra-Test lernen solltest. Du stehst kurz davor durchzufallen. *Durchzufallen*!“, jammerte sie. „In unserer Familie ist noch nie jemand von der Schule geflogen.“

„Ich wollte doch nicht ...“ Er schüttelte den Kopf. „Es t-tut mir leid.“

„Das ist mir echt 'ne Nummer zu gruselig“, sagte einer der anderen Jungs. „Scheiße, das ist echt viel zu gruselig.“

„Pass auf, was du sagst, junger Mann.“ Sie versetzte ihm einen Stoß mit ihrer Kelle, bevor sie jedem einzelnen Gangmitglied damit kräftig eins überzog. „Das.“ *Boing*. „Gilt.“ *Boing*. „Für.“ *Boing*. „Euch alle.“ *Boing-boing*.

„Scheiße, ich hau ab", stieß einer der Kerle hervor.

„Ich auch."

„Wartet auf mich."

Die jungen Männer beeilten sich, zur Treppe zu kommen. Nur Augenblicke später begann die Gestalt der alten Frau zu verschwimmen und undeutlich zu werden. Und dann stand auf einmal der pummelige Mann aus dem *Moe's* an ihrer Stelle auf dem Bahnsteig.

Ich blinzelte und versuchte zu begreifen, was ich gerade gesehen hatte.

Es war nicht so sehr die Transformation selbst, die mich so erschüttert hatte. Davon hatte ich schon mehr als genug gesehen. Mehr noch, ich hatte das selbst schon oft genug getan. Mein absoluter Favorit war ein weißer Husky mit leuchtend blauen Augen und bösartigem Bellen.

Aber um Himmels willen, ich hatte mich noch nie in eine italienische Großmutter verwandelt.

Kein Wunder, dass der Kerl allein war.

Ein Langweiler zu sein war ja schon schlimm genug. Aber ein langweiliger *Vampir*?

Wenn das kein beschissenes Leben ist … Vielleicht war er ein bisschen blutarm, haha!

Dieser Typ brauchte auf jeden Fall meine Hilfe.

Und ich seine.

Ich festigte meinen Griff um die Flyer und trat an ihn heran.

4

„Ich brauch kein Gefährt." Der Langweiler-Vampir starrte auf den Flyer, den ich ihm soeben überreicht hatte, und schüttelte den Kopf.

„Es geht nicht um ein Gefährt. Eine *Gefährtin*." Musste ich ihm etwa alles dreimal erklären? „Eine Ewige Gefährtin."

„Ich fürchte, ich verstehe immer noch nicht."

„Mein Name ist Lil Marchette und ich biete seit Neuestem eine überaus exklusive Dienstleistung an. Und zwar helfe ich alleinstehenden Vampiren wie Ihnen, diesen einen, ganz besonderen Jemand zu finden. Gegen eine kleine Gebühr selbstverständlich."

Er starrte mich an, als ob ich gerade gestanden hätte, eine Vampirjägerin zu sein. Eine mit ausgezeichnetem Geschmack und Sinn für Accessoires natürlich. Seine Stimme zitterte vor Schock. „Sie sind ein *Vampir*?"

„Sie sind aber ein Schneller."

Sein Blick wanderte von meinem aufwendig honigblond gefärbten Haar mit platinfarbenen Strähnchen bis zu den Spitzen meiner geliebten Anne-Klein-Pantoletten und wieder nach oben. „Sie sehen nicht aus wie ein Vampir."

„Sie ja auch nicht. Vor allem mit der Schürze und den Löckchen."

„Ich habe diese ganze Metamorphose-Sache noch nicht richtig drauf. Die meisten Vampire suchen sich einfach irgendwas Grauenhaftes und ziehen das dann durch, aber meine besondere Begabung ist die Gedankenverschmelzung. Immer wenn ich

Stress kriege, läuft was schief. Statt dass ich in meinem eigenen Kopf nach etwas Furchteinflößendem suche, kommt am Ende irgendetwas aus den Gedanken desjenigen, dem ich gerade gegenüberstehe, heraus."

„Und mit Furcht einflößend meinen Sie eine kleine alte Oma?"

„Eine kleine alte italienische Oma."

Okay, da war was dran.

„Danke", fuhr er fort, „aber ich, äh, ich glaube wirklich nicht, dass das etwas für mich ist." Er gab mir den Flyer zurück.

Dabei streifte seine Hand meine und er wurde allen Ernstes rot. Mir kam der Gedanke, dass er doch ein schwererer Brocken sein könnte, als ich angenommen hatte.

Hallo? Vampire hypnotisierten und intrigierten und waren bedrohlich und sahen – in meinem Fall jedenfalls – wirklich heiß aus und trugen die allerneueste Donna-Karan-Handtasche mit Perlen in Hellmokka. Sie wurden nicht rot.

Mein Blick wanderte über Grandma Reißzahn, von seinen abgeschlappten braunen Latschen, seine unsagbar nichtssagende beige Khakihose empor, über sein gelbes Hemd mit verdeckter Knopfleiste, bei dem oben das weiße Unterhemd herausschaute, bis zu seinem runden Gesicht und den wässrig blassblauen Augen.

Offensichtlich war er Mitte, Ende dreißig gewesen, als er seine Jungfräulichkeit verloren und aufgehört hatte zu altern. Der Art und Weise nach zu schließen, wie er meinem Blick auswich und immerfort rot wurde, konnte das noch nicht mehr als ein paar Jahre zurückliegen.

„Wie alt sind Sie?"

„Eintausendsechsunddreißig."

„Ich weiß ja, dass die meisten jungen Vampire noch keinen Gedanken an die Zukunft verschwenden und an die Fortsetzung der Blutlinie, aber … Was haben Sie gerade gesagt?"

„Ich bin eintausendsechsunddreißig."

„Jahre?"

Er nickte – und ich stand für ein paar Augenblicke einfach nur wie erstarrt da. Eine U-Bahn donnerte an uns vorbei und kam mit lautem Quietschen zum Stehen. Die Türen glitten auf und einige Leute verließen den Wagen. Eine ältere Frau, die mehrere Einkaufstüten in den Armen hielt, kam mit laut klackernden Absätzen an mir vorbei. Der Geruch von billigem Haarspray stahl sich wie eine massive Dosis Riechsalz in meine Nase.

Langsam ließ der Schock nach, der gegen meine Schläfen hämmerte, und machte einer ganz hervorragenden Idee Platz. (Habe ich schon erwähnt, dass mir die besten Gedanken kommen, wenn ich unter Stress stehe? Es hat irgendwas mit dem erhöhten Druck zu tun, der durch eine bevorstehende Katastrophe erzeugt wird, sei es Krieg, Hungersnot oder das Anstecken des Namensschildchens von *Moe's*, das meine Kreativität so richtig in Schwung bringt.)

Das war definitiv eine Zehn auf meinem Das-ist-mir-jetzt-zu-hoch-O-Meter. Doch zugleich konnte ich nicht verhindern, dass es mir vor Erregung abwechselnd heiß und kalt über den Rücken lief.

Das war es.

Die Goldader.

Der älteste, ahnungsloseste, versagerischste Vampir der Welt (besser gesagt der *einzige* versagerische Vampir der Welt, weil einfach alles im Wesen eines Vampirs mit einem Versager absolut unvereinbar ist).

Wenn es je jemanden gegeben hatte, der dringend ein Leben nach dem Tode und eine Gefährtin brauchte, dann war es dieser Typ.

Und ich war genau die Richtige, um ihm zu helfen.

Schließlich stehe ich auf Happy Ends. Eine Verfechterin der

L-i-e-b-e. Mit dem unerschütterlichen Glauben an Beziehungen, selbst wenn ich in den vergangenen hundert Jahren nicht eine einzige anständige Beziehung hatte.

Als überzeugte, eingefleischte Romantikerin *musste* ich ihm einfach helfen.

Die Tatsache, dass er hervorragende PR für meine Firma sein und der gesamten blutsaugenden Gemeinschaft beweisen würde, dass ich mein Handwerk verstand, was die Partnervermittlung betraf, war nur eine dicke, fette Kirsche, die auf meinem köstlichen Green Apple Martini schwamm.

Ich lächelte. „Eintausend Jahre alt, was?"

„Und sechsunddreißig."

„Also, dann." Mein Lächeln wurde noch breiter. „Heute ist Ihr Glückstag. Wir bieten einen fünfzigprozentigen Rabatt für alle an, die über eintausendfünfunddreißig sind."

Die braunen, wolligen Mammuts, die wohl seine Augenbrauen darstellen sollten, wanderten nach oben. „Wirklich?"

Er war offensichtlich ebenso geizig wie unattraktiv.

„Der halbe Preis für eine komplette Beratung und vier potenzielle Gefährtinnen und außerdem übernehmen wir die Rechnung für Ihre erste offizielle Verabredung." Mein Lächeln war jetzt so breit, dass ich fürchtete, mein Gesicht könnte entzweigehen. „Alles was Sie tun müssen, ist, das Profil und die Wunschliste von *Dead End Dating* auszufüllen – und wir fangen sofort an."

Ich schenkte ihm meinen bestechendsten Das-dürfen-Sie-auf-keinen-Fall-versäumen-Blick, der in der Vergangenheit bekanntermaßen nicht nur Menschen, sondern auch die Mehrheit aller ungebundenen, heterosexuellen männlichen Vampire bezirzt hat. Ich kniff sogar noch ein wenig die Augen zusammen und fügte eine sexy-sinnliche Dosis Du-willst-es-weil-du-mich-begehrst hinzu.

Nicht dass ich ihm jemals gestatten würde, mich auch nur zu berühren. Mit Versagern geh ich nicht ins Bett. Okay, *okay*, im Augenblick gehe ich mit niemandem ins Bett, aber das wusste er ja schließlich nicht … und offen gestanden gibt es im Leben einer Frau Augenblicke, wo sie alles in ihrer Macht Stehende tun muss, um Erfolg zu haben. Und sei es nur uralte *Vampyr*-Magie oder eine ausgewachsene Verarsche.

Ich erwartete ein pflichtbewusstes Nicken. Oder zumindest ein bisschen Gesabber. Ich bin wirklich ziemlich scharf.

Er blinzelte aber nur mit seinen wässrigen, blassen Augen und starrte noch mal auf den Flyer.

Na gut, ich hatte den heißen, sexy Gib's-mir-Blick schon eine ganze Weile nicht mehr ausprobiert. (So ungefähr hundertsechzig Jahre lang … Er hatte gegen die Mexikaner und für Wahrheit, Gerechtigkeit und die texanische Lebensart gekämpft – ich aber hatte eine Schwäche für einen Mann mit Stiefeln und Sporen – und sein heißes Blut.) Offenbar war ich außer Übung. Entweder das oder der Kerl war nicht nur ein Langweiler.

Ich musterte ihn. „Sie stehen doch auf Frauen, oder?"

Er sah doch tatsächlich verletzt aus. Erleichterung durchströmte mich. „Darauf können Sie wetten."

„Was ist denn dann das Hindernis? Sie sollten eigentlich Dutzende kleiner … Wie war doch gleich noch mal Ihr Name?"

„Ich heiße François. Meine Freunde nennen mich Francis."

War ja klar. „Sehen Sie mal, Frank, ein Mann wie Sie schuldet es der Allgemeinheit, die große Tradition der Vampire fortzuführen. Das Zeugen von Nachwuchs unserer Art ist ein Privileg. Es ist geradezu eine Pflicht." Ich legte ihm die Hand auf seine mickrige Schulter und starrte ihn an, als ob er der letzte Tropfen AB negativ auf einem All-you-can-eat-Büffet für Vampire wäre. „Das Überleben unserer Rasse hängt von Ihnen ab, Frank."

Er stand eine ganze Weile schweigend da. „Ich, ähm, so habe ich das eigentlich noch nie gesehen", sagte er schließlich.

„Dann wird es aber Zeit. Jeden Tag kommen mehr und mehr Menschen auf die Welt. Die Erde wird von ihnen geradezu überschwemmt. Rechnen Sie dazu noch ein paar Hunderttausend Werwölfe, ein paar Tausend Wervampire und ein Mischmasch von Anderen, und schon reden wir über eine massive Bevölkerungsexplosion. Unterdessen sitzen starke, männliche, fruchtbare Vampire wie Sie untätig herum und unternehmen gar nichts."

Das mit den starken, männlichen, fruchtbaren Vampiren, die untätig herumsaßen, war eine offensichtliche Lüge, aber das schien er nicht zu merken. Ich hatte eindeutig einen Lauf.

„Bevor Sie sichs versehen, sind wir ausgestorben", fuhr ich fort. „Schatzsucher auf der ganzen Welt werden Vampire ausbuddeln und ihre versteinerten Fangzähne bei eBay verramschen."

Ich brachte ihn eindeutig zum Nachdenken – und überlegte kurz, ob ich ein paar Takte von Queens „We are the Champions" summen sollte. Aber das wäre vielleicht doch etwas zu viel des Guten gewesen. Also verstärkte ich bloß meinen Griff auf seiner Schulter, als hinge das Schicksal der Welt einzig und allein von ihm ab, und wartete auf eine Antwort.

„Es wäre wirklich nett, nicht mehr die ganze Zeit allein zu sein. Ich meine, ich bin nicht wirklich ganz allein. Ich habe schließlich Britney und die Zwillinge, aber sie –"

„Ich dachte, bei Ihnen laufen noch keine kleinen Vampire herum?", unterbrach ich ihn. Dieser Kerl hatte auf gar keinen Fall Vampir-Nachwuchs, geschweige denn Zwillinge. Ein männlicher Vampir musste schon eine Fruchtbarkeitsrate haben, die jenseits aller Messwerte lag, um Zwillinge zu produzieren. Und damit wäre er so was wie eine Legende. Was aber bedeuten würde, dass ich schon vor langer Zeit von Francis gehört haben müsste.

„Die Zwillinge sind zwei Kätzchen und Britney ist mein Cockerdudel."

Das ergab Sinn. Irgendwie. „Ihr *was*?"

„Ein Cockerdudel. Sie wissen schon, halb Cockerspaniel, halb Pudel. Ein Cockerdudel."

„Hören Sie bitte auf, dieses Wort zu sagen."

„Welches Wort? Cockerdudel? Aber sie ist nun mal einer. Ein –"

„Ich weiß. Ich möchte es einfach nur nicht mehr hören."

Er warf mir einen seltsamen Blick zu. „Sie ist wirklich wunderschön. Ich habe sie jetzt seit zehn Jahren und sie hat zehn Hundeschauen gewonnen. Nicht dass mir diese Wettbewerbe an sich wichtig wären. Ich melde sie nur an, um in meiner Freizeit was zu tun zu haben."

„Das ist ein tolles Hobby. Meine Mutter hat mindestens ein Dutzend Freundinnen, deren ganzer Lebensinhalt Hundeschauen sind." Natürlich zogen die meisten von ihnen größere Rassen vor. Dobermänner, Doggen, Huskys – also die Art von Hunden, die Cockerdudel zum Frühstück verspeisen. Aber darum ging es hier nicht. „Hunde vorzuführen ist eine wunderbare gemeinsame Basis. Dazu kommt die Anziehungskraft des Animalischen. Und außerdem ist es ein Wettkampf. Ich bin sicher, es gibt massenhaft weibliche Vampire, die darauf stehen."

„Was ist mit Sammelalben? Wissen Sie, ich sammle die Fotos und Schleifen und alle Sachen von Britneys Auftritten und hebe sie in verschiedenen Alben auf. Das ist auch so ein Hobby von mir." Er hielt den Beutel mit seinen Einkäufen von *Moe's* hoch. „Dafür sind auch all die Sachen hier." Seine Augen leuchteten vor Aufregung auf. „Ich habe sogar eine Zickzackschere gekauft, um die Ränder der Bilder zu verschönern."

Ich klopfte ihm auf die Schulter. „Ich sag's nicht weiter, wenn *Sie* es nicht tun."

„Ich schätze, Sammelalben sind kein sehr männliches Hobby."
„Nicht mal annähernd. Also, was machen Sie so beruflich?"
Er zuckte mit den Schultern. „Nicht sehr viel heutzutage. Früher war ich in der Immobilienbranche und hab ein paar ziemlich gute Investitionen getätigt, aber in der letzten Zeit habe ich eigentlich nichts mehr gemacht."
„Immobilien also?"
„Meiner Familie gehört eine ganze Menge Land, da wo wir herkommen."
„Sie haben Landbesitz in Frankreich?" Er nickte. „Welche Gegend?"
„So ziemlich alle." Ihm fiel wohl meine fassungslose Miene auf. „Das geht zurück auf Napoleon. Den ersten. Wir haben immer zusammen Schach gespielt."
„Wie war doch gleich Ihr Name?"
„Deville. François Deville."
Der Name löste einen Alarm in meinem Kopf aus, die Hände begannen mir zu zittern. Ich war nicht einfach nur zufällig auf einen richtig alten Versager gestoßen. Ich war zufällig auf *den* richtig alten Versager gestoßen. Aus der ältesten Familie in Frankreich. Und der reichsten. Und das bedeutete eine ganze Menge, wenn man bedachte, dass wir Vampire generell nicht gerade am Hungertuch nagen.
„Wo ist denn Ihre Familie? Brüder? Schwestern?"
„Die meisten sind noch in Paris. Meine Eltern leben auf dem Land."
„Sehen Sie sie ab und zu?"
Er schüttelte den Kopf. „Sie haben mich nicht so gerne um sich. Ich bin so eine Art schwarzes Schaf."
„Ach, was Sie nicht sagen." Mannomann, was für eine Überraschung.
„Glauben Sie wirklich, dass Sie eine Ewige Gefährtin für mich

finden können?“, fragte er nach längerem Schweigen mit leiser Stimme.

Erwartungsvoll.

Abgesehen von Sammelalben und Cockerdudeln war der Typ schon irgendwie süß.

Auf eine armselige, verzweifelte, abartige Art und Weise.

In meiner Brust bildete sich ein Knoten und ich fühlte mich plötzlich finster entschlossen. „Darauf können Sie wetten. Ich müsste Sie natürlich erst mal ein bisschen aufmotzen.“ Ich schob ihm eine Haarsträhne aus der Stirn und versuchte ihn mir als Brad Pitt à la *Troja* vorzustellen.

Okay, vergessen wir Brad Pitt.

Vielleicht eher ein junger George Clooney.

Alles klar, George kam auch nicht in Frage. Aber es gab ja immer noch Matt Damon.

Ich kniff die Augen zusammen, sodass Franks Bild zu verschwimmen begann. Das war's. Definitiv eher Matt Damon.

Irgendwie.

„Wir müssen auf jeden Fall die ein oder andere kleine Veränderung vornehmen. Das gehört alles zu Ihrem VIP-Service-Paket.“

„Veränderung?“ Er griff sich ins Haar. „Meinen Sie, ich müsste sie mal schneiden lassen?“

„In Form bringen lassen“, berichtigte ich. „Und färben.“

„Sie wollen meine Haare färben?“

Seinem Gesichtsausdruck zufolge hätte man meinen können, dass ich ein kleines Folter-Festival mit Knoblauch und der ersten *American-Idol*-CD vorgeschlagen hätte. „Eine kosmetische Gesichtsbehandlung brauchen Sie auch. Kontaktlinsen vielleicht.“

Er schüttelte den Kopf. „Ich weiß nicht.“

„Offensichtlich. Sonst hätte Sie sich schon längst jemand geschnappt.“

„Meinen Sie wirklich?“

„Aber sicher.“ Ich tätschelte seinen Arm. „Überlassen Sie einfach alles mir. Sie sind in den besten Händen.“

Mochte mein Nimm-mich-du-willst-mich-doch-Blick auch definitiv leicht eingerostet sein, ich hatte es immer noch drauf, wenn es um Berührungen ging. Noch ein Klaps auf seine Schulter – in Verbindung mit ein wenig gutem Zureden in Form einer zarten Liebkosung durch meine Fingerspitzen, natürlich – und seine Miene machte eine Wandlung durch: von Besorgnis hin zu leichter Verwirrung. (Ich geb's ja zu, in der Beziehung war ich wohl auch nicht mehr so ganz auf der Höhe. Eigentlich sollte das mehr in Richtung Entspannung gehen.)

„Wie heißt Ihr Unternehmen noch mal?“, fragte er mich.

„*Dead End Dating*, und wir sind die Besten.“ Oder würden es zumindest in allernächster Zukunft sein. Sobald wir Frank von einem Langweiler in einen Adonis verwandelt hatten. Bis dahin … „Hatte ich eigentlich schon erwähnt, dass der halbe Preis im Voraus zu zahlen ist?“

5

Ich ließ meinen neuen Freund Francis in der U-Bahn-Station zurück. Seine Telefonnummer und Adresse hatte ich bereits in meinem BlackBerry gespeichert und einen Scheck über die erste Hälfte meines Honorars in der Handtasche verstaut. Frohen Mutes begab ich mich zur nächsten Straßenecke, um ein Taxi nach Hause zu erwischen. Ich war so zufrieden mit meiner Arbeit in dieser Nacht, dass ich entschied, lieber nach Hause statt ins Büro zurückzufahren, um mich der erbärmlichen Anzahl von Profilen auf der *Dead End Dating*-Website zu stellen.

Ich trat vom Bürgersteig herunter und winkte einem Taxi. Ich weiß, ich weiß, ich sollte irgendetwas Vampirmäßiges tun, mich in eine Fledermaus verwandeln und zu meiner Wohnung fliegen. Aber Schwarz ist nun einmal ganz und gar nicht meine Farbe, und eine pinkfarbene Fledermaus passt wiederum nicht zu dem ganzen Kokolores von wegen „Verhaltet euch unauffällig", den meinesgleichen seit zig Jahrmillionen predigt. Ich könnte natürlich auch zu Fuß gehen, aber meine Füße tun weh. Es ist ganz schön hart, eine Mode-Ikone zu sein.

Ich steckte beide Finger in den Mund und stieß einen schrillen Pfiff aus, der zweifellos jeden Köter in einem Radius von zehn Blocks zum Jaulen brachte. Ein gelbes Taxi kam mit quietschenden Reifen vor mir zum Stehen. Ich öffnete die Tür.

Sobald ich eingestiegen war, überkam mich wieder dieses unheimliche Gefühl. Ich riskierte es, einen Blick zurückzuwerfen. Natürlich war dort keine Menschenseele. Nur der leere Bürgersteig und das dunkle Gebäude, in dem eine Bäckerei und ein kleiner Lebensmittelladen untergebracht waren. Der faulige Gestank von Müll drang aus einem nahe gelegenen Eingang und mischte sich mit dem stechenden Geruch der Auspuffgase des Taxis und … mit noch etwas anderem. Nicht unbedingt etwas Unangenehmem, es war einfach nur … anders. Er war stärker, eher moschusartig und auf einer New Yorker Straße definitiv fehl am Platz.

Wie der Duft eines exklusiven Männerparfüms mitten auf einem billigen Flohmarkt.

Unwillkürlich bildete sich Gänsehaut auf meinen Armen. Als ob mich jemand beobachtete.

Jemand oder etwas.

„So eine hübsche junge Frau und noch so spät unterwegs?"

Die Stimme lenkte meine Aufmerksamkeit auf den Rückspiegel und den Blick des Taxifahrers, der sich in den meinen bohrte.

„Ich bin eine Nachteule."

„Ich auch." Er war ein alter Mann mit stahlgrauem Haar und jeder Menge Runzeln und trug ein kariertes Hemd mit verdeckter Knopfleiste. Die Ärmel waren so aufgekrempelt, dass seine kräftigen Unterarme zum Vorschein kamen, die dicht mit weißen Härchen besetzt waren. Er warf einen Blick über die Schulter zurück und lächelte, wobei er sein gerades weißes Gebiss zeigte. Die Haut um seine braunen Augen warf dabei Falten, sodass noch mehr Runzeln auf seinen wettergegerbten Wangen erschienen. „Die meisten anderen Taxifahrer mögen die Spätschicht nicht, wegen all der Verrückten. Aber mir, mir gefällt's. Dadurch wird's doch erst interessant."

Er sah ganz nett aus. Wie ein Großvater. Aber irgendetwas an seinen kräftigen Händen, die jetzt wieder den Lenker umfassten, machte mich nervös. Ich blickte hoch und erwischte ihn, wie er mich im Rückspiegel anstarrte und erneut jagte eine Gänsehaut über meine Arme. Ich konnte mir nur allzu leicht vorstellen, wie sich seine Hände um etwas Weiches, Schmales schlossen, wie sich die Muskeln in seinen Unterarmen anspannten, während er seinen Griff verstärkte …

Okay, möglicherweise hatte sich einiges an Wut in ihm aufgestaut, aber er hatte dem nie nachgegeben. Noch nicht.

Rasch schloss ich das Fenster in meinem Kopf wieder, das mir einen Einblick in seinen Charakter gewährt hatte – eine Eigenschaft, die alle gebürtigen Vampire teilten. Wir blickten irgendeinem Menschen in die unschuldigen blauen Augen und sahen die wahre Persönlichkeit dahinter. Die meisten Leute versuchten diese vor den anderen zu verbergen. Mir war schon klar, dass diese besondere Art von Menschenkenntnis verdammt nützlich war – sie sorgte beispielsweise dafür, dass man nicht etwa mit einem Betrüger Geschäfte machte oder einen Massenmörder als Empfangschef anheuerte oder zu einem JAK – Kurzform für Jäger andersartiger Kreaturen, einer Organisation der wenigen Erleuchteten, die tatsächlich an Vampire und andere übernatürliche Geschöpfe glaubten und ihren Lebensunterhalt damit verdienten, zu versuchen, die Welt von uns zu befreien – ins Auto stieg. Zugleich wusste ich aber auch über die meisten Menschen wesentlich mehr, als ich gern wissen wollte.

Nämlich, dass sie viel bösartiger als jeder Vampir sein konnten. Und weitaus skrupelloser.

Ich schüttelte diesen dunklen, verstörenden Gedanken ab und zog mein Handy aus der Tasche. Dunkle Gedanken liegen mir nun mal nicht besonders.

„Wo soll's denn hingehen, junges Fräulein?“

„Manhattan.“ Ich gab ihm meine Adresse und machte es mir auf der Rückbank bequem. Bevor er versuchen konnte, die Unterhaltung fortzusetzen, klappte ich mein Handy auf und drückte ein paar Tasten, um zu sehen, ob ich irgendwelche Nachrichten hatte. Es waren ganze zehn an der Zahl.

Ich hörte die erste ab, eine wohlbekannte weibliche Stimme drang an mein Ohr.

„Du glaubst nicht, was mir heute Abend passiert ist. Ich gehe gerade die Fifth Avenue entlang und sehe nach links – und da war sie im Schaufenster. Die unglaublichste Louis-Vuitton-Handtasche mit Jeans-Druck und einem Henkel aus Schlangenleder. Ich *musste* sie einfach haben. Ich kann gar nicht erwarten, dass du sie siehst. Wo bist du eigentlich? Ach ja, du hast ja jetzt diesen Job. Ich hoffe, du hast dabei genauso viel Glück wie ich. Ich ruf dich später noch mal an.“ *Klick*.

Nina Lancaster war die blonde Hälfte der Ninas – das sind meine beiden besten Freundinnen auf der ganzen Welt.

Wir drei hingen schon seit mehr als dreihundert Jahren zusammen ab. Wir hatten als Kinder Verstecken gespielt, Dutzende gebrochener Herzen bemuttert und gemeinsam unseren allerersten vollblütigen Italiener gekostet – sein Name war Giovanni gewesen, er hatte sogar noch besser geschmeckt, als er ausgesehen hatte. Nina Lancaster war die Tochter von Victor Lancaster, einem uralten Vampir und Hotelier, der, ganz im Gegensatz zu einer gewissen anderen Person, die hier ungenannt bleiben soll, seine Tochter nicht dazu zwang, ein Namensschildchen oder geschmacklose Kleidung zu tragen. Stattdessen gab Nina die Empfangsdame im Waldorf Astoria, um ihre Sucht nach Designer-Handtaschen befriedigen zu können.

Nina Nummer zwei, alias Nina Wellburton, war die brünette Hälfte des Duos. Ihr Vater hatte sein Vermögen mit Hygieneartikeln für Damen gemacht – dagegen hörte sich *Moe's* doch schon fast gut an, oder? Nina Zwei war Leiterin der Buchhaltung in New Jersey, wo die Produktionsstätte ihres Vaters angesiedelt war. Sie würde nicht mal im Traum einen unglaublichen Haufen Geld für eine Handtasche ausgeben. „Eine Handtasche kann man nicht essen“, sagte sie immer. „Diese Schuhe kann man nicht essen." Nina Zwei war insgeheim eine ausgewachsene Pfennigfuchserin.

Autsch.

Aber was soll ich sagen? Wir sind zusammen aufgewachsen. Wir sind beste Freundinnen. Ganz abgesehen davon, dass sie eine der wenigen Vampire in meinem Bekanntenkreis war, die nicht völlig hemmungslos war, was sie von der ganzen anderen Schweinebande unterschied. Sie war wie ich.

Natürlich mit weniger schönem Haar.

Ich löschte die Nachricht und wartete auf die zweite.

„Du glaubst nicht, was Nina gemacht hat." Pause. „Na gut, du glaubst es bestimmt. Sie hat ein ganzes Monatsgehalt für eine *Tasche* rausgeschmissen. Ich meine, ich weiß ja, dass es eine Louis Vuitton ist, aber es gibt doch wohl noch so was wie Selbstbeherrschung." Besorgtes Seufzen. „Sie hat sich einfach nicht in der Gewalt. Sie strampelt sich in einem Meer der Sucht ab ... und ich finde, wir müssen uns überlegen, wie wir ihr da raushelfen können. Ich meine, wir sind schließlich ihre besten Freundinnen. Es ist unsere Pflicht, sie zurückzuhalten, wenn sie am Rande der Selbstzerstörung steht." Nachdenkliche Pause. „Ich ruf dich zurück, wenn mir was eingefallen ist. Oh, und ich hoffe, deine Arbeit läuft gut." *Klick.*

Ich löschte die Nachricht und wartete auf Nummer drei.

„Hier ist noch mal Nina. Wo *bist* du? Du musst unbedingt diese Tasche sehen. Ich war kurz bei Nina und hab sie ihr gezeigt. Sie ist ausgeflippt, wie immer. Sie hat wohl zu lange auf ihre Kalkulationsbögen gestarrt. Offenbar weiß sie ein Kunstwerk nicht mal dann zu würdigen, wenn sie es sieht. Ich glaube, sie ist vollkommen verkrampft. Sie ist ja praktisch die ganze Nacht in ihrem Büro eingesperrt. Ich finde, wir müssen sie vor sich selber retten, bevor es zu spät ist. Vielleicht können wir uns ja in ihr Büro schleichen, ihren Computer anschmeißen und ihr einen

Bildschirmschoner mit der neuesten Dolce & Gabbana-Werbung draufspielen. Das ist die mit dem Top aus Silberlamé und den Hüftjeans mit den Nieten und …"

Das Taxi blieb vor dem Haus stehen, in dem ich wohnte, als ich gerade Nachricht Nummer zehn löschte – ein detaillierter Plan von Nina Zwei, wie wir Nina Eins aus dem Waldorf entführen und zu einem Treffen der Anonymen Kaufsüchtigen schleppen könnten.

Meine Wohnung lag in einem renovierten Mehrfamilienhaus an der Eastside von Manhattan. Das Gebäude war dunkel und ruhig. Es gab keinen Pförtner, der mir aus dem Taxi helfen und den Fahrer an meiner Stelle hätte bezahlen können. Keinen Mann am Empfang, der bereitgestanden hätte, um meine Taschen zu tragen und den Knopf des Aufzugs zu drücken. Es gab nicht mal 'nen Aufzug, Punkt. Nur ein paar Treppen, die in den fünften Stock hinaufführten, in einen langen Korridor mit nur zwei Türen, einer auf jeder Seite.

Ich hatte die Frau von gegenüber noch nicht kennengelernt, aber ich hatte gehört, dass sie Buchhalterin war. Single. Keine Kinder. Keine Haustiere. Sie roch nach billigem Parfüm und hatte eine Vorliebe für thailändisches Essen.

An meiner Tür blieb ich stehen; wieder kribbelten meine Ohren.

„… nun weitere Nachrichten aus dem Inland. Die Anzahl vermisster Frauen steigt nach wie vor an. Vor drei Tagen erst verschwand Candace Flowers aus ihrem Haus in der Nähe von Chicago. Das ist jetzt schon die neunte Frau, die allein während der vergangenen zwei Monate in der Windy City spurlos verschwunden ist. Eine erschreckend hohe Anzahl, die sogar die jüngste Serie von Entführungen in Los Angeles noch übertrifft …"

Sogar wenn sie schlief, lief auf ihrem Fernseher CNN, der Ton war gedämpft, um die Nachbarn nicht zu stören. Aber ich war nun mal nicht das durchschnittliche Mädchen von nebenan, und ich hörte alles laut und deutlich.

Chrrrrr …

Ach ja, schnarchen tat sie auch.

Ich steckte meinen Schlüssel ins Schloss, drehte ihn herum, drehte dann am Türknauf und drückte auf den Lichtschalter gleich hinter der Tür. Warmes, gelbes Licht stieß die Schatten zurück.

Die Bude war ungefähr so groß wie mein Kleiderschrank im Penthouse meiner Eltern drüben an der Park Avenue – sie hatten immer noch ihre Wohnung in der Stadt, obwohl sie mittlerweile die meiste Zeit auf ihrem Besitz in Connecticut verbrachten. Ich fand es eher anheimelnd als klein. Gemütlich.

Schon gut, schon gut. Es war *winzig*, aber es gehörte mir ganz allein – zumindest bis zum Ende des Monats – und es lag nur ein paar Blocks von *Dead End Dating* entfernt.

Natürlich bedeutete „mir ganz allein" *mir ganz allein*. Also kein Ewiger Gefährte. Kein Freund. Kein platonischer Zimmergenosse. Nicht mal eine Katze.

Nicht dass ich irgendwas davon gewollt hätte. Mit meinem Leben war ich glücklich. Äußerst glücklich. Unglaublich, wahnsinnig glücklich.

Ja, ja. Ich geb's ja zu, so glücklich bin ich gar nicht. Aber ich arbeite dran. Zuerst meine Karriere, dann mein eigenes Liebesleben (ein Ewiger Gefährte, der mich anbetet, und ein halbes Dutzend Mini-Vampire mit meinem Sinn für Stil).

Ich legte meine Tasche auf einen kleinen antiken Telefontisch, den ich meiner Mutter abgeschwatzt hatte, als ich vor ein paar Wochen ausgezogen bin. Zusammen mit einem Sofa und zwei Stühlen. Leider nahm das Sofa mein halbes Wohnzimmer ein, ich hatte die Stühle aus Platzmangel zurückgeben müssen. Meine Eltern hatten mir als Einweihungsgeschenk so richtig dicke

Rollos geschenkt. Und ich hatte das Geld mit beiden Händen ausgegeben und mir ein paar Laken aus ägyptischer Baumwolle zugelegt, die in diesem Augenblick vom Kingsize-Bett aus, das mein gesamtes Schlafzimmer ausfüllte, lockend nach mir riefen.

Ich hatte mich schon zur Hälfte ausgezogen, als ich durch das Wohnzimmer zum blinkenden Anrufbeantworter ging, der auf dem Boden stand, gleich neben dem Platz, wo irgendwann einmal ein Esstisch von Huervo aus Chrom und Stahl Platz finden würde, *falls* sich meine Arbeit mit Francis bezahlt machte und ich endlich massenhaft Schotter kassierte.

Ich drückte mit einem Zeh auf die blinkende Taste – und die Stimme meiner Mutter erfüllte das Zimmer.

„Dein Vater hat dich schon dreimal angerufen und du hast nicht zurückgerufen."

„Weil ich weiß, was er will", sagte ich laut.

„*Midnight Moe's* war immer gut für uns", fuhr die Stimme fort. „Ich weiß ja, dass es nicht gerade ein glamouröses Geschäft ist, aber es ist lukrativ."

Schuld – oh, Augenblick mal, es war nur die Stimme meiner Mutter – folgte mir die wenigen Schritte bis in die Küche, wo ich meinen klitzekleinen Kühlschrank öffnete und den Inhalt überflog. Ich griff an einem Styropor-Becher von Starbucks, vier Safttüten und einem Sixpack Cola Light vorbei und zog etwas heraus, das wie eine Flasche Rotwein aussah.

Auf dem Etikett stand SONDERABFÜLLUNG FÜR GARNIER'S GOURMET; das war ein im Village gelegener Delikatessenladen mit Bäckerei für den gehobenen Geschmack. Garnier's bot seinen menschlichen Kunden die umfassendste Auswahl an französischem Käse in ganz New York, und ihrer Vampirkundschaft eine zivilisierte und diskrete Alternative fürs Abendbrot.

„... stellst die Geduld deines Vater wirklich auf eine harte Probe", fuhr meine Mutter fort. „Er ist dermaßen außer sich, dass er doch tatsächlich gestern ganz vergessen hat, die Sträucher an der Ostseite zu schneiden, und du weißt doch, dass er die Sträucher an der Ostseite *immer* ..."

Mein Vater stutzte die Sträucher an der Ostseite immer, weil sie an der Grenze zum Nachbargrundstück wuchsen, das einer gewissen Viola Hamilton gehörte, der Präsidentin des Ortsverbands der Nudistischen Abteilung Sinnesfroher Amerikanerinnen, alias NASA. Die NASA war eine Gruppe weiblicher Werwölfe und aus diesem Grund die größte Plage des schönen Staates Connecticut, soweit es meinen Vater betraf.

Viola war die Gastgeberin der Treffen dieser Vereinigung, die an den Wochenenden stattfanden, daher schätzte sie es, wenn die Büsche und Sträucher dicht und hoch waren, um ihre Privatsphäre zu wahren.

Und mein Vater liebte es, ihr einen Strich durch die Rechnung zu machen.

„... er regt sich schrecklich über deinen Plan auf. Genau wie ich ...", fuhr meine Mutter fort.

Ich entkorkte die Flasche, schenkte mir ein Glas ein und erwärmte es in der Mikrowelle. Dann machte ich es mir auf dem Sofa gemütlich und nahm einen Schluck. Meine Zunge erschauderte, als der erste Tropfen sie berührte. Die Flüssigkeit reizte meine Geschmacksknospen, glitt meine Kehle hinunter und floss durch meinen Körper. Wärme strömte meine Nervenenden entlang. Wenn es auch nicht dasselbe rauschhafte Erlebnis war, das beim Trinken von einem Menschen aus Fleisch und Blut hervorgerufen wurde, so war es doch genauso befriedigend.

Irgendwie.

„Weißt du eigentlich, wie unangenehm das alles für uns ist? Dass du in einem solchen Loch wohnst? Und die Vermittlung

Ewiger Gefährten zu deinem Beruf gemacht hast? Meine Güte, dabei kannst du noch nicht einmal deinen eigenen finden. Wie sollst du da einen für jemanden anders auftreiben?“

Das war's mit dem gemütlichen Nippen. Ich kippte das Glas runter, bevor meine Mutter wieder einmal darauf hinweisen konnte, dass ich keine richtige Verabredung mehr gehabt hatte, seit mein Großonkel Gio den Schritt mit Gefährtin Nummer vier gewagt hatte – seine drei vorherigen Ewigen Gefährtinnen hatten sämtlich einen frühzeitigen Tod gefunden, und deshalb dauerte die Ewigkeit in Onkel Gios Welt nur ungefähr hundert Jahre.

Meine Eltern waren davon überzeugt, dass mein Onkel einfach nur furchtbares Pech gehabt hatte, aber ich kannte die Wahrheit. Onkel Gio mochte reich, kultiviert und gut aussehend sein, aber er war auch einer der wenigen Vampire mit einem grauenhaften Sinn für Humor. Ich hatte meinen Onkel genug Häschen-Witze erzählen hören, dass ich den Verdacht hegte, meine Tante Jean sei nicht einfach nur zufällig drei Stockwerke tief auf einen Fahnenmast gestürzt. Dasselbe galt für Tante Gwen, die eine Flasche Weihwasser mit ihrem Lieblings-Chardonnay verwechselt hatte, und Tante Monique, die statt Badeperlen versehentlich ungefähr zwei Dutzend Knoblauchknollen in ihr nächtliches Bad getan hatte.

„… dich Stella Burbanks ältestem Sohn vorstellen. Er heißt Paul und verfügt über eine wirklich beeindruckende Fertilitätsrate. Er ist für dich absolut geeignet. Das wird er jedenfalls sein, wenn du dir endlich diese verrückte Idee aus dem Kopf schlägst und dir von deinem Vater einen richtigen Job –“ *Klick.*

Ich hatte das Zimmer durchquert und mit meinem Zeh die Aus-Taste gedrückt. Danach hatte die Lösch-Taste einen Knuff erhalten und ich war in mein Schlafzimmer gestürmt.

Ich hatte schon einen richtigen Job und er fühlte sich gut an.

Ich war müde, in meinem Kopf drehte sich vom vielen Nachdenken alles und ich war vollkommen am Ende. Ein Lächeln umspielte meine Lippen. Ich war schon öfter als ich zählen konnte zum Umfallen müde gewesen – wenn ich die Nacht in einem meiner Lieblingsclubs durchgetanzt oder mal wieder die ganze Nacht mit meinen Freundinnen durchgequatscht hatte. Aber diesmal war es etwas anders. Ich fühlte mich, als ob ich heute Nacht wirklich etwas *getan* hätte.

Ich überprüfte noch einmal die Rollos, um mich zu vergewissern, dass sie auch wirklich sicher waren; eine Idee indirektes Sonnenlicht würde mich natürlich nicht gleich in Rauch auflösen, aber es war doch schlecht für den Teint. Ich kroch ins Bett, schloss die Augen und beschwor meine allerliebste Fantasie: ich, der Strand, ein paar Margaritas und Orlando Bloom.

Oh, und ein pinkfarbener, handgenähter Bikini von Donna Karan, an dessen Bändern Muscheln baumelten.

Also, das war doch mal ein Traum!

6

„Es ist deine Bestimmung, bei *Moe's* zu arbeiten ..."

Die Stimme meiner Mutter riss die kuschelige Decke aus Glückseligkeit herunter, in die ich mich eben noch eingemummelt hatte, und bohrte sich in meine Ohren.

„... um nicht zu sagen, deine Pflicht. Du bist eine Marchette. Wir *sind Moe's* ..."

Der Schlaf bemühte sich, mich wieder ins Reich des Vergessens zu ziehen, nicht gewillt, mich vor Sonnenuntergang loszulassen. Ich spürte immer noch die Erschöpfung in jeder Faser meines Körpers. Ein Gefühl, das erst dann nachließe, wenn die Nacht anbrach.

„... selbst dein Cousin Victor lässt es sich nicht nehmen, seinen Teil beizutragen. Er hat erst gestern Nacht deinen Vater angerufen. Er ist der Letzte, von dem zu hören ich erwartet hätte, schließlich ist er immer noch mit dieser Wie-heißt-sie-noch zusammen ..."

Wie-heißt-sie-noch bezog sich auf Victors Frau, Leeanne. Leeanne entstammte einer langen Linie von Wervampiren. Und was, bitte schön, ist ein Wervampir? Stellen Sie sich eine Mischung von Dracula und dem Wolf aus *Rotkäppchen* vor. Also, vor langer, langer Zeit hat eine meiner Vorfahrinnen die Seiten gewechselt und sich mit einem Werwolf eingelassen. Und bevor man bis drei zählen konnte, war der Vampir schwanger. Wer hätte das gedacht? Der Rest ist Geschichte und mittlerweile bevölkert eine ganze Rasse von Vampir-Werwölfen die Erde, beziehungsweise verpestet sie, wie mein Vater sagen würde. Das Einzige, was er noch mehr hasst als Wervampire, sind gewandelte Vampire. Meine Familie fährt voll auf diese Wir-sind-besser-als-ihr-weil-wir-die-Eliterasse-sind-Mentalität ab.

Nicht dass das Theater, das alle um die Sache machten, Victor aufgehalten hätte. Er hatte sich auf der Stelle rettungslos in Leeanne verliebt – ein Beweis für die Existenz der Liebe, der wohl über jeden Zweifel erhaben sein dürfte. Das ist wahre Liebe und nicht bloß Lust. Obwohl, auf der anderen Seite … ich schätze, es könnte auch Lust mit dabei sein. Oder einfach nur ganz allein Lust. Diese Wervampire waren schon verdammt unwiderstehlich (oh Mann, das konnte ich aus eigener Erfahrung bestätigen). Lange Rede, kurzer Sinn – Victor und Leeanne waren seit fünf Jahren ein Paar und die Familie hatte ihn enterbt. Bis jetzt. Mein Vater hatte eine Schwäche für Leute, die Limettengrün trugen.

„… in der Vergangenheit mag er ja Probleme gehabt haben zu erkennen, wo seine Loyalität liegt, aber inzwischen weiß er offensichtlich, was er zu tun hat. Er gehört zur Familie und die Familie sollte zusammenhalten. Da packt man nicht einfach seine Siebensachen und zieht aus, weil man sich irgendeine Marotte in den Kopf gesetzt hat von wegen Partnervermittlung …"

Ein Traum, beruhigte ich mich selbst. Ich schlief immer noch den Schlaf der Toten, und die Stimme, die in meinem Kopf widerhallte, gab es nur in meiner Fantasie. Kein anständiger, respektabler, vernünftiger Vampir würde vor Sonnenuntergang auf den Beinen sein –

Kaum hatte ich diesen Gedanken gedacht, riss ich die Augen auf

Hey, schließlich reden wir hier von meiner Mutter.

„… aber es ist dein Leben und du musst es so leben, wie du es für richtig hältst. Auch wenn ich nicht einmal ansatzweise begreife, wie du wohl in dieser beengten, armseligen Bruchbude, die du Wohnung nennst, glücklich sein kannst. Doch wenn du deinem Vater unbedingt das Herz brechen willst, dann ist das deine Sache. Aber wenigstens könntest du dich mal mit dem Finanzberater deines Vaters treffen. Es wäre wirklich richtig gut für dich. Ruf mich an, dann erzähl ich dir mehr." *Klick*.

Ich schielte auf die Uhr, die neben der Schlafzimmertür auf dem Boden stand. Mir blieben immer noch fünfzehn gesegnete Minuten, und das wussten meine Augenlider auch. Sie zuckten, während sie sich langsam wieder über meine Augen senkten.

Ich kämpfte gegen den Drang an, meinen Kopf unter dem Kissen zu vergraben, und wickelte mich aus den Laken. Meine Gedanken zum Verhalten anständiger, respektabler, vernünftiger Vampire kamen mir in den Sinn, aber die verdrängte ich ganz schnell wieder. Das war schließlich etwas ganz anderes, weil ich nämlich niemandem auf die Nerven ging.

Ich stolperte auf das kleine Fenster zu, das links von meinem Bett lag. Darauf bedacht, mich seitwärts davon zu halten, zog ich an der Schnur und ließ das schwere, undurchsichtige Rollo hoch. Schwaches Sonnenlicht flutete das Zimmer. Ich drehte mich um und tauchte wieder zwischen die Bettlaken. Mit dem Rücken gegen das Kopfende gelehnt, zog ich meine Knie an die Brust, zog die Decken hoch und starrte am Fußende meines Bettes vorbei auf den Spiegel, der mir genau gegenüber an der Wand hing.

So sieht's aus … Wenn ich auch nicht im direkten Tageslicht draußen herumspringen kann, so ist es doch etwas vollkommen anderes, auf seine Reflexion im Spiegel zu schauen.

Eine rasche Bemerkung zu gebürtigen Vampiren und Spiegeln: Ja, wir können uns im Spiegel sehen. Aber ob wir das auch wollen, das ist eine ganz andere Sache. Ich persönlich achte darauf, mich von meinem fernzuhalten, bis ich wenigstens ein volles Glas 0 positiv zu mir genommen und ein bisschen Lippenstift aufgetragen habe.

Orangefarbenes Glühen krönte das Gebäude neben dem meinen. Ich beobachtete während der nächsten Minuten, wie es langsam immer tiefer und tiefer sank. Auf diese Weise hatte ich den Sonnenuntergang schon viele Male betrachtet (immerhin bin ich fünfhundert Jahre alt und Spiegel gibt es schon seit einer halben Ewigkeit), und jedes Mal verspürte ich ein seltsames Gefühl des Verlusts, wenn das Sonnenlicht vollkommen verschwunden war.

Nicht dass ich das für eine große Sache hielt. Oder mich in irgendeiner Weise herabgesetzt fühlte. Ich war jemand ganz Besonderes – Bildung vom Feinsten, ewige Jugend und das ganze Zeug – und soweit es mich betraf, war Tageslicht nichts als nervtötend und lästig und dabei so überflüssig wie ein Kropf.

Es war nun wirklich nicht so, als ob ich mich am Ende noch fragen würde, wie es wohl sein würde, draußen zu stehen und die Sonne warm auf meinem Gesicht zu spüren.

Okay, manchmal vielleicht schon. Aber ich habe mich schließlich auch schon gefragt, wie es wohl wäre, ein Duett mit Mozart zu spielen, für Botticelli Modell zu stehen, den Präsidenten der Vereinigten Staaten zu heiraten (vor dieser ganzen Lewinsky-Affäre) und beim Super Bowl die Nationalhymne zu singen. Das sind nichts als kurze, flüchtige Das-passiert-sowieso-nicht-Gedanken. Manchmal ganz nett, aber die haben mit meinem wirklichen Ich nicht das Geringste zu tun.

Ich bin vollkommen glücklich und zufrieden.

Das Telefon klingelte, bevor ich noch weiter über dieses Thema nachdenken konnte – zum Glück. Ich schnappte es mir.

„Hey."

„Lil?"

Die Stimme meiner Mutter drang an mein Ohr und ich verpasste mir in Gedanken eine Ohrfeige, dass ich nicht zuerst die Anruferkennung gecheckt hatte. Aber ich hatte gerade einen ernsthaften Augenblick durchgemacht, und ernsthaft liegt mir nun mal nicht wirklich.

„Es wird aber auch mal Zeit, dass du ans Telefon gehst."

„Hab nur Spaß gemacht", platzte es aus mir heraus. „Ich bin im Augenblick nicht zu Hause, aber Sie können eine Nachricht hinterlassen und ich werde Sie zurückrufen. Piiiiieeep!"

„Lil?"

Ich hielt den Atem an.

„Hier ist deine Mutter", sagte sie schließlich. „Ich habe vergessen, dich an Sonntag zu erinnern. Sei bitte pünktlich. Dein Vater hasst es, wenn du dich verspätest. Wo wir gerade davon reden, ich muss jetzt gehen und ihn aufwecken. Dein Vater hat kurz nach Sonnenuntergang eine Verabredung zum Golf." *Klick*.

Puh, das war knapp gewesen!

Ich stieß einen tiefen Seufzer aus und schaltete mein Telefon ab.

Bäääh.

In meiner ganzen Euphorie von wegen neue Wohnung/neues Geschäft hatte ich den Sonntag völlig vergessen. Wo Menschen das traditionelle gemeinsame Mittagessen hatten, bei dem sie einmal in der Woche zusammenkamen und einander in den Wahnsinn trieben, hatten wir Marchettes die *Jagd*.

Früher, in der guten alten Zeit – vor Versace –, jagten Familien zusammen in Rudeln. Aber seit wir gebürtige Vampire in eine neue, aufgeklärte Ära eingetreten sind und unser Mittagessen auf sehr viel zivilisiertere Weise zu uns nehmen – Gourmetkost in Flaschen –, riskieren wir nicht länger, entdeckt zu werden, indem wir ausziehen und die Gegend nach Nahrung absuchen.

Doch das bedeutete noch lange nicht, dass wir auch unseren Überlebensinstinkt verkümmern lassen sollten. Jedenfalls, soweit es meinen Vater betraf. Er hielt es für seine Pflicht sicherzustellen, dass seine Kinder in vollem Umfang fähig waren zu jagen, sollten die Abfüllanlagen vom Erdboden verschwinden und das Chaos die Herrschaft übernehmen. Und so hielt er die Tradition der sonntäglichen Jagd aufrecht.

Nur dass wir jetzt einander jagten. Der Preis? Zusätzliche Urlaubstage bei *Moe's*, was meinen Brüdern gerade recht war. Sie hatten seit zig Jahren nicht eine einzige Jagd versäumt. Da ich im Augenblick nicht und auch nie zuvor (jedenfalls würde ich es nicht zugeben) bei *Moe's* beschäftigt war, fand ich diese allwöchentliche Treffen nicht annähernd so spannend. Da würde ich ja lieber eine Jeans von Wal-Mart tragen.

Abgesehen davon, dass er uns zur Jagd zwang, bestand mein Vater auch noch darauf, uns seinen neuesten Golfschwung zu demonstrieren.

Vergessen Sie Wal-Mart. Lieber geh ich zur Caritas.

Ich kroch unter meinen Decken hervor und ging zum Fenster hinüber. Gerade als ich die Rollos wieder schließen wollte, fühlte ich erneut dieses seltsame Kribbeln, das ich letzte Nacht schon gefühlt hatte.

Ich starrte in die Gasse unter mir; mein extrem gutes Sehvermögen durchdrang die Schatten und suchte den schmalen Bürgersteig ab. Leer, bis auf ein paar Mülltonnen, eine streunende Katze und etwas Weiches, Pelziges, dessen Namen ich lieber nicht aussprechen möchte.

Geschöpf der Nacht hin oder her, ich hatte eine Art Phobie, was Nagetiere anging.

Ich suchte die Gegend noch ein paar Sekunden lang weiter ab, bevor ich das merkwürdige Gefühl endlich abschütteln konnte. Dann drückte ich eine Taste auf meinem CD-Spieler und arbeitete mich durch das Menü, bis Kanye West damit begann, die männliche Bevölkerung vor geldgierigen Frauen zu warnen. Ich drückte die Wiederholungs-Taste und legte die Fernbedienung weg. Der beständige Rhythmus erfüllte meine kleine Wohnung und übertönte die Abendnachrichten, die aus dem Fernseher nebenan dröhnten. Ich tanzte in die Küche, leerte ein volles Glas Blut und machte mich mit wackelndem Hintern auf den Weg zur Dusche. Abgesehen von nörgelnden Müttern und ein paar gruseligen Momenten war ich ziemlich guter Laune.

Eine halbe Stunde später war ich dann angezogen und bereit, meinen Abend zu beginnen. Der Himmel war von tiefem, samtigem Schwarz und mit funkelnden Sternen übersät. Darum beschloss ich, lieber zu Fuß zu gehen, als ein Taxi anzuhalten.

Unterwegs hielt ich an einem Kiosk an, um die neueste Ausgabe der *Cosmo* zu kaufen, und machte einen kurzen Abstecher zu Starbucks. Daher hatte ich beide Hände voll, als ich um die Ecke bog und mich meinem Büro näherte.

Zum Glück.

Denn dieser unglaublich gut aussehende Typ, der gleich vor der Glastür am Eingang wartete, löste in mir den Impuls aus, erst zuzugreifen und später nachzudenken.

Viel, *viel* später.

7

Er war ein Vampir.

Das war der erste Gedanke, den ich hatte, als ich den Mann erblickte, der am Eingang von *Dead End Dating* stand.

Zugegeben, das war eigentlich nicht mein allererster Gedanke.

Numero uno? Mein Spitzenstringtanga von Victoria's Secret hatte sich an einen ziemlich abgelegenen Ort verirrt und ich dachte nur daran, dass ich meine übernatürlichen Reflexe benutzen und ihn vorhin wieder an Ort und Stelle hätte befördern sollen, statt damit zu warten, bis ich im Büro bin.

Gedanke Nummer zwei?

Das war wirklich mal ein richtig heißer Vampir.

Auf eine wilde, primitive Art. Er hatte dunkles, schulterlanges Haar, ein starkes, mit Bartstoppeln bedecktes Kinn und blaue Augen. Nicht einfach irgendein Blau. Wir reden hier von Neonblau, so hell und lebendig, dass ich hätte schwören können, ein Summen zu hören, als sich unsere Blicke begegneten.

Andererseits hätte das Summen natürlich auch von meinen an Entzug leidenden Hormonen stammen können, die angesichts von so viel Testosteron nicht zum ersten Mal den Schnellgang einlegten. Er war ein harter Kerl, ein richtiger Cowboy, vom schwarzen Stetson, den er tief in die Stirn gezogen hatte, und seinem langen schwarzen Ledermantel, bis hin zu den schwarzen Jeans und den verblichenen schwarzen Stiefeln.

Leider war er nicht nur ein zum Sterben schöner Blutsauger, er war außerdem auch noch ein gewandelter.

Das wusste ich in der Sekunde, als sich meine Nasenflügel aufblähten und das Einzige, was ich roch, der schwache Geruch nach Leder von seiner Jacke war. Nicht nach Süßem oder Köstlichem oder Essbarem, obwohl er eindeutig nach all diesem aussah.

Ich zwang mich zu schlucken und konzentrierte mich auf den String. Äääh. Verflucht unangenehm. Eigentlich sollte ich mich jetzt gerade vollkommen unwohl fühlen und nicht das kleinste bisschen angetörnt. Mein Herz sollte nicht schlagen wie verrückt und meine Hände sollten nicht zittern und auf überhaupt gar keinen Fall sollte ich mich danach sehnen, diesem Kerl einen dicken Kuss auf die festen, sinnlichen Lippen zu drücken.

Denk an den String.

Denk an den nervigen String.

Denk an den total nervtötenden String, der unter der DKNY-Jeans aus der letzten Saison, die ich mangels Alternative angezogen hatte (habe ich schon erwähnt, dass ich es hasse, Wäsche zu waschen?), zusammen mit einem pinkfarbenen Vintage-Metallica-T-Shirt, das meinem Teint leider überhaupt nicht schmeichelte, den Hintern wund scheuerte.

An der Jeans hätte ich sowieso nichts ändern können. Aber ich wäre wesentlich besser dran gewesen, wenn ich das cremefarbene knappe T-Shirt mit dem Strass und den Flügelärmeln angezogen hätte, das ich mir letztes Wochenende gekauft habe. Wenigstens betonte das ein bisschen, was von meiner airgebrushten Bräune noch übrig war, und ließ mich zumindest geringfügig sexy aussehen.

Augenblick mal.

Im Moment war sexy auszusehen auf keinen Fall meine erste Priorität. Mr Heißer *Gewandelter* Vampir gehörte zu den potenziellen Kunden. Was bedeutete: Seine Ausstrahlung konnte mir egal sein. Ich durfte mich auch nicht fragen, wie sich seine Lippen anfühlten oder darüber fantasieren, wie seine starken Hände über meinen … *Nein*!

So toll war er schließlich auch wieder nicht. Vintage, jedenfalls wenn es ein komplettes Outfit betraf, war so was von out. Der Trick war, einige wesentliche Teile mit ein paar modischen Teilen zu kombinieren. Dieser Kerl hatte offensichtlich nicht den geringsten Sinn für Mode, zusätzlich zu der Tatsache, dass er ein Gewandelter war. Ein zweifacher Fluch, was mich betraf.

Trotzdem wünschte ich mir immer noch, ich hätte das andere Shirt angezogen. Nur weil er keine Ahnung von Mode hatte, hieß das noch lange nicht, dass ich es ihm gleich nachmachen musste. Ganz abgesehen davon, dass er – Vampirklassifikationen hin oder her – unverschämt H-E-I-S-S war. Auch wenn ich nicht die geringste Absicht hatte, etwas mit ihm anzufangen, wollte ich doch trotzdem, dass er sich wünschte, er könnte etwas mit mir anfangen.

Schließlich ging es hier ums Prinzip.

Ich erreichte ihn mit drei Schritten. „Hi."

„Hallo, Süße."

Süße? Da sieht man's mal wieder. Überhebliche, herablassende Macho-Scheiße. Da hätte er mir ja auch gleich noch meinen Führerschein und meinen freien Willen abnehmen können. Ich *verabscheute* Typen, die so was machten, aus tiefstem Herzen.

Mein Herz schlug ein wenig schneller und meine Nerven vibrierten. „Kann ich Ihnen, äh, irgendwie helfen?"

„Vielleicht." Er rührte sich keinen Millimeter vom Fleck, sondern stand einfach nur da, versperrte mir den Weg und starrte mich an. Ein seltsames Gefühl arbeitete sich mein Rückgrat hoch. Ein vertrautes Gefühl.

Und dann traf mich die Erkenntnis wie ein Bus mit kaputten Bremsen. „*Sie* sind das, der mir die ganze Zeit über gefolgt ist", stieß ich hervor. „Das waren *Sie*."

Er zuckte angesichts meiner Beschuldigung nicht mal mit der Wimper. Kein kleinlauter Blick, der Vergebung erheischte und sein Image als harter Kerl abgemildert hätte. Stattdessen grinste er, wobei sich seine Mundwinkel hoben und eine Reihe gerader, weißer Zähne entblößten. Mein Herz klopfte wie wild, ohne jedes Schamgefühl.

„Schuldig." Dann veränderte sich seine Stimme von tief und verführerisch hin zu kühl und geschäftsmäßig. „Mein Name ist Ty Bonner. Ich bin unabhängiger Kautionsagent. Ich würde gern über eine Serie von Entführungen mit Ihnen sprechen."

Sofort fiel mir wieder der Bericht in den Nachrichten ein, über die vermisste Frau aus Chicago, der aus der Wohnung meiner Nachbarin an mein Ohr gedrungen war.

Bevor ich irgendwelche Mutmaßungen anstellen konnte, sagte Ty: „Warum setzen wir unsere Unterhaltung nicht drinnen fort? Ihr Kaffee wird kalt."

„Was? Oh, der ist gar nicht für mich. Er ist für meine Assistentin." Er trat zurück und ich marschierte an ihm vorbei.

Eigentlich hatte ich vorgehabt vorbeizuflanieren, aber ich war zu sehr damit beschäftigt mich zu fragen, wieso um alles in der Welt er mit mir über ein paar Entführungen reden wollte, und, ja natürlich, ich fragte mich auch, warum ich so viel Pech hatte, wenn es um Männer ging. Der erste wirklich gut aussehende Kerl, den ich treffe, und ausgerechnet *er* ist ein Gewandelter, verdammt noch mal!

Was war ich eigentlich? Verflucht oder so was?

„Sieh mal einer an, Sie waren fleißig", sagte Evie, als wir das Büro betraten. „Weiter so, Chefin. Wenn das so weitergeht, sind wir im Handumdrehen im Geschäft

„Er ist kein Kunde. Er ist ein Kanonisationsagent."

„Es heißt Kautionsagent", berichtigte Ty.

„Ein Kopfgeldjäger!" Evie strahlte Ty an, während ich ihr den Kaffee auf den Tisch stellte. „Das klingt furchtbar gefährlich."

„Manchmal ist es das auch."

„Tragen Sie eine Waffe?" Ihr Blick tastete ihn von oben bis unten ab, wobei er an einigen Punkten unterwegs einen Halt einlegte. „Eine Beretta? Glock? Ruger? Magnum Revolver?"

„Evie ist ein Riesenfan von *CSI*", mischte ich mich ein, als Ty eine Augenbraue hob.

„Genau genommen trage ich eine Sig Kaliber.40", erwiderte er. „*Wenn* ich sie bei mir trage. Was nicht allzu oft vorkommt. Eigentlich brauche ich keine Waffe." Nicht mit den Mächten der Finsternis auf seiner Seite.

„Wie dumm von mir. Wahrscheinlich haben Sie den schwarzen Gürtel. Und sind bestens in Nahkampf ausgebildet", sagte Evie. Ich konnte praktisch sehen, dass sie vor Aufregung bebte. „Ich wette, Sie machen die Bösewichter mit bloßen Händen fertig."

„Ich komm schon klar."

„Und Sie könnten sich jetzt mal beeilen und Schluss machen", wies ich Evie an, die einfach nur dasaß und Ty anstarrte, als ob er eine Praline wäre und sie mit einem Mal ein unglaubliches Verlangen nach der Füllung überkommen hätte. „Ich wette, Sie sind müde."

„Überhaupt nicht." Sie nahm einen großen Schluck von ihrem Mokka Latte. „Das ist heute schon mein sechster." Sie stellte den Becher ab. „Ich bleibe gern noch ein Weilchen hier und nehme die Anrufe entgegen, solange Sie sich, äh, unterhalten."

„Das geht schon klar. Ich werde ans Telefon gehen. Ich bin sicher, dass das hier nicht lange dauert."

„Aber es macht mir wirklich nichts aus."

„Ich möchte Sie ja nicht ausnutzen."

„Tun Sie doch gar nicht. Es wär mir ein Vergnügen."

„Gehen Sie!" Ich richtete meine unglaublichen übernatürlichen Vampirfähigkeiten auf sie, um sie mit purer Willenskraft dazu zu bringen aufzustehen, aber sie bewegte sich nicht einen Millimeter. Erst als Ty sie ANSAH, schob sie ihren Stuhl zurück und stand auf. Sie reichte mir noch einen kleinen Stapel Nachrichten, bevor sie nach ihrer Handtasche griff.

„Vergessen Sie Ihren Kaffee nicht", sagte Ty.

Sie lächelte. „Danke", sagte sie, als ob er derjenige gewesen wäre, der zwanzig Minuten lang deswegen angestanden hatte.

„Gern geschehen", sagte ich. Wieder versuchte ich, sie mit meinem Blick dazu zu bringen, endlich zu gehen. Ich verspürte einen Anflug von Schuldbewusstsein. Schließlich war Evie meine Freundin und ich hatte es mir zur Regel gemacht, meine Vampirkräfte niemals bei Freunden zu benutzen. Andererseits waren die meisten meiner Freunde ebenfalls Vampire und meine Kräfte funktionierten bei ihnen sowieso nicht.

Außerdem war das ein Notfall. Und es war nur zu ihrem Besten. Schließlich kannte ich Ty Bonner nicht. Soweit ich wusste, konnte er ja schließlich schon überlegen, wie sie wohl zum Abendbrot schmeckte. Nach der Art und Weise, wie Evie sich an ihn ranschmiss, wäre sie nur allzu gern bereit, sich von ihm vernaschen zu lassen.

„Verziehen Sie sich", sagte ich. Sie eilte auf dem kürzesten Weg zur Tür, so schnell, wie die Keilabsätze ihrer Jimmy Choo-Schuhe sie trugen.

Oooh, die waren mir ja noch nie aufgefallen. Nett.

„… Sie's denn gern?"

„Was?" Mein Kopf schwenkte zurück zu Ty. „Tut mir leid, das habe ich jetzt nicht mitgekriegt."

„Wo hätten Sie's denn gern?"

Dazu fielen mir auf Anhieb ein Dutzend hervorragender Möglichkeiten ein, aber meine Zunge war plötzlich zu ungeschickt zum Reden. Wortlos zeigte ich auf eine Tür und forderte ihn mit einer Geste auf einzutreten.

„Beeindruckend", sagte er, als wir drin waren. Sein Blick musterte die Ausstattung meines Büros, während ich auf dem

Weg zu meinem Schreibtisch noch ein paar zusätzliche Lampen anknipste. „Sie scheinen ziemlich erfolgreich zu sein."

Ich schluckte und drängte jeden einzelnen wollüstigen, anzüglichen Gedanken beiseite, der in diesem Augenblick in meinem Hirn Amok lief (oder zumindest die meisten davon). „Genau genommen erledigt momentan noch meine Kreditkarte die ganze Arbeit, aber ich plane, die Führung zu übernehmen, sobald mein Geschäft anläuft." Ich umrundete den Schreibtisch, ließ mich auf meinen Stuhl sinken, stellte meine Handtasche auf den Boden und beäugte ihn. „Also, wieso dieses ganze James-Bond-Getue? Warum haben Sie nicht einfach angerufen und wie jeder andere auch einen Termin vereinbart, statt mich zu verfolgen?"

„Sie sind ein Vampir."

„Und?"

„Sie betreiben eine Partnervermittlung."

„Und?"

„Das passt nicht zusammen." Er warf einen abschätzenden Blick auf die Tafel an meiner Wand, auf der stand LIEBE REGIERT DIE WELT. „Vampire glauben nicht an die Liebe."

„Stimmt, aber an Fortpflanzung schon. Gebürtige Vampire, meine ich. Heutzutage sind viele Vampire viel zu sehr damit beschäftigt, das große Geld zu verdienen, als dass sie viel Zeit für ein Sozialleben hätten. Deshalb benötigen sie eine Vorauswahl möglicher Partner. Jemanden, der ihnen einen sanften Schubs in die richtige Richtung gibt. Und da komme ich ins Spiel. Menschliche Partner vermittle ich ebenfalls." Das würde ich zumindest tun, sobald es mir gelänge, ein paar menschliche Klienten an Land zu ziehen. „Aber meine Spezialität sind gebürtige Vampire."

„Da haben Sie sich ja einiges vorgenommen."

Sein Kommentar erinnerte mich an Francis und mir wurde klar, dass Ty, da er mir gefolgt war, die ganze U-Bahn-Episode zweifellos mit angesehen hatte. „Nur zu Ihrer Information: Francis hat massenweise Potenzial. Das ist alles nur eine Frage der Verpackung."

„Da haben Sie mit Gewissheit mehr Arbeit als nur die Verpackung. Der Kerl zieht die Mädels nicht gerade magisch an. Zumindest nicht, wenn es um weibliche Vampire geht. Ihm fehlt jede Spur von Skrupellosigkeit …"

„Gar nicht." Zumindest theoretisch. Man müsste nur die Ecken und Kanten herausarbeiten.

„Vielleicht als italienische Großmutter. Aber als er selbst?" Er schüttelte den Kopf und nagelte mich mit seinen grimmigen blauen Augen fest.

Mir blieb der Atem weg und mein Vampirherz setzte ein paar Schläge aus.

Vielleicht war *festnageln* nicht gerade der richtige Ausdruck, wenn es um Ty Bonner ging. Genauso wenig wie *durchbohren*. Oder *aufspießen*. Oder *sich in mich bohren*. Oder jedes andere Verb, bei dem ich an Sex denken musste.

„Ich kapier immer noch nicht, wieso Sie mich verfolgt haben."

„Ich musste ganz sicher sein, dass bei Ihnen alles mit rechten Dingen zugeht und diese Verkupplungs-Agentur nicht nur als Fassade für die Beschaffung von Frischfleisch dient."

„Frischfleisch" bezog sich auf Menschen, und ich wusste, dass er auf den Schwarzmarkt anspielte, auf dem solchen Vampiren Menschen angeboten wurden, die immer noch nicht im 21. Jahrhundert angekommen waren und gelernt hatten, ihr Abendbrot aus einer Flasche zu trinken. Wie der Rest von uns. Es gab einige wenige – sehr wenige –, die sich nicht nur am Blut ihres Opfers nährten. Sie nährten sich auch an seiner Angst, und deshalb reichte es für sie nicht einmal annähernd aus, eine Flasche Gourmetnahrung zu entkorken oder den nächsten Lieferservice anzurufen, um ihren Hunger zu befriedigen.

Schwarze Schafe gab es in jeder Rasse, da bildete unsere keine Ausnahme. Aber davon zu wissen und damit konfrontiert zu werden, waren zwei ganz unterschiedliche Dinge.

„Ich biete eine Dienstleistung an, schlicht und einfach."

„Das weiß ich jetzt, nachdem ich Sie in den letzten paar Tagen beobachtet habe." Er warf mir einen seltsamen Blick zu und schüttelte den Kopf. „Sie sind mit Gewissheit keine Fleisch-Dealerin. Nicht bösartig genug."

Mich überlief ein Schauer, als er jetzt meinen Briefbeschwerer aufnahm und mit einem Finger das eingravierte LIL nachfuhr, wobei das *i* ein kleines Herz als I-Punkt hatte. Ich erstarrte.

„Vielleicht wusste ich ja, dass Sie mich beobachten und bin einfach nur eine richtig gute Schauspielerin." Na gut, bin ich also nicht bösartig. Ich kann manchmal ein richtiges Biest sein, aber viel näher komme ich an die Dunkle Seite wohl nicht heran. Trotzdem fühlte ich mich gezwungen, mich zu verteidigen. So sehr ich auch über gewisse Aspekte meiner Existenz jammern und stöhnen mag, ich bin doch stolz auf mein Erbe.

Und mein plötzlicher Sinneswandel hatte ganz sicher nichts damit zu tun, dass Ty Bonner fast enttäuscht wirkte.

„Ich kann genauso skrupellos und blutdürstig sein wie jeder andere Vampir auch. Darum bewahre ich auch diesen Dolch auf meinem Schreibtisch auf." Ich fummelte an der silbernen Waffe herum.

Er schien nicht im Mindesten beeindruckt.

„Blutdürstig, das nehme ich Ihnen ja noch ab. Schließlich *sind* Sie ein Vampir. Aber skrupellos?" Er schüttelte den Kopf. „Wohl kaum."

„Und ob ich skrupellos bin." Ich richtete die silberne Klinge auf ihn, um meinen Worten Nachdruck zu verleihen. „Ich könnte Sie mit einer einzigen Handbewegung in den Kopfgeldjägerhimmel befördern."

„Der Himmel ist so ziemlich der letzte Ort, zu dem ich unterwegs bin, Süße." Er grinste. „Außerdem ist das kein Dolch. Das ist ein Brieföffner."

„Es könnte aber ein Dolch sein. Wenn man genügend Kraft aufwendet."

Er zuckte mit den Schultern und nickte. „Aber Sie würden ihn nicht benutzen. Das könnten Sie gar nicht." Er schüttelte den Kopf, als ob er es immer noch nicht fassen konnte. „Sie sind *nett*."

Mein Herz schien einen Salto zu schlagen. Verdammt! „Ich bin *nicht* nett."

„Sie sind so süß wie Zuckerwatte." Er schnupperte. „Sie riechen sogar nach Zuckerwatte."

„Das heißt noch gar nichts."

„Sie haben ihrer Assistentin Kaffee mitgebracht. Ihrer *menschlichen* Assistentin. Das ist so, als würde man seinem Pferd ein Glas Merlot anbieten."

„Vielleicht habe ich ja Arsen reingetan."

Er wirkte nicht im Geringsten überzeugt. „Sie bieten kostenlose Profile für die Partnersuche an."

„Das hat überhaupt nichts mit Nettigkeit zu tun. Das hat schon seinen Grund – ich versuche nämlich gerade, ein Geschäft zu etablieren."

„Sie haben dem Obdachlosen an der Ecke fünf Mäuse gegeben."

Da hatte er leider recht.

Ich legte den Brieföffner wieder hin und faltete die Hände, damit sie nicht zitterten.

Okay, ich faltete sie, um sie nicht ausstrecken und die Narbe auf seiner Wange berühren zu müssen. Was soll ich sagen? Ich bin von Narben fasziniert. Gebürtige Vampire haben keine. Wenn wir uns verletzen, reicht es, einen Tag drüber zu schlafen, und schon sind wir verjüngt und wieder ganz gesund. Das nenne ich Schönheitsschlaf. Jedenfalls funktioniert das mit dem Nickerchen auch bei gewandelten Vampiren. Natürlich erst, sobald die Wandlung vollzogen ist. Aber vorher waren sie genauso verletzlich wie jeder andere Mensch auch.

Das Telefon suchte sich genau diesen Augenblick aus, um zu klingeln. Ich schnappte es mir auf der Stelle, froh über die Ablenkung. „*Dead End Dating*. Wo das wahre Glück nur einen Fragebogen weit entfernt ist." Ich weiß, ich weiß. Es war ein dämliches Motto. Aber die goldenen Bögen von McDonald's wurden auch nicht an einem Tag gebaut.

„Lilliana Marchette", schnauzte meine Mutter mich an. „Ich versuche jetzt schon seit einer *Ewigkeit*, dich zu erreichen. Hast du vielleicht die Telefonnummer deiner eigenen Mutter vergessen?"

„Tut mir leid." Meine Stimme war jetzt ein paar Oktaven höher und ich gab mein Bestes, um Evie zu imitieren. „Ich fürchte, Lil ist, ähm, gerade nicht im Haus. Hier ist ihre persönliche Assistentin."

„Wie bitte?"

„Evie. Mein Name ist Evie Dalton."

„Hier spricht Jacqueline Marchette. Lillianas Mutter."

„Was Sie nicht sagen. Es ist solch eine Ehre, endlich einmal mit Ihnen zu sprechen. Lil hat schon so viel Wunderbares von Ihnen erzählt."

Meine Mutter zögerte, als wenn sie es mir nicht abkaufte. „Ach wirklich?"

„Natürlich! Es tut mir furchtbar leid, dass Sie sie verpasst haben, aber ich bin sicher, dass sie Sie gern zurückruft, sobald sie wieder hier ist."

Das reichte. Auf gar keinen Fall würde ich das Wort „gern" benutzen, wenn es darum ging, meine Mutter zurückzurufen.

„Sagen Sie ihr, sie soll mich so bald wie möglich anrufen. Es ist unbedingt notwendig, dass ich auf der Stelle mit ihr rede."

„Wird erledigt. Ich möchte Ihnen nur noch sagen, was für eine wunderbare Tochter Sie haben."

„Nun, äh, vielen Dank."

„Das meine ich ernst. Sie ist wirklich umwerfend."

„Sie war schon immer eine Schönheit."

„Und brillant."

„Na ja, sie kommt halt ganz nach mir."

„Offensichtlich. Machen Sie's gut. Es war wirklich schön, mit Ihnen zu plaudern." Ich ignorierte einen kurzen Anfall von Schuldbewusstsein, schob das Telefon wieder in die Ladestation und blickte auf, wobei ich Tys Blick begegnete, der mich kritisch musterte. „Ich konnte ihr doch nicht sagen, dass ich zu beschäftigt bin, um mit ihr zu reden. Das hätte ihre Gefühle verletzt."

„Ich wäre gern kurz vor die Tür gegangen, damit Sie den Anruf entgegennehmen können."

„Das sagen Sie mir jetzt?" Ich bemühte mich, verärgert auszusehen, als ich mich nun in meinem Stuhl zurücklehnte und ihn mit einer Geste aufforderte, mir gegenüber Platz zu nehmen. „Also, was haben diese Entführungen mit mir zu tun?"

„Nichts." Er beugte sich vor und stützte die Ellbogen auf die Knie. „Noch nicht."

8

„Sie arbeiten also für ein Kautionsbüro?“ Ich musterte Ty.

Auch wenn ich nicht viel fernsah, so fand ich doch Zeit zu lesen – zwischen meinen Pediküren. Ich liebte Janet Evanovichs Romane mit der Protagonistin Stephanie Plum.

„Ab und zu.“ Er zuckte mit den Schultern. „Meist arbeite ich allein. Das FBI zahlt ziemlich gut, wenn man ihnen einen von ihrer Most-Wanted-Liste vorbeibringt.“

Ich bemerkte die TAG Heuer aus Edelstahl an seinem Handgelenk. Ich kannte nur einen einzigen Menschen, der einen ähnlichen Beruf wie er ausübte: eine Hundefängerin, die ich mal durch meinen jüngsten Bruder Jack kennengelernt hatte (er war mit ihr ausgegangen und sie hatte ihn angebetet – richtig schlimm). Sie hatte immer einen weißen Overall an und roch nach Flohpuder. Außerdem trug sie eine sabberfeste Timex. „Sie müssen wirklich gut in Ihrem Beruf sein.“

Er zuckte mit den Schultern. „Ich komme zurecht.“

Mir kam der Gedanke, dass ich vielleicht meine Berufswahl noch einmal überdenken und ernsthaft in Betracht ziehen sollte, selbst mal ein paar Bösewichter aufzuspüren. Nicht dass ich auch nur die geringste Ahnung hatte, wo ich anfangen sollte. Aber das könnte ich ja von, sagen wir mal, Ty lernen. Er wäre der harte Kerl und Hauptkopfgeldjäger und ich könnte seine Gehilfin sein. Zusammen würden wir dann auf der ganzen Welt böse Buben ihrer gerechten Bestrafung entgegenführen. Er könnte mir alle Tricks und Kniffe (vielleicht auch mit dem Lasso …) beibringen. Und ein paar davon mal an mir ausprobieren.

„Handschellen."

„Wie bitte?"

„Er fesselt seine Opfer nicht mit einem Lasso. Er legt ihnen Handschellen an. Die Entführungen haben in Los Angeles begonnen", fuhr er fort, bevor ich auf die Tatsache hinweisen konnte, dass er soeben meine Gedanken gelesen hatte.

Aber es war verdammt noch mal vollkommen unmöglich, dass er meine Gedanken lesen konnte.

Vampire waren nicht dazu in der Lage, die Gedanken anderer Vampire zu lesen. Sie konnten Gedanken projizieren, und falls der Adressat offen dafür war, kamen sie in die Lage, ohne Worte zu kommunizieren – in Grenzen. Aber jemandes Gedanken lesen …

Das war unmöglich. Oder?

Doch. Nein.

Oder vielleicht war das ein Einzelfall. Vielleicht konnte er aus irgendeinem verrückten Grund ausgerechnet *meine* Gedanken lesen. Nur meine.

Und aus welchem Grund sollte das der Fall sein?

Ich wusste es nicht. Vielleicht waren wir auf kosmische Art und Weise miteinander verbunden. Vielleicht lagen wir vollkommen auf derselben Wellenlänge. Vielleicht waren wir Seelenverwandte.

Vielleicht war ich aber auch einfach nur total hysterisch, eine rührselige Romantikerin und schwer notgeil. Offensichtlich vertrugen sich diese Eigenschaften nicht miteinander.

Ich hielt mich an diesem letzten Gedanken fest und konzentrierte mich wieder auf die Worte, die aus seinem Mund strömten.

„Die örtlichen Behörden waren zunächst nicht übermäßig besorgt, als das erste Opfer vermisst wurde."

„Sie kommen also aus Los Angeles?" Versuchen *Sie* mal, sich zu konzentrieren, wenn sich so ein Bild von einem Mann nur eine Armlänge weit entfernt befindet.

„Texas. Sie war Anfang zwanzig und Single und hatte auf eine Anzeige in einem der lokalen Single-Magazine geantwortet", fuhr er fort. „Eines Freitagabends ging sie zu einer Verabredung und kam nie wieder nach Hause. Sie wurde allerdings erst am darauffolgenden Mittwoch vermisst gemeldet, als ihr Vermieter bei ihr vorbeikam, um die Miete zu kassieren. Er dachte erst, sie hätte ihn gelinkt und sich aus dem Staub gemacht. Als er aber die Wohnung öffnete und all ihre Sachen darin fand, wurde er doch misstrauisch."

„Ich habe Familie in Louisiana. Immer wenn ich meine Kusine Charlene besuche, machen wir einen Abstecher nach Texas – genauer gesagt nach Austin – und sehen, was auf der Sixth Street so los ist."

„Schön für Sie." Er nickte. „Dann rief er in einem nahe gelegenen Restaurant an, wo sie als Kellnerin arbeitete. Als die ihm sagten, dass sie weder zur Arbeit gekommen war noch angerufen hatte, wandte er sich an die Cops und –"

„Woher genau in Texas kommen Sie?"

Er starrte mich eine ganze Weile streng an. „Skull Creek. Das ist ein kleines Kaff nördlich von San Antonio."

„Skull Creek. Ich glaube nicht, dass ich davon schon mal gehört habe."

„Da geht es Ihnen wie den meisten anderen auch. Hören Sie, können wir jetzt vielleicht über die Entführungen sprechen?"

„Tun wir das nicht schon die ganze Zeit?"

„*Ich* rede darüber. Sie reden über mich."

„Nein, tu ich nicht. Ich habe nur gefragt, nicht geredet. Das ist ein großer Unterschied. Außerdem rede ich nicht gern mit Fremden. Sie sind mir gefolgt, was bedeutet, dass Sie schon eine ganze Menge über mich wissen. Ich weiß überhaupt nichts von Ihnen, außer dass Sie ein Kopfgeldjägervampir aus Texas sind."

„Okay, in Ordnung. Was wollen Sie wissen?"

Alles. Ich kickte diesen Gedanken genauso schnell wieder raus, wie er gekommen war. Je mehr ich wusste, umso mehr wollte ich noch weiter wissen. Was ziemlich verrückt war, weil ich eigentlich schon genug wusste.

Ein gewandelter Vampir.

Aber das letzte Wort ist noch nicht gesprochen.

Ich drängte meine Neugierde zurück und konzentrierte mich auf den vorliegenden Fall. „Und was sagte die Polizei, als der Vermieter sie anrief?"

„In einer Stadt dieser Größenordnung werden ständig Leute vermisst, deshalb dachte sich niemand etwas dabei. Aber nachdem dann die dritte Frau vermisst wurde, begannen die Cops ein Muster zu erkennen. Die zweite Frau war ungefähr im selben Alter, Single, keine unmittelbaren Angehörigen. Sie arbeitete als Mädchen für alles in einer Investmentgesellschaft. Nummer drei war Anfang dreißig, Single, keine unmittelbaren Angehörigen. Sie saß in einer Werbeagentur am Telefon. Alle drei passten in dasselbe Profil: jung, attraktiv, alleinstehend und einsam. Sie hatten alle drei auf Anzeigen in örtlichen Single-Magazinen geantwortet. Und alle drei verschwanden genau an dem Abend, als sie den Mann aus den Anzeigen treffen sollten."

„Haben sie auf verschiedene Anzeigen geantwortet oder war es immer dieselbe? In derselben Zeitung?"

„Verschiedene Anzeigen. Verschiedene Zeitungen. Aber das FBI vermutet, dass derselbe Typ für alle drei Anzeigen verantwortlich ist, wenn sie es auch nicht beweisen können."

„Und was denken Sie?"

„Ich denke nicht. Ich weiß es. Derselbe Mann hat die verschiedenen Anzeigen aufgegeben. Derselbe Mann, der sich mit jeder dieser Frauen traf, hat sie mit Handschellen gefesselt und getötet."

„Augenblick mal. Sie sagten, die Frauen werden vermisst, nicht dass sie tot sind."

„So wie die Dinge jetzt stehen, ist das FBI hinter einem Serienkidnapper her. Es wurden keine Leichen gefunden, deshalb müssen die Behörden von noch einer kleinen Chance ausgehen, dass die Opfer am Leben sind."

„Aber Sie glauben, dass sie tot sind."

„Ein typischer Kidnapper interessiert sich in Wahrheit gar nicht für sein Opfer. Er ist hinter etwas ganz anderem her. Geld. Macht. Oder beides. Das Opfer ist nur ein Mittel zum Zweck, um das zu bekommen, was der Entführer wirklich will. Aber dieser Kerl hat keinerlei Versuche unternommen, mit den Behörden Kontakt aufzunehmen. Er schnappt sich nur immer noch mehr Frauen und verwischt sorgfältig alle Spuren."

Mir saß auf einmal ein dicker Kloß im Hals, ich musste schlucken. „Sie glauben wirklich, dass er sie *umbringt*?"

Er nickte. „Ich kann es fühlen." Schließlich war er ein Vampir mit erhöhter Sinneswahrnehmung. „Nachdem er bekommen hat, was er wollte."

„Und das wäre?"

„Ich weiß es nicht. Ich weiß nur, dass ich ihn finden muss."

„Woher wissen Sie denn, dass er sich hier in Manhattan befindet?" Ich überlegte schnell, ob ich in letzter Zeit irgendetwas über vermisste Personen gehört hatte, einen Gesprächsfetzen oder einen Ausschnitt aus den Nachrichten vielleicht. Da ich es mir allerdings zur Aufgabe gemacht hatte, Nachrichten aus dem Weg zu gehen, dauerte die gedankliche Suche ganze zwei Sekunden. „Hat es hier auch eine Entführung gegeben?"

„Noch nicht. Es fing in Los Angeles an. Dann ging es nach Houston. Dann Chicago. Es würde Sinn ergeben, wenn New York als Nächstes auf seiner Liste stünde." Mir schien mein Unverständnis auf die Stirn geschrieben zu sein, denn er fügte hinzu: „New York ist eine der vier am dichtesten besiedelten Großstädte."

„Die anderen sind dann wohl Houston, L. A. und Chicago."
Er nickte. „Genau."
„Ich begreife noch immer nicht, warum Sie eigentlich hier sind. Wenn er Anzeigen in Single-Magazinen aufgibt, sollten Sie dann nicht lieber die Straße weiter runter bei *The Village Voice* sein?"
„Die Gesamtzahl seiner Opfer steigt ständig, und das bedeutet, dass er immer mehr Aufmerksamkeit auf sich zieht. Es könnte sein, dass er versucht, seine Herangehensweise ein wenig abzuändern, um die Behörden von seiner Spur abzubringen. Allzu sehr kann er seine Verfahrensweise allerdings nicht ändern. Er benutzt die Anzeigen als eine Art Ausleseverfahren, um genau den Typ Frau zu bekommen, den er haben will. Und dieses Ausleseverfahren ist für ihn absolut notwendig."
„Darum könnte es sein, dass er es mit einer Partnervermittlung probiert?"
„Das ist immerhin eine Möglichkeit."
„Was erwarten Sie nun von mir?"
„Sie sollen einfach nur die Augen offen halten. Höchstwahrscheinlich sucht er nach jemandem, der in das Profil passt, das ich vorhin beschrieben habe. Der Entführer selbst ist sehr präzise und methodisch. Das FBI sucht nach jemandem, der in einem Bereich arbeitet, der mit Technik zu tun hat. In diesem Punkt stimme ich ihnen auch zu, aber ich glaube, dass er nicht unbedingt einen Job hat, sondern eher finanziell unabhängig sein wird und die Technik nur sein Hobby ist."
„Warum?"
„Nicht viele Leute können nach nur wenigen Monaten ihren Kram zusammenpacken und umziehen, und zwar gleich mehrfach. Außerdem bezahlt er immer in bar. Nirgendwo gibt es irgendwelchen Papierkram, der auf ihn hinweist."
„Reich und schlau." Das klang wie der Wunschzettel einer jeden Frau in Manhattan.

„Und psychotisch. Ich weiß nicht, wie er sie überwältigt – wahrscheinlich mit Hilfe von Drogen. Aber ich weiß jedenfalls, dass er Handschellen benutzt. Die Polizei ist da anderer Meinung. Es gibt keinerlei Beweise. Aber er benutzt Handschellen, da bin ich ganz sicher."

„Woher wissen Sie das?"

„Ich kann sie riechen."

„Ich habe im Lauf der Jahrhunderte schon so manches gerochen, aber ich muss ganz ehrlich sagen, Handschellen waren nie dabei."

Er zwinkerte. „Eine Jungfrau. Das gefällt mir."

Mein Herz klopfte mir bis zum Hals.

Gewandelt, rief ich mir ins Gedächtnis.

Er zog eine Visitenkarte aus der Tasche und ließ sie über den Schreibtisch zu mir herüberrutschen. „Ich nehme im Augenblick mit allen Partnervermittlungen hier in der Gegend Kontakt auf, genau wie mit den Single-Magazinen. Rufen Sie mich an, wenn Ihnen irgendetwas verdächtig vorkommt."

„Sollte ich nicht einfach die Polizei anrufen?" Vorzugsweise einen hässlichen, pickelgesichtigen Anfänger, der keinen Stetson trug und mich nicht anlächelte, als ob er nichts lieber täte, als mich flachzulegen und mir die Designerklamotten auszuziehen.

Er schüttelte den Kopf. „Bislang hat er hier noch nichts angestellt. Vielleicht passiert das auch nie und ich liege vollkommen falsch."

„Aber das glauben Sie nicht."

„Ich glaube, es ist nur eine Frage der Zeit, bis noch jemand vermisst wird." Er stand auf. „Ehe das passiert, wird die Polizei keinem Phantom nachjagen. Das ist meine Aufgabe."

Die Aussicht, als Ty mein Büro verließ, war eine der besten, die sich mir seit langer Zeit präsentiert hatten. Knackiger Po. Starke Oberschenkel. Breite Schultern. Komm zu Mama!

Nicht dass ich ernsthaft interessiert gewesen wäre. Hallo? Ich war Realistin. Ich wusste, dass er nicht für mich in Frage kam. Und wie ich das wusste. Trotzdem, hinsehen wird doch wohl noch erlaubt sein.

Die Tür schloss sich und Enttäuschung überkam mich. Seine Karte brannte in meiner Hand, als ich sie in meiner Handtasche verstaute und meine Sachen zusammenkramte. In weniger als einer Stunde hatte ich mein erstes Treffen mit Francis, und ich wollte mich nicht verspäten. Ich musste wissen, womit ich es wirklich zu tun hatte. Mount Everest oder Great Plains?

Ich würde es bald herausfinden.

Im Leben eines jeden Vampirs – selbst bei einer optimistischen, kontaktfreudigen Mode-Enthusiastin wie *moi* – gab es Momente, in denen man sich fragte: „Verdammt, was soll der Mist eigentlich?“ Die ganze Welt erschien einem vollkommen ahnungslos, die Menschen noch viel mehr – und *für immer* ist eine wirklich lange Zeit.

Einen dieser Momente erlebte ich nun, als ich in einem bescheidenen Sandsteinhaus im Herzen Brooklyns stand und Francis anstarrte.

Einen überaus unbekleideten Francis.

Vergessen Sie alles von wegen: „Fang endlich an zu leben“. Mein neuer Protegé brauchte zuallererst einmal ein paar Boxershorts mit eingebauten Eierbechern. *Pronto.*

„Ähm, Francis. Verstehen Sie mich jetzt bitte nicht falsch, aber WAS ZUM TEUFEL MACHEN SIE DA?“

Er blickte hinter sich zum Badezimmer, das er soeben verlassen hatte, und dann zurück zu mir. „Sie, äh, Sie haben mir doch gesagt, ich soll mich ausziehen.“

„Ja, und gleichzeitig habe ich Ihnen eine Unterhose gegeben, die Sie anziehen sollten.“

„Ich dachte, das wäre einer von diesen Hüfthaltern, den Frauen tragen."

„Wieso um alles in der Welt sollte ich Ihnen einen Hüfthalter geben?"

„Weiß ich auch nicht." Er zuckte mit den Schultern, sein Zebedäus tanzte auf und ab. „Ich hatte noch nie einen Imagewechsel. Ich dachte, damit wirken meine Oberschenkel vielleicht ein bisschen fester."

„Dafür gibt es extra Fitnessgeräte."

„Und was ist mit dem Bauch? Vielleicht brauche ich ja eher so einen Slip mit Bauch-weg-Effekt."

„Das Einzige, was bei Ihnen im Augenblick weggepackt werden muss, liegt ein paar Zentimeter weiter unten. Also, wenn es Ihnen nichts ausmacht ..."

„Was?" Er blickte nach unten. „Oh." Seine Wangen brannten und er hielt sich beide Hände vors Gemächt, bevor er sich umdrehte und ins Bad zurückrannte.

Ich gab noch ein paar Notizen in meinen BlackBerry ein, bis Francis wieder auftauchte. Diesmal hatte er die Kronjuwelen geschmackvoll mit dem Slip von Calvin Klein verhüllt, den ich ihm unterwegs besorgt hatte.

„Also, warum muss ich denn hier in meiner Unterhose stehen?", fragte er.

„Zuerst einmal sagt man nicht Unterhose. Das tut heute niemand mehr. Zweitens muss ich wissen, womit wir es zu tun haben." Ich ging einmal um ihn herum und sah mir seine Arme und seine Brust näher an. Die Brust war gar nicht mal übel: relativ kräftig gebaut, mit netten Muskeln. „Nicht schlecht."

„Was?" Er warf mir einen überraschten Blick zu, als wagte er seinen Ohren genauso wenig zu trauen wie ich meinen Augen.

„Ich sagte, Ihr Körperbau ist nicht schlecht. Sie haben schön definierte Muskeln." *Danke, danke, danke!*

„Ach wirklich?“

„Natürlich ist die Haut außerordentlich käsig, außer wenn Sie rot werden, aber das können Sie mit Ihrer mächtigen Aura überspielen, die Sie für Frauen unwiderstehlich und faszinierend erscheinen lassen wird, selbst wenn Sie wie ein Statist in *Nacht der lebenden Toten* aussehen.“

„Ich habe eine Aura?“

„Genau genommen, nein. Noch nicht. Das ist etwas, woran wir noch arbeiten müssen. Genau wie am ständigen Rotwerden. Sehen Sie mal, Francis, ich weiß, dass das alles ein bisschen viel auf einmal für Sie ist. Ich meine, Sie stehen hier in nichts als Ihrer Unterwäsche vor einem richtig heißen Mädchen ... Aber schließlich sind Sie ein Vampir, um Himmels willen.“

„Was haben Sie gerade gesagt?“

„Hölle“, stieß ich hervor. „Ich meinte, zur Hölle! Also, ein Vampir sollte sich auch wie ein Vampir benehmen.“ Ich hätte um ein Haar seinen Arm berührt – seine Wangen wurden feuerrot. „Das bedeutet jede Menge Blickkontakt, ohne verlegen zu werden.“

„Aber ich bin nicht gut ... bei Blickkontakt.“

„Dann müssen Sie es eben werden. Packen Sie den Stier einfach bei den Hörnern und starren Sie direkt in meine Augen.“ Ich kam näher, sah ihm in die Augen und hielt den Blickkontakt.

„Tun Sie das lieber nicht.“

„Ich sehe Sie doch nur an.“

„Das ist mir unangenehm.“

„Das sollte es aber nicht sein.“ Ich hörte auf, als unsere Nasenspitzen nur noch Millimeter trennten. „Es müsste Ihnen gefallen.“

„Mir wird davon schwindelig.“

„Da müssen Sie jetzt durch. Benutzen Sie Ihren Geist. Es ist vor allem die Geisteskraft, die einen attraktiven Mann ausmacht.“

„Ich weiß nicht –"

„Schütteln Sie die Unsicherheit ab."

„Ich bin mir wirklich nicht sicher –"

„Und den Zweifel."

„Vielleicht ist das alles doch nicht das Richtige für mich." Francis sprach den einen Gedanken aus, der mich nicht mehr losließ, seit ich ihm in der U-Bahn meine Karte gegeben hatte. „Vielleicht bin ich ein hoffnungsloser Fall."

Wenn ich es nicht besser gewusst hätte – nämlich, dass Vampire nicht weinen –, so hätte ich geschworen, dass ich in den Tiefen seiner blassblauen Augen Tränen gesehen hätte.

Aber schließlich reden wir hier von Francis.

Ich reichte ihm ein Taschentuch und klopfte ihm auf die Schulter. „Na, was soll das denn. Sie können das schaffen." *Ich* konnte es schaffen. Sicher, es war der Mount Everest. Aber was soll's. Ich hatte Wanderschuhe. Gucci, um genau zu sein. Ich konnte den Gipfel erklimmen.

„Meinen Sie wirklich?"

„Aber sicher." Irgendwie. „Wir machen einfach eins nach dem anderen. Zuerst kümmern wir uns ums Aussehen. Körperlich sind Sie in ziemlich guter Verfassung, Sie verstecken das bloß unter diesen schlampigen Klamotten. Und das heißt, dass wir die Kreditkarten hervorholen und ein paar Geschäfte heimsuchen werden." Ich lächelte, trotz meiner Zweifel, weil *ich* die Expertin war und es deshalb meine Aufgabe war, Ruhe und Gelassenheit zu verströmen.

Außerdem, wenn es eins gab, das ich noch mehr liebte, als hoffnungslose Fälle aufzugabeln, dann war es Einkaufen.

Egal mit wem.

9

Auch wenn die meisten Leute in der Begegnung mit Ty Bonner (heiß und tabu – also eine doppelte Riesenkatastrophe) am Freitag Grund genug dafür gesehen hätten, den Rest des Wochenendes im Bett zu verbringen und über mein erbärmliches Leben zu jammern, ließ ich mich nicht unterkriegen. Die Stunde, die ich mit Francis verbracht hatte, hatte meine Stimmung wieder gehoben und mir neue Hoffnung gegeben. Darum krabbelte ich am Samstagabend auch in freudiger Erwartung des Kommenden aus dem Bett.

Da *DED* geschlossen hatte (schließlich war Wochenende), verließ ich meine Wohnung und machte mich auf den Weg zur Fifth Avenue für meinen Sechs-Uhr-dreißig-Termin bei Dirkst zum Spray Tanning, einer Bräunungsbehandlung mit modernster Airbrush-Technik. Ein Termin, den ich, wie ich hinzufügen möchte, einen Monat im Voraus hatte machen müssen, denn, hey, schließlich reden wir hier von *Dirkst*. Einem wahren Genie mit der Sprühpistole.

„Was meinen Sie damit, es wäre keine Behandlung mehr übrig?“ Ich starrte die Blondine an, die in einem weißen Mini-Tanktop, weißen Caprihosen und mit einem goldenen Teint, für den ich über Leichen ginge, hinter dem Tresen stand.

„Ich meine, es ist keine Behandlung mehr übrig.“ Sie hielt die goldene Geschenkkarte hoch, die die Ninas mir letztes Jahr zum Geburtstag geschenkt hatten. „So wie in null. Ende und aus. *Nada*.“

„Die Karte gilt ein ganzes Jahr. Zwölf Monate. Mein Geburtstag war im Februar. Das sind erst acht Monate. Das heißt, dass ich noch wenigstens vier Monate übrig haben sollte."

„Die Karte galt für zwölf Monate oder zwölf Behandlungen. Was immer zuerst kommt." Ihr gereizter Gesichtsausdruck verwandelte sich in ein breites Lächeln. Ich wusste, sie hatte soeben in den Verkaufsgespräch-Modus umgeschaltet. Als ob ich im Augenblick auch nur im Entferntesten daran interessiert wäre.

„Wir bieten ein Spezialpaket an", fuhr Miss Verkaufsgespräch fort. „Zwölf Behandlungen für achthundert Dollar."

Mein übernatürliches Gehirn multiplizierte mit Lichtgeschwindigkeit. „Das wäre eine Ersparnis von zweihundertfünfzig Dollar." Ich lächelte. Was soll ich sagen? Ich *liebe* Schnäppchen.

„Möchten Sie mit Kreditkarte zahlen?"

„Ich ..." Mit meiner Visakarte konnte ich noch über genau fünf Dollar und achtundzwanzig Cents verfügen, und die wollte ich mir gerne offenhalten, nur für den Notfall. „Ich, ähm, ich glaube nicht."

„Scheck?"

„Ich bin nicht so für Schecks."

„Bargeld?" In ihren Augen glitzerte pures Entzücken. Ich schüttelte den Kopf.

„Schuldschein", erwiderte ich. „Ich hatte gehofft, Sie könnten mich heute ausnahmsweise so durchlassen und ich bezahle dann das nächste Mal für das Sonderangebot." *Sie werden mich reinlassen. Es ist Ihnen ein Vergnügen, das für mich zu tun. Und Sie werden mir eine Gratis-Massage dazu geben, weil ich so eine tolle Kundin bin.*

Ich richtete jedes Gramm an Vampirenergie auf diesen stummen Befehl, bis ich ein leichtes Zittern in meinen Händen fühlte (was nur zeigte, wie sehr ich mich konzentrierte). Mein Körper summte vor übernatürlicher Energie. Auch wenn meine Überredungskünste mir bei Francis nicht allzu viel genutzt hatten und man vermuten könnte, ich hätte es nicht drauf, glauben Sie mir: Ich hab's drauf.

Die Frau blinzelte nur. Verdruss kräuselte ihre Stirn. Sie sah aus, als ob eine lästige Fliege um ihren Kopf schwirrte und sie *so kurz* davor stand, sie zu erschlagen.

„Es tut mir leid, aber so etwas ist bei uns nicht üblich." *Klatsch.* „Entweder Sie zahlen Ihre Behandlung sofort oder Sie erwerben ein Abonnement." *Klatsch. Klatsch.*

„Das habe ich auch vor. So bald wie möglich. Nur zufällig nicht gerade jetzt in diesem Augenblick. Darum möchte ich ja, dass Sie eine Ausnahme machen. Nur dieses eine Mal."

Sie werden eine Ausnahme machen, befahl ich ihr in Gedanken. *Sie wollen es. Es wäre Ihnen ein unglaubliches Vergnügen, mir alles zu geben, um was ich Sie bitte.*

Sie richtete ihren ausdruckslosen Blick auf mich. „Das macht dann fünfundachtzig Dollar für den heutigen Termin, plus dreißig Prozent Trinkgeld."

So viel zu dieser Sache – von wegen Vampire und Gedankenkontrolle.

Das heißt, in diesem besonderen Fall.

Auch wenn ich nicht gerade über eine eigene Armee sterblicher Lakaien verfüge, so könnte ich etwas Derartiges doch jederzeit haben, wenn ich wollte. Es ist nur so, dass es einige Kriterien zu erfüllen gilt, wenn man sich die Massen gefügig machen will. Sehen Sie, so läuft das: Wir Vampire können mit unseren Blicken durchbohren und mit unserem Charisma hypnotisieren, vorausgesetzt, der Mensch, den wir verführen wollen, gehört zum anderen Geschlecht. Das heißt, ich kann einen Mann mit ein paar eindringlichen Gedanken und ein bisschen Wimpernklimpern total umhauen. Und es schadet natürlich auch nichts, ein bisschen Dekolleté zu zeigen (oder auch ein bisschen mehr). Aber an eine Frau sind alle meine Bemühungen verschwendet.

Wir gebürtigen Vampire sind im Grunde unseres Wesens extrem sinnliche Geschöpfe. Wir werden in einem Geschlechtsakt empfangen. Wir hören auf zu altern, wenn wir unsere Unschuld verlieren. Weibliche Vampire nähren sich von Männern, während sich männliche Vampire von Frauen nähren (jedenfalls war das früher so, bevor uns die zivilisierte Gesellschaft eine Alternative in Flaschen bot). Wir pflanzen uns sogar fort. Unsere ganze Wesensart kreist um unsere Anziehungskraft auf das andere Geschlecht.

Das rief ich mir ins Gedächtnis, als ich dort vor dem Marmortresen stand.

Aber verzweifelte Zeiten erfordern eben verzweifelte Maßnahmen, wie man so schön sagt. Ich hatte auf diesen Termin bei Dirkst drei Wochen lang gewartet und konnte doch nicht zulassen, dass mir ein paar antiquierte Vampirregeln im Streben nach perfekter Bräune im Weg standen. Ich musste es wenigstens versuchen.

„Wie möchten Sie also für die heutige Behandlung bezahlen?", bohrte die Angestellte.

Ich werde meine Geschenkkarte benutzen. Die, die Sie jetzt gleich durch Ihre Kasse ziehen, um sie ein weiteres Jahr lang gültig zu machen.

Mein Gesicht wurde langsam heiß und das intensive Glühen meines Blicks spiegelte sich in den Augen der Angestellten. Normalerweise leuchten meine Augen rot, wenn ich meine Vampirenergie derartig intensiv bemühe. Aber dank eines neuen Paars Kontaktlinsen schimmerten sie jetzt nur in einer helleren, leicht violetten Schattierung.

Es ist nicht so, dass ich mich meiner Herkunft schäme. Aber rot?! Damit fordert man den Ärger doch geradezu heraus. Sicher, ich weiß, diese Möchtegern-Vampire bezahlen richtig Kohle für blutrote Kontaktlinsen. Aber es gäbe sicher schon lange keine echten Vampire mehr, wenn sie es anderen so leicht machen würden, sie zu erkennen.

Ausnahmen bestätigen natürlich die Regel. Mit unseren Fähigkeiten, Gedanken zu kontrollieren, können wir einem Menschen für so ziemlich alles, was er erlebt oder mit ansieht, eine plausible Erklärung ins Gehirn pflanzen. Aber das ist an sich ziemlich anstrengend, und bei all den Menschenmengen auf der Welt müsste ich die ganze Zeit immer nur regulieren und kontrollieren. Da war es doch viel besser, sich unauffällig zu verhalten. In diesem Augenblick war ich jedenfalls todmüde, hätte mich am liebsten zu Boden gleiten lassen und ein kleines Nickerchen gemacht.

„Offensichtlich können Sie nicht bezahlen." Die Angestellte schüttelte ihren Kopf und hämmerte auf der Computertastatur herum. „Ich fürchte, Dirkst wird heute keine Zeit für Sie haben."

„Aber ich bin seine beste Kundin."

Sie warf mir einen Blick zu, der deutlich *Ja, sicher doch* ausdrückte. „Er hat viele Kunden, Miss. Und eine Warteliste, auf der man sich über sechs Wochen im Voraus anmelden muss. Da wir gerade davon reden: Sie werden für Ihren nächsten Termin – sollten Sie einen wünschen – eine Vorauszahlung per Kreditkarte leisten müssen, sonst sehen wir uns leider nicht in der Lage, Zeit für Sie zu reservieren. Dirkst ist viel zu beschäftigt, als dass wir es uns leisten könnten, Kunden zu berücksichtigen, die einen Termin machen und dann nicht bezahlen können."

„Aber ich –"

„Frag nach Janice."

Eine eigentümlich weibliche Stimme hallte in meinem Kopf wider und ich drehte mich um. Mein Blick suchte die blassbeigefarbenen Sofas ab, die die Wände säumten. Ich nahm die vertrauten Gesichter der Frauen in mich auf, an denen ich auf meinem Weg zum Tresen vorbeigegangen war. Menschlich. Menschlich. Nicht so menschlich (aber das ist eine ganz andere

Geschichte). Menschlich. Menschlich. Überheblich, angeberisch und menschlich. Menschlich. Vamp–

Sie mochte ungefähr dreißig oder fünfunddreißig sein (in Menschenjahren natürlich), mit braunen Haaren, die sie zu einem Pferdeschwanz zurückgekämmt trug, der schick hätte wirken sollen. Wenn sie eine gute Knochenstruktur gehabt hätte. Doch stattdessen war ihr Gesicht weich und rund. Sie trug teuren Bronzer und Glitzerlidschatten à la Nicole Richie. Aber sie wirkte nicht so trendy wie Nicole. Oder so unterernährt.

Ich wusste gleich, also noch bevor ich einen Hauch von Chanel erschnupperte, dass sie ein gewandelter Vampir war. Sie werden nie einen gebürtigen Vampir mit einem Gewichtsproblem sehen. Dank unserer fettarmen, gesunden Ernährung nehmen wir einfach nicht sehr viele Kalorien in Form von Fett zu uns. Bei Gewandelten ist das jedoch etwas anderes. Sie sind menschlich. Oder waren es zumindest einmal. Und wenn sie zufällig fett oder dünn oder klein waren oder ihre Haare in einem lächerlichen Rot gefärbt oder gerade eine grauenhafte Dauerwelle hatten, als sie gewandelt wurden, dann blieben sie auch genau so. Für alle Ewigkeit.

Autsch.

Nach heutigen Maßstäben war diese Frau eindeutig dick.

Auf der anderen Seite – wer war das nach heutigen Maßstäben nicht?

Ihr Blick traf den meinen und ich hörte erneut die Worte in meinem Kopf.

„Frag nach Janice.“

Ich wandte mich wieder zum Tresen um und schenkte der Angestellten ein weiteres hypnotisches Lächeln. „Könnte ich bitte mit, ähm, Janice sprechen?“

„Sie können sprechen, mit wem Sie wollen, aber sie wird nichts für Sie tun können. Wir haben hier strikte Richtlinien.“

„Offensichtlich, aber ich möchte trotzdem gerne mit ihr sprechen. Nur kurz Hallo sagen. Sie ist eine alte Freundin einer Freundin und ich möchte nicht, dass sie denkt, ich wäre hier gewesen, ohne ihr auch nur Guten Tag gesagt zu haben."

Sie warf mir einen misstrauischen Blick zu, bevor sie schließlich mit den Schultern zuckte und verschwand. Ein paar Sekunden später erschien eine andere Frau, die das gleiche weiße Tanktop und die gleiche Caprihose trug. Sie war zierlich gebaut, hatte kurzes, blondes Haar und das Funkeln ihrer Augen strahlte ein gewisses Bewusstsein aus.

Als sich unsere Blicke trafen, entdeckte ich einen Anflug von Gier. „Ja? Kann ich Ihnen helfen?" Ihre Stimme klang rauchig und einladend, und in diesem Augenblick wurde mir klar, dass Janice entweder (a) lesbisch oder (b) bisexuell war. Denn sie begehrte mich. Sehr sogar.

Obwohl ich mich ausschließlich fürs andere Geschlecht interessiere, habe ich doch noch nie eine gute Gelegenheit ungenutzt vorübergehen lassen.

Also konzentrierte ich mich erneut auf die Gedanken, die ich ihr einpflanzen wollte, und begann das Erneuern-Sie-meine-Geschenkkarte-Spiel noch einmal.

Statt mir einen gereizten Blick zuzuwerfen, lächelte sie, nahm aus der obersten Schublade eine neue, goldglänzende Karte, zog sie durch die Kasse und tippte ein paar Zahlen ein. Ein paar Sekunden später hielt sie die Karte hoch, die mich nun zu zwölf weiteren Behandlungen berechtigte.

Ich verspürte einen Anflug von schlechtem Gewissen. Aber es war ja nicht so, als ob ich etwas stehlen wollte oder so. Ich hatte ernsthaft vor, für meine Behandlungen zu bezahlen – und zwar die volle Summe –, allerdings erst mit dem fest erwarteten Geldregen, den *Dead End Dating* über mich ausschütten würde. Bis dahin …

Hey, wozu war man schließlich Vampir, wenn man sich nicht ab und zu auch mal dementsprechend benehmen durfte?

Ich nahm die goldene Karte, warf Janice mein umwerfendstes Lächeln zu und ließ den Schatz in meiner Handtasche verschwinden.

„Ich werde Dirkst Bescheid geben, dass Sie da sind", sagte sie.

„Das wäre sehr nett." Ich wollte mich schon abwenden, als Janices Stimme mich aufhielt.

„Ich bin sicher, er wird gleich für Sie Zeit haben."

„Schön." Wieder wollte ich mich umdrehen.

„Er ist eigentlich immer pünktlich, aber ich werde ihn noch mal erinnern, nur für den Fall." Sie zwinkerte. „Extra für Sie."

„Danke."

„Kein Problem."

„Prima."

„Ich bin gleich wieder da." Sie winkte mir zu.

„Ich warte hier." Ich winkte zurück und beeilte mich, zurück in die Wartezone zu kommen, bevor ihr noch irgendetwas zu sagen einfiel.

„Danke", sagte ich, als ich mich auf den Platz neben der Gewandelten fallen ließ. „Glaube ich."

Sie lächelte. „Sie kann einem den letzten Nerv töten, aber wenn man eine Frau und etwas knapp bei Kasse ist, ist sie genau die Richtige."

Ich setzte mich etwas bequemer hin. „Ich weiß wirklich nicht, was ich getan hätte, wenn ich meinen Termin bei Dirkst nicht hätte einhalten können."

„Ist er denn so gut?"

„Er hat die größte Sprühpistole in New York, und im Gegensatz zu den meisten Männern weiß er sie auch zu benutzen."

Sie lächelte. „Dann bin ich froh, dass ich helfen konnte."

„Ich heiße Lil Marchette."

„Ich bin Esther. Esther Crutch."

Puh. Und da stellte ich mich wegen *meines* Namens an?

„Und weswegen sind Sie hier, Es? Massage? Dampfbad? Kosmetische Gesichtsbehandlung?"

„Ich lasse mir die Oberschenkel wickeln."

Es gab nicht viele Dinge, die mich überraschen konnten. Doch damit schaffte sie es. „Aber Sie sind ein Vampir", gab ich zu bedenken.

„Ich weiß."

„Ein gewandelter Vampir."

„Ich weiß."

„Bitte verstehen Sie mich nicht falsch, Es, aber Sie bleiben genauso, wie Sie jetzt sind. Für alle Zeit."

„Auch das weiß ich." Sie seufzte. „Aber ich gebe die Hoffnung nicht auf. Ich meine, es gibt heutzutage so viele innovative Behandlungsmethoden. Eine davon muss doch funktionieren, nicht wahr?"

Falsch.

„Es kann doch unmöglich sein, dass ich bis in alle Ewigkeit zu fetten Schenkeln und Cellulitis verdammt bin, oder?"

Mir lag schon ein *Doch* auf den Lippen, aber sie sah so hoffnungsvoll aus, dass ich meine Entgegnung runterschluckte, statt ihre Hoffnungen und Träume zu zerschmettern und sie in eine kalte, harte Zynikerin zu verwandeln, wie die meisten anderen gewandelten Vampire auf der ganzen Welt.

Ich dachte wieder an Ty Bonner (Wahnsinn, Baby!) und musste an das Glitzern denken, das ich in den dunklen Tiefen seiner Augen wahrgenommen hatte, als ich Verabredungen, Liebe und Vampire in einem Atemzug erwähnte. Hoffnung? Vielleicht. Wahrscheinlich. Okay, da war auch ein verdammt großer Anteil Ungläubigkeit gewesen. Aber irgendwo in diesem Mischmasch hatte ich eindeutig auch Hoffnung gesehen.

Schließlich besaßen auch gewandelte Vampire ein Anrecht auf dieses Gefühl, selbst wenn ihre Lage ziemlich trostlos war.

Während gebürtige Vampire zum größten Teil attraktive, charismatische Geschöpfe waren, sah das bei Gewandelten leider ganz anders aus.

Wie ich schon erwähnt habe, sind sie einst menschlich gewesen. Mit menschlichen Makeln. Und welche Mängel sie auch immer besessen hatten, als sie gewandelt wurden – alles von Akne bis zu Fußpilz –, sie würden ihnen bis in alle Ewigkeit erhalten bleiben. Ty hatte immer noch seine Narben und Esther ihre Cellulitis.

„Ein Schenkelwickel also, wie?" Ich nickte. „Vielleicht sollte ich das auch mal versuchen."

Esther beäugte mich, als ob mir gerade ein Heiligenschein gewachsen wäre. „Sie haben so was doch gar nicht nötig. Sie winzig kleines Ding. Was für eine Größe tragen Sie? 38?"

„36."

Sie seufzte. „Ich kann mich nicht mal mehr daran erinnern, je in 36 hineingepasst zu haben. Damals, als ich gewandelt wurde, gab es noch gar keine Konfektionsgrößen. Man konnte sich noch nicht mal Kleider von der Stange kaufen, man musste sie sich selber nähen."

„Wie lange ist das jetzt her?"

„Ungefähr hundert Jahre. Ich war dreiunddreißig."

Bin ich gut oder was? „Woher kommen Sie?"

„Texas. Barron's Bluff. Eine kleine Siedlung südlich von San Antonio. Heute ist nicht mehr viel davon übrig. Nur ein paar verkommene Häuser. Aber damals war es ein schöner Ort, um dort zu leben." Sie lächelte. „Und sich zu verabreden. Junge, ich konnte mich vor Verehrern kaum retten in meiner Blütezeit. Aber meine Mama wurde krank und ich musste zu Hause bleiben, um mich um sie zu kümmern, deshalb kam eine Heirat nicht in Frage. Ich wurde eine alte Jungfer. Und dann kam dieser verrückte Bergarbeiter – zumindest dachte ich, er wäre ein Bergarbeiter – in die Stadt geritten und entführte mich mitten in der Nacht von der Farm. Mich und noch zwei andere Frauen aus nahe gelegenen Siedlungen. Er verkaufte uns an einen Mann, der uns das Blut aussaugte und uns wandelte. Die anderen beiden Frauen waren die Vorspeise und das Dessert. Ich war der Hauptgang, weil ich so gut genährt war."

„Und Sie hatten keine Verabredung mehr, seit der Zeit, bevor Sie gewandelt wurden?"

Sie nickte. „Lange davor, wegen meiner Mama. Und jetzt ..." Sie schüttelte den Kopf. „Es ist eine andere Welt. Männer sehnen sich nicht mehr nach einem weichen Körper, an den sie sich kuscheln können. Sie wollen lange, schlanke Beine." Sie verzog das Gesicht und nestelte an der Handtasche auf ihrem Schoß herum. „Und straffe Bäuche. Und feste Brüste." Sie blickte nach unten. „Brüste habe ich ja, aber die sind seit meinem achtzehnten Lebensjahr nicht mehr fest."

„Nicht alle Männer interessieren sich nur für feste Brüste."

„Stimmt, aber ich will eben gar keinen menschlichen Mann. Ich habe eine ganze Reihe von Verwandten beerdigt. Ich wollte sie nicht wandeln und zu demselben Schicksal verdammen." Sie schüttelte den Kopf. Trauer erfüllte ihren Blick. „Wenn ich mich mit jemandem einlasse – *falls* das je geschieht –, dann wird es jemand wie ich sein. Das Problem ist nur: Warum sollte ein gewandelter Vampir eine alles andere als perfekte Vampirfrau haben wollen, wenn er doch jede menschliche Frau bekommen kann, die er nur will?"

Da hatte sie nicht unrecht. Gebürtige männliche Vampire mussten eine gebürtige Vampirfrau erwählen, um die Rasse fortzuführen. Aber gewandelte Vampire waren nicht mit dieser genetisch einprogrammierten Treue ausgerüstet. Ihre Überlebensinstinkte konzentrierten sich ganz auf sich selbst. Wie auch bei der Nahrungsaufnahme. Da alle Männer – Menschen und Vampire gleichermaßen – visuell veranlagte Geschöpfe sind, war es nur allzu verständlich, dass sie sich zum Saugen lieber eine hübsche Frau als eine hässliche aussuchten.

„Ich weiß, es scheint jetzt ziemlich hoffnungslos zu sein, aber ich bin sicher, irgendwo da draußen gibt es jemanden für Sie." Was erzählte ich da eigentlich? „Sie werden es nie wissen, wenn Sie es nicht wenigstens versuchen. Wow! Ein ganzes Jahrhundert ohne Date." Ich klang schockiert, aber in Wahrheit war ich nicht einmal besonders überrascht, angesichts der Tatsache, dass ich in demselben Zeitraum auch nicht ein einziges offizielles Rendezvous gehabt hatte. Dabei war ich nur ein winzig kleines Ding.

„Wir nannten es damals ‚jemandem den Hof machen'. Auch wenn ich nie geheiratet habe, so lag dies nicht daran, dass ich keine Chancen gehabt hätte. Ich erhielt immerhin drei Anträge. *Drei.*" Sie schüttelte den Kopf. „Aber ich konnte nicht einfach fortgehen und meine Mama allein lassen. Sie hatte Alzheimer. Das wusste ich damals natürlich noch nicht, wir hatten ja keine Ahnung von solchen Sachen. Aber ich weiß es jetzt. In ihrem besonderen Fall war es ein Segen, weil ich nach der Wandlung nach Hause gehen und mich weiterhin um sie kümmern konnte, ohne dass sie merkte, dass irgendwas nicht stimmte. Sie zuckte nicht mal mit der Wimper, wenn ich ihr abends das Frühstück machte." Wenn ich es nicht besser gewusst hätte, hätte ich geschworen, dass ihr Blick verschwamm.

Aber gewandelte Vampire weinten nicht. Oder doch?

Ehrlich gesagt, ich habe ein eher abgeschirmtes Leben geführt, auch wenn ich mich ziemlich gut auskenne, sofern es um gebürtige Vampire geht. Meine Eltern hatten, genau wie auch schon ihre Eltern vor ihnen, nie viel für Gewandelte übrig. Sie hielten sie für eine Bedrohung für unsere Rasse.

Genau genommen hielten sie sie sogar für eine Plage für die gesamte Vampirzivilisation, aber das war doch ein kleines bisschen hart, wie ich langsam zu begreifen begann. Ich meine, Ty war schließlich nicht in mein Büro gestürmt und hatte angefangen, es zu plündern. Nicht einmal für meine überaus menschliche und daher verletzliche Assistentin war er eine Bedrohung gewesen. Die einzige Bedrohung, die von ihm ausgegangen war, betraf meine Hormone.

Was Esther anging … Den Geräten in einem Fitnessstudio würde sie vermutlich die Hölle heißmachen, aber sonst schien sie harmlos zu sein.

„Erst vor drei Wochen war die Beerdigung meines letzten Verwandten, einem Cousin vierten Grades. Jetzt ist niemand mehr da. Ich bin die Einzige, die noch übrig ist." Sie zuckte die Achseln. „Und wozu tauge ich schon? Schließlich kann ich nicht einmal den Namen Crutch weitergeben, selbst wenn es mir gelingen würde, einen anständigen gewandelten Vampir kennenzulernen, der sich von einer stärkeren Figur nicht abgestoßen fühlt."

Gelobt sei, wer auch immer da oben das Kommando hatte.

„Und was machen Sie so, wenn Sie nicht gerade ihre Schenkel einwickeln lassen?"

„Ich sehe mir *Bonanza* an. Und *Rauchende Colts*. Und Ein *Sheriff ohne Colt und Tadel*. Ich habe eine riesige DVD-Sammlung. Das einzig Gute an der Welt von heute – die Technik. Ansonsten habe ich jede Menge Freizeit und nichts zu tun."

Ich lächelte. „Heute könnte Ihr Glückstag sein, Esther."

Ihre Augen leuchteten auf. „Wissen Sie etwas über die Oberschenkelwickel, das ich noch nicht weiß?"

„Ich fürchte, nein." Ich griff in meine Tasche und zog eine meiner Visitenkarten hervor. „Aber wenn Sie es satt haben, sich immerzu alleine Western anzusehen, dann könnte ich Ihnen vielleicht behilflich sein."

Sie starrte auf die Karte, die ich ihr überreicht hatte. „Eine Partnervermittlung für Vampire? So was gibt's doch gar nicht."

„Jetzt schon. Rufen Sie mich an und wir machen einen Termin für ein Gespräch."

„Wirklich?"

„Aber sicher. Meine Assistentin heißt Evie. Wenn ich nicht da bin, können Sie den Termin mit ihr verabreden. Sie ist wirklich süß." Als ein hungriges Leuchten in Esthers Augen aufglomm, beeilte ich mich hinzuzufügen: „Nein, nicht auf diese Weise. Süß, so wie … nett und verständnisvoll. Wir haben eine platonische Beziehung. Sie arbeitet nicht nebenher für andere Partnervermittlungen und ich missbrauche sie auch nicht als Mitternachtshäppchen." Ich tätschelte Esthers Hand. „Also rufen Sie mich an. Okay?"

„Okay."

Ein gellender Schrei unterbrach ihre Antwort. Ich blickte zur Tür und entdeckte Dirkst, der mich mit empörter Miene musterte.

Dirkst war über eins achtzig groß. Er besaß einen harten, muskulösen Körper und ein Gesicht, das der Statue eines griechischen Gottes alle Ehre gemacht hätte. Er trug eine weiße Hose und ein enges, weißes T-Shirt und roch wie eine Mischung aus Kokosnuss, Ananas und *Obsession for Men*.

„Du siehst ja grauenhaft aus", erklärte er so laut, dass auch jeder es mitbekam.

„Danke schön." Ich lächelte und stand auf. „Ich freue mich auch, dich zu sehen."

„Schlimmer als grauenhaft." Sein finsterer Blick verstärkte sich, als ich auf ihn zukam. „Bleich und grauenhaft."

Ich richtete meinen intensivsten Blick auf ihn und konzentrierte mich.

Ich bin eine wahre Vision an Lieblichkeit und du fühlst dich außerordentlich privilegiert, weil du die Gelegenheit hast, meine Schönheit betrachten zu dürfen.

Dirkst runzelte die Stirn und schüttelte den Kopf. „Ich bin ein Künstler", erklärte er, „kein Wundertäter. Um mit diesem Fiasko fertig zu werden, werde ich nicht gut genug bezahlt."

Also gut, ich kenne Dirkst und ich kenne auch seinen Lebensgefährten, Ben. Ich hatte ihnen ein Geschenk gekauft, als sie sich eine Wohnung in SoHo gekauft hatten. Aber wie ich schon gesagt hatte, man kann einer Frau schließlich keinen Vorwurf machen, dass sie es wenigstens versucht.

„Mach schnell." Er winkte mir, mich zu beeilen, als stünde ich in Brand und er besäße den einzigen Feuerlöscher weit und breit. „Du wirst ja mit jeder Sekunde blasser."

10

Eigentlich hatte ich vorgehabt, den restlichen Samstagabend im Büro zu verbringen und einen Einkaufsplan für Francis auszuarbeiten. Aber nach meinem Besuch bei Dirkst entschied ich mich, stattdessen lieber noch ein paar Clubs einen Besuch abzustatten. Ich glänzte wie pures Gold und glaubte es der männlichen Bevölkerung zu schulden, mein neues, heißes Ich zur Schau zu stellen. Außerdem hatte ich immer noch nicht die Hoffnung aufgegeben, meinen eigenen Ewigen Gefährten doch noch zu finden.

Zum einen das und zum anderen musste ich noch ein paar Aufträge an Land ziehen, die mich über die Zeit hinwegretteten, in der ich am Projekt Francis arbeitete. Ich rechnete fest mit Esthers Anruf und hatte vor, dafür zu sorgen, dass sie dann aus einer auserlesenen Schar potenzieller Partner würde wählen können.

„Ich hab dich ja soooo vermisst!“

Das Kreischen übertönte mühelos die Musik, die aus dem bekannten New Yorker Nachtclub drang. Als ich mich umdrehte, sah ich die beiden Ninas auf mich zustürmen.

„Ich bin soooo froh, dass du angerufen hast.“ Nina Eins erreichte mich als Erste. Sie trug ein eng anliegendes rotes Kleid und roch süß und unverschämt reich, so wie Crème Brûlée. Ihre blonden, schulterlangen Haare trug sie offen und an ihren Ohren baumelten rote, glitzernde Ohrringe.

„Ich auch.“ Nina Zwei hatte sich für den für sie so typischen sachlichen Look entschieden, mit schwarzem Strickjäckchen, Jeans und einfachen schwarzen Stiefeln. Der üppige Duft von Mango-Sorbet hing wie eine zweite Haut an ihr.

„Es ist schon eine Ewigkeit her, seit wir so was gemacht haben", verkündete Nina Eins mit wild tanzenden Ohrringen.

„Eine Ewigkeit" war zwar ein wenig übertrieben, aber ein paar Jährchen mochten inzwischen wohl vergangen sein. Vergessen Sie trendige Bars und Appletinis und die Pussycat Dolls. Als wir drei uns das letzte Mal zusammen ins Nachtleben gestürzt hatten, gab es Jell-O Shots im Studio 54 und zu „Disco Inferno" hatten wir mit dem Hintern gewackelt.

„Hier sollen wir reingehen?" Nina Eins blickte auf die Neonreklame über der Eingangstür. Die wenigen Worte drückten denselben Abscheu aus, den sie für gewöhnlich für etwas Braunes, Ekliges reservierte, wenn es an ihrem Designerschuh klebte.

Aber das konnte ich ihr auch nicht zum Vorwurf machen. Damals hatten wir beim Wort „Ausgehen" noch an die angesagtesten Nachtclubs gedacht und nicht an solche, die als Treffpunkt für gewandelte Vampire berühmt-berüchtigt waren.

„Wir sind schließlich nicht hier, um uns zu amüsieren", sagte Nina Zwei. „Wir wollen Lil bei ihrem Job helfen. Obwohl ich sagen muss, dass ich keine Ahnung habe, wie uns diese Kaschemme dabei helfen soll."

„Meine Firma steht für gleiche Chancen für alle. Und das heißt, ich muss allen Vampiren sowie auch Menschen meine Dienste anbieten."

„Das ergibt Sinn." Nina Eins warf noch einen Blick auf die Leuchtreklame und rümpfte die Nase. „Irgendwie." Sie lächelte. „Und wo steht geschrieben, dass wir nicht arbeiten *und* uns zugleich amüsieren können? Schließlich hatte ich seit letzter Woche nicht ein einziges Mal richtig guten Sex." Sie sah zu drei Männern hin, die gerade an uns vorbeigingen. Sobald sie ihren intensiven Blick spürten, drehten sie sich um und ihre Blicke blieben wie gebannt an Nina hängen, bis sie einander anrempelten.

„Hör damit auf", sagte ich zu ihr. Ich durchwühlte meine Handtasche und zog ein paar Visitenkarten heraus, die ich auf uns drei verteilte. „Wenigstens so lange, bis wir drinnen sind. Dann möchte ich, dass ihr alle diejenigen aufspürt, die einsam sind, mit ihnen ein bisschen auf Tuchfühlung geht und ihnen eine Karte zusteckt."

„Was ist mit denen, die süß sind?", fragte sie, als wir nun den schummrigen Club betraten und vom Geruch schwitzender Körper und schalen Biers überwältigt wurden. Aus den Lautsprechern plärrten die Black Eyed Peas und das ganze Gebäude um uns herum schien zu vibrieren.

„Die auch – *wenn* sie einsam sind", erwiderte ich, „dann könnt ihr ihnen gerne eine Karte geben. Aber wenn sie einfach nur süß sind, vergesst es. Sie müssen schon einsam sein oder zumindest ein bisschen entmutigt aussehen – angesichts der ganzen Single-Szene. Sonst sind sie kein brauchbares Kundenmaterial."

„Ich nehme aber nur die Gutaussehenden."

„Ich bin Partnervermittlerin und kein Model-Scout für *Elite*."

„Aber würde das denn nicht viel mehr Spaß machen? Sieh dir doch nur mal den da an." Sie zeigte mit ihrer rot lackierten Fingerspitze auf einen Mann, der in der Nähe der Bar stand. „Er trägt Armani."

Ich konzentrierte meinen Blick auf ihn. Als er sich umdrehte und unsere Blicke sich trafen, überschwemmte mich eine wahre Bilderflut. „Außerdem ist er verheiratet. Und ein Spieler."

So leicht ließ sich Nina Eins nicht entmutigen. „Aber es ist doch Armani." Sie schnappte sich eine Visitenkarte. „Die verdient er allein schon für seinen guten Geschmack."

„Sie ist ein hoffnungsloser Fall." Nina Zwei schüttelte den Kopf, als ihr blondes Gegenstück davoneilte.

„Sie lässt sich halt leicht beeindrucken." Das konnte ich ihr nicht verübeln. Schließlich sprechen wir hier von *Armani*.

„Ich aber nicht. Ich bin hier, um zu helfen. Und genau das werde ich jetzt tun …“ Nina Zwei verstummte, als ein Mann ihre Aufmerksamkeit erregte. Sie wandte sich um und starrte den bescheiden gekleideten Mann mit Brille und ernsthafter Miene an. Er war Asiate, mit tiefschwarzen Augen und dunklem, welligen Haar. „Meinst du, Nachwuchs-Börsenmakler könnten ein bisschen Hilfe bei der Partnersuche gebrauchen?“ Sie musterte ihn noch ein paar Minuten lang. „Entschuldige, es muss heißen: geniale Börsenmakler, die soeben überraschend einen Riesengewinn mit BEA Incorporated eingestrichen haben, den sie gleich wieder anlegen und in Einlagenzertifikate investieren wollen.“

„Er hat wohl kein besonders tolles Sozialleben, oder?“

„Das liegt nur daran, dass er seinen Job so ernst nimmt. Männer wie ihn trifft man nicht alle Tage.“ Ihre Nasenflügel blähten sich auf. „Und außerdem schmecken sie wirklich gut. Nicht dass ich vorhätte, an ihm zu naschen, wohlgemerkt. Es ist nur einfach eine Tatsache … und in unserem Geschäft ist es immer gut, das zu wissen.“

„Seit wann ist mein Geschäft denn *unser* Geschäft?“

Sie ignorierte die Frage; ihre ganze Aufmerksamkeit war auf den Mann konzentriert. „Ich bin sicher, jede noch so kleine Information kann hilfreich sein, wenn man versucht, ein passendes Date für jemanden zu finden“, fuhr sie fort. „Ich schätze, ich werde ihm mal eine hiervon überreichen und mich erkundigen, ob er vielleicht ein paar Tipps in Bezug auf Aktien für mich hat. Ich habe schon länger vor, einen Teil meiner Ersparnisse zu investieren …“ Die Visitenkarten gezückt, steuerte sie auf den Börsenmakler zu.

Ich blickte zu Nina Eins hinüber. Der Armani-Typ war inzwischen ganz auf sie fixiert, statt auf die Karte, die vergessen auf der Bar neben ihm lag.

Na gut, wie hieß es noch so schön? Wenn du willst, dass etwas richtig gemacht wird, dann mach es selbst.

Ich ignorierte diverse Aufforderungen zu tanzen und konzentrierte mich vollkommen auf meine übersinnlichen Vampirfähigkeiten. Eine halbe Stunde später hatte ich jede einzelne einsame, verzweifelte Person an diesem Ort identifiziert und einen ganzen Stapel Visitenkarten verteilt. Außerdem hatte ich ungefähr eine Million Komplimente für die neue Bräune meiner Haut kassiert und Angebote auf ewige Knechtschaft von wenigstens zwei Dutzend willigen Sklaven abgelehnt. Was soll ich dazu sagen? Wenn man ein blendend aussehender, charismatischer Vampir ist, ist es doch nur natürlich, dass sich die Männer überschlagen, um nach meiner Pfeife tanzen zu dürfen.

Normalerweise hätte das mein Ego aufgepolstert und mir das Gefühl verliehen, vollkommen und absolut unbesiegbar zu sein. Aber mir ging Esther nicht mehr aus dem Kopf. Auch wenn ich in den meisten Fällen ganz anders dachte, wenn es um gewandelte Vampire ging – also sozusagen um eine Fälschung –, befand ich mich im Augenblick doch in einer Art Nest von Gewandelten.

So hätte es zumindest sein sollen. Vor zig Jahren (in New Yorker Zeit Wochen), war dieses Lokal dafür berühmt gewesen, ein Schlupfwinkel gewandelter Vampire zu sein. Offensichtlich hatten sich die Zeiten geändert.

Ich entdeckte drei Stück. Alle männlich. Eingeschränkt attraktiv, wenn man auf diesen Typ stand. Oder wenn man am selben Tag einem gewissen Ty Bonner begegnet war und sie unwillkürlich mit ihm verglich. Obwohl dieser Vergleich eigentlich unfair war, weil Ty einfach nur *total* heiß war, mit seinem wilden Äußeren und dem durchdringenden Blick (dahinschmelz) …

Das hatten wir doch alles schon, ermahnte ich mich.

Zurück zum Geschäftlichen.

Drei war gut. Eigentlich sogar großartig, wenn man bedachte, dass ich nur selten, wenn überhaupt, gewandelte Vampire traf, da die nun mal dazu neigten, sich in einer vollkommen anderen gesellschaftlichen Schicht zu bewegen. Einer geradezu antisozialen Schicht. Und deshalb kam es für mich einem wahr gewordenen Traum gleich, nun gleich drei von der Sorte unter demselben Dach zu entdecken (auch wenn selbiges dafür bekannt war, solche Wesen zu beherbergen).

Zumindest falls sie einsam gewesen wären oder dem ganzen Partnervermittlungskonzept offen gegenüber gestanden hätten. Aber es waren jüngere Vampire – zwanzig, vielleicht dreißig Jahre alt – und sie waren immer noch damit beschäftigt, sich auf den Hunger einzustellen, der mit der Transformation in ihnen erwacht war. Was bedeutete, dass sie nur mit einem einzigen Ziel in den Club gekommen waren: potenzielle Hauptgerichte unter die Lupe zu nehmen.

Esther brauchte einen gewandelten Vampir, der begriff, was es bedeutete, älter zu werden und der Ewigkeit vollkommen allein ins Gesicht zu schauen. Er musste ja nicht unbedingt eine Schönheit sein, aber er sollte weltgewandt und robust sein, um ihr eher empfindsames Wesen auszugleichen. Und er sollte eine gewisse Reife aufweisen. Jemand, der schon vor langer, langer Zeit gewandelt worden war. Ein Mann, der Tod und Zerstörung aus eigener Erfahrung kannte. Ein Mann, der ihre Vorliebe für Western zu schätzen wusste.

Ein Vampir wie Ty Bonner.

Ty?

Der Gedanke ging mir nicht mehr aus dem Kopf. Ich konnte praktisch fühlen, wie seine Visitenkarte in meiner metallenen Handtasche von Fernanda Niven, die in diesem Augenblick über meiner Schulter hing, vibrierte.

Ty und Esther?

Na schön, es klang vielleicht nicht ganz so cool wie, sagen wir mal, Ty und Lil. Aber es könnte funktionieren. Ty und Es. Ty und Essie. Ty und Estha. Bevor ich es mir anders überlegen konnte, zog ich mein Handy und Tys Karte hervor. Ich tippte die Nummer ein und hörte gleich darauf seine Voicemail-Ansage.

„Hier ist Ty. Sie wissen schon, was zu tun ist." Piiieeep.

„Hier ist Lil. Lil Marchette. Ich hatte gehofft, Sie könnten nächste Woche mal in meinem Büro vorbeikommen. Ich würde nämlich gern mit Ihnen über etwas reden. Sagen wir sieben Uhr? Dienstag?" Ich beendete das Telefonat mit einem Drücken der roten Hörertaste und ließ das Handy wieder in die Tasche gleiten. Ich hatte eigentlich Montag sagen wollen, mochte aber nicht zu ungeduldig erscheinen.

Auf der anderen Seite … Wieso war mir das wichtig? Schließlich war es doch nicht so, dass *ich* an ihm interessiert war.

Denn das war ich nicht.

„Wenn du Wert darauf legst, dass ich mich nicht daneben benehme, sollten wir jetzt besser gehen." Es war Nina Zwei. Ihre Augen strahlten heller, als ich sie je gesehen hatte, und ihre Stimme klang tiefer als gewöhnlich. Ich erkannte sofort den Hunger – und mein eigenes Herz klopfte aufgeregt.

„Ich dachte, du hast schon vorher gegessen."

„Hab ich ja auch, aber hier geht's um einen unverhofften Geldregen und ein traumhaftes Portfolio. Ich brauche echt einen Drink."

„Dieses Horten von Geld ist nicht gesund", sagte Nina Eins, die gerade zu uns trat. Bei jeder ihrer Bewegungen tanzten ihre roten Ohrringe. „Sparen, sparen, sparen. Also wirklich, das untergräbt doch unsere ganze Kultur."

„Was nicht gesund ist, das ist: mit welcher Besessenheit du jeden einzelnen Penny ausgibst, ohne Rücksicht auf die Konsequenzen."

„Es gibt keine Konsequenzen."
„Was ist mit morgen? Was ist mit einem finanziellen Polster?"
„Ich habe einen Treuhänderfonds. Ich brauche kein finanzielles Polster."
„Aber das ist das Geld deines Vaters, nicht deines."
„Du brauchst wirklich dringend einen Drink. Du weißt ja schon gar nicht mehr, was du redest."
„Hey, hey. Könntet ihr beide mal kurz einen Waffenstillstand schließen? Ich versuche hier nämlich zu arbeiten." Ich teilte meine letzte Visitenkarte aus, zusammen mit der wortlosen Suggestion, der Empfänger möge sich beeilen und anrufen, bevor ich so viele Kunden bekommen hatte, dass ich keine neuen mehr annehmen konnte.
Man wird ja wohl noch träumen dürfen.
Fünfzehn Minuten später warfen die beiden Ninas ihren ersten Blick auf meine neue Wohnung.
„Das ist ganz schön eng hier", bemerkte Nina Eins.
„Es ist richtig effizient", sagte Nina Zwei.
„Danke, mir gefällt's auch richtig gut." Ich ignorierte das Blinken des Anrufbeantworters und ging zum Kühlschrank. Meine Finger hatten sich gerade um eine Flasche 0 positiv geschlossen, als es an der Tür klopfte.
„Jimmy's Diner", rief eine Stimme, noch bevor ich auch nur einen Blick auf die Tür hatte werfen können. „Haben Sie etwas zu essen bestellt?"
„Gott sei Dank hast du was bestellt", sagte Nina Eins.
„Ich hab gar nichts bestellt."
„Ich aber." Als Nina Eins Nina Zwei einen überraschten Blick zuwarf, zuckte diese nur mit den Schultern. „Ich hab euch doch gesagt, dass ich Durst habe, und nach diesem Abend war ich einfach nicht in der Stimmung für Flaschenkost."
„Du meinst, nach Mr Bausparkasse."

Nina Zwei warf ihr einen wütenden Blick zu. „Will denn mal jemand die Tür aufmachen oder sollen wir einfach nur hier rumstehen und darüber reden?“

„Aber selbstverständlich.“ Nina Eins bewegte sich so schnell und lautlos auf die Tür zu, dass es aussah, als gleite sie auf ihren Prada-Schuhen mit den acht Zentimeter hohen Absätzen geradezu dorthin. Sie öffnete die Tür und starrte einen jungen, attraktiven Asiaten an, der eine weiße Tüte mit Pappkartons voller Essen hielt. Er hatte tiefschwarzes Haar, schwarze, schimmernde Augen und einen Körper, der verriet, dass er in seiner Freizeit mehr als Frühlingsrollen stemmte.

„Hey, was wollt ihr denn?“ Nina Zwei zuckte mit den Schultern, als sich alle Augen auf sie richteten. „Mir war gerade nach Chinesisch.“

„Was du nicht sagst.“ Ich griff nach einem Weinglas.

Nina Eins krümmte ihren Finger zu einer Kommen-Sie-doch-herein-Geste, und schon leuchteten die Augen des jungen Mannes hell auf.

„Ich denke, ich halte mich lieber an meine Flasche“, sagte ich, aber die beiden anderen schienen mich gar nicht mehr zu hören. Also beschäftigte ich mich damit, mir ein Glas einzuschenken, während die beiden Ninas den Lieferjungen an die nächste Wand drängten und sich über ihn beugten, eine auf jeder Seite.

Ich nippte an meinem 0 positiv und versuchte mich mit aller Kraft auf die Frühnachrichten zu konzentrieren, die aus dem Fernseher meiner Nachbarin herüberdrangen.

„… die Yankees um ein Haar die Meisterschaft für sich entschieden, aber …“

Da ich mich genauso wenig für Sport wie für Nachrichten im Allgemeinen interessiere, wanderte meine Aufmerksamkeit immer wieder zu der Szene vor mir zurück.

Fünfzehn Minuten später, nach jeder Menge Gestöhne und Gekeuche (einiges davon stammte sogar von mir, da ich schon seit einer halben Ewigkeit an keinem Mann mehr gesaugt hatte und die Sache fast so orgasmisch wie richtiger Sex wirkt, den ich auch schon seit einer ganzen Weile nicht mehr hatte – jedenfalls nicht mit einem richtigen Partner), sah ich zu, wie sich meine beiden besten Freundinnen von dem gut aussehenden Mann zurücklehnten.

Aus den Bissspuren an seinem Hals sickerte Blut. Einige Sekunden lang wirkte er einfach nur benommen und völlig weggetreten (was bei einem Mann heißt, dass er bereit ist, sich auf die andere Seite zu drehen und einzuschlafen), bevor er mit einem Schlag aus seiner Verzückung erwachte. Er schnappte sich die Kartons mit dem Essen, setzte sich auf meinen Fußboden und machte sich an die Frühlingsrollen, um wieder zu Kräften zu kommen. Die Austräger von Jimmy's Diner trugen nicht einfach nur Essen zur perfekten Tarnung aus. Sie *waren* sozusagen das Essen, und das, was sie mitbrachten, diente dazu, sie zu nähren, nachdem sie zuvor den Kunden genährt hatten.

Inzwischen ließen sich meine beiden besten Freundinnen auf mein Sofa nieder, ihre Schuhe fielen auf den Boden.

„Du solltest dich wirklich mal wieder so richtig gehen lassen", sagte Nina Eins und musterte mich. „Seit wann lässt du denn chinesisches Essen stehen?"

„Seit ich mich dazu entschieden habe, meine eigene Firma zu eröffnen."

„Aber du musst doch trotzdem essen."

„Sicher, aber ich möchte im Augenblick lieber alles einfach und bescheiden halten. Ich muss mich schließlich konzentrieren." Und sich zu nähren – also, mit allem Drum und Dran – stellte definitiv eine Ablenkung dar. Mal ganz davon abgesehen, dass ich nicht in der Stimmung für chinesisches Essen gewesen war.

Also, wenn dieser Typ mit Cowboyhut und Stiefeln hier aufmarschiert wäre, das wäre natürlich etwas ganz anderes gewesen.

Ich war konzentriert, nicht tot.

Jedenfalls nicht wirklich.

11

„Du kommst gerade richtig“, verkündete meine Mutter, als sie am Sonntagabend die Tür öffnete. „Dein Vater hat gerade seine Golfschläger hervorgeholt. Oh, und bitte sag nichts über seine Hand. Er und diese Frau von nebenan haben sich heute Abend ein wenig gezankt, als dein Vater draußen war, um die Hecke zu schneiden. Er hat da einen kleinen Schnitt. Nichts, was ein bisschen Schlaf nicht wieder in Ordnung bringen würde, aber natürlich muss er sich jetzt bis morgen früh damit abfinden.“

Okay, es war nicht so, dass ich einfach hätte wegbleiben können. Meine Eltern würden mich enterben, wenn ich mich nicht blicken ließe. Schlimmer – sie würden allen ihren Freunden erzählen, was für eine undankbare Tochter ich sei, was wiederum bedeuten würde, dass ich auf das kleine Rinnsal von Kunden hätte verzichten müssen, die mir meine Mutter geschickt hatte.

Dies hier war also rein geschäftlich.

„Habt ihr denn keinen Gärtner, der die Hecken schneidet?“

„Dein Vater weiß, wie leicht Viola die Fassung verliert, und er möchte Mr Wellsprings auf gar keinen Fall irgendeiner Gefahr aussetzen. Es ist so schwierig, einen guten Gärtner zu finden.“

„Dad hat einfach Spaß daran, Viola auf hundertachtzig zu bringen“, erklärte ich.

„Er lässt sich nur nicht gerne unterkriegen, Liebes. Viola Hamilton ist ein Biest und dein Vater hat nicht vor, sich ausgerechnet von einem Werwolf das Fell über die Ohren ziehen zu lassen. Diese Hecken stehen auf unserer Seite der Grundstücksgrenze, und je schneller sie das begreift, umso besser.“

Meine Eltern wohnen nun schon seit achtzig Jahren neben Viola. Wenn sie das bis jetzt nicht kapiert hatte, so würde sie es wohl auch in Zukunft nicht tun. Das versuchte ich also meiner Mutter beizubringen, die mir aber nur einen Sei-ruhig-und-komm-rein-Blick zuwarf.

Rein geschäftlich.

Ich bemühte mich, das während der nächsten Stunde nicht zu vergessen, während meine Brüder nach und nach eintrudelten und ich meinem Vater zusah, wie er seine neuesten Einlochtechniken mit verbundener rechter Hand vorführte.

Aber wir sprechen hier über eine *Stunde.* Für eine Technik, die ungefähr drei Sekunden in Anspruch nahm. Und das bedeutete, dass ich langsam zu schielen begann und *so* kurz davorstand, mich vom nächsten Balkon zu stürzen und zurück nach Manhattan zu rennen – ohne jede Rücksicht auf meine geliebten Manolo-Blahnik-Stilettos –, als mein letzter und jüngster Bruder endlich auftauchte.

Wie meine anderen Brüder besaß auch Jack das wie immer blendende Aussehen der Marchettes, mit dunklem Haar und dunkelbraunen Augen und einer sexy Ausstrahlung, die die Frauen veranlasste, sich ihm reihenweise zu Füßen zu werfen.

Oder seinen Seesack für ihn zu tragen.

„Wo soll ich ihn hintun, Jack?“ Sie war ein Rotschopf und sie war ein Mensch und sie sah Jack an, als ob er das größte und verlockendste Stück Schokoladenkuchen auf der Speisekarte wäre.

Anmerkung: Jack war der einzige Bruder, der immer jemanden mitbrachte.

Meine Mutter runzelte missbilligend die Stirn. Mein Vater schüttelte den Kopf und grinste. Offensichtlich zog sich die Jungs-sind-halt-Jungs-Mentalität quer durch alle Rassen- und Kulturgrenzen.

„Mom möchte dich am liebsten umbringen, und ich auch.“

Ich umarmte Jack und ignorierte mit Mühe den Drang, fester zuzudrücken und ihm dabei ein paar Rippen zu zerdrücken. Aber dann hätte er vermutlich angefangen, mich zu zerquetschen, und am Ende hätten wir uns wie die Kinder kämpfend auf dem Boden gewälzt und die traditionelle Jagd wäre wegen diverser Knochenbrüche und durchstoßener Organe und dem dringenden Bedürfnis, sich im Schlaf zu regenerieren, ruiniert gewesen.

Auf der anderen Seite – was waren schon ein paar qualvolle Schmerzen und ein paar zusätzliche Stunden Schlaf, wenn ich mich dadurch vor der Jagd drücken konnte?

„Was?", fragte er. „Magst du Tammy nicht?" Er sah zu der Frau hinüber, die auf der anderen Seite des Zimmers gerade ihren Mantel auszog, wobei sie ihn keine Sekunde aus den Augen ließ. Er lächelte, sie aber hätte fast auf der Stelle einen Orgasmus gehabt.

„Tammy ist mir scheißegal", sagte ich leise. „Du bist zu spät."

„Es ist halb neun."

„Wir treffen uns um halb acht", informierte ich ihn.

„Ich hätte schwören können, es wäre halb neun gewesen."

„Wir treffen uns immer um halb acht."

„Seit wann?"

„Seit ungefähr fünfhundert Jahren."

„Bist du sicher?"

Jack mag ja ein superheißer Vampir sein, aber er war nicht gerade die leuchtendste Blüte am Familienstammbaum. Neben mir war er der Jüngste und steckte immer noch in der Phase, die alle Männer durchmachen und in der ein Mann nicht weiter sehen kann als bis zu seinem Schwanz. Bei den Menschen geschieht dies normalerweise in der Pubertät und dauert bis in die Zwanziger an. Bei Vampiren sind es die ersten sechshundert Jahre, auch bekannt als die Schnellen Sechshundert.

Ich weiß. Das klingt eher nach NASCAR-Rennen. Irgendwie ist es auch so was Ähnliches. Männliche Vampire verbringen diese ganze Zeit damit, ihre sexuellen Techniken zu verfeinern und befinden sich zum größten Teil in einem immerwährenden Rennen, um zu sehen, wie oft sie kommen können.

Ich lächelte. „Jack ist da. Jetzt können wir anfangen."

Mein Dad stellte sich für eine weitere Demonstration seines Schlags in Positur. „Noch nicht. Es fehlt noch jemand."

Ich zählte in Gedanken rasch alle durch. Meine Brüder hatten sich um Jack versammelt, um seine neueste Sklavin zu begutachten. Meine Mutter stand drüben auf der anderen Seite des Zimmers und goss sich ein Glas Wein ein – richtigen Wein, weil mein Vater es niemandem erlaubte, vor einer Jagd zu *trinken*. Er sagte, es würde die Instinkte betäuben und den Hunger abtöten, der uns antreibt und zu geborenen Raubtieren macht. „Ein Elternpaar. Vier Kinder. Und eine Tammy. Wer soll denn da fehlen?"

„Dein Vater hat noch jemanden eingeladen." Meine Mutter leerte das halbe Glas mit einem einzigen Schluck und warf einen weiteren missbilligenden Blick auf Tammy.

In meinem Bauch breitete sich ein Gefühl der Leere aus. „Bitte sag mir, dass dieser Jemand eine Frau ist."

„Du magst Frauen?" Mein Vater hielt mitten in der Bewegung inne und warf meiner Mutter einen erschrockenen Blick zu.

„Nein, aber sie schon." Ich zeigte auf meine drei Brüder. „Dieser Gast ist für einen von ihnen, stimmt's?"

„Aber wieso sollten wir denn jemanden für deine Brüder suchen?" Was hieß, dass meine Eltern der Ansicht waren, dass meine Geschwister auch ohne sie gut zurechtkamen.

Ich hob meine Augenbrauen und warf einen vielsagenden Blick auf Tammy, die ein Weinglas genommen hatte und es an Jacks Lippen hielt, damit er trinken konnte, ohne einen Finger rühren zu müssen.

„Aus dieser Phase wird er bald raus sein." Meine Mutter richtete ihren Blick auf mich. „Du bist es, um die wir uns Sorgen machen, Liebes."

„Sag mir bitte, dass ihr niemanden für mich eingeladen habt."

„Er heißt Wilson Harvey."

„Früher Wilson Harveaux", mischte sich mein Vater ein. „Bevor seine Familie solche Dinge wegen ihrer Wirtschaftsprüfungsgesellschaft etwas vereinfachte."

„Ein Rechnungsprüfer? Ihr wollt mich mit einem Rechnungsprüfer verkuppeln?"

„Ein amtlich zugelassener Wirtschaftsprüfer", stellte meine Mutter klar. Als ob das einen Unterschied gemacht hätte. „Und ein überaus erfolgreicher, möchte ich hinzufügen."

„Und er hat seine Firma soeben konzessioniert." Mein Vater stand auf Franchising (siehe *Moe's*). „Er ist wirklich ein kluger Kopf."

„Und er möchte endlich eine Familie gründen." Meine Mutter lächelte. „Das hatte er vor einer ganzen Weile schon vor – es ist ungefähr neunzig Jahre her –, als seine Zukünftige in einen Autounfall verwickelt wurde und die Lenkradsäule ihr Du-weißt-schon-was durchbohrte." Sie legte die Hand auf ihre Brust. „Jedenfalls ist er seitdem nicht sehr viel ausgegangen. Und da du auch nicht so viel ausgehst, dachten wir, ihr könntet euch doch zusammentun und mal gemeinsam ausgehen."

„Eine Verabredung."

Meine Mutter runzelte die Stirn. „Unsere Gattung hat keine Verabredungen. Wir diskutieren. Eine einzige, vernünftige Unterhaltung ist alles, was nötig ist, um zu wissen, ob er ein anständiger Ewiger Gefährte sein wird. Du stellst ihm die entscheidenden Fragen, wie zum Beispiel, wie viel er verdient und wie hoch seine Fertilitätsrate ist; er stellt dir ebenfalls alle relevanten Fragen – und damit hat sich's."

Keine Küsse. Kein Händchenhalten. Kein Flirten oder Necken oder einfach nur die Gesellschaft des anderen genießen. Nur zwei Leute, die über Fertilitätsraten und andere „relevante Fragen“ diskutierten.

Okay, das ist nun mal, irgendwie, mein Erbe und so. Aber manchmal finde ich, ein gebürtiger Vampir zu sein ist echt das Hinterallerletzte.

Und jetzt war eindeutig so ein Moment.

„Ich bin noch nicht bereit, eine Familie zu gründen, Mom.“

„Weil du noch niemanden kennengelernt hast, der brauchbar war. Das wird sich heute Abend ändern.“

„Nein, wird es nicht. Ich hab es nicht nötig, von euch verkuppelt zu werden.“

„Aber selbstverständlich hast du das nötig, Liebes. Sonst hätte ich inzwischen doch schon längst ein Enkelchen. Loralee Hoffmeyer hat schließlich schon neunundzwanzig Enkel. Und achtundsechzig Urenkel. Und einhundertdrei Ururenkel. Und einhundertzweiundsechzig Urururenkel. Und …“

Während meine Mutter fortfuhr, rötete sich ihr normalerweise bleicher Teint um Wangen und Nase: „… will doch nur einen einzigen. Einen Enkel, der den Namen Marchette trägt und die Blutlinie weiterführt. Ist das denn zu viel verlangt?“

„Könntest du es denn nicht von denen verlangen?“ Ich zeigte auf meine Brüder, die gerade in eine hitzige Diskussion verwickelt waren, inwieweit große Titten (Tammy besaß welche) ein Hindernis darstellten, wenn man während eines Festmahls die Halsader durchstoßen wollte.

„Deine Brüder werden eine Familie gründen, wenn die richtige Zeit dafür gekommen ist.“ Meine Mutter sprach diese Worte mit einem derartigen Vertrauen aus, dass ich mir unweigerlich wünschte, ich wäre mit einem Penis zur Welt gekommen. „Aber um dich machen wir uns Sorgen, Liebes. Sie probieren wenigstens verschiedene Frauen aus und sehen sich um." Sie wies mit einer Geste auf das gut aussehende Trio. „Du hingegen …", sie schüttelte den Kopf, „du hast bislang nicht mal einen einzigen halbwegs annehmbaren Kandidaten für dich gefunden."

Ich hätte gerne darauf hingewiesen, dass Tammy ein *Mensch* war und dass das einzig Annehmbare an ihr ihre Antonio-Mellani-Handtasche war. Aber ich wusste, dass meine Mutter nur wieder weitere Ausreden finden würde. *Jack ist noch jung. Jack ist gerade im besten Alter. Jack perfektioniert lediglich seine sinnlichen Fähigkeiten.*

Dämlicher Jack.

„Du musst langsam mal an die Zukunft denken. *Unsere* Zukunft. Unsere Art wäre schon vor langer Zeit ausgestorben, wenn alle Frauen so wählerisch wären wie du."

„Ich bin nicht wählerisch. Ich habe eben nur hohe Ansprüche."

„Dann wirst du Wilson lieben." Das Geräusch der Türklingel unterbrach ihren Satz. „Das ist er." Sie bohrte ihren Blick in mich hinein. „Du wirst dich mit Wilson treffen und mit ihm über Fertilitätsraten sprechen – und damit bin ich der kleinen Annabella Jacqueline Marchette endlich ein Stückchen näher." Meine Großmutter war Annabella und meine Mutter Jacqueline und ich war im Arsch.

„Würde es nicht Annabella Jacqueline Marchette Harvey heißen?"

„Über solche Feinheiten der Formulierung zu streiten wird dich auch nicht retten, Lilliana." Sie sprach meinen Namen mit einem so ernsthaften Ausdruck aus, dass ich meinen Mund schloss, bevor ich noch irgendetwas anderes sagen konnte.

Wilson Harvey war groß, dunkel und gut aussehend; er hatte leuchtend grüne Augen und eine klassische Nase, die auf seine gute Herkunft hindeutete (gibt es bei uns gebürtigen Vampiren denn irgendetwas anderes?). Er trug sein dunkles Haar kurz und ordentlich geschnitten. Er hatte hohe Wangenknochen und ein Gesicht, das *GQ* alle Ehre gemacht hätte. Ein Dreiteiler schmiegte sich an seinen vollkommenen Körper. Er duftete verführerisch nach Rum-Soße. Köstlich und süß und ein wenig nach Macht.

Rum-Soße und Zuckerwatte?

Auf keinen Fall!

Ich lächelte, als meine Mutter uns vorstellte und sich dann entfernte, um Wilson ein Glas Wein einzuschenken.

„So." Ich lächelte weiter und wehrte mich gegen den Drang, mich auf der Stelle umzudrehen und durchzubrennen. „Meine Mutter hat mir erzählt, dass Sie ein Wirtschaftsprüfer sind."

„Ja, und ich habe eine Fertilitätsrate von zwei vierzig."

O-kay. So viel zum Small Talk. „Das ist wirklich, äh, beeindruckend, Wil."

„Es heißt Wilson. Wie häufig kommen Sie bei einer Begegnung zum Orgasmus?"

Das waren die „relevanten Fragen", von denen meine Mutter gesprochen hatte. Fertilitätsraten waren das A und O bei männlichen Ewigen Gefährten, während der OQ alles Wichtige über eine Frau aussagte. Sie müssen eines wissen: Weibliche gebürtige Vampire können einen Höhepunkt nicht einfach vortäuschen. Sie müssen tatsächlich einen Orgasmus erleben, der dann eine Eizelle freisetzt, womit die Chance auf eine Empfängnis besteht. Also – je mehr, umso besser.

„Ich kann nicht klagen", berichtete ich ihm.

Er warf mir einen ernsten Blick zu. „Ich brauche eine Zahl."

„Zwei vielleicht." Er runzelte die Stirn. „Oder drei, oder vier." Ich wollte ihn nicht ermutigen. Aber auf der anderen Seite hatte auch ich meinen Stolz, und offenbar war es überaus bedeutsam, wie leistungsfähig frau auf dem Gebiet „stöhn – keuch – ich komme!" war.

„Sagen Sie mal, spielen Sie eigentlich Golf? Mein Vater hat da so eine ganz neue Technik ..." Es gelang mir, Wilson abzulenken, und ich verbrachte weitere fünfzehn Minuten damit, meinen Vater und seine Golfschläger zu bewundern.

Aber hey, das war doch immer noch besser, als mit Wil-*son* über multiple Orgasmen zu plaudern.

„Ich denke, wir sollten langsam mal anfangen", verkündete mein Vater schließlich und stopfte seinen Driver in eine Golftasche aus rotem Leder.

Alle Umstehenden brachen in beifälliges Gemurmel aus. Ich stimmte ein, begierig, den ganzen Abend so schnell wie nur möglich hinter mich zu bringen. Während der Jagd würde ich mich möglichst im Hintergrund halten, wie immer, und meine Brüder würden eifrigst mitmachen, wie immer, und in null Komma nix wäre ich wieder auf dem Weg zurück in die Stadt.

„Ich finde, wir sollten heute Abend mal neuen Schwung in die Sache bringen", sagte mein Vater, als er seine Golfschläger in eine Zimmerecke rollte. „In den letzten Monaten war Jack acht Mal dran."

Mein jüngster Bruder zuckte die Achseln und drehte seinen Kopf zur Seite, damit Tammy einen Tropfen Wein in seinem Mundwinkel abtupfen konnte. „Das stimmt. Warum muss immer ich dran sein?"

„Weil du beim Hölzchenziehen eine absolute Niete bist", erwiderte Max.

„Beim Hölzchenziehen geht es nicht um Geschicklichkeit. Das ist pures Glück."

„Und davon hast du nun mal am wenigsten in der Familie."

„Jungs." Mein Vater blickte seine Söhne finster an, und sie wurden still. „Ich denke, es ist nicht fair, dass Jack nicht mitjagen und auch seinen Spaß haben konnte, deshalb habe ich mir überlegt, dass wir uns einfach abwechseln." Mein Magen rutschte mir in die Kniekehlen, noch bevor mein Vater seine Aufmerksamkeit mir zuwandte. „Und da es schon eine Ewigkeit her ist, dass Lil einmal dran war, dachte ich, wir fangen mit ihr an." Mein Dad lächelte, während ich betete, ein Blitz oder so was Ähnliches möge mich direkt mitten in meine plötzlich wie abgeschnürte Brust treffen. „Du bist dran, Schätzchen."

12

Ich hasste es, dran zu sein.

Okay, „hassen" war ein viel zu milder Ausdruck. Ich hasste Ausverkäufe bei Fendi und Kerle, die pfeifen, wenn eine Frau an einer Baustelle vorbeigeht. Und ich hasste Angelina Jolie von ganzem Herzen. Na gut, vielleicht wäre „beneiden" das bessere Wort, wenn es um Angie geht. (Habe ich schon erwähnt, dass ich *Troja* acht Mal gesehen habe und Mitglied in Brads Fanclub bin, mit Mitgliedsausweis und allem Drum und Dran?) Jedenfalls, was ich sagen wollte: Das Wort „hassen" kam dem, was ich empfand, nicht einmal nahe. Abgesehen von einem Job bei *Moe's* war „dran sein" mein ultimativer Albtraum. Das letzte Mal, als ich das kurze Hölzchen gezogen hatte, hat es mir am Ende drei abgebrochene Fingernägel, eine Gehirnerschütterung und eine vollständig ruinierte Bluse von Christian Dior eingebracht.

Sie müssen wissen, der Vampir, der *dran* ist, ist derjenige, der die Pfeife um seinen (oder ihren) Hals tragen muss. Man nennt ihn auch den Gejagten. Oder den, der mit Lichtgeschwindigkeit von blutdürstigen Brüdern umgerannt wird, die zum Äußersten entschlossen sind und nach zusätzlichen freien Tagen von *Moe's* Haus der gähnenden Langeweile gieren.

Zugegeben, die Gehirnerschütterung war im Schlaf wieder geheilt. Aber bei der Bluse ging das nicht so einfach. Wir reden hier über ewigen Tod und Zerstörung und ein Riesenloch in meinem Dispo. Denn ich musste sie natürlich ersetzen.

Ich ging ein bisschen schneller, bog um die Ecke und ließ die Vorderseite des Hauses hinter mir, den Startpunkt, wo die anderen gerade die Zeit totschlugen, um mir einen ausreichenden Vorsprung zu verschaffen. Ich betrachtete die dichten Bäume, die sich hinter dem Haus erstreckten, und zwang mich mit purer Willenskraft weiterzugehen. Ich überquerte den riesigen Rasen, den ein paar scheußliche Statuen verzierten, die meine Mutter aus der „alten Heimat" mitgebracht hatte, und näherte mich den Bäumen.

Ich betrat den dicht wuchernden Wald und lief etwa eine halbe Minute darin herum, wobei ich jeden einzelnen Ast berührte, der in meine Reichweite kam, um meinen Brüdern einen Anreiz zu geben und sie zwischen die Bäume zu locken. Ich hatte gerade kurz Halt gemacht, um den Zustand meiner Absätze zu kontrollieren (noch kein Matsch), als ich aus der Ferne schwach eine Glocke bimmeln hörte – das Zeichen, dass die Jagd begonnen hatte.

Ich holte tief Luft und sprang mit einem Satz nach oben auf einen ziemlich hoch gelegenen Ast, von dem aus man den Rasen, der das Haus umgab, gut im Blick hatte. Ich hockte mich an den äußersten Rand und hielt den Atem an. Ich konnte sie gar nicht mal so sehr sehen wie fühlen, als sie nun auf mich zugestürmt kamen, sich in den Wald stürzten und direkt an mir vorbeirasten.

Erst mal riechen, dann denken. Das war meine Familie.

Sie erwarteten, dass ich versuchen würde, ihnen davonzurennen und stellten sich vermutlich vor, dass ich gerade um mein Leben lief. Aber ich war schlauer.

Und vor allem feiger.

Ich zählte wenigstens sechs Paar Fußstapfen, bevor ich wieder heruntersprang und auf die Rückseite des Haupthauses zulief. Ich wollte mich gerade im Poolhäuschen verbarrikadieren und ein paar Runden Solitaire auf meinem BlackBerry spielen, als ich das zarte Aroma von Rum-Soße roch.

Ich umrundete das Schwimmbecken und lief auf die Terrasse zu, bis ich auf einmal ins Stolpern geriet und schließlich stillstand.

Ich sah den Vampir auf einem der schmiedeeisernen Gartenstühle meiner Mutter sitzen.

Okay, ich war nie besonders gut in Mathe gewesen. Offensichtlich war Wilson den anderen gar nicht gefolgt und ich hatte mich verzählt. Stattdessen starrte er in den Himmel, als ob er im Geist gerade eine seiner geliebten Tabellen über die Sterne erstellte.

„Erwischt!“ Ich hatte mich von hinten an ihn herangeschlichen und ihm auf die Schulter geklopft.

Er sprang schnell wie der Blitz auf die Füße und wirbelte zu mir herum, die Lippen zurückgezogen und die Zähne gebleckt.

Ich sprang zurück.

„Lilliana?“ Die Fangzähne wurden wieder eingezogen. „Was machen Sie denn hier?“

„Was machen Sie hier?“ Ich musterte ihn. „Ich weiß jedenfalls, was Sie nicht machen. Ich hab dort drüben zwischen den Bäumen darauf gewartet, dass Sie meine Witterung aufnehmen.“ Ich bin so eine tolle Schauspielerin. „Und Sie haben sich nicht einen Zentimeter vom Fleck gerührt.“

Er zuckte mit den Schultern und schob die Hände in seine Hosentaschen. „Ich bin auch nicht hergekommen, um zu jagen.“

„Sie sind gekommen, um einen multiorgasmischen Vampir kennenzulernen.“

Er nickte. „Meine beiden Brüder sind schon seit über hundert Jahren gebunden. Meine erste Schwägerin ist eine glatte elf beim Orgasmus-Quotienten. Nummer zwei immerhin eine zehn. Ich bin der Einzige in der Familie, der nicht mal was Ordentliches in Aussicht hat.“

Ich begann zu begreifen, dass Wilson nicht darum allein war, weil er nicht so oft ausging. Und meine Mutter fand, *ich* sei wählerisch?

„Ich bin nicht ganz das, wonach Sie gesucht haben, wie?“, fragte ich ihn.

„Ich brauche wenigstens eine zehn, wenn's um die Orgasmusfähigkeit geht, sonst bin ich eine Schande für den Harvey-Clan."

Er sah so enttäuscht aus, dass mich der plötzliche Drang überkam, ihm zu sagen, ich hätte gelogen und könnte mit Leichtigkeit eine zwölf bringen (siehe den Kommentar oben von wegen gute Schauspielerin). Wenn ich richtig angetörnt und Schlagsahne mit im Spiel war und nach Möglichkeit auch noch jemand zärtlich an meinen Zehen saugte, dann brachte ich sogar glatte dreizehn.

Ja klar, flüsterte eine Stimme. *Vielleicht vor ein paar Millionen Jahren.*

Ich ignorierte diese Stimme. Die Zeit hatte in keiner Weise, Art oder Form meine Orgasmusrate vermindert.

Das redete ich mir zumindest ein.

„Hören Sie mal, wenn es unbedingt eine zehn für Sie sein muss", sagte ich zu Wilson, „dann kann ich Ihnen möglicherweise aushelfen. Ich weiß nicht, ob meine Mutter es erwähnt hat, aber ich betreibe eine Partnervermittlung." Ich zog eine Karte aus meiner Tasche und überreichte sie ihm. „Ich könnte Ihnen dabei helfen, eine passende Ewige Gefährtin zu finden."

Er beäugte die Karte. „Ihre Mutter sagte, Sie managen die zweite Filiale von *Moe's* an der New Yorker Uni."

„Vielleicht in meinem nächsten Leben." Um mich herum bebten die Bäume und in weiter Ferne konnte ich Schritte hören, die durch den Wald hindurch zum Haus zurücktrabten. „Im Augenblick bin ich jedenfalls voll und ganz mit der Partnervermittlung beschäftigt", fuhr ich eilig fort. „Und ich wäre überglücklich, wenn ich Ihnen helfen könnte, diese eine ganz besondere Person zu finden. Gegen eine Gebühr natürlich." Die Schritte wurden lauter, mein Herz schlug schneller und die Sicherheit des Poolhäuschens schien meilenweit entfernt zu sein. Ich konnte praktisch fühlen, wie die Perlen an meinem Cardigan aus Netzstoff vor

Angst bebten. „Aber ich wäre bereit, Ihnen einen ordentlichen Preisnachlass zu gewähren, wenn Sie mir einen Gefallen tun."

„Wie ordentlich?" Sein Blick zuckte zu den Bäumen. Ich wusste, dass auch er die anderen spürte.

„Zehn Prozent."

„Vierzig Prozent?"

„Sind Sie verrückt? Ich muss mir schließlich Bräunungslotion kaufen."

„Dreißig, und Sie sollten sich lieber beeilen und sich schnell entscheiden, denn sie kommen schon näher."

Zu nahe sogar. Aber schließlich ging es hier um meine *Bräunungslotion*. „Fünfundzwanzig", sagte ich mit fester Stimme, während ich in meinen Lieblingsschuhen zitternd vor ihm stand. „Das ist mein letztes Angebot."

Er lächelte und ließ die Karte in seine Tasche gleiten. „Was kann ich für Sie tun?"

„Erzähl mir doch noch einmal, was passiert ist." Der Blick meines Vaters bohrte sich in mich hinein, die ich neben Wilson auf dem Sofa saß. Meine drei Brüder hockten auf diversen Stühlen über den ganzen Raum verteilt. Tammy kniete neben Jacks Stuhl und massierte seine Füße (es war echt zum Kotzen). Meine Mutter stand mit einem Drink in der Hand neben dem Kamin – diesmal war es ein richtiger Drink, da die Jagd inzwischen vorbei und das Abendessen offiziell serviert war. Aller Augen richteten sich auf mich.

„Also." Ich leckte mir über die Lippen. Große Schauspielerin hin oder her, ich war es nicht gewohnt zu lügen. Jedenfalls nicht so unverblümt. „Ich bin also um das Leben meiner Bluse durch den Wald gerannt, als urplötzlich Wilson wie aus dem Nichts vor mir auftauchte. Bevor ich auch nur mit der Wimper zucken konnte, warf er sich auf mich, packte die Pfeife und blies hinein und das war's dann. Ende der Jagd. Herzlichen Glückwunsch", gratulierte ich ihm, drehte mich zu ihm um und schüttelte ihm die Hand. „Gut gemacht."

„Gerannt, was?" Mein Vater warf einen misstrauischen Blick auf meine makellosen Absätze.

„Genau genommen bin ich so schnell gelaufen, dass meine Füße nicht einmal mehr den Boden berührten, sondern nur noch flüchtig antippten. So wie bei dir, wenn du dich von einem Abschlag zum nächsten bewegst. Oder vor Viola wegrennst."

„Ich renne vor dieser Frau nicht weg." Die Miene meines Vaters verwandelte sich von misstrauisch zu verärgert – und ich klatschte mich innerlich selber ab. „Ich war bloß schneller als sie. Das ist ein Riesenunterschied. Das bedeutet nämlich, dass ich der Überlegene bin. Schneller. Schlauer. Intelligenter. Ich könnte sie zerquetschen wie eine Fliege, wenn ich wollte."

„Sie wird aber auch wirklich extrem bösartig bei Vollmond", erklärte meine Mutter. „Mit diesen Zähnen und diesen Klauen und dieser unnatürlichen Stärke. Ich glaube, ‚zerquetschen' könnte vielleicht ein klitzekleines bisschen übertrieben sein."

Mein Vater drehte sich zu meiner Mutter um. „Willst du damit vielleicht sagen, meine Zähne seien nicht bösartig, Jacqueline?"

„Aber nein, mein Lieber."

„Oder dass meine Klauen nicht so scharf wie Rasierklingen sind?"

„Natürlich nicht."

„Oder dass meine Stärke – die eines uralten, allmächtigen Krieger-*Vampirs* – nicht weitaus wertvoller und magischer ist als die eines Werwolfs?"

„Ich meine doch nur, dass sie wirklich schrecklich lästig sein kann, wenn sie will. Eine wahre Pest. Wie ein Moskito. Oder ein übereifriger Mensch." Sie warf einen Blick auf Jack und seinen neuesten übereifrigen Menschen. „Reg dich doch bitte nicht so auf, mein Lieber. Sie ist es ja gar nicht wert."

„Das stimmt allerdings." Sein Blick schwenkte zu mir zurück – und ich wusste, dass meine Galgenfrist vorüber war. „Also, er kam wie aus dem Nichts? Du hast nicht das Geringste gehört?"

„Von dem ganzen Gerenne war ich völlig außer Atem, und außerdem läuft Wilson wirklich furchtbar leise."

„Das tun wir alle. Darüber hinaus haben wir ein extrem gutes Gehör."

„Ja, sicher. Aber Wilson übertrifft diesen wirklich hohen Standard noch um einiges. Er stürzte sich auf mich und ich war völlig machtlos, konnte nichts dagegen tun."

„Machtlos? Das letzte Mal, als ich dich bei einer Jagd angerührt habe, hast du mich in die Eier getreten", mischte sich Rob ein. „Ich konnte mich die ganze Nacht nicht mehr bewegen."

Ich starrte meinen mittleren Bruder finster an. „Na ja, du bist eben nicht mal halb so schnell oder entschlossen wie Wilson."

„Vielleicht warst du einfach nur lahmarschig", sagte Rob herausfordernd.

„Und vielleicht bist du einfach nur eifersüchtig, weil Wilson dich heute Nacht geschlagen hat."

„Bin ich nicht."

„Bist du doch."

„Kinder", sagte meine Mutter, die nun neben meinen Vater trat. Sie legte ihm eine Hand auf die Schulter, offensichtlich immer noch darum bemüht, ihn nach ihrer Bemerkung über Viola zu beruhigen. „Genug mit dieser Streiterei. Wilson hat anständig und ehrlich gewonnen, und damit hat es sich."

„Aber ich verstehe das einfach nicht", begann mein Vater. Die Hand meiner Mutter packte seine Schulter ein wenig fester.

„Aber natürlich tust du das, mein Lieber. Du warst doch auch einmal jung und genauso schnell und entschlossen. Das war ungefähr zu der Zeit, als wir uns begegneten. Wir befanden uns damals auf dem Schloss meiner Familie. Erinnerst du dich noch?"

„Ja." Er wirkte nach wie vor verwirrt.

„Du hast nur einen einzigen Blick auf mich geworfen, wie ich auf dem Balkon stand, und einfach so bist du fünf Stockwerke hochgesprungen und hast auf einmal neben mir gestanden. Du hast dich so schnell bewegt, dass ich nicht einmal die Zeit hatte Luft zu holen, und noch viel weniger, mich in mein Zimmer zurückzuziehen. Nicht dass ich das gewollt hätte. Ich wollte dich kennenlernen."

Mein Vater warf sich in die Brust. „Ich war schon ziemlich schnell, nicht wahr?"

„Der Schnellste. Genau wie ich. Ich hätte mich nach drinnen zurückziehen und dir die Tür vor der Nase zuschlagen können, wenn ich gewollt hätte."

„Aber du wolltest nicht."

„Genau." Sie neigte ihren Kopf in meine Richtung. „Und das ist auch der Grund, warum wir dieses Thema jetzt beenden."

„Tun wir das denn?" Mein Vater wirkte noch einige Sekunden lang leicht verwirrt, bevor auch er endlich begriff. „Natürlich. Also …", er rieb sich die Hände, „hat irgendjemand Hunger?"

„Warte mal. Wer bekommt denn jetzt die freien Tage?", fragte Max. „Ich hatte fest damit gerechnet. Ich plane nächsten Monat einen Ausflug nach Venedig mit ein paar Freunden."

„Ich kann Wilson ja schlecht Urlaub geben, da er gar nicht bei mir angestellt ist."

„Wir könnten ihn stattdessen Lilliana geben", schlug meine Mutter vor.

„Aber sie war doch die Beute", widersprach Max. „Die Belohnung geht an den besten Jäger und nicht an das Opfer. Ich stimme dafür, dass derjenige die freien Tage bekommt, der ihr am nächsten war, als Wilson gepfiffen hat."

„Das wäre dann wohl ich“, sagte Rob.

„Das hättest du wohl gern. Ich war näher als du“, sagte Jack.

„Träum weiter.“ Jetzt war Max an der Reihe. „Ich war näher als ihr beiden Loser.“

„Es gibt keinen Grund zu streiten. Ich kann den Urlaub gar nicht nehmen. Ich arbeite schließlich nicht für *Moe's*“, erklärte ich.

„Dann ist es entschieden.“ Mein Vater redete weiter, als ob ich gar nichts gesagt hätte. „Lil erhält die Urlaubstage zu ihrer freien Verfügung, wann und wie auch immer sie möchte.“ Er warf Wilson einen Blick zu und lächelte. „Und mit wem sie möchte.“

„Damit ist das also geregelt“, erklärte meine Mutter mit zufriedener Miene. „Warum begeben wir uns jetzt nicht alle ins Esszimmer und nehmen einen richtigen Drink?“

„Wie oft kommen Sie bei einer einzigen Begegnung zum Orgasmus?" Evies Stimme erklang durch die offene Bürotür.

Es war halb sieben am Montagabend. Ich war kurz vorbeigekommen, um noch mehr Visitenkarten zu holen, da ich mich mit den Ninas an einem weiteren heißen Single-Treff verabredet hatte.

„Ich weiß nicht." Ich zuckte mit den Schultern und stopfte die Karten in meine Handtasche. „Ein paarmal, vielleicht." Ich hatte es bislang geschafft, Evie größtenteils im Ungewissen zu lassen, was diese ganze Vampirsache betraf, und ich hatte nicht vor, ihren Argwohn zu wecken, indem ich jetzt mit der Wahrheit rausrückte.

„Ich habe doch nicht Sie gefragt. Das fragen wir die Kundin in Raum A und sie fragt wiederum, warum wir das wissen wollen."

Meine Hände erstarrten, als ich gerade noch einen Stapel Karten packen wollte. „Wir haben eine Kundin in Raum A?"

Sie grinste. „Unsere vierte heute. Die Flyer, die Sie bei *Moe's* ausgelegt haben, haben wahre Wunder gewirkt."

„*Vier*?" Sie nickte und ich strahlte. Klar, das war zwar nicht die Riesenschlange, die sich bis um die nächste Ecke zog, wie ich es mir vorgestellt hatte. Aber es war immerhin ein Anfang. Sehr bald würde in Raum A noch mehr los sein als an der Grand Central Station.

Augenblick mal … „Wir haben einen Raum A?"

„Ich dachte mir, wir brauchen doch ein Zimmer für die Kunden, wo sie ganz entspannt und in Ruhe ihre Profile ausfüllen können, darum habe ich die Besenkammer aufgeräumt und ein paar Dinge von zu Hause mitgebracht, damit es ein bisschen gemütlicher aussieht."

Ich wusste doch vom ersten Augenblick an, dass Evie es drauf hatte. Aber mir war gar nicht so klar gewesen, dass sie auch ebenso gewissenhaft wie modisch war. „Wirklich beeindruckend."

„Beeindruckend genug für eine Gehaltserhöhung?" Sie warf mir einen hoffnungsvollen Blick zu. „Ich sterbe, seit ich Premiere abbestellen musste und mir keine Accessoires mehr leisten kann, weil ich doch den Gürtel enger schnallen muss."

Auf Premiere konnte ich verzichten, aber auf Designer-Ohrringe? „Das ist ja schrecklich. Machen Sie sich keine Sorgen, ich werde mir was einfallen lassen. Hören Sie mal, setzt ein Raum A nicht voraus, dass wir auch einen Raum B haben?"

„Technisch gesehen, ja, aber es könnte genauso gut darauf schließen lassen, dass wir einfach nur optimistisch sind und uns auf das freuen, was die Zukunft bringt. Zum Beispiel ein Penthouse einschließlich Raum A bis Z samt einem Medienraum, damit wir immer auf dem Laufenden sind, was die neuesten Trends angeht."

„Und *CSI*?"

Sie grinste, doch dann wirkte sie plötzlich wieder verwirrt. „Also, warum müssen wir denn das mit den Orgasmen wissen?" Sie schwenkte ihr Klemmbrett. „Und was um Himmels willen ist eine Fertilitätsrate? Eine von den Frauen, die heute hier waren, hat mich danach gefragt – und ich habe ihr erzählt, dass das ein Messwert auf dieser neuen Skala wäre, die gerade erst rausgekommen ist. Sie wissen schon, so wie man auch den Anteil an Körperfett misst. Also, ich hab ihr jedenfalls gesagt, dass man damit den Anteil an fruchtbaren Spermien beim Mann messen kann. Er kommt einfach vorbei und *Bums* weiß er Bescheid, wie viele Kugeln er verschießen kann."

„Schlau ausgedacht." Ich rannte um meinen Schreibtisch herum und grabschte ihr das Klemmbrett aus der Hand. „Falscher Fragebogen." Ich schnappte mir aus meinem Aktenschrank ein paar der frisch entworfenen Fragen für Menschen und gab sie ihr. „Das ist der, den Sie ausgeben sollten. Der andere war nur ein ... ein Witz. Ja, wissen Sie, meine Freundinnen und ich, wir saßen gestern Abend so rum und haben uns diese Scherzfragen ausgedacht. Ich schätze mal, wir hatten zu viele Appletinis."

„Dann ist ja alles klar." Sie wollte sich gerade umdrehen. „Ach, übrigens, Ihre Mutter ist in der Leitung."

„Sagen Sie ihr, ich bin nicht da."

„Ich habe ihr aber doch schon gesagt, dass Sie hier sind."

„Dann sagen Sie halt, Sie hätten sich geirrt."

„So schrecklich kann sie doch gar nicht sein. Sie klang irgendwie richtig nett. Sie sagte, sie möchte Sie und Wilson am Samstag zu ein paar Drinks einladen."

„Sagen Sie ihr, ich könne nicht."

„Was ist mit Wilson?"

„Er kann auch nicht."

„Nein, ich meine, wer ist Wilson?"

„Ein Kunde."

„Ihre Mutter hat so was angedeutet, von wegen, er wäre Ihre bessere Hälfte."

„Er ist ein Kunde." Ein überaus ungeduldiger Kunde. Er hatte mich schon zweimal auf dem Handy angerufen, um sich zu erkundigen, ob ich eine geeignete Partnerin für ihn gefunden hätte, dabei hatten wir unseren Deal doch erst gestern Abend geschlossen. „Sagen Sie ihr einfach, wir schaffen es nicht, weil ... Ach, ich weiß auch nicht. Eine andere Verabredung oder so was."

„Warum kann ich denn nicht einfach sagen, dass er nichts trinkt?"

„Ich glaube nicht, dass sie Ihnen das abnehmen würde."

„Klar würde sie. Viele Menschen trinken nicht."

Menschen war das Schlüsselwort. Vampire waren da etwas ganz anderes.

„Sagen Sie ihr, er hätte mich betrogen und wir haben Schluss gemacht", meinte ich. „Sagen Sie ihr, es war richtig gemein und ich bin noch viel zu aufgeregt, um darüber zu reden. Und … ich würde sie später zurückrufen." Ich spürte den Zweifel, der durch ihre Gedanken schoss. „Bitte. Ich kann im Augenblick wirklich nicht mit ihr sprechen. Ich hab's eilig und sie treibt mich einfach in den Wahnsinn."

„Okay, aber ich mache das nur, weil ich auch eine Mutter habe und das mit dem In-den-Wahnsinn-Treiben nachvollziehen kann. Das nächste Mal erledigen Sie Ihre Schmutzarbeit selbst."

„Versprochen. Oh, und könnten Sie Nina anrufen und ihr diese Adresse geben?" Ich gab ihr ein Stück Papier.

„Welche Nina?"

„Egal. Die eine wird es dann der anderen weitersagen. Sagen Sie ihr einfach nur, dass sie in genau einer halben Stunde bei dieser Adresse sein soll." Ich ging an ihr vorbei, wobei ich um ein Haar mit einer zierlichen Rothaarigen zusammengestoßen wäre, die gerade aus der Besenkammer – auch unter der Bezeichnung Raum A bekannt – kam.

„Sind Sie die Chefin?", fragte die junge Frau.

„Ich bin Lil." Ich nahm meine Handtasche und meine Gucci-Schultertasche in den einen Arm und streckte meine Hand aus. „Lil Marchette."

„Ich bin Melissa."

Als ob ich das nicht wüsste. Ihre Augen waren dunkelbraun und verrieten alles. Melissa Thomas. Geboren am siebenundzwanzigsten Dezember 1978. Steinbock. Gegen Erdnüsse allergisch. Neigt zu Beziehungen, die ihr nicht guttun. Meistgehasster

Körperteil: Hüften. Zweitgehasster Körperteil: Oberschenkel. Drittgehasster Körperteil: Arme. Viert…

Ich blinzelte und zwang mich dazu, mich auf den kleinen Leberfleck an ihrer linken Schläfe zu konzentrieren. „Danke, dass Sie vorbeigekommen sind, Melissa. Ich würde ja furchtbar gern mit Ihnen plaudern, aber ich habe noch eine wichtige Besprechung. Entspannen Sie sich einfach nur und beantworten Sie unsere Fragen so detailliert wie möglich. Wenn Sie fertig sind, werden wir Ihre Informationen in den Computer eingeben und dann sehen wir mal, ob wir nicht jemanden für Sie finden."

„Wie lange wird das wohl dauern? Ich brauche eine Begleitung für Samstagabend. Meine älteste Schwester heiratet in Jersey, und wenn ich da ohne Begleiter auftauche, wird sich meine Mutter – die extra aus Philadelphia geflogen kommt – Sorgen machen. Und das ist das Letzte, was ich im Augenblick gebrauchen kann. Sie wollte sowieso nicht, dass ich überhaupt nach New York ziehe. Sie wollte, dass ich in Jersey in der Nähe meiner Schwester wohne, was ich allerdings ganz bestimmt nicht vorhatte, da meine Schwester, Marjorie, ganz genauso schlimm ist wie meine Mutter."

„Ich verstehe." Wenn Max auch jünger und hipper war – sobald es um das *Moe's* ging, konnte er ebenso grässlich sein wie mein Vater.

„Als meine jüngste Schwester nach Kalifornien zog", fuhr Melissa fort, „machte sich meine Mutter derartige Sorgen, dass sie anfing, einmal im Monat hinzufliegen, nur um ihr ‚Gesellschaft zu leisten'. Stattdessen brachte sie ihr Sozialleben und ihr Sexleben komplett zum Erliegen und das hätte sie fast auch noch den Job gekostet, weil sie darauf bestand, ihrem Chef die Meinung zu sagen, da er meine Schwester bei einer Beförderung übergangen hatte. Katie wohnt jetzt wieder in Philadelphia. Sie arbeitet in der Schuhabteilung dort im Wal-Mart und hat dreißig

Pfund zugenommen. Ich glaube ernsthaft, dass sie versucht so lange zu essen, bis sie platzt, nur um ihrem beschissenen Leben zu entkommen."

„Sie brauchen gar nicht weiterzureden. Das kenne ich." Hey, schließlich mischte sich meine Mutter auch ständig ein. Darüber hinaus hatte ich eine schwerwiegende Aversion gegen Schuhwerk aus Kunstleder und befand mich selbst nur einen Gehaltsscheck entfernt von diesem ganzen beschissenen Szenario. „Ich werde mit Gewissheit mein Bestes tun, um den perfekten Begleiter für Sie zu finden."

„Oh, er muss gar nicht so perfekt sein", stieß sie hervor. „Ich meine, irgendwann möchte ich schon einmal jemanden kennenlernen, der wirklich perfekt ist und Hunde mag und dem es egal ist, dass ich immer noch nicht Karriere gemacht habe – ich arbeite im Moment in so einem kleinen Schuppen im Village, bis ich etwas Dauerhaftes gefunden habe."

„Als Kellnerin?"

„Ja. Die Trinkgelder sind ziemlich gut – Daisy und ich müssen jedenfalls nicht hungern oder so. Aber ich weiß immer noch nicht, ob mir der Beruf wirklich gefällt oder nicht. Im Augenblick probiere ich einfach verschiedene Sachen aus."

„Wer ist Daisy?"

„Mein Hund. Sie ist das Einzige, was ich aus Philadelphia mitgebracht habe. Jedenfalls ist es mir im Augenblick völlig egal, ob ich jemanden kennenlerne, mit dem es auch langfristig was werden könnte. Mir reicht einfach nur irgendein Kerl. Hauptsache, ich muss da nicht allein hingehen und meine Mom denkt nicht, dass ich hier mutterseelenallein durch die Großstadt irre, auch wenn es so ist. Abgesehen von Daisy natürlich. Die ist meine treue Begleiterin."

„Verstehe." Ich lächelte und tätschelte die Schulter der jungen Frau. „Es war schön, Sie kennenzulernen. Evie wird Ihnen dabei helfen, den Fragebogen bis zum Ende auszufüllen. Und denken Sie immer daran: Das Happy End ist nur eine Frage weit entfernt."

Okay, das war noch so ein lahmer Slogan, aber ich hatte so viel im Kopf, dass ich bisher einfach nicht die nötige Geisteskraft hatte aufbringen können, um mir ein richtig gutes Motto auszudenken.

„Schließen Sie dann bitte für mich ab?", bat ich Evie, als ich auf die Tür zueilte. „Nach dem Treffen mit den Ninas muss ich noch nach SoHo, wegen meiner Verabredung mit Francis. Deshalb werde ich heute Abend wohl nicht mehr zurückkommen."

„Dieser Bekloppte?"

Ich hatte Evie schon über Francis informiert. Reich. Exzentrisch. Lahm. Den Teil von wegen bösartiger Blutsauger habe ich aber lieber ausgelassen. Nicht dass es wichtig gewesen wäre. Ein Langweiler war ein Langweiler war ein Langweiler.

„Viel Glück", wünschte sie mir. „Wenn er nur halb so schlimm ist, wie Sie erzählt haben, dann können Sie es brauchen."

„Wir sind in der Bibliothek", stellte Nina Eins fest, als ich vor der New York Public Library mit ihr zusammentraf. Die Uhr hatte soeben sieben geschlagen, was bedeutete, dass uns genau dreißig Minuten für unsere Arbeit blieben, bevor der Laden schloss. „Der *Bibliothek*!"

„Und?"

„Ich dachte, wir würden wieder Visitenkarten an Singles verteilen, wie letzten Samstagabend."

„Tun wir auch."

„*Hier*?"

„Jede Menge Singles kommen hierher. Jede Menge alleinstehender, intelligenter, erfolgreicher Leute." Ich warf einen Blick auf einen Mann in einem Dreiteiler, der an uns vorbeiging. Er trug einen dicken Band über Steuerrecht in der einen und einen ledernen Aktenkoffer in der anderen Hand. „Da ist der Beweis. Ein alleinstehender, erfolgreicher Anwalt."

„Woher willst du denn wissen, dass er erfolgreich ist?"

„Hallo? Er trägt eine Uhr von Cartier. Davon mal abgesehen bin ich ein Vampir und kann sogar einiges über die Fälle lesen, die ihm augenblicklich das Hirn vernebeln. Beispielsweise ein Fünf-Millionen-Dollar-Prozess, bei dem er *so* kurz davor steht zu gewinnen."

„Dann ist er eben erfolgreich. Bibliotheken sind aber langweilig."

„Es ist doch nur eine halbe Stunde deines ganzen endlosen Lebens." Ich reichte ihr einen Stapel Visitenkarten. „Du übernimmst den vierten Stock."

„Wenn man bedenkt, dass ich hierfür eine Verabredung mit Adrian habe sausen lassen …" Nina schob die Karten in ihre Fendi-Tasche.

„Adrian ist ein egozentrisches, aufgeblasenes Arschloch."

„Stimmt, aber er ist toll im Bett. Ich könnte genau in diesem Augenblick einen Orgasmus haben."

Das Bild von Wilson, dem amtlich zugelassenen Wirtschaftsprüfer, schob sich vor mein inneres Auge – und ich sah Nina forschend an. „Wie viele Orgasmen?"

„Sechs."

„Minimum oder Maximum?"

„Minimum. In einer richtig guten Nacht komme ich auf elf."

Ich lächelte. „Ich glaube, ich liebe dich."

„Also, was für eine Art Frau suchen Sie eigentlich?", fragte ich Francis, nachdem ich die Ninas und einige Dutzend Visitenkarten in der Bibliothek hinterlassen hatte.

Wir standen knietief in Seidenhemden und handgenähten Anzugjacken in Pierre Claude's, einer exklusiven Männerboutique. Pierre war einer der trendigsten neuen Designer (und ein megaheißer gebürtiger Vampir) und sein Geschäft hatte abends sehr viel länger auf als alle anderen. Er war gerade nach hinten gegangen, um noch ein paar legere Klassiker aus der letzten Saison aufzustöbern, während wir vor dem eleganten Schaufenster herumspazierten. Es roch nach Champagner, Geld und neuen Kleidern. Ich nahm einen tiefen, erfrischenden Atemzug. Ahhh …

„Wie sähe denn Ihre ideale Frau aus?", fragte ich hartnäckig nach.

„Na ja." Francis umrundete einen Kleiderständer mit Anzugjacken, die Pierre für eine vielversprechende Modenschau fertiggestellt hatte. „Ich hätte gern jemand Nettes."

Francis mochte ja ein Trottel sein, aber er war ein süßer Trottel. Unglücklicherweise war süß nur eben keine anziehende Charaktereigenschaft, wenn es um männliche Vampire ging.

„Ich dachte eigentlich mehr in Richtung Orgasmus-Rate. Wollen Sie eine drei, eine vier oder eine fünf? Eine zehn? Sie brauchen keine Angst zu haben, setzen Sie sich ruhig hohe Ziele."

„Ich weiß nicht." Er zuckte mit den Achseln und ging achtlos an einem leuchtend orangefarbenen, kastig geschnittenen Jackett vorbei.

Guter Junge. Auch wenn Pierres Entwurf großartig war, er hegte doch die lächerliche Vorstellung, er könne Schulterpolster wieder in Mode bringen. Niemals!

„Eine eins wäre okay."

„Eine *eins*? Finden Sie nicht, dass Sie sich da selbst unter Wert verkaufen? Ich meine, sicher, im Augenblick sehen Sie vielleicht noch nicht so toll aus." Ich zog einen dunkelblauen Seidenblazer mit Nadelstreifen heraus und hielt ihn ihm hin. „Aber wenn wir erst einmal fertig sind, werden sich garantiert alle Frauen um Sie reißen."

„Kann schon sein, aber das wird wohl nichts an meiner Fertilitätsrate ändern. Die ist nicht so hoch."

„Wie hoch ist sie denn? Obwohl, wenn ich es mir recht überlege", ich schüttelte den Kopf und reichte ihm eine dunkelblaue Hose, einen Hauch dunkler als der Blazer, und ein dazu passendes blutrotes Hemd, „will ich es lieber gar nicht wissen." Unsere Chancen standen sowieso schon nicht zum Besten und ich wollte mir nicht noch über ein weiteres Problem den Kopf zerbrechen müssen. „Was soll's. Dann haben Sie eben keine besonders hohe Fertilitätsrate. Umso mehr ein Grund, nur das Beste zu verlangen. Wenn wir eine acht oder neun für Sie finden können, sollte die niedrige Rate damit ausgeglichen sein."

„Sie sollten vielleicht noch ein bisschen höher zielen, wenn Sie wirklich einen Ausgleich haben wollen." Er betrachtete die Sachen, die ich ihm ausgesucht hatte, als hätte ich ihm gerade ein Mieder und ein paar Stützstrumpfhosen überreicht.

„Wie hoch?"

„Eine fünfzehn oder so."

Fünfzehn? Ich würde jetzt nicht ausrasten. Ich hatte schließlich von Anfang an gewusst, dass es hart werden würde. Genau deshalb hatte ich ja auch beschlossen, es zu versuchen. Je größer die Schwierigkeiten, umso beeindruckender, wenn ich für Francis dann tatsächlich eine Ewige Gefährtin finden würde. „Okay", sagte ich und zeigte ihm den Weg zur Umkleidekabine. „Dann also eine fünfzehn."

„Oder höher", rief er über die Schulter zurück.

„Oder höher", wiederholte ich, wobei ich mein Bestes gab, damit man das Zittern in meiner Stimme nicht hörte.

„Und sie muss Hunde mögen", ertönte es hinter dem Vorhang. „Vor allem kleinere Hunde mit schrillem Bellen. Auf gar keinen

Fall nehme ich jemanden mit nach Hause, der sich nicht mit Britney versteht." Es vergingen einige Minuten, bevor seine Stimme erneut hinter dem Vorhang erklang. „Ich weiß nicht so recht. Das bin nicht wirklich ich."

„Genau darum geht's doch. Kommen Sie schon. Stellen Sie sich nicht so an. Lassen Sie mich mal sehen."

„Okay." Es vergingen noch ein paar Sekunden. „Ich fühl mich irgendwie komisch."

„Vampire fühlen sich nicht komisch. Sie sind jederzeit Herr der Lage. Und da wir schon davon sprechen", ich übernahm kurzfristig die Kontrolle und schob den Vorhang zur Seite, „außerdem verstecken sie sich nicht hinter dem Vorhang einer Umkleidekabine. Sie nutzen die Gelegenheit, um sich voller Stolz zu präsentieren und ..." Ich verstummte und starrte ihn an.

Er blickte auf, sein nervöser Blick traf auf meinen. „Wie finden Sie's?"

„Ich finde ..." Genau genommen war ich in diesem Moment überhaupt nicht in der Lage zu denken. Der Schock, den es mir versetzt hatte, Francis nackt zu sehen, kam nicht mal annähernd an das heran, was ich jetzt empfand.

Die dunkelblaue Jacke schmiegte sich an seine nicht übermäßig breiten, aber doch wohlgeformten Schultern. Die Hose hob seine schmalen Hüften und die Oberschenkel hervor. Die Farbe betonte das Blau seiner Augen und schien es noch lebhafter und eindringlicher erscheinen zu lassen. Und das rote Hemd war einfach ... rot. Leuchtend. Anregend.

Ich hatte ein ganz komisches Gefühl im Magen und begann zu lächeln. „Sie sehen toll aus."

Er blickte mit verlegener Miene an sich hinunter. „Finden Sie wirklich?"

„Ja, aber was ich denke, ist nicht wichtig. Viel wichtiger ist, was Sie denken. Kein Anzug auf der ganzen Welt kann Sie gut aussehen lassen, wenn Sie nicht tief in Ihrem Inneren davon überzeugt sind. Und Sie sind davon überzeugt, stimmt's?"

Er blickte noch einmal nach unten und bewegte seine Arme, um zu überprüfen, wie der Anzug saß. „Ich schätze, ich sehe schon irgendwie … ganz nett aus."

„Hündchen sind *nett*, Frank." Ich trat zurück und musterte ihn vom Kopf bis zu den Zehenspitzen – okay, wir mussten definitiv noch eine Pediküre auf unsere Einkaufsliste setzen, sowie ein Paar teure italienische Lederschuhe und elegante Socken. „Sie hingegen sind *heiß*. Eindeutig Matt Damon mit einem Hauch von Brad Pitt."

„Was ist mit Bob Barker?"

„Wie bitte?"

„Der Typ von *Der Preis ist heiß*. Er ist mein Lieblings-Fernsehstar."

„Der ist aber uralt."

„Er war nicht immer alt. Früher hat er gar nicht übel ausgesehen. Ich habe ihn über die Jahre hinweg beobachtet. Der war immer richtig flott angezogen. Er ist mein Idol."

Das erklärte eine Menge. „Hören Sie, mir ist ganz egal, was Sie anmacht. Wenn Sie aussehen wollen wie Bob, so ist das Ihre Sache. Aber Frauen finden eher jüngere, modernere Männer attraktiv, deshalb würde ich lieber nicht erwähnen, dass er Ihr Idol ist, wenn Sie sich mit potenziellen Gefährtinnen unterhalten."

„Und was ist mit der Sendung an sich? Die verpasse ich nie. Nicht *ein* Mal in den letzten fünfundzwanzig Jahren. Kann ich wenigstens darüber reden?"

„Nein."

„Aber worüber soll ich denn dann sprechen?"

„Wir werden Sie als den starken, eher schweigsamen Typ anlegen, darum müssen Sie überhaupt nicht viel reden. Sie werden sie mit Ihren Augen verführen und mit Ihren Bewegungen dahinschmelzen lassen."

„Bewegungen? Was denn für Bewegungen?"

Ich lächelte. „Lassen Sie Lil nur machen."

14

Ty war nicht nur ein megaheißer Gewandelter, er war auch zu früh dran.

Diese überaus wichtige Tatsache verrieten mir zwei Hinweise, als ich am Dienstagabend um halb sieben meine Firma betrat (übrigens: ein dreifaches Hoch auf das Genie, das die Sommerzeit erfunden hat).

Zum Ersten: Evie saß mit einem verträumten Lächeln auf dem Gesicht an ihrem Schreibtisch und ein kleines Rinnsal Sabber tropfte ihr aus dem Mundwinkel. Na gut, sie hat nicht wirklich gesabbert, aber viel hat nicht mehr gefehlt. Zum Zweiten – und das war das Entscheidende –: Ich konnte ihn *fühlen*.

Meine Haut prickelte, als ich Evies extragroßen Mokka Latte auf einer Ecke ihres Tisches abstellte. Meine Beine zitterten. Meine Knie fühlten sich auf einmal wie Pudding an. Meine Brustwarzen gingen auf höchste Alarmbereitschaft. Und meine ... Äh, lassen wir das lieber.

Gewandelt. Gebürtig. Großes Doppel-Nein.

Das war mir bewusst, aber etwas zu wissen und sich daran zu erinnern, das waren zwei vollkommen verschiedene Dinge, als ich mein Büro betrat. Er lümmelte im Chromstuhl vor meinem Schreibtisch, den Rücken mir zugewandt.

„Sie sind aber früh dran."

„Ich wohne ganz in der Nähe."

„Dann ist wohl an dem Gerücht nichts dran."

„An welchem Gerücht?" Er erhob sich und drehte sich um. Seine blauen Augen suchten meine und hielten sie fest. Ich vergaß glatt zu atmen. Nicht dass ich aufs Atmen angewiesen war, versteht sich. Aber nach fünfhundert Jahren war es mir zur Gewohnheit geworden. Deshalb ist es durchaus eine verdammt große Sache, es *einfach so* zu vergessen.

Gewandelt. Gebürtig. *Riesengroßes* Doppel-Nein.

„Was für ein Gerücht?"

„Wie … ?"

„Sie sagten gerade etwas über ein Gerücht."

„Wirklich? Ach ja, natürlich."

„Und das wäre?"

„Dass gewandelte Vampire nicht so schnell auf Touren kommen wie gebürtige."

„Das mag für einige zutreffen. Aber es kommt vor allem auf den Vampir an. Ich habe jedenfalls keinerlei Probleme, auf Touren zu kommen, egal, worum es sich handelt."

War ja klar.

„Sie sagten, Sie müssten mit mir reden. Also reden Sie." Er beobachtete mich, während ich um den Tisch herumging und mich auf den Rand meines Stuhls niederließ. Erst als mein Hintern tatsächlich die Sitzfläche berührte, ließ auch er sich wieder auf seinen eigenen Stuhl sinken. „Was gibt's?"

„Also." Ich stopfte meine Handtasche in die unterste Schublade, legte meine Hände vor mir ineinander und musterte ihn. „Wie geht es Ihnen denn so in der großen Stadt? Kommen Sie gut zurecht?"

„Ich war schon mal in New York. Genau genommen sogar schon ein paarmal."

„Sie haben keine Probleme, irgendetwas zu finden? Orientierungspunkte, Polizeireviere, Geschäfte? Sie kommen mit allem klar?"

Er warf mir einen merkwürdigen Blick zu. „Ja."

„Dann brauchen Sie also keine Assistentin?"

„Bieten Sie mir etwa Ihre Dienste an?"
Ich lächelte. „Genau das tue ich."
„Dann stimmt das Gerücht also nicht."
„Was für ein Gerücht?"
„Dass gebürtige Vampire unglaubliche Snobs sind, die sich ausschließlich mit ihresgleichen abgeben." Er grinste. „Sie möchten sich mit mir abgeben. Mir alles zeigen. Mir assistieren."
„Bei einem Date", stieß ich hervor. Nicht dass ich ihm nicht noch bei einer ganzen Menge anderer Dinge gerne assistiert hätte, aber das musste er ja nicht unbedingt wissen.
„Wann hatten Sie eigentlich zum letzten Mal eine richtige Verabredung?", beeilte ich mich fortzufahren, sehr darauf bedacht, dass meine Lippen damit beschäftigt waren, Wörter zu bilden. Ansonsten wären sie möglicherweise in Versuchung geraten, anderweitig aktiv zu werden und auf eigene Faust zu handeln.
„Wie bitte?"
„Eine Verabredung. Sie wissen schon – zwei Leute an ein und demselben Ort, während sie gemeinsam irgendeine Art von Aktivität ausüben. Eine Verabredung."
„Ich weiß, was das ist. Was ich nicht weiß, ist, was das mit meinem Fall zu tun haben soll."
„Nichts."
„Warum haben Sie mich dann herbestellt?"
„Sie sollten wirklich mal ein bisschen lockerer werden. Offener für neue Erfahrungen sein. Sehen Sie, ich habe da eine Kundin – eine Gewandelte –, die einfach wunderbar zu Ihnen passen würde –"
„Sie haben mich herbestellt, um mich zu verkuppeln?"
„Ich meinte ja nur, so ganz auf sich gestellt, läuft da nicht viel bei Ihnen – jedenfalls nicht mit dieser Einstellung –, und da die New Yorker Kidnapperszene im Augenblick ziemlich ruhig ist, dachte ich, Sie möchten sich sicher ein wenig die Zeit vertreiben."

„Jetzt weiß ich, warum wir uns fernhalten."

„Wie bitte?"

„Von euch gebürtigen Vampiren. Ihr seid nicht nur ein Haufen elitärer Snobs, ihr seid ja außerdem auch noch völlig durchgeknallt."

Ich musste an meine Familie denken. Den Teil von wegen völlig durchgeknallt würde ich gar nicht bestreiten. „Nur zu Ihrer Information, *wir* halten uns von *euch* fern."

„Süße, wenn ihr euch wirklich fernhalten würdet, dann gäbe es *uns* überhaupt nicht. Was glauben Sie, wie gewandelte Vampire überhaupt entstanden sind?"

„Es gibt immer ein paar faule Äpfel."

„Sind wir das nicht alle?"

„Nein, ich meinte, es gab bei uns ein paar faule Äpfel, und so sind Sie entstanden." Er starrte mich einfach nur an und meine Lippen zuckten. Also sprach ich eiligst weiter, um sie zu beschäftigen. „Ich wollte damit nicht andeuten, dass ich ein fauler Apfel bin. Ich meine, Ihrem Kommentar zufolge klang es so, als ob Sie dachten, ich hätte gesagt, dass ich ein fauler Apfel wäre und Sie –"

„Das wusste ich schon." Er grinste. Es war ein träges, sich langsam ausbreitendes, unbefangenes Grinsen, das meinem Seelenfrieden gefährlich wurde. „Faule Äpfel riechen nicht wie Zuckerwatte."

Die Worte überschwemmten mich, wirbelten über meine Haut und reizten sie, als ob er mich tatsächlich berührt hätte.

Aber das konnte er nicht. Er konnte nicht.

Gewandelt. Gebürtig. *Riesensuperübergroßes* Doppel-Nein!

Zum Teufel damit.

„Woher wissen Sie, wie ich rieche?", fragte ich ihn.

„Weil ich Sie riechen kann. Verrückt, was?"

Allerdings. Gewandelte Vampire konnten gebürtige Vampire

nicht riechen. Der „Duft" war nur für das Paarungsverhalten wichtig, und er gehörte zu einer vollkommen anderen Art.

Sein Blick bohrte sich in mich und seine Nasenflügel blähten sich auf. Ich konnte praktisch fühlen, wie er mich einatmete. „Warm. Flauschig. Süß." Er schien von seiner Beobachtung sowohl überrascht als auch erfreut zu sein, und ich verspürte den plötzlichen Drang, mich über den Schreibtisch zu stürzen, um zu spüren, wie sich seine Lippen auf meine pressten.

Aber dann schüttelte er den Kopf und sein Gesichtsausdruck verwandelte sich in seine übliche Miene, die so viel wie *Komm schon, versüß mir den Tag* ausdrückte. Er stand auf.

„Sollten Sie zufällig auf irgendwelche richtigen Informationen stoßen, rufen Sie mich an."

„Sie ist wirklich nett", stieß ich hervor, während er sich schon zur Tür gewandt hatte. *Nett*? Was erzählte ich da eigentlich? „Ihr Orgasmus-Quotient ist einfach fantastisch." Er warf mir einen eigentümlichen Blick zu. Da fiel mir wieder ein, dass (a) gewandelte Vampire sich nicht fortpflanzen konnten, was bedeutete, dass (b) Orgasmus-Quotienten ihnen völlig schnurzpiepegal waren. „Sie ist vollkommen kaltblütig und blutdürstig." Schon viel besser, Lil. Weiter so!

Was soll ich sagen? Ich war verzweifelt. Nervös. Wusste nicht, was ich sagen sollte. *Ich*.

Wegen Ty Bonner.

Nein.

Wegen Esther, rief ich mir ins Gedächtnis zurück. Ich wollte unbedingt jemanden für sie finden, und im Augenblick war Ty meine einzige Hoffnung. Es ergab durchaus Sinn, dass ich nach Strohhalmen griff und mich wie ein Vollidiot aufführte, wenn ich zusehen musste, wie mein einziger halbwegs aussichtsreicher Kandidat zur Tür hinausmarschierte.

„Warten Sie!" Ich bewegte mich dermaßen schnell, dass ich

ihn beim Arm packte, noch bevor er die Hand nach der Türklinke ausstrecken konnte. „Es muss sich doch schrecklich einsam anfühlen, immer aus dem Koffer zu leben."

„Ich mag es, aus dem Koffer zu leben. Und ich bin gern allein." Er legte seine Hand auf meine. „Aber ich mag es nicht, wenn sich jemand in mein Leben einmischt."

„Ich würde es nicht *einmischen* nennen."

„Wie würden Sie es dann nennen?"

„Geschäft. Mein Geschäft. Ich bin schließlich Partnervermittlerin."

„Sie sind ein Vampir", betonte er.

„Erzählen Sie mir doch mal was Neues." Bitte, flüsterte eine Stimme. Mein Blick klebte an der winzigen Narbe.

„Sie sind verrückt." Er grinste. „Niedlich, aber trotzdem völlig verrückt."

„Das wusste ich schon", rief ich ihm hinterher. „Das von wegen niedlich, meine ich." *Niedlich*?

Kätzchen waren niedlich. Schlafanzüge mit Teddybären drauf und dazu passende Söckchen waren niedlich. Ich hingegen war ein brandheißer, begehrenswerter, modisch vorbildlicher, vor Leben sprühender *Vampir*.

Ich lächelte.

Sicher, es war nicht gerade die Art von Beschreibung, die ich gewöhnt war, aber es war … nett. Irgendwie.

„Ihre Mutter ist auf Leitung eins", ertönte Evies Stimme über die Gegensprechanlage.

Mein Lächeln verblasste.

Auf dem Weg zurück hinter meinen Schreibtisch erwog ich verschiedene Optionen. Ich könnte einfach nicht abheben und sie schmoren lassen, bis sie irgendwann aufgab. Oder ich könnte abheben und gleich wieder auflegen und schwören, es sei niemand in der Leitung gewesen. Oder ich könnte mich mit dem

Brieföffner erstechen und diesen lahmen Ausreden ein Ende setzen. Oder ich könnte mich wie eine Erwachsene benehmen und ihr ganz genau sagen, wie ich mich fühlte – nämlich, dass mir mein Leben gefiel und ich keinen Ewigen Gefährten brauchte (jedenfalls keinen, den sie mir ausgesucht hätte) und dass sie sich einfach da raushalten sollte.

Ich holte tief Luft, ließ mich auf meinen Stuhl sinken, setzte mein strahlendstes Gesicht auf (nur für den Fall, dass an dieser ganzen Sache von wegen Big Brother und so doch was dran und meine Mutter der Obermacker von dem Verein war) und griff nach dem Telefon.

„Wegen der Drinks müssen wir leider absagen", stieß ich hervor, sobald ich das Telefon ans Ohr gedrückt hatte. „Weil es kein ‚wir' gibt." Am anderen Ende der Leitung war lediglich eine dramatische Pause zu hören, während sie abwartete. Ich kann ihn nicht leiden. Sag es einfach. „Ich kann ihn nicht leiden." Geschafft. Das war doch gar nicht so übel. Abgesehen davon, dass die Pause immer noch anhielt, abwartend und beängstigend. Und bevor ich mich bremsen konnte, fügte ich hinzu: „Ich kann ihn nicht leiden, weil er ein mieser, gemeiner Betrüger ist. Er hat eine andere."

„Wilson?" Der Name war kaum mehr als ein Aufkeuchen. „Seit wann?"

Seit morgen Abend. „Das geht wohl schon seit einer ganzen Weile so."

„Liebes, du weißt doch ganz genau, dass sich einige Männer ganz gern ein paar Schafe halten."

„Sie ist aber kein Schaf, Mom. Sie ist seine … Sie hat einen mordsmäßigen Orgasmus-Quotienten. Damit kann ich echt nicht mithalten."

„Nun ja, ich schätze, damit ist es wie mit allem anderen: Wer es nicht regelmäßig tut, verlernt es."

„Ich tu es doch, Mom." Was erzählte ich denn da? Das war

meine Mutter. Wie peinlich war das denn! „Bei mir ist in dieser Beziehung alles in bester Ordnung. Das mit Wilson sollte halt einfach nicht sein.“

„Na gut.“

„Tut mir leid wegen der Drinks. Wir reden dann später.“

„Eigentlich hatte ich dich gar nicht angerufen, um mit dir über Wilson zu sprechen.“

„Nicht?“

„Nein. Es geht um Louisa. Sie macht sich langsam wirklich Sorgen wegen der Mitternachts-Soiree. Ich habe ihr versichert, dass du sie ganz bestimmt nicht enttäuschen wirst. Aber nachdem sie bislang noch nicht einen einzigen passenden Vampir vorgeschlagen bekommen hat, erwägt sie ernsthaft, sich ihr Geld zurückgeben zu lassen.“

„Aber das geht nicht.“ Weil ich nämlich das Geld schon für ein paar unbedingt notwendige Dinge ausgegeben hatte. Bürobedarf. Die Telefonrechnung. Einen neuen Schal von Hermès. „Ich werde jemanden für sie finden.“

„Sie wartet nicht gerne.“

„Bis zum Wochenende habe ich jemanden für sie gefunden. Ich bringe ihn dann am Sonntag mit zur Jagd, da kann sie ihn kennenlernen.“

„Ausgezeichnet, Liebes. Dann sehen wir uns am Sonntag.“

„Ich gehe jetzt.“ Evie steckte ihren Kopf in mein Büro. Sie warf nur einen Blick auf mein bleiches Gesicht und runzelte die Stirn. „Ist mit Ihnen alles in Ordnung?“

„Sicher.“

„Rasten Sie gleich aus oder könnte Sie eine Schachtel Pralinen besänftigen?“

„Vielleicht ein Appletini.“

Sie grinste und winkte mich mit gekrümmtem Zeigefinger zu sich. „Dann kommen Sie mal lieber mit.“

„Sie sollten zufrieden sein", ermahnte mich Evie eine halbe Stunde später, als wir in einer nahe gelegenen Bar saßen. In der Mitte des Tisches standen einige leere Martinigläser. „Es beginnt schließlich gerade zu laufen. Langsam, aber sicher."

„Das weiß ich doch." Ich hob mein neues Glas an die Lippen und schlürfte den herb-säuerlichen Drink. „Nur dass *langsam, aber sicher* in Mrs Wilhelms Wortschatz nicht vorkommt."

„Ich habe einen alleinstehenden Großonkel." Evie steckte sich eine Kirsche in den Mund und kaute. „Bernie Kopecki", sagte sie, nachdem sie geschluckt hatte. „Er ist Darlehensberater im Ruhestand. Witwer. Er geht nicht viel raus, weil er ein schlechtes Gedächtnis hat und immer vergisst, wie er wieder nach Hause kommt."

Trotz des Dunstschleiers aus Appletinis, der mich umwölkte, wurde ich schon wieder etwas munterer und spitzte die Ohren. „Wie alt ist er genau?"

„So an die neunzig, aber er ist bei bester Gesundheit. Für einen Neunzigjährigen, meine ich. Sie sagten doch, dass Mrs Wilhelm alt ist. Sie sollten bestens miteinander auskommen."

Bei dem Szenario, das in meinem Kopf Gestalt anzunehmen begann, gab es zwei dicke Fehler. Erstens war dieser Großonkel ein Mensch und Mrs Wilhelm nicht. Und zweitens waren sie zwar tatsächlich fast im selben Alter (sie war ein jüngerer Vampir und hatte gerade erst ihren hundertneunzehnten Geburtstag gefeiert), doch sah er dabei wie neunzig aus und sie ungefähr wie neunundzwanzig.

Auf der anderen Seite waren meine Auswahlmöglichkeiten beschränkt.

„Meinen Sie, er hätte Lust, mal auszugehen?" Nicht dass ich zugestimmt hätte. Aber da der Sonntag immer näher rückte, war es zumindest eine Überlegung wert.

„Ich bin sicher, ich könnte ihn dazu bringen. Er ist wirklich süß und es ist schon eine Ewigkeit her, seitdem er jemanden hatte, mit dem er seinen Griespudding essen konnte. Mag Mrs Wilhelm Griespudding?"

„Das wage ich zu bezweifeln." Das war verrückt. Sie hatten überhaupt nichts gemeinsam, bis auf die Tatsache, dass sie alt waren. Nur eben, dass er auch alt aussah, sie aber nicht. Er verhielt sich wie ein alter Mann und sie nicht.

Sie hatten überhaupt nichts gemeinsam.

„Das ist Onkel Bernies Lieblingsessen", fuhr Evie fort und nippte an ihrem frischen Appletini. „Er hat ganz schön abgenommen und sein Gebiss passt nicht mehr so richtig. Das heißt, es fällt raus, wenn er in etwas Festes beißt. Also hält er sich meistens an weiche Nahrungsmittel und Flüssiges. Er steht überhaupt so richtig auf alles Flüssige. Hat Mrs Wilhelm nicht auch erzählt, dass sie sich vorwiegend von Flüssigkeit ernährt?"

Ich lächelte. Es war nicht viel, aber ich war bereit, zu nehmen, was ich kriegen konnte. „Dann bringen wir die beiden mal zusammen."

„Zum letzten Mal, ich gehe nicht", erklärte Nina Eins.

Am nächsten Abend saß ich in der Penthouse-Suite im Waldorf und sah ihr dabei zu, wie sie sich vor dem Spiegel zurechtmachte. „Aber ich habe doch schon alles arrangiert. Ihr trefft euch in zwei Stunden."

„Nein, tun wir nicht." Sie puderte ihre makellose Haut noch mit einem Hauch Glitzerstaub. „Ich gehe heute Abend zum Abendessen zu Alain Ducasse." Sie lächelte, wobei sie ihre geraden, weißen Zähne und die leicht vorstehenden Schneidezähne entblößte. „Mir ist nach französisch."

„Genauer gesagt nach einem süßen französischen Kellner namens Jacques." Nina Zwei saß auf einem Sofa neben uns, ein Glas Wein in der Hand. „Sie nährt sich schon seit einigen Wochen von ihm.“ Sie wandte ihre Aufmerksamkeit wieder ihrer blonden Freundin zu. „Wenn du nicht aufpasst, wirst du den armen Jungen noch leer trinken.“

„Das wird mir sicherlich nicht passieren.“ Nina Eins leckte sich die Lippen. „Aber er ist wirklich köstlich.“

„Vergiss den Kellner für heute Abend. Du gehst mit Wilson aus.“ Ich sprang auf die Füße und trat um den Couchtisch herum. „Ich habe ihm schon erzählt, dass du kommst.“

„Das ist nicht mein Problem. Ich hab dir doch gesagt, dass ich dazu keine Lust habe. Ich bin im Augenblick nicht auf der Suche nach einem Gefährten.“ Sie erschauerte. „Ich habe viel zu viel Spaß, um mich einem einzigen Mann zu widmen.“

„Du musst doch nicht die Ewigkeit mit dem Kerl verbringen. Nur ein paar Stunden. Triff dich mit ihm und tu so, als seiest du interessiert. Das verschafft mir etwas mehr Zeit, die richtige Gefährtin für ihn zu finden.

„Nein.“

„Bitte.“

„Nein.“

„Bitte, bitte.“

„Ich gehe.“

Mein Kopf fuhr zum Sofa herum. Nina Zwei zuckte die Achseln und lächelte. „Er klingt ganz okay und war schon seit Urzeiten nicht mehr mit einem richtigen Vampir aus.“

„Weil sie allesamt ein Haufen chauvinistischer Narzissten sind“, sagte Nina Eins.

Nina Zwei zuckte wieder die Achseln. „Sind wir das nicht alle?“

„Ich mag ja eine Narzisstin sein, aber ich glaube an gleiche Rechte für alle weiblichen Vampire.“

„Genau darum bist du ja auch immer noch Single“, erklärte ich Nina Eins.

„Ich habe Probleme, Bindungen einzugehen." Sie plusterte ihr blondes Haar auf. *„Darum* bin ich noch Single. Warum sollte man sich einem einzigen Mann widmen, wenn es doch so viele gibt?"

„Das nennt man Fortpflanzung", sagte ich. „Wie in: Das Überleben der Spezies. Da wir gerade davon reden", ich wendete mich Nina Zwei zu, „wie hoch ist eigentlich dein Orgasmus-Quotient?" *Zehn*, bettelte ich innerlich. *Sag einfach nur mindestens zehn und wir sind im Geschäft.*

„Fünf."

„Das reicht."

„Frank?“ Als ich am Samstagabend in mein Büro kam und dort mein letztes Projekt antraf, das gerade dabei war, ein Loch in meinen liebsten Perserteppich zu trampeln, blieb ich verblüfft stehen.

Okay, es war mein einziger Perserteppich und ein Geschenk der beiden Ninas, um mir bei meinem neuen Vorhaben viel Glück zu wünschen. Jedenfalls mochte ich ihn und hatte keine Lust, ihn in absehbarer Zeit schon ersetzen zu müssen. „Was machen Sie denn hier?“

Er blieb stehen. Sein Kopf fuhr hoch und sein wässriger Blick traf auf meinen. „Was, wenn sie mich nicht mag?“, fragte er mit kleinlauter, jämmerlicher Stimme, die mir die Brust zuschnürte.

Beziehungsweise mir die Brust abgeschnürt hätte, wenn ich nicht ein durch und durch bösartiger, kaltherziger VAMPIR gewesen wäre.

„Sie muss Sie doch gar nicht mögen.“ Meine eigene Stimme wurde ganz weich, trotz dieser VAMPIR-Geschichte. „Sie sind einfach nur irgendein Mann und sie ist Ihr Testlauf.“ Ich musste Francis endlich mal abgewöhnen, dauernd rot zu werden. Und das Beste, um dies zu erreichen, war, ihn einfach hinaus ins Leben zu schicken, um ihn an Begegnungen mit anderen Vampiren zu gewöhnen. Daher meine fabelhafte Idee, ihn mit Melissa Thomas zu verkuppeln, der Frau, die zu *Dead End Dating* gekommen war, um ein Date für die Hochzeit ihrer Schwester zu finden.

„Niemand muss irgendwen mögen. Sie sollten einfach nur so

charmant sein, dass alle glauben, dass sie Sie mag und Sie sie mögen. Aber dazu muss man sich nicht wirklich mögen." Ich trat näher an ihn heran und kniff die Augen zusammen. „Warum tragen Sie nicht Ihre Kontaktlinsen?"

„Davon jucken meine Augen so schrecklich. Sie wollen doch, dass ich ganz gelassen bin, aber mit juckenden Augen kann ich das nicht."

Okay, ein Gipfel nach dem anderen. Er trug eins der Outfits, die wir ausgesucht hatten. Seine Haare waren gestylt – oder waren es zumindest gewesen, bevor er sich ungefähr eine Million Mal mit der Hand hindurchgefahren war, während er meinen Perser zertrampelt hatte. Jetzt wirkte es wie vom Wind zerzaust. Lässig. *Verwegen*.

Ich lächelte und stellte meine Handtasche auf den Schreibtisch, zusammen mit dem Latte, den ich für Evie geholt hatte. Ich hatte ganz vergessen, dass sie heute früh Schluss machen wollte – ihr Premiere-Anschluss machte Probleme und sie wollte die Wiederholung von *Lost* nicht verpassen, die sie schon beim ersten Mal verpasst hatte, bevor ich ihr das Gehalt so weit erhöht hatte, dass sie sich Premiere wieder leisten konnte.

Verwegenheit war eindeutig eine überaus attraktive Eigenschaft für einen Vampir.

„Was ist denn los ...?", fragte er, als ich nicht aufhörte, ihn anzustarren.

„Ich bewundere lediglich meine Arbeit." Ich ging um den Tisch herum und stellte mich genau vor ihn hin. „Sogar ohne die Kontaktlinsen sehen Sie richtig gut aus. Verknittert", ich musterte seine neue Dior-Krawatte, die inzwischen ziemlich schlaff und mitgenommen aussah, weil er wohl zu oft an ihr herumgezerrt hatte, „aber gut. Wie fühlen Sie sich?"

„Mir ist schlecht."

„Vampiren wird nicht schlecht. Wir haben eine eiserne Konstitution." Es sei denn, man versenkte seine Zähne versehentlich in einen Wervampir, aber das war eine ganz andere Geschichte. „Haben Sie sich genährt?"

Er schüttelte den Kopf und lief schon wieder hin und her. „Ich konnte nicht. Mir war zu schlecht."

„Frank, Frank, *Frank*." Ich ergriff seinen Arm, um ihn daran zu hindern, meinen Perser noch weiter zu malträtieren. „Sie dürfen unser Ziel nicht aus den Augen verlieren. Wir versuchen, eine Partnerin für Sie zu finden, aber doch nicht, Sie verhaften zu lassen wegen eines Angriffs auf irgendeinen armen Unschuldigen, nur weil Sie zu nervös waren, um sich vorher satt zu trinken."

„Aber Sie sagten doch, dies hier wäre kein richtiges Date." Er blickte mich entsetzt an.

Gut gemacht, Lil. Jetzt sah er nicht nur aus, als ob er sich gleich übergeben müsste, sondern auch noch durch und durch panisch.

„Es ist auch kein richtiges Date", versicherte ich ihm. „Ich meine das nur im übertragenen Sinn. Heute Abend haben Sie einfach nur die Gelegenheit zu sehen, wie Ihr neues Aussehen ankommt, Augenkontakt aufzunehmen und sich daran zu gewöhnen, umschwärmt und begehrt zu werden." Ich tätschelte ihm noch einmal beruhigend die Schulter und meine Handflächen brachen angesichts dessen, wie wundervoll sich sein neues Hemd anfühlte, in Jubel aus. Was soll ich sagen? Ich habe nun mal eine Schwäche für Seide. „Trotzdem", ermahnte ich ihn, „müssen Sie sich nähren. Sonst saugen Sie am Ende noch die Trauzeugin im nächsten Wäscheschrank aus, während alle anderen die Hochzeitstorte futtern." Ich schüttelte den Kopf. „Regel Nummer eins bei *Dead End Dating*: Niemand wird gebissen. Wenigstens nicht heute Abend. *Niente*. Nicht das kleinste bisschen." Ich ging wieder an meinen Schreibtisch zurück und holte eine Flasche von dem importierten Zeug, das ich in meinem Mini-Kühlschrank im Büro für Notfälle aufbewahre – Evie hatte ihre Pralinen und ich mein 0 positiv. Ich entfernte den Korken und gab ihm die Flasche. „Nur nicht so schüchtern. Trinken Sie."

Als er zögerte, ermunterte ich ihn, bis er endlich zögernd einen Schluck davon kostete. Augenblicklich nahmen seine Wangen eine rosigere Farbe an und seine Atmung schien sich zu verlangsamen. „Na sehen Sie." Ich nahm einen Schluck Latte. „Fühlen Sie sich nicht gleich viel besser?"

Er zuckte die Achseln. „Ein bisschen."

„Gut. Jetzt nehmen Sie noch einen Schluck und hören auf, sich Sorgen zu machen. Sie werden sehen, Sie machen das toll. Seien Sie einfach nur Sie selbst."

Rasch nahm er einen weiteren Schluck und nickte. „Das schaffe ich."

„Aber sicher schaffen Sie das. Was auch immer Sie tun werden, denken Sie einfach immer nur dran, Augenkontakt mit jeder einzelnen Frau aufzunehmen. Und versuchen Sie, nicht mit dieser weinerlichen Stimme zu sprechen, die Sie benutzen, wenn Sie nervös sind. Und reden Sie nicht über Bob Barker oder *Der Preis ist heiß*. Oder Britney. Oder die Zwillinge. Und ganz egal, was auch passiert, reden Sie auf keinen Fall über Sammelalben." Ich betrachtete ihn kritisch. „Wenn ich's mir recht überlege, vergessen Sie alles von wegen ‚seien Sie Sie selbst'."

„Was meinen Sie denn?"

„Wir versuchen es mal mit einem kleinen Rollenspiel. Wer ist Ihr Lieblingsschauspieler?" Als er den Mund öffnete, fügte ich schnell hinzu: „Er ist ein Gameshow-Moderator, kein Schauspieler."

Sein Mund klappte wieder zu, er schien nachzudenken. „John Wayne."

„Zu alt."

„Jerry Lewis."

„Zu albern."

„Rock Hudson."

„Zu schwul." Ich forderte ihn auf, noch einen Schluck zu trinken und versuchte, meinen eigenen Durst mit einem weiteren Schluck Latte zu stillen. Als ob das helfen würde. Ich hatte noch nichts zu mir genommen und der Anblick ließ meinen Magen knurren. Francis sah heute Abend eindeutig zum Anbeißen aus.

Francis und zum Anbeißen in ein und demselben Satz?

Ich verjagte diesen zutiefst verstörenden Gedanken. „Denken Sie mal an einen Schauspieler, der zur Zeit der Weltwirtschaftskrise noch nicht am Leben war", fuhr ich fort. „Jemand, der in den letzten zehn Jahren beliebt war. Jemand, der den gut aussehenden, erfolgreichen, sexy Alpha-Mann verkörpert."

Er zuckte die Achseln. „Ich weiß nicht. Ich sehe mir nicht so viele Actionfilme an." Er schien zu überlegen, dann leuchteten seine Augen auf. „Aber *Blade* habe ich gesehen."

„Welchen Teil?"

„Alle."

„Perfekt. Dann nehmen wir Wesley Snipes. Heute Abend sind Sie nicht Frank. Sie sind Blade. Jetzt zeigen Sie mir mal Ihr Blade-Gesicht."

Er verzog das Gesicht, bis seine Miene wie eine Mischung aus einem schmierigen Lächeln und einem höhnischen Grinsen wirkte. Nun wurde mir auch ein bisschen schlecht.

„Okay, vergessen wir das Gesicht. Konzentrieren wir uns lieber auf den Gang. Sie sind gefährlich und cool und ein Einzelgänger. Ein richtig harter Typ. Männer fürchten Sie. Frauen verzehren sich nach Ihnen. Jetzt gehen Sie." Ich beobachtete ihn, wie er über den Teppich stolzierte und bemühte mich nach Kräften, mich nicht erschauernd abzuwenden.

„Wie war das?"

„Vergessen wir den Gang. Konzentrieren wir uns auf das Sprechen. Achten Sie darauf, dass Ihre Stimme tief und selbstbewusst klingt und Sie immer gleich zur Sache kommen. Schaffen Sie das?“

„Ich werd’s versuchen, aber –“

„Selbstbewusst. Nicht so viel quatschen“, unterbrach ich ihn. „Je weniger Sie sagen, desto besser.“ Er nickte und ich lächelte. „Dann ziehen Sie mal ab.“ Ich steuerte ihn durch Evies Büro und dann nach draußen auf den Bürgersteig. Ich winkte einem Taxi und drehte mich wieder zu Blade um.

Er sah aus, als müsste er sich gleich übergeben.

„Hören Sie auf, sich Sorgen zu machen“, riet ich ihm, als er in den Wagen einstieg. „Sie wird Sie mögen.“ Okay, okay, schon wieder hatte ich mich als nicht ganz so großer, böser Vampir geoutet. Was soll’s, verklagt mich doch.

Ermutigend drückte ich seine Schulter. „Entspannen Sie sich einfach und versuchen Sie, Spaß zu haben.“ Da musste er doch tatsächlich lächeln, und ich winkte ihm zum Abschied noch einmal zu. „Ab mit Ihnen! *DED* Regel Nummer zwei: Niemals eine Frau warten lassen.“

Es war nicht wirklich eine Regel, aber ich musste schließlich improvisieren und mir einiges aus den Fingern saugen. Dafür klang es ganz gut.

Ich seufzte, sandte ein Gebet an den Großen Vampir oben im Himmel und drehte mich um, um wieder in mein Büro zurückzukehren.

Ich war schon kurz vor der Tür, als ich den Menschen fühlte, nur ein paar Meter weit entfernt. Er starrte mich an – hey, dann hatte ich mein pinkfarbenes Chenille-Tanktop und die ausgestellte Hüftjeans von Fornarina doch nicht für nichts und wieder nichts angezogen.

Die Sache war nur die: Er dachte nicht über mich nach oder

über das, was er gerne mit mir anstellen würde. Er dachte an nichts als einen Hotdog. Um genau zu sein: einen Chili Cheese Dog mit extra Zwiebeln und Sauerkraut und – bäääh. Kein Wunder, dass dieser Typ ganz allein auf sich gestellt kein Date ergattern konnte.

„Willkommen bei *Dead End Dating*." Ich hielt ihm die Tür auf und er folgte mir nach drinnen. „Ich bin Lil Marchette, Ihre *Dead End Dating*-Diva." Ich hatte mir einige Videos über Marketing reingezogen und gelernt, dass es am besten war, den Firmennamen so oft wie nur möglich zu erwähnen. „Und dies hier ist das *Dead End Dating*-Hauptquartier."

„Ich bin Jerry. Jerry Dormfeld."

„Also, Jerry, ich bin froh, dass Sie gekommen sind, um unseren Frageboden auszufüllen. Deshalb sind Sie doch hier, oder nicht?" Normalerweise müsste ich so was gar nicht fragen, aber bei diesem Kerl konnte ich rein gar nichts ablesen. Außer das mit dem Hotdog natürlich. Ich sah ihn vor mir, wie er an einem ellenlangen Teil mampfte, wie ihm die Chilisoße übers Kinn lief … Ich schloss das Fenster. Eine passendere Beschreibung wäre wohl: Ich schlug es zu. „Also, Sie suchen nach Ihrer Traumfrau?"

Er nickte. „Ich würde wirklich gerne jemand Besonderes kennenlernen."

„Da sind Sie hier auf jeden Fall am richtigen Ort. Ich bringe Sie jetzt zu Raum A, und dort können Sie dann in aller Ruhe Ihr Persönlichkeitsprofil ausfüllen." Ich geleitete ihn hinein, holte schnell ein Klemmbrett und die nötigen Papiere und war schon wieder bei ihm, als er sich gerade auf dem Stuhl niederließ.

„Wow, Sie sind aber schnell."

Blödmann. „Was soll ich dazu sagen? Ich bin nun mal die Allerbeste auf meinem Gebiet. Also, Jerry, wie stellen Sie sich die Frau, die Sie suchen, denn vor?"

Überflüssige Frage, ich weiß. Typen wie Jerry – ahnungslose, hoffnungslose, einsame Typen wie Jerry, die ausschließlich für Hotdogs lebten – hatten nur ein einziges Kriterium, wenn es sich um das andere Geschlecht handelte: einen Puls.

Er zuckte die Achseln. „Tja, ich weiß auch nicht."

„Soll sie nett sein?", schlug ich vor.

Er nickte. „Nett wär gut." Er ergriff den Stift und nahm sich das Klemmbrett mit derselben Entschlossenheit vor wie den Hotdog in meiner Vision. „Und sie sollte rothaarig sein. Mit schulterlangen Haaren. Glatt, keine Locken. Und mit braunen Augen. Und keine Kinder haben. Und noch nie verheiratet gewesen sein. Ich will keine mit irgendwelchen Altlasten. Wo wir gerade dabei sind: Mir wäre es lieber, wenn sie keine allzu große Familie hätte. Die nerven nur, wenn sie den ganzen Tag lang anrufen und unangemeldet auftauchen und sich einmischen. Ich mag Leute nicht, die überall ihren Senf dazugeben."

Okay, ich war wohl doch nicht so schlau, wie ich gedacht hatte. Im Spiel von Jerry gegen die Dating Diva stand es eins zu null.

„Das schreiben Sie alles am besten in die Spalte ‚Unbedingt erforderlich', und ich tue dann mein Bestes, im Handumdrehen die passende Partnerin für Sie zu finden."

„Gut. Sie wissen ja: Zeit ist Geld."

Ja, ja. Erzählen Sie das jemandem, der nicht gerade ein paar Jahrhunderte totschlagen musste.

16

„Er ist ein Mensch." Meine Mutter trank einen großen Schluck von ihrem vorjagdzeitlichen Chardonnay und beäugte den alten Mann, der auf dem importierten belgischen Sofa neben Louisa Wilhelm saß. „Ein *Mensch*."

„Mrs Wilhelm hat nicht ausdrücklich gesagt, dass sie einen Vampir haben wollte."

„Ich würde meinen, dass das selbstverständlich ist."

„Nicht unbedingt. Soweit ich weiß, könnte sie durchaus für alles offen sein. Außerdem sucht sie schließlich keinen Ewigen Gefährten. Sie wollte bloß eine Begleitung für die Soiree." Ich stieß einen Teil der Luft aus, die ich die ganze Zeit über angehalten hatte. Wenigstens hatte sie nichts über sein Alter gesagt.

„Sicher, aber der Begriff ‚Begleitung' lässt für gewöhnlich darauf schließen, dass man jemanden irgendwohin begleitet. Musstest du dem Mann nicht gerade aufs Sofa helfen?"

„Nach der langen Autofahrt war er ein bisschen steif."

„Liebes, steif ist er, weil er sich diesseits der Leichenstarre befindet."

„So alt ist er nun auch wieder nicht."

„Er ist ein Mensch, Liebes. Wenn er über dreißig ist, möge er in Frieden ruhen." Sie schüttelte den Kopf und nahm einen weiteren Schluck von ihrem Wein. „Was hast du dir nur dabei gedacht? Louisa ist die Vorsitzende der diesjährigen Veranstaltung. Sie kann doch nicht mit einem altersschwachen, klapprigen Menschen am Arm an der Soiree teilnehmen."

„Das wird sie auch nicht. Das ist alles nur ein Teil des gesamten

Verfahrens. Wenn man den perfekten Partner sucht, ist die sogenannte Trial-and-Error-Phase unumgänglich." Wohl kaum, aber das wusste ja schließlich meine Mutter nicht, und ich griff verzweifelt nach jedem Strohhalm. „Darum biete ich immer drei kostenlose Verabredungen an. Denn aller guten Dinge sind drei, dann klappt es garantiert."

„Wenigstens ist er kein gewandelter Vampir. Habe ich dir schon erzählt, dass sich Kendra St. Claire mit einem von dieser Sorte eingelassen hat? Als Nächstes kommt wohl noch, dass sie sich selbst einen wandelt."

Ein eindeutiges *Igittigitt*! unter den oberen Zehntausend der gebürtigen Vampire, soweit es meine Eltern und ihre feinen Freunde betraf. Schließlich stellten gewandelte Vampire eine Belastung dar, da sie sämtlichen Klischees über Vampire entsprachen.

Ein gewandelter Vampir war die Inspiration für *Dracula* gewesen. *Blade I, II* und *III*? Gewandelte. *Underworld*? Gewandelte.

„Ich kann mir beim besten Willen nicht vorstellen, was sie sich dabei denkt. Gewandelte sind doch allesamt Wildwuchs. Die ganze armselige Bande. Fest steht jedenfalls, dass sie nicht die geringste Ahnung haben, was es heißt, sich unauffällig zu verhalten. Sie werden uns irgendwann alle umbringen. Denk an meine Worte."

„Wenn du mich fragst, klingt das alles ganz schön scheinheilig. Ich meine, ohne uns würde es überhaupt keine gewandelten Vampire geben. Es ist schließlich nicht ihre Schuld." Ich weiß, ich weiß. Ich musste verrückt sein, so was ausgerechnet meiner Mutter zu erzählen. Sie hat mir immerhin das Leben geschenkt. Sie hat Stunde um Stunde in den Wehen gelegen. Sie hat jede Menge Schmerzen und Leid erduldet, und wofür? Damit das Objekt all dieser Schmerzen und Leiden sie am Ende als Heuchlerin bezeichnete?

Was soll ich dazu sagen? Ich hatte diese Sache mit den Schuldgefühlen quasi zur Kunstform erhoben.

Meine Mutter kniff die Augen zusammen. „Was hast du gerade gesagt?“

„Ich sagte, dass ich dich verehre und anbete und dein Opfer wirklich zu schätzen weiß. Mrs Wilhelm!“, rief ich laut, bevor meine Mutter noch irgendetwas anderes sagen konnte. Ich schenkte der Frau, die soeben auf einem Paar schwarzer Lackleder-Pumps von Dolce und Gabbana auf mich zuschwebte, mein strahlendstes Lächeln. „Es so schön, Sie zu sehen.“

Louisa Wilhelm sah wie ein wandelndes Aushängeschild für Vampire aus. Sie hatte langes, glattes schwarzes Haar und Augen so schwarz wie Obsidian. Meiner bescheidenen Meinung nach hätte sie dringend jede Menge Selbstbräuner gebraucht, und ein bisschen farblosen Lipgloss, um diesen grellen blutroten Farbton ihrer Lippen zu neutralisieren. Aber ich bezweifelte ernsthaft, dass es sie auch nur im Mindesten interessierte, was ich oder irgendjemand anders dachte. Sie trug ein eng anliegendes schwarzes Kleid sowie eine Diamanthalskette – und einen Gesichtsausdruck, der besagte, dass sie wirklich stinksauer war.

„Soll das ein Witz sein? Wenn es so ist, muss ich Sie warnen, dass ich absolut keinen Sinn für Humor habe.“

Darauf wäre ich von allein nie gekommen.

„Das ist doch bloß ein erstes Date, um das Eis zu brechen. Wissen Sie, eine ganze Reihe der Kunden, die zu mir kommen, sind gesellschaftlichen Umgang gar nicht mehr gewohnt.“ Als sie die Stirn runzelte, setzte ich hinzu: „Nicht dass Sie derartige Probleme hätten, aber *Dead End Dating* verfügt über ein unfehlbares System, mit dessen Hilfe wir für all unsere Kunden die geeigneten Partner finden.“ Ich spulte also das ganze Gesülze von wegen sogenannter Trial-and-Error-Phase noch einmal ab und fügte ein paar Sätze darüber ein, dass die erste Verabredung grundsätzlich mit jemandem stattfände, mit dem sich der Kunde entspannen könnte. „Heute Abend geht es einzig und allein darum, dass Sie einmal ganz aus sich herausgehen und einfach nur Spaß haben. Sich unterhalten. Erinnerungen austauschen. Bernie war während des Ersten Weltkriegs in Europa stationiert. Sie lieben doch Europa."

„Das ist wahr." Ein versonnener Blick trat in ihre Augen. „Aber ich kann ihn ja wohl kaum mit zur Soiree nehmen." Sie sah zu dem alten Mann hinüber, der auf dem Sofa saß, den Kopf zurückgelegt, der Mund stand offen. Seine Nasenflügel blähten sich rhythmisch auf, während er leise schnarchte. „Er knarrt beim Gehen, also kommt Tanzen erst recht nicht in Frage. Und ich kann ihn mit Gewissheit nicht beißen. Von altem Blut bekomme ich Krämpfe." Sie seufzte gereizt. „Ich schätze, ich werde ihn mal wecken und nach dem Louvre fragen. Meinen Sie, er war schon mal dort?"

„Wer wäre noch nicht dort gewesen?" Ich lächelte. „Setzen Sie sich einfach hin, lernen Sie sich ein bisschen besser kennen und seien Sie versichert, dass Sie für die Soiree die perfekte Begleitung haben werden."

„Wann werde ich ihn denn kennenlernen?"

„Bald. Aber aller guten Dinge sind drei, wie gesagt, und das heißt, dass Sie zuerst einmal zwei andere Kandidaten kennenlernen werden. Das ist genau so, wie wenn man in der Gegend rumlauert und auf einen seltenen Bluttyp wartet." Wenn man am Rande des Abgrunds balanciert, kann es nicht schaden, eine Jagdanalogie einzuwerfen. „Man muss erst ein paar 0 und AB positivs vorbeilassen, um an den richtig guten Stoff zu kommen. Aber diese Zeit ist ja keineswegs verschwendet, da man sie schließlich doch genutzt hat, um seine Fähigkeiten zu verbessern."

„Wie wahr."

Ich schenkte ihr ein Glas Wein ein und gab es ihr. „Jetzt gehen Sie wieder hinüber und üben Ihre Konversationstechnik ein wenig."

„Na schön. Aber ich erwarte Ergebnisse."

„Und ich garantiere Ergebnisse." Ich lächelte und verzog gleich darauf das Gesicht, als meine Mutter neben mich trat, einen gut aussehenden Vampir an ihrem Arm.

„Ich hoffe, du hast nichts dagegen, Liebes, aber ich habe Jon Naples zu unserer Jagd eingeladen. Er möchte dich so gerne kennenlernen … Und seine Fruchtbarkeitsrate ist einfach großartig."

Oh nein. Jetzt geht das wieder los.

„Er ist überhaupt nicht mein Typ", sagte ich später am Abend in mein Handy, als ich die Stufen hinaufstieg, die zu meiner Haustür führten.

„Er hat Fangzähne, einen Penis und eine Blutlinie, die bis zu Napoleon I. zurückreicht. Was verlangst du denn noch alles?"

Ich blieb auf der obersten Stufe stehen und durchwühlte meine Handtasche nach dem Schlüssel. „Nichts. Es ist einfach nur …"

„Nur was?"

„Ich weiß auch nicht. Er riecht irgendwie komisch."

„Komisch?"

„Wie ein mit Bourbon getränkter Biskuitkuchen."

„Also, das mit dem Bourbon ist die Schuld deines Vaters. Sie hatten zusammen ein paar Drinks genommen, während wir auf dich gewartet haben."

Es blieb also nur noch die andere Hälfte meines Vergleichs übrig. Biskuit und Zuckerwatte? *Bääääähhhh.*

„Er ist ein bisschen zu groß", stieß ich hervor, bemüht, das erwartungsvolle Schweigen zu durchbrechen. Ich tastete nach meinen Schlüsseln und schwor mir zum tausendsten Mal, dass ich dieses modische Etwas gegen eine dieser Handtaschen mit verschiedenen Fächern eintauschen würde, wie sie meine Mutter trug.

„Dann musst du einfach höhere Schuhe tragen. Du magst doch hohe Absätze."

„Stimmt schon, aber ich glaube trotzdem nicht, dass er der Richtige für mich ist."

„Warum nicht?"

„Er hat braune Augen. Ich hasse braune Augen."

„Du hast selbst braune Augen, Liebes."

„Äh … Ja, genau, und jetzt rate mal, wieso ich Kontaktlinsen trage."

„Darüber wollte ich sowieso schon mit dir sprechen. Ich denke nicht, dass deine seltsame Vernarrtheit in dieses Barbie-Image sehr gesund ist."

„Ich bin nicht in Barbie vernarrt."

„Aber natürlich bist du das. Die blonden Strähnchen. Die blauen Kontaktlinsen. Wir wissen doch alle, dass Menschen nicht anders können, als sich dem Druck der Gesellschaft und ihresgleichen zu beugen. Aber wir sind doch anders, Liebes. Wir sind stark. Wir sind überlegen. Du bringst dich da in eine peinliche Lage. Akzeptiere endlich, wer du bist."

„Das mach ich doch. Ich albere bloß manchmal ein bisschen herum."

„Gebürtige Vampire albern nicht herum."

„Mom, ich muss jetzt Schluss machen."

„Du bist eine Schande für uns alle", wiederholte sie. „Für mich. Deinen Vater. Deine Brüder. Die gesamte Familie Marchette."

„Ich muss jetzt *wirklich* Schluss machen."

„Glücklicherweise ist Jon bereit, über deine Eigenheiten hinwegzusehen. Er ist eine hervorragende Partie."

„Das ist zwar bewundernswert, aber vollkommen überflüssig. Ich kann mir selbst meine Partie suchen."

„Wohl noch so einen Neunzigjährigen, dem sein Gebiss ständig herausfällt? Das ist doch wohl kaum ein passender Schwiegersohn."

„Wenn du es genau wissen willst – gerade in diesem Augenblick steht ein potenzieller Schwiegersohn direkt neben mir." Sozusagen. Meine Nasenflügel bebten, als der Duft nach Leder meine Sinne durcheinanderwirbelte. „Er ist groß, dunkel, gut aussehend – und er hat eindeutig einen Penis." Nicht dass ich diesen jemals persönlich zu Gesicht bekommen würde, aber man durfte ja wohl noch träumen.

Gespannte Erwartung erfüllte die Stimme meiner Mutter. „Was ist mit seiner Abstammung?"

„Was?"

„Seine Abstammung? Wie alt ist er und woher kommt er?"

„Die Verbindung bricht ab, Mom." Ich gab sicherheitshalber noch ein paar krächzende Laute von mir. „Ich … dich … bis … Abend …", fügte ich mit verstellter Stimme hinzu und drückte sofort die Ende-Taste, bevor sie dazu kam zu antworten.

Ich schob das Handy in meine Tasche zurück und stellte meine Sinneswahrnehmungen auf den Mann in meiner Nähe ein. „Hätten Sie etwas dagegen, damit aufzuhören, mir Ihren Atem in den Nacken zu pusten?"

„Also, erstens atme ich nicht, Süße." Das tiefe Timbre seiner Stimme hallte in meinem Kopf wider. „Zweitens stehe ich fast zehn Meter von Ihrem Nacken entfernt."

Leider.

Ich verdrängte den Gedanken und bemühte mich, das plötzlich einsetzende Hämmern in meinem Schädel sofort zu beenden.

„Schleichen Sie sich immer so an ahnungslose Frauen heran?"

„Sie sind ein Vampir. Das Thema Ahnungslosigkeit berührt Sie also nicht."

Nein, aber Sie schon …

Noch ein Gedanke, der verdrängt werden musste.

Ich drehte mich um und blickte auf den Bürgersteig hinunter. Er stand ein paar Häuser entfernt, den Rücken gegen einen Baum gelehnt, die Arme verschränkt, und starrte in meine Richtung.

„Also, was führt Sie in diese Gegend?"

Er grinste, breit und sexy, und ich spürte ein kleines Beben in meiner unteren Körperregion.

Verdrängen, verdrängen, verdrängen!

„Sie." Er stieß sich von dem Baum ab, stand im Bruchteil einer Sekunde vor mir und starrte mir mit dunklem, hypnotisierendem Blick furchtbar tief in die Augen. „Ich brauche Sie, Lil."

17

„Ich muss mit Ihnen reden", verbesserte er sich, als ihm klar wurde, was er gerade gesagt hatte.

Zum Glück, dachte ich. Sonst hätte ich ihn fortschicken müssen, weil ich nun mal grundsätzlich nichts mit gewandelten Vampiren anfange, nicht mal mit solchen, die mich brauchen. Nicht mal mit großen, gut aussehenden, die nach frischer Luft und Freiheit riechen.

Ich wollte gerade auf die Knie sinken und losheulen, als mir noch etwas einfiel, und ich lächelte. „Sie haben also Ihre Meinung geändert."

Er zog seine Augenbrauen zusammen. „Worüber?"

„Wegen der Partnervermittlung. Ihnen ist klar geworden, wie recht ich habe und wie einsam Sie sind – und Sie haben beschlossen, Ihren kleinen Dickkopf aufzugeben und das Schicksal seine Arbeit tun zu lassen."

Er blickte mich misstrauisch an. „Sie sind doch ein Vampir, oder nicht? Denn wenn ich es nicht besser wüsste, würde ich glatt schwören, dass Sie eine von diesen Möchtegerns sind."

„Die Fangzähne sind absolut echt, Kumpel." Ich warf ihm meinen allerbesten verletzten Blick zu, trotz des seltsam warmen Gefühls, das irgendwo tief in mir aufstieg. Natürlich war ich ein Vampir. Immer schon gewesen. Und würde es immer sein. *Für alle Zeit.*

Ich ignorierte diesen deprimierenden Gedanken und konzentrierte mich auf Mr Groß, Dunkel und Verboten. „Sie brauchen ein Sozialleben."

„Und Sie müssen dringend auf Ihre Kundinnen aufpassen."

„Was wollen Sie damit sagen?"

„Wanda Ellen Shriver. Neunundzwanzig. Single. Keine Kinder. Ist letztes Jahr von Wisconsin hergezogen, um einen Job bei einem Verlag anzunehmen. Am Mittwoch ging sie aus, zu einer Verabredung, die *Meet and Match* für sie getroffen hatte. Seither hat niemand mehr etwas von ihr gehört. Ihr Chef dachte, sie wäre krank, aber als er heute Morgen bei ihr vorbeifuhr, um nach ihr zu sehen, war sie nicht zu Hause. Also hat er die Polizei alarmiert."

„*Meet and Match*?" Ich kannte den Namen dieser Partnervermittlung auf der Lower East Side, deren Anzeigen ich schon in verschiedenen Lokalzeitungen gesehen hatte. „Die sind so was von out. Die benutzen ja nicht mal ein Persönlichkeitsprofil. Sie laden einfach ein paar Singles zu so einer Kennenlern-Party ein und vertrauen darauf, dass sich die Kunden von allein zusammenfinden." Ich schüttelte den Kopf. „Wenn die Leute das selber könnten, dann bräuchten sie doch keine Partnervermittlung."

„Sie haben noch nicht begriffen, worum es geht."

„Oh doch, und ob. Die schmeißen einfach alle in einen Topf, ohne Sinn und Verstand, und warten ab, was sich dann so ergibt. Von wegen alte Schule. Darum habe ich wochenlang daran gearbeitet, den *Dead End Dating*-Fragebogen zu vervollkommnen. Um meinen Kunden diese Zeitverschwendung und den Ärger, am Ende mit irgendeinem Loser dazustehen, zu ersparen. Oder in diesem Fall mit einem Kidnapper oder eventuell Mörder, der vom FBI gesucht wird."

Er sah aus, als ob er mich fast genauso gern erwürgen wie lächeln wollte. „Das war ein ganz schöner Umweg, aber ich denke, Sie haben's kapiert."

„Sie hatten recht. Dieser Kerl hat die bevölkerungsreichsten Großstädte im Visier."

Er nickte. „Die örtlichen Behörden sind allerdings nicht davon überzeugt. Da die Herangehensweise diesmal ein wenig anders war – er hat eine Partnervermittlung statt einer Anzeige benutzt –, reden sie sich ein, es handele sich um einen Einzelfall."

„Darum hat er das ja gemacht. Um sie abzulenken und davon abzuhalten, die Oberschnüffler zu Hilfe zu holen."

„Die Oberschnüffler?"

„Na, Sie wissen schon, das FBI."

Er grinste. „Ich weiß. Ich bin schließlich ein Kopfgeldjäger. Aber Sie nicht, und deshalb klingt das aus Ihrem Mund ein wenig seltsam."

„Hey, ich guck auch mal hin und wieder *CSI*." Normalerweise allerdings eher hin als wieder. Es war Monate her, seit ich irgendetwas anderes eingeschaltet hatte als die Wiederholungen von *America's Top Model* auf UPN und *Dr. Phil*. Aber das wusste Ty Bonner ja nicht, und ich hatte mit Gewissheit auch nicht vor, es ihm zu verraten, vor allem da er mich gerade so anlächelte, als ob er tatsächlich ein wenig beeindruckt wäre. „Und Nachrichten auch."

Seine Augen zogen sich zusammen, als wollte er mir das nun wiederum nicht abkaufen. Kluges Kerlchen. „Sie sollten sehr vorsichtig sein. Jetzt ist es noch viel wichtiger, dass Sie sich jeden ganz genau ansehen, der zu Ihnen kommt."

„Das tu ich immer."

„Ich rede davon, in die Köpfe der Leute zu sehen, nicht nur auf das, was sie anhaben."

„Nur zu Ihrer Information, auch das mache ich." Nicht absichtlich, wohlgemerkt. Ich konnte einfach nicht anders. Das hatte was mit dem Revierverhalten eines Vampirs zu tun. „Bis jetzt ist das Einzige, was mir aufgefallen ist, eine Frau, die an nichts anderes als die Größe ihrer Oberschenkel denken kann und ein Mann, der Chili-Hotdogs liebt. Keine durchgeknallten Kidnapper."

„Gut."

„Das bin ich." Ich hatte nicht vorgehabt zu flirten, aber angesichts dieser Testosteronmengen konnte ich nicht anders. Offenbar waren meine armen Hormone nicht in der Lage, das gute Testosteron vom schlechten zu unterscheiden.

„Darauf wette ich." Er hob die Hand und seine Fingerspitzen strichen über meine Wangenknochen.

Oder vielleicht konnten sie es doch. Das Gefühl seiner rauen Haut war so verschieden von der jedes anderen Vampirs in der Vergangenheit, dass mein ganzer Körper prickelte, vom Kopf bis zu den Zehennägeln mitsamt der französischen Pediküre. Gebürtige Vampire bekamen keine Hornhaut. Ihre Haut fühlte sich ganz im Gegenteil immer glatt und weich und vollkommen an. Nicht so bei Ty. Er war alles andere als vollkommen. Mein Blick heftete sich auf seine Narbe und ich konnte einfach nicht anders – ich streckte meine Hand aus und berührte die runzlige Haut mit meinen Fingerspitzen. „Wie ist das passiert?"

Er schüttelte den Kopf. „Das ist schon lange her."

„Idiot." Ich ließ meine Hand wieder fallen, und wenn ich es nicht besser gewusst hätte, so hätte ich geschworen, dass er tatsächlich enttäuscht wirkte. Aber das hätte bedeutet, dass ihm meine Berührung gefallen hatte. Und angesichts seiner gerunzelten Stirn hatte ich nicht den Eindruck, dass ihm im Augenblick allzu viel an mir gefiel.

Das Stirnrunzeln verstärkte sich noch. „Hat Ihnen schon mal jemand gesagt, dass Sie verdammt neugierig sind?"

Ja. „Also echt, das war doch nur eine Frage. Was soll das Theater?"

„Ich rede halt nicht gern über meine Vergangenheit."

„Ich rede auch nicht gern über meine." Auf seinen fragenden Blick hin fügte ich hinzu: „Charleston-Kleider. Nicht gerade einer meiner stolzesten Momente."

Er starrte mich noch ein paar Sekunden lang an, bevor sich seine Mundwinkel in einem Grinsen hoben. Er zuckte mit den Schultern. „Eine Flasche Whiskey. Irgendwann um die Jahrhundertwende bin ich in so 'ner kleinen mexikanischen Grenzstadt in eine Kneipenschlägerei geraten."

„Worum ging's denn bei der Schlägerei?"

„Ist doch ganz egal."

„Erzählen Sie's mir trotzdem."

Ein weiteres Schulterzucken. „Es ging um ein Mädchen. Eins dieser Mädchen, die dort im Saloon arbeiteten."

„Sie mochten sie wohl?"

„Sie mochte mich."

„Aber mochten Sie sie auch?"

„Was spielt das denn für 'ne Rolle?"

„Überhaupt keine. Ich bin nur neugierig."

„Warum?"

Jetzt war ich mit dem Schulterzucken dran. „Ich bin's einfach, das ist alles. Sie waren damals noch ein Mensch, stimmt's?" Er nickte. „Ich finde das einfach interessant, das ist alles."

„Das sagte der Bär auch, als er seine Nase in den Bienenstock steckte und die schlimmsten Schmerzen seines Lebens erlebte."

„Wie bitte?"

„Das ist nur so ein Spruch, den meine Ma immer sagte, als ich noch ein Kind war." In seinen Blick trat ein versonnenes Leuchten. „Ist schon lange, *lange* her." Dann schien er diesen Anflug von Melancholie abzuschütteln und sein Blick wurde wieder klar, während er sich in meinen bohrte. „Ich meine es ernst. Sie sollten wirklich die Augen offen halten. Sie haben einen Vorteil, weil Sie ein Vampir sind. Nutzen Sie ihn auch. Wenn Ihnen irgendetwas Verdächtiges auffällt – *irgendetwas* –, dann rufen Sie mich an. Ganz egal wie unwichtig es klingt." Er drehte sich um.

„Warten Sie." Ich streckte den Arm aus, begierig auf mehr von diesem knisternden Körperkontakt. Meine Hand schloss sich um seinen Oberarm. Das glatte Leder seiner Jacke fühlte sich an meiner Haut kühl an. „Was war denn mit dem Mädchen?"

Er starrte auf die Stelle, an der ich ihn gepackt hielt. Ich ignorierte mit Mühe den Impuls, mit der Handfläche über seine Schulter zu fahren und ließ meine Hand stattdessen sinken.

„Ich mochte sie schon", sagte er nach einer ganzen Weile. „Aber nicht genug, um sie zu heiraten."

„War sie in Sie verliebt?"

„Sie war in mein Pferd verliebt." Als ich ihn verwirrt anblickte, fügte er hinzu: „Sie wollte raus aus dieser Stadt. Und ich war nun mal der Erste, der ihr über den Weg lief. Als ich mich weigerte, sie zu heiraten und mit mir zu nehmen, hetzte sie ihren Bruder auf mich. Und wir kämpften."

„Sie haben gewonnen?" Er nickte und ich lächelte. „Gut aussehend und zäh. Sie würden mit Sicherheit einen tollen Gefährten für ... jemanden abgeben." Er starrte mich an, als ob mir plötzlich zwei Köpfe gewachsen wären. „Ich würde wirklich gerne ein Date für Sie arrangieren."

Er schüttelte den Kopf. „Lieber nicht."

„Was ist mit Freunden? Sie haben doch sicher ein paar Kumpels ohne Begleitung, die ungefähr zur selben Zeit wie Sie gewandelt wurden. Ein paar Jungs vom Land, deren Sinn für Schönheit noch nicht von den verdrehten Ansichten der modernen Gesellschaft verdorben wurde?"

Das brachte mir ein kleines Lächeln ein. „Keine Kumpels."

„Bekannte?"

„Nein."

„Verwandte?"

„Alle tot."

„Aber ich brauche einen gewandelten Vampir."

Er starrte mich lange an, und auf einmal überkam mich das Gefühl, dass er mich gleich noch einmal berühren würde.

Schön wär's.

Ich sah die Lust und das Verlangen – und auch das Bedauern – so klar und deutlich in seinen tiefblauen Augen, bevor er das Fenster wieder zuknallte und sich gegen mich abschirmte. Mit einem Mal blitzte ein riesengroßer Chili-Hotdog in meinen Gedanken auf, dessen Würstchen in so viel Käsesoße schwamm, dass jede Kuh vom bloßen Anblick eine Euterentzündung bekommen hätte.

„Komisch. Wirklich komisch."

Er grinste. In meinem Bauch prickelte es. „Sie haben doch die nötige Ausrüstung, Süße. Wenn Sie so dringend einen gewandelten Vampir brauchen, dann machen Sie sich Ihren eigenen." Er blinzelte und verschwand in der Dunkelheit.

„Brillante Idee", rief ich ihm hinterher. „Aber das wird nicht funktionieren, weil ich jemanden brauche, der um die Jahrhundertwende gewandelt wurde." Jemand, mit dem Esther etwas gemeinsam hatte.

Ganz davon zu schweigen, dass es keinesfalls Teil der *Dead-End-Dating*-Firmenphilosophie war, sich irgendein armes Würstchen von der Straße zu schnappen, ihn leer zu trinken, bis er tot war und dann mein Blut mit ihm zu teilen.

Zunächst einmal stehe ich nicht auf arme Würstchen. Zweitens habe ich noch nie jemanden leer getrunken – meine Mutter bekäme in einem solchen Fall glatt den Großvater aller Anfälle. Und drittens? Auch wenn ich natürlich beim Anblick von Blut nicht gleich ausraste (schließlich bin ich trotz allem ein Vampir), finde ich es doch irgendwie extrem eklig, mir mein eigenes Handgelenk aufzuschlitzen und es irgendeinem dahergelaufenen Kerl anzubieten, als handelte es sich dabei um einen Krabbencocktail.

Und das bedeutete, dass ich nach wie vor darauf angewiesen war, die Treffpunkte gewandelter Vampire abzuklappern, wenn ich ein Date für Esther finden wollte.

Und wenn ich ein Date für mich finden wollte?

Aber das wollte ich nicht. Ich war eine viel beschäftigte Frau mit aufblühender Karriere und einer wirklich großartigen Garderobe. Ich fühlte mich in diesem Augenblick vollkommen und ganz und gar erfüllt, selbst wenn es in meiner Magengegend so ein seltsam leeres Gefühl geben mochte.

Misstrauisch, rief ich mir noch einmal ins Gedächtnis. Ich musste einfach misstrauisch sein, wenn ich zum Telefon griff und Ty anrief. Nicht durstig. Oder verzweifelt. Oder erregt. Oder leer.

Also drehte ich mich um und stieg zu meiner Wohnung hinauf. Ich versuchte zu ignorieren, wie meine Brustwarzen sich an der Spitze meines BHs rieben, und wie meine Knie bei jedem Schritt zitterten. Und dass meine Haut juckte und sich ganz gespannt und lebendig anfühlte.

Vor meiner Wohnung blieb ich kurz stehen und lauschte auf die Frühnachrichten, die aus dem Fernsehgerät meiner Nachbarin an mein Ohr schallten. Aber sie waren gerade beim Wetter und nicht bei den Verschollenen in der Region, deshalb hörte ich natürlich nichts über die vermisste Frau.

Drinnen ging ich am blinkenden Anrufbeantworter vorbei, schälte mich aus meinen Klamotten und holte mir eine Flasche Blut aus dem Kühlschrank. Ich machte mir weder die Mühe, mir ein Glas zu nehmen, noch kochte ich mein Abendessen. Ich ließ einfach nur den Korken knallen und hob die Flasche an meine Lippen. Das war natürlich nicht gerade sehr kultiviert – meine Mutter würde Hackfleisch aus mir machen, wenn sie sähe, wie ich direkt aus der Flasche trinke. Aber ich konnte einfach nicht anders.

Ich war auf einmal durstiger, als ich es seit sehr langer Zeit gewesen war.

Und verzweifelt. Und erregt. Und leer.

Vergiss es.

Ich trank die Flasche halb aus, bevor ich den Korken wieder hineinstopfte. Ich machte den Fernseher an und schaltete auf CNN. Dann machte ich alle Lichter aus, kontrollierte die Jalousien und kroch mit der Fernbedienung in mein superweiches Bett.

Ich schloss allerdings nicht die Augen und schlief ein, obwohl ich vollkommen erschöpft war. Stattdessen starrte ich so lange auf den Bildschirm, bis endlich ein Bild des vermissten Mädchens gezeigt wurde. Sie war nicht gerade eine blendende Schönheit, aber sie wusste, wie sie ihre besten Züge betonen musste. Respekt! Das musste ich schon sagen: kein Lippenkonturenstift oder grelle Farben. Sie trug hellbeigen Lipgloss und hatte die Augen nur dezent geschminkt. Sie hatte rotblondes Haar mit auffälligen roten Strähnchen und hübsche Zähne sowie eine Spur von Hoffnungslosigkeit in den Augen, die verriet, dass sie wusste, wie es sich anfühlt, samstagabends allein zu Hause zu sitzen.

Ich dachte an meine wachsende Kundenliste. Sie beinhaltete inzwischen eine ganze Reihe von Männern und Frauen mit den unterschiedlichsten Hintergründen. Sie unterschieden sich in Bezug auf Größe und Gewicht; einige waren blond, andere brünett, wieder andere rothaarig. Aber sie alle hatten eines gemeinsam: Sie waren EINSAM.

Ich schluckte den Kloß hinunter, der sich auf einmal in meinem Hals gebildet hatte, und zwang mich, die Augen zu schließen. Bald schon würde die Sonne wieder untergehen. Also musste ich mich dringend erholen und meine Gedanken sortieren. Vor allem aber musste ich Ty Bonners Bild loswerden, das sich in meinem Kopf festgesetzt zu haben schien und meine Brust vor Sehnsucht zusammenzog.

Ich geb's ja zu, es ging nicht unbedingt um meine Brust. Das Gefühl betraf eigentlich eine Region, die ungefähr dreißig bis vierzig Zentimeter weiter südlich gelegen war.

Ganz egal. Ty war tabu.

Denk gar nicht über ihn nach.

Und Träumereien sind erst recht verboten.

Du verspürst weder Verlangen noch Begierde.

Nichts.

Ich weiß, ich weiß. Ich mach mir was vor. Aber immerhin bemühte ich mich, an meinen Prioritäten festzuhalten. Eindeutig eine Eins in Leistungsbereitschaft.

18

„Sie sind aber früh dran“, meinte Evie, als ich am Abend kurz nach Sonnenuntergang ins Büro marschiert kam und ihr den wie üblich dampfenden Latte überreichte.

„Ich hatte einen harten Tag.“ Hart? Wohl eher unerträglich. Grauenhaft. Katastrophal.

Ich hatte nicht ein Auge zugetan.

Ich konnte es immer noch nicht fassen. Seit fünfhundert Jahren hatte ich nicht einen schlaflosen Tag gehabt. Es existiert kein gebürtiger Vampir, der Schlaftabletten schluckt. Das war einfach niemals nötig gewesen. Wenn es Zeit zum Schlafen war, kippten wir einfach aus den Latschen und schliefen wie die Toten (räusper). Weder Krankheit noch Stress noch Sorgen konnten einen Vampir vom Schlaf abhalten. Ich hatte einige Pestepidemien, zwei Weltkriege und Reifröcke verschlafen.

Bis heute.

Ich hatte zwar versucht, die Augen zu schließen, aber jedes Mal habe ich dann in das Gesicht des vermissten Mädchens sehen müssen.

Schon gut, vielleicht nicht *jedes* Mal. Ein paarmal (ziemlich häufig, zugegebenermaßen) hatte ich Ty vor mir gesehen. Und seine Fingerspitzen auf meiner Wange gespürt. Und mir vorgestellt, wie seine Berührung über meinen ganzen Körper nach unten wandert, über meine Brüste, zwischen meine Beine und –

„Geht es Ihnen wirklich gut?“, unterbrach Evies Stimme meine Gedankengänge.

Gut gemacht, Evie.

„Mir geht's gut. Ich bin nur ein bisschen müde."

„Sie brauchen das wohl nötiger als ich." Sie gab mir den Becher mit dem Kaffee zurück und sprang auf. „Jeanine Booker ist in Raum A – sie ist eine von denen, die Ihre Visitenkarte letztens in der Bibliothek bekommen haben – und Connie Laramie müsste jetzt jede Minute kommen, um einen Fragebogen auszufüllen. Sie kennt uns auch durch die Aktion in der Bibliothek. Mit den beiden ergibt das dann insgesamt zwölf neue Kunden heute, und die verdanken wir sämtlich der Bibliothek, bis auf einen oder zwei, die durch *Moe's* auf uns aufmerksam geworden sind. Und nicht ein Einziger von denen ist nur wegen des Gratis-Profils gekommen. Sie bezahlen tatsächlich für unsere Dienste!" Sie überreichte mir einen kleinen Stapel Schecks. „Anzahlungen für diverse Pakete."

„Ist nicht wahr!"

Sie grinste. „Und ob! Natürlich sind ein paar auch nur wegen des kostenlosen Kaffees und der Kekse hier gewesen."

„Was denn für kostenloser Kaffee und was für Kekse?"

„Der kostenlose Kaffee und die Kekse, die ich in der Annonce erwähnt habe, die Sie in allen regionalen Single-Magazinen aufgegeben haben." Ein Anflug von Beunruhigung huschte über ihr Gesicht. „Ich hoffe, das macht Ihnen nichts aus. Als Sie mir den Text rüberschickten, sah er so ein bisschen nichtssagend aus. Da fehlte noch etwas Würze. Irgendein Anreiz, damit die Leute herkommen und sich ansehen, was wir so zu bieten haben. Ich hatte zuerst darüber nachgedacht, kostenlose Kondome zu verteilen – eine Freundin von mir arbeitet drüben bei *The Pleasure Chest* auf der Siebten und würde sie uns zum Selbstkostenpreis überlassen. Aber dann dachte ich doch, dass das vielleicht nicht ganz die richtige Botschaft rüberbringt. Schließlich geht es bei uns darum, den Traumpartner fürs Leben zu finden. Und nicht nur jemanden, bei dem der Traum schon nach einer Nacht ausgeträumt ist."

„Gut mitgedacht."

Evie lächelte und griff nach einem weiteren Stapel. „Sie haben zwölf Nachrichten."

Mein Gesicht leuchtete auf. „Noch mehr Kunden?"

„Acht sind von Ihrer Mutter. Esther Crutch hat angerufen. Und dann war da noch eine Dame, die Ihnen eine Lebensversicherung verkaufen wollte. Und Melissa hat zweimal angerufen, um uns wegen der Hochzeit ihrer Schwester auf den neuesten Stand zu bringen." Sie lächelte. „Wir haben einen Lauf, Sie sollten sich freuen."

„Was ist mit Francis? Irgendwelche Anrufe?" Gestern hatte ich auf dem Weg zur Jagd ein paarmal versucht, ihn zu erreichen, hatte aber immer nur seinen Anrufbeantworter drangehabt.

„Nein."

Okay, so langsam begann ich mir Sorgen zu machen. Zwei Anrufe von Melissa, kein einziger von Francis. Vermutlich war sie inzwischen ziemlich sauer auf mich – und er spielte Verstecken mit mir.

„Soll ich ihn für Sie anrufen?"

„Ich versuch's selbst noch mal. Ich bin dann in meinem Büro." Aber zuerst steckte ich meinen Kopf in Raum A und stellte mich Jeanine vor – das ist der Code für „Ich habe meine Vampirkräfte benutzt, um sie abzuchecken und mich zu vergewissern, dass sie nicht der mutmaßliche Mörder im Transenfummel war." Sie saß dort, aß Kekse und trank kostenlosen Kaffee.

Dann ließ ich mich auf meinen Stuhl sinken, atmete den Duft des Mokka Latte ein und ließ das Aroma ein paar der Spinnennetze verjagen, die mir den Kopf verkleisterten. Schließlich widmete ich mich den Schecks, die ich innerhalb von weniger als sechzig Sekunden fertig gemacht hatte, und füllte einen Einzahlungsschein aus. Danach rief ich Evie, die gleich darauf zu mir ins Büro kam.

„Können Sie die auf Ihrem Heimweg in den Nachttresor der Bank einwerfen?"

„Sind Sie schon damit fertig?"

„Was soll ich sagen? Das ist alles ganz schön spannend." Sie warf mir einen neugierigen Blick zu, den ich aber ignorierte. Stattdessen schnappte ich mir den Stapel mit meinen Nachrichten.

„Dann werde ich jetzt mal gehen", sagte sie. „Vergessen Sie bitte die Kundin in Raum A nicht."

„Alles klar. Passen Sie auf sich auf." Evie verschwand. Ich schob die Nachrichten meiner Mutter auf die Seite, während ich Francis' Nummer wählte. Sein Anrufbeantworter meldete sich. „Ich weiß, dass Sie da sind. Ich kann Sie atmen hören", sagte ich. Nichts. „Wenn Sie nicht abnehmen, werde ich einfach immer wieder anrufen, und wenn das nichts nützt, werde ich mein Lager vor Ihrer Haustür aufschlagen. Sie können mir nicht für immer aus dem Weg gehen." Nichts. „Wenn Sie nicht abheben, rufe ich Ihre Kabelfirma an und sorge dafür, dass die Ihnen den Spielshow-Kanal abklemmen."

Klick.

„Das würden Sie nicht wagen", sagte er.

„Nein, das würde ich nicht wagen, aber immerhin hat es ausgereicht, um Sie ans Telefon zu holen. Also, was ist los?"

„Haben Sie schon mit Melissa gesprochen?"

„Ich wollte erst mal mit Ihnen sprechen." Ich verriet ihm nicht, dass sie schon angerufen hatte. Zweimal. Kein gutes Zeichen.

„Ich bin bei so was einfach vollkommen unfähig", sagte er nach einer langen Pause, während der ich ihn vor mir sah, wie er jede Schattierung von Rot, von Koralle bis Blut, annahm. „Nicht dass ich etwas Unpassendes getan hätte", beeilte er sich fortzufahren. „Ich habe an alles gedacht, was Sie mir geraten hatten, von wegen nicht beißen und niemanden ansaugen. Also darüber müssen Sie sich keine Sorgen machen. Nicht dass ich so was getan hätte, selbst wenn Sie mir die Regeln nicht erklärt hätten. Ich esse einfach nicht gerne in Gesellschaft, aber –"

„Sie schweifen ab. Kommen Sie mal auf den Punkt."

„Es war grauenhaft. *Ich* war grauenhaft. Ich kann das einfach nicht."

„Was genau ist denn passiert?"

„Nichts. Ich saß einfach nur da und es war grauenhaft. Alle starrten mich an. Außer Melissa. Sie hat nicht ein einziges Mal in meine Richtung gesehen. Ich habe sogar versucht, mir ihr zu reden."

„Nein!"

„Ich weiß ja, ich sollte der starke, schweigsame Typ sein, aber es war so still und wir haben nicht getanzt oder so, deshalb musste ich irgendwas tun. Ich dachte, lieber reden als Walzer tanzen. Ich tanze nicht besonders gut."

„Darauf wäre ich nicht gekommen. Also, worüber haben Sie denn geredet?"

„Ich hab ihr von meinem neuesten Sammelalbum erzählt."

Kabuummmm! „Oh nein!"

„Mir fiel nichts anderes ein. Wir saßen da so rum und alle anderen hatten Spaß, nur wir haben überhaupt nichts gemacht. Ich hab den Mund aufgemacht, und dann kam es einfach so raus."

Das war nicht das Ende der Welt. Es war ganz egal, dass Melissa einen furchtbaren Abend gehabt hatte. Das Einzige, was zählte, war, dass sie ein Date gehabt hatte. Mit einem äußerst attraktiven Mann, wie ich mir ins Gedächtnis rief. Er hatte wirklich ziemlich heiß ausgesehen, selbst wenn er die passende Geisteshaltung noch nicht so richtig draufhatte. Und sie hatte einen Vertrag für ein Date abgeschlossen. Irgendein verfluchtes Date. In ihren eigenen Worten: einfach ein Mann, Hauptsache, lebendig.

„Es tut mir leid“, sagte er. „Ich wollte Ihnen keinen Ärger machen. Ich wette, sie hasst mich.“

„Ich bin sicher, sie hasst Sie nicht.“

„Aber ganz sicher mag sie mich nicht.“

„Sie sollte Sie auch gar nicht mögen, wissen Sie nicht mehr?“

„Ich weiß. Ich dachte ja nur …“ Er verstummte. „Sie haben recht. Es ist ganz egal, ob sie mich mag. Oder ob ich sie mag. So was mache ich nie wieder.“

„Aber sicher tun Sie das – Sie mögen sie?“

„Sicher. Sie ist nett.“

„Sie ist ein Mensch und vollkommen ungeeignet. Lassen Sie nicht zu, dass dieser kleine Fehlschlag Sie aus der Bahn wirft. Beruhigen Sie sich erst mal“, brachte ich trotz des Klingelns in meinen Ohren und des panischen Herzklopfens hervor. „Alles wird gut.“

„Nein, das wird es nicht. Darum mache ich so was auch nicht noch mal. Unsere Vereinbarung … Vergessen wir's einfach. Ich bin wirklich schrecklich, wenn's um Frauen geht.“

„*Menschliche* Frauen. Sie haben es doch noch gar nicht mit einem weiblichen Vampir versucht.“ Schon der Gedanke daran ließ mein Herz noch schneller schlagen.

„Meinen Sie vielleicht, dass ich mich da besser anstelle?“

„Aber sicher doch.“ Hoffentlich. „Vor allem nach Samstagabend. Der Sinn des Ganzen war doch, dass, falls Sie es vermasseln, dies mit jemandem passiert, der keine potenzielle Ewige Gefährtin ist. Und Sie haben es vermasselt, was bedeutet, dass Sie jetzt bereit sind, es mit einer richtigen Verabredung zu versuchen.“

„Also, ich weiß nicht.“

„Sie haben sich doch nicht übergeben, oder?“

„Nein.“

„Sie haben nicht über *Der Preis ist heiß* geredet, oder?“

„Nein.“

„Sie haben Britney und die Zwillinge mit keinem Wort erwähnt?"

„Nein."

„Dann – würde ich sagen – haben Sie sich gar nicht übel angestellt. Sie hatten einen kleinen Ausrutscher? Das nächste Mal passiert Ihnen das nicht mehr."

„Meinen Sie wirklich?"

„Ich *weiß* es. Sie wachsen, Francis. Entwickeln sich weiter. Langsam fühlen Sie sich immer wohler in Ihrer Vampirhaut. Noch ein paar Übungssitzungen und Sie wissen alles, was es über das andere Geschlecht überhaupt zu wissen gibt."

Das war zumindest das, was ich verzweifelt erhoffte.

Ich versuchte Francis noch ein bisschen aufzumuntern, bis es auf der anderen Leitung läutete – juhu! – und ich Schluss machen musste.

„Hören Sie bitte damit auf, sich selbst Vorwürfe zu machen. Wenn wir erst mal fertig sind, werden Sie ein absoluter Traumvampir sein", versicherte ich ihm, bevor ich unser Gespräch beendete und die blinkende Taste für Leitung zwei drückte. *„Dead End Dating*. Wo das Happy End gleich hinter dem nächsten Date wartet."

„Lil? Hier ist Melissa."

Das dritte Mal. Puh! „Melissa! Ich wollte Sie gerade anrufen." *Oder auch nicht.* „Sie müssen sich doch nicht für Samstagabend bei mir bedanken. Ich bin froh, dass ich helfen konnte."

„Mich bei Ihnen bedanken? Ich habe gar nicht die Absicht, mich bei Ihnen zu bedanken."

„Leider verstößt es gegen unsere Grundsätze, Ihnen Ihr Geld zurückzuerstatten, nachdem wir unseren Teil der Abmachung eingehalten haben –"

„Ein Dankeschön wäre nicht einmal ansatzweise ausreichend. Er war wunderbar!"

„Auch wenn wir stolz darauf sind, für jeden den richtigen Partner zu finden, aber man kann doch realistischerweise nicht erwarten, schon gleich beim allerersten Date ins Schwarze zu treffen – was haben Sie gerade gesagt?“

„Ich sagte, er war wunderbar. Großartig. Fantastisch.“

„Wer?“

„Was glauben Sie denn? Francis, Sie Dummerchen. Er ist der bestaussehende Mann, den ich je kennengelernt habe. Und so ein gewandter Gesprächspartner. Und er hat einen tollen Humor.“

„Francis?“

„Es ist, als wäre ein Traum in Erfüllung gegangen.“

„*Francis*?“

„Ich muss unbedingt noch mal mit ihm ausgehen.“

In dem Augenblick, als diese Worte bei mir ankamen, spielte sich meine Unterhaltung mit Francis noch einmal in meinem Kopf ab. „Ich, ähm, weiß nicht, ob das eine so gute Idee ist.“

„Fand er mich nicht nett?“

„Aber sicher fand er Sie nett.“ Na schön, wenn ich mit meiner Partnervermittlung Schiffbruch erleiden sollte, konnte ich immer noch einen Job bei PLUS (Prima Lügen Und Sülzen) ergattern. „Er fand Sie, ähm, sogar richtig toll.“

„Er mochte mich nicht, stimmt's? Ich wusste es. Es ist immer wieder dasselbe bei mir. Kein anständiger Mann interessiert sich für mich. Dafür ziehe ich Versager magisch an. Wenn es im Umkreis von fünfzig Kilometern auch nur *einen* Loser gibt, klopft er bestimmt an meine Tür. Aber die Guten … hauen ab, so schnell sie können.“

„Sie ziehen keineswegs nur Versager an“, hörte ich mich selber sagen. „Sie sind eine wunderschöne, vor Leben sprühende Frau, die dem richtigen Mann Unmengen zu bieten hat.“

„Dann glauben Sie also, dass er noch mal mit mir ausgehen würde?“

„Ich habe noch nicht mit ihm gesprochen, aber wenn ich es tue, bin ich sicher, dass er ganz versessen darauf ist, Sie wiederzusehen."

„Sie sind die Beste, Lil. Ich hatte wirklich keine großen Erwartungen, als ich zu Ihnen kam. Ich wollte einfach nur, dass mich meine Mom in Ruhe lässt. Aber jetzt glaube ich langsam wirklich, dass ich endlich den Richtigen getroffen habe. Und das alles nur dank Ihrer Hilfe. Sie haben meine Meinung über die Liebe wirklich vollständig verändert."

„Ich freue mich, wenn ich Ihnen helfen konnte." Ich verabschiedete mich, legte das Telefon wieder an seinen Platz und widerstand nur mit Mühe dem Drang, mich mit dem Brieföffner, der am Rand des Schreibtischs lag, aufzuspießen.

Was hatte ich getan?

Ich hatte Melissa falsche Hoffnungen gemacht und dafür gesorgt, dass sie in Kürze noch mehr Kummer erwartete.

Aber vielleicht machte sie auch bloß aus allem gleich ein Drama und mochte Francis nicht mal annähernd so sehr, wie sie gesagt hatte.

Ich wandte mich meinem Computer zu, rief ihre Akte auf und suchte nach „neigt zu Übertreibungen".

Es gab keine Treffer …

Ääähhh. Das war eindeutig ein schwarzer Tag für mich. So was gab es bei Vampiren eigentlich nicht. Aber ich schien auch hier wieder einmal die berühmte Ausnahme von der Regel zu sein.

19

Ich brauchte dringend Stoff.

Dieser Gedanke überfiel mich völlig unerwartet und mit aller Gewalt, als ich eine halbe Stunde später um die Ecke bog und den Kerl in einer nahe gelegenen Seitengasse stehen sah.

Okay, normalerweise gerate ich über nichts und niemanden vor Freude außer mir, der sich in unmittelbarer Nachbarschaft von so viel Abfall und Müll befindet (schlagen Sie in Ihrem überaus nützlichen *Brockhaus* doch mal unter „Finstere Seitengassen in New York" nach). Aber ich hatte einen grässlichen Abend hinter mir und es war schon sooooo lange her, seit ich das letzte Mal über die Stränge geschlagen hatte.

Ohne Zweifel war ich zu einem Sturzflug bereit.

Denk an deine Prioritäten, ermahnte ich mich selbst. Als da wären: eine Kundin in Raum A – und Kaffee hatten wir auch keinen mehr. Eine ernste Notlage, die wir Evie und ihrem Nachtrag zu unserer Annonce zu verdanken hatten. Von wegen „Lehnen Sie sich zurück, entspannen Sie sich und genießen Sie kostenlos Kaffee und Gebäck, während Sie Ihren *Dead-End-Dating*-Fragebogen ausfüllen". Infolgedessen brauchte ich unbedingt ein Paket von Starbucks' Gourmet-Röstung, ausreichend Plätzchen, um die restlichen Termine heute Nacht zu versorgen, und noch ein paar Päckchen Zucker. Ende der Dringend-notwendig-oder-wir-werden-wegen-irreführender-Werbung-verklagt-Liste.

Das brauchte ich allerdings nicht.

Bei dem wohlvertrauten Duft blähten sich meine Nasenflügel auf und mir lief das Wasser im Munde zusammen. Ich spitzte die

Ohren und hörte das regelmäßige Geräusch seines Atems und das *Bumm Bumm* seines Pulsschlags. Mein Blick tastete den Kerl von oben bis unten ab: von seiner Knicks-Kappe weiter runter, vorbei an seiner abgetragenen Lederjacke, den weiten Jeans, bis hin zu seinen kostspieligen Tennisschuhen und dann wieder nach oben, bevor die goldene Kreation in seinen fleischigen Händen meine Aufmerksamkeit erregte. Genau so eine Clutch von Prada hatte ich erst letzte Woche bei Barney's gesehen.

„Darf ich sie mal anfassen?", hauchte ich.

„Aber sicher doch, junge Frau."

„Sie ist wunderbar." Meine Fingerspitze strich über die glatte Schnalle. Es hätte nicht mehr viel gefehlt, und auf der Stelle hätte ich einen Orgasmus gehabt.

„Ein echtes Supersonderangebot für fünfzig Mäuse."

„*Fünfzig Mäuse*? Sind Sie verrückt?" Klar doch, *ich* war die Verrückte hier. Bei diesem Preis hätten auf der Stelle sämtliche Alarmglocken losgehen müssen. Aber ich war so verzweifelt, dass ich nicht weiter als bis zu dieser golden glänzenden Schnalle und dem paillettenbesetzten Stoff sehen konnte. „Das ist ja glatter Raub."

„Hey, nicht so laut, Lady. Das Ding ist hundertprozentig echt."

Was eine glaubhafte Begründung dafür war, dass seine Geschäfte hier in dieser Seitengasse vor sich gingen.

„Ich weiß aber nicht, ob ich so viel bei mir habe." Ich öffnete mein Portemonnaie, das ich aus der Handtasche gezogen hatte, als ich zu meiner Mission aufgebrochen war. Ähm, was hatte ich noch gleich besorgen wollen? In der Handtasche spiegelte sich die Leuchtreklame von der anderen Straßenseite und glitzerte in tausend Farbschattierungen von Gold, Pink und Blau. „Ich vermute mal, Sie nehmen keine Schecks?" Ich riss meinen Blick von der Tasche los und richtete ihn auf den Mann, wo es zu einer heftigen Kollision mit seinem Blick kam.

„Sind Sie bekloppt? Wir sind doch hier nicht bei bei Macy's –" Seine Worte schienen ihm im Hals stecken zu bleiben. Er schluckte. Seine braunen Augen wurden glasig und ein gieriger, verzweifelter Schimmer leuchtete in ihren dunklen Tiefen.

Ich erkannte den Blick wieder, auch wenn es schon Urzeiten her zu sein schien, dass ich ihn zuletzt gesehen hatte. Ich musste lächeln.

„Ich hab einen Zwanziger", sagte ich. „Ansonsten müsste ich mein Scheckbuch in Anspruch nehmen."

„Ja, klar. Sicher. Ganz wie Sie wollen."

„Dann nehmen Sie den Zwanziger? Oder soll ich Ihnen einen Scheck über den vollen Betrag ausstellen?"

„Sicher. Ich meine, nein. Ich meine, nehmen Sie nur." Er drückte mir die Tasche in die Hand. „Wenn Ihnen die hier gefällt, dann hab ich auch noch eine andere für Sie. In Silber. Und dann noch eine aus schwarzem Leder. Und in braunem Krokodilsleder –"

„Ist schon gut. Mir reicht die eine." Ich drückte die Tasche an mich und genoss das Gefühl, wie sich die raue Oberfläche gegen meine Haut drückte. „Vielen, vielen Dank."

„Ich danke *Ihnen*."

„Nein, wirklich." Ich lächelte ihn an. „Die ist wirklich heiß. Ich liebe sie."

In seinen Augen leuchtete Aufrichtigkeit auf. „Ich liebe *Sie*."

Oh-oh. Ich richtete meinen eindringlichsten Blick auf ihn. „Sie lieben mich nicht", sagte ich mit meiner überzeugendsten Stimme. „Sie *mögen* mich. Kapiert? Mögen. Betrachten Sie mich einfach als Schwester."

„Ich hab keine Schwester."

„Dann betrachten Sie mich als gute Freundin."

„Ich hab keine Freunde. Es sei denn, Sie zählen Jimmy vom Imbiss da hinten mit. Aber der würde seine eigene Mutter verkloppen, wenn der Preis stimmt, deshalb muss ich da schon ein bisschen aufpassen. Aber Sie sind anders. Sie sind *echt* heiß."

Er machte einen Schritt nach vorn, und ich einen zurück.

Nicht aus Angst, das ist ja wohl klar. Ich hätte ihn wenn nötig locker zerquetschen können. Aber eigentlich bin ich eher eine Liebende als eine Kämpferin und, na ja, schließlich konnte der arme Kerl ja gar nichts dafür.

„Was ist mit Ihrer Großmutter?", stieß ich hervor, eifrig darauf bedacht, ihn von sämtlichen wollüstigen, wahnsinnigen Gedanken abzubringen, die sein Gehirn gerade durchschippern mochten. Ich brauchte jemanden, der zwar nicht das Geringste mit Sex im Sinn hatte, mit dem ich mich aber vergleichen konnte. „Seine Oma muss man schließlich lieb haben."

„Is' gestorben, bevor ich geboren wurde."

Okay. „Eine Tante?"

„Hab nur eine."

Er schien zu zögern und ich nutzte die Gelegenheit, diesen Gedanken weiterzuspinnen. „Ich wette, sie ist richtig süß und mütterlich. Sie haben wirklich Glück, so jemanden zu haben."

„Als ich noch klein war, hat sie meine Matchboxautos verkloppt, um sich Koks zu kaufen."

„Oh. Tut mir leid."

Er zuckte mit den Schultern. „Das Leben ist nun mal beschissen, aber man muss halt immer weitermachen." Ein Schritt nach vorn. Ein weiterer Schritt zurück. „Haben Sie schon mal mit Matchboxautos gespielt?"

„Nicht dass ich wüsste."

„Die sind cool. Zu Hause bei mir habe ich eine ganze Sammlung. Wollen Sie mal sehen?"

Ich hatte in meinen fünfhundert Jahren ja schon so manche Anmache gehört, aber diese hier, muss ich zugeben, war definitiv eine Premiere.

Alle Achtung für seine Originalität.

Aber das bisschen Anerkennung war auch alles, was er von mir bekommen würde.

„Wissen Sie." Ich lächelte, und ihm troff praktisch schon der Geifer aus dem Mund. *Lächeln ist gar nicht gut.* Ich legte die Stirn in Falten. „Ich würde ja wirklich gerne, aber ich bin gerade in Eile." Ich drehte mich um. „Es war schön, mit Ihnen Geschäfte zu machen."

„Warten Sie!" Seine Stimme folgte mir, während ich schon um die Ecke bog. *Muchas gracias* an den Großen Vampir Da Oben für unsere übernatürliche Geschwindigkeit. „Kann ich mitkommen?", rief er mir hinterher.

Aber daraus wurde nichts, da ich schon wieder sicher in meinem Büro angekommen war, während dieser Kerl immer noch am selben Platz stand, viel zu verknallt, um sich vom Fleck zu rühren.

Zum Glück.

Ein Stalker war wirklich das Letzte, was ich jetzt brauchte. Das kannte ich schon. Was auch der Grund dafür war, warum ich normalerweise davon Abstand nahm, meine Vampirfähigkeiten zu benutzen, um jemanden zu beeinflussen. Es sei denn in einer absoluten Notlage: Krieg und Hungersnot und Bräunungsnotfälle.

Ich schloss die Tür, spähte kurz durch die Jalousien und wartete ein paar Sekunden ab, um mich zu vergewissern, dass er mir nicht doch noch gefolgt war. Ein Pärchen schlenderte vorbei, gefolgt von einem Geschäftsmann im Anzug, einer Gruppe kichernder Mädchen und einer Frau, die von einem ganzen Rudel riesiger Hunde vorwärtsgezerrt wurde. Keine zwielichtigen Typen mit Designer-Handtaschen.

Ich stieß einen tiefen Seufzer aus und ging zu Evies Schreibtisch hinüber. Dort ließ ich mich auf ihren Stuhl sinken und richtete die Aufmerksamkeit auf meine Neuerwerbung. Da hörte ich plötzlich einen tiefen Seufzer aus Raum A dringen, gefolgt vom Quietschen eines Stuhls, als meine neueste Kundin ihre Sitzhaltung änderte. Ich erinnerte mich daran, dass ich den Kaffee und das Gebäck vergessen hatte.

Nicht gut. Doch zur gleichen Zeit war ich jenseits des Punktes, an dem mich Panik hätte überkommen können. Ich erlebte gerade einen Prada-Rausch und verspürte keinen Schmerz.

Es war aber auch eine wunderschöne Tasche.

Ich strich mit den Fingerspitzen über die Pailletten und lächelte. Ich konnte mich schon sehen, wie ich in passenden Schuhen und in irgendetwas Ultra-Enganliegendem die Straße entlangspazierte. Natürlich besaß ich keine passenden Schuhe! Das hieß aber, dass ich mir Zeit für einen Einkaufsbummel nehmen musste, und zwar so schnell wie möglich. Eng anliegende Klamotten hatte ich genug zu Hause im Schrank, aber nichts Ultra-Enganliegendes. Zumindest nichts aus dieser Saison. Ich wiederholte den Tagtraum noch ein paarmal mit diversen Kleidungsstücken, die sich bereits in meinem Besitz befanden. Nein. Nee. Auf keinen Fall.

Während ich über einen schwarzen Minirock mit einem Top aus Leder nachgrübelte, den ich vor sechs Monaten supergünstig gefunden hatte, klingelte das Telefon. Ich drückte auf die blinkende Taste.

„*Dead End Dating*“, sagte ich. „Wir verwandeln Ihre Dating-Desaster in glückselige Momente voller Glückseligkeit.“ Äh. Das war wohl so, als ob man eine Käsepizza mit Käse überbacken bestellte. Mit Extra-Käse.

„Ich möchte gern mit Lil Marchette sprechen“, sagte eine bekannte Stimme. „Hier ist Esther Crutch. Esther schreibt sich wie Bester, nur ohne B am Anfang und mit th. Und dann Crutch. Das schreibt sich C-R-U-“

„Es, ich bin's", unterbrach ich sie. „Lil."

„Ich dachte, das wäre der Anrufbeantworter."

Ich rekapitulierte rasch meine Begrüßung. Nö, kein *Bitte hinterlassen Sie eine Nachricht nach dem Piepton*. „Ich bin's wirklich."

„Also, das gibt's doch nicht. Sie *sind* es. Ihre Aussprache ist wunderbar deutlich. Seit unserer letzten Unterhaltung habe ich ein paarmal die mediale Hotties-Line angerufen, und Sie wären überrascht, wie undeutlich sich die Telefonisten manchmal anhören."

„Sie meinen doch wohl sicher die mediale *Hot*line?"

„Die ist doch nur dazu da herauszufinden, was in der Zukunft passiert. Die mediale *Hotties*-Line bringt Sie mit jemandem mit dem passenden Sternzeichen zusammen, damit Sie diese Zukunft nicht vollkommen einsam verbringen müssen. Ich weiß, Sie hatten mir gesagt, ich solle öfter ausgehen, aber ich hasse es, allein irgendwohin zu gehen. Also, ich meine natürlich irgendwohin, wo man normalerweise nicht allein hingeht. Deshalb hatte ich mir überlegt, mal ein paar von diesen telefonischen Flirtlines auszuprobieren, für die sie im Fernsehen immer Reklame machen."

„Und, hat das Ihnen … was gebracht?"

„Eben nicht. Ich habe auch beim Single-Netzwerk angerufen – einer schrecklicher als der andere. Wissen Sie was, Sie sollten mal ernsthaft darüber nachdenken, sich einen Job am Telefon zu suchen. Sie haben die perfekte Stimme."

Sicher, aber ich hatte ja schließlich nicht ein kleines Vermögen in Kosmetika investiert, um mich dann hinter einem Telefonhörer zu verstecken. „Ich ziehe den persönlichen Kontakt vor. Da wir gerade dabei sind: Ich stehe ganz kurz davor, jemanden für Sie zu finden." Warum hatte ich das denn jetzt gesagt? Weil sie die mediale Hotties-Line anrief. Das musste wahre Verzweiflung sein. Mitleiderregend.

Das war beides genau mein Ding.

„Wirklich?“ In ihrer Stimme klang Hoffnung auf. „Ich meine, ich weiß ja, dass Sie gesagt hatten, Sie würden sich darum kümmern. Aber ich hatte nicht erwartet, dass es so schnell gehen würde. Ist er … Sie wissen schon, ist er wie ich?“

Meine Gedanken flogen zu Ty. Diesmal auf absolut professionelle Art und Weise. Keine Schlagsahne, keine Knabberspiele am Hals, kein Lecken an den Zehen …

Als ob irgendetwas davon je passieren würde.

„Er ist groß, dunkel und sieht gut aus“, die Worte flossen aus mir heraus, bevor ich etwas dagegen tun konnte, „und ein Gewandelter durch und durch. Und er trägt einen Cowboyhut.“

„Er ist Cowboy?“

„Früher mal. Jetzt trägt er den Hut nur noch aus Gewohnheit. Und die Stiefel auch.“

„Meinen Sie, dass ich ihm gefallen würde? Antworten Sie lieber nicht darauf, ich muss mich jetzt auf meine positiven Eigenschaften konzentrieren.“

„Sie haben sich unsere kleine Unterhaltung also zu Herzen genommen.“

„Ich konnte an nichts anderes mehr denken. Ich hab mir sogar ein paar Bücher gekauft. *Liebe dich selbst. Du hast es, also zeig es!* Jedenfalls, ich habe ein gutes Auge für Details. Und Köpfchen. Und ich habe mir einen Termin für eine dieser Mesotherapie-Sitzungen geben lassen, damit die sich alles vom Hals abwärts mal gründlich vornehmen. Die können Cellulitis ohne invasive Eingriffe glätten.“

„Sie meinen, die Oberschenkelwickel haben nichts genützt?“

„Ungefähr vierundzwanzig Stunden lang. Dann war alles wieder genau wie vorher. Das ist die Geschichte meines Lebens. Aber man muss es doch wenigstens versuchen. Also, meinen Sie, er würde mich interessant finden? Ich war zu meiner Zeit ziemlich beliebt, aber mehr so auf eine nette, süße, ruhige Art und Weise. Vielleicht ist er ja einer dieser Cowboys, die eher auf den Saloonmädchen-Typ stehen."

Ich erinnerte mich an Tys Kommentare über seine Vergangenheit. „Vertrauen Sie mir, von Saloonmädchen hat er die Nase voll."

„Dann hätte er also lieber ein anständiges Mädchen?"

„Ganz bestimmt." Alle Männer wollten doch, dass ihre Frau anständig war. Oder nicht? Eine Welle der Angst ergriff mich; meine Hände zitterten. Ich fummelte an dem Prada-Firmenschild an meiner neuen Tasche herum. „Ich bin sicher, er wird Sie umwerfend finden." Falls es mir gelang, ein gemeinsames Date zu arrangieren. „Es geht nur noch darum, vor dem ersten Treffen die Grundlagen zu schaffen." Ich fuhr mit der Fingerspitze über die metallene Signatur und die Panik verließ mich ebenso schnell, wie sie gekommen war, als ich mich auf mein erlesenes Stück Handtaschen-Couture konzentrierte. Ein Schauer raste über mein Rückgrat. Wie kühl und glatt sie sich anfühlte, und lose … *Lose*?

Ich betastete die Kante … und das Firmenschild löste sich und flog über den Tisch. Ein leises *Ping* hallte in meinen Ohren wider, als es irgendwo rechts von mir auf den Boden fiel.

„Oh nein." Ich blinzelte, um den Tränenschwall zurückzuhalten, der mir mit einem Mal in die Augen gestiegen war. Meine Tasche. Meine wunderschöne Tasche …

„Dann glauben Sie also tatsächlich, dass er mich interessant finden wird?"

„Aber natürlich", sagte ich, während ich meinen Stuhl zurückstieß und mich auf Hände und Knie fallen ließ.

„Warum?"

„Weil Sie es sind." Ich stopfte mir das Telefon zwischen Kinn und Schulter und tastete den Boden um mich herum ab. „Sie beide haben so viele Gemeinsamkeiten. Sie sind ein Mädchen vom Land, er ist ein Junge vom Land."

„Stimmt. Also, wann kann ich ihn denn treffen?"

„Bald. Hören Sie, ich muss jetzt Schluss machen. Ich habe hier einen Notfall."

„Aber –"

„Ich rufe Sie so schnell wie möglich zurück." Ich drückte die Aus-Taste, legte das Telefon auf die Tischkante und kroch auf den Punkt zu, wo das Schild meiner Meinung nach gelandet sein könnte.

Ich weiß, ich weiß. Heiße, angesagte Vampire kriechen nicht auf dem Fußboden herum. Aber ich war völlig am Ende. Ich litt an Schlafentzug. Und an Hormonstau. Ich war einfach verzweifelt.

Ich war nicht sicher, was ich eigentlich tun wollte. Schließlich hatte ich nicht vor, das Schild wieder festzukleben und das verdammte Mistding zu tragen, als ob nichts passierte wäre.

Na gut, vielleicht hatte ich das doch vor. Abgesehen von dem Klebepunkt, auf dem das Firmenschild gesessen hatte, war es ein Superschnäppchen. Es sah aus wie Prada. Und, was noch wichtiger war, es fühlte sich auch so an. Zumindest für die kurze Zeit, in der ich den Kerl in der Seitengasse und die Tatsache, dass ich so gut wie nichts dafür bezahlt hatte, verdrängen konnte.

„Hallo? Ich habe keinen Kaffee mehr." Diese Feststellung folgte auf das leise Knarren der Tür, als die Kundin in Raum A ihren Kopf herausstreckte und mit ihrer Tasse wedelte. Sie sah sich suchend im Vorzimmer um, ehe ihr Blick auf den Platz fiel, an dem ich in der Nähe einer Topfpalme auf dem Boden hockte. „Ich bräuchte Nachschub."

„Ich, ähm, ich wollte mich gerade auf den Weg machen, um neuen Kaffee zu holen. Wir hatten heute ziemlich viel zu tun."

Widerwillig stand ich auf und unterdrückte meinen Drang, die Hand in den Blumentopf zu stecken und die Erde zu durchwühlen. Ich hatte gehört, dass das Schild auf den Boden gefallen war, und das hieß dann doch wohl, dass es auf dem Boden zu finden war.

Es sei denn, es war abgeprallt und hochgefedert.

„Bitte entschuldigen Sie mich ein Sekündchen." Ich schob meine Finger in die feuchte Erde und tastete alles ab, während meine neueste Kundin mich anstarrte, als ob mir gerade ein Heiligenschein gewachsen wäre.

„Was tun Sie da?"

„Pflanzenmassage." Ich zog meine Hände wieder heraus. „Der letzte Schrei beim Gärtnern. Diese blöden Dinger wachsen dadurch glatt doppelt so schnell." Ich nahm ihr die Kaffeetasse ab. „Ich werde Ihnen stattdessen mal schnell ein Glas Eiswasser holen."

„Ich will aber kein Eiswasser. Ich will einen Kaffee. Und Kekse."

Ich zwang mich zu lächeln. „Dann springe ich rasch zu Starbucks rüber." Natürlich auf einem kleinen Umweg. Ich hatte nicht vor, meinem Stalker in die Arme zu laufen.

Auf der anderen Seite – er hatte doch einen ganzen Haufen weiterer Schnäppchen gehabt, die genauso wunderbar ausgesehen hatten wie mein Goldschätzchen. Wenn ich mit dem Firmenschild ganz besonders vorsichtig umging, würde das Ding nicht auseinanderfallen und – *Zackbumm*, schon konnte ich mich weiter meinem Prada-Rausch hingeben.

„Bei Mimi Moseley drüben bei *Match Me* gibt es Donuts."

„Wie bitte?"

„Und nicht die einfachen mit Zuckerguss. Wir reden hier über Donuts mit Füllung. Erdbeerfüllung und obendrauf Puderzucker."

„Und das heißt?"

„Ich glaube, ich würde mich wesentlich entspannter fühlen, wenn ich neben einer bis zum Rand mit meinen Lieblings-Donuts gefüllten Schachtel säße, anstatt Eiswasser zu trinken und auf Kekse zu *warten*. Das Ding ist mir sowieso viel zu kompliziert." Sie fuchtelte mir mit dem Fragebogen vor dem Gesicht herum. „Du liebe Güte, es geht schließlich um ein paar Verabredungen, und nicht um Atomphysik. Ich verschwinde jetzt lieber."

„Warten Sie. Ich kann Ihnen Donuts holen. Ich kann Ihnen alles holen, was Sie wollen." Verzweiflung stieg in mir auf. Es war verrückt. Sie war schließlich nur eine Kundin. Eine klitzekleine, einsame, vollkommen unbedeutende Singlefrau in einer Großstadt mit über vier Millionen Einwohnern. Aber eine gute Geschäftsfrau wusste halt jeden einzelnen Kunden zu schätzen, und ich brauchte jedes bisschen Hilfe, das ich bekommen konnte. „Gehen Sie nicht."

„Das ist richtig lahm hier."

„Nein, das ist nicht wahr. Es ist das Neueste vom Neuen, das Allerbeste. Jahrelange Erfahrung gepaart mit höchsten technologischen Standards. Garantiert."

„Sie können doch noch nicht mal garantieren, dass genug Kaffee da ist. Wie wollen Sie da für einen Seelengefährten sorgen?"

Gute Frage. „Aber –" Meine Worte gingen im Bimmeln der Glocke unter, die erklang, als sie sich durch die Tür schob.

Nur mit Mühe gelang es mir, dem Drang zu widerstehen, ihr hinterherzurennen, sie auf den Bürgersteig zu werfen und wieder nach drinnen zu schleifen. Eine einzige Kundin würde nicht über das Schicksal meiner Firma entscheiden. Na gut, genau genommen möglicherweise schon, doch ich ging die Dinge halt langsam, aber sicher an. Ich würde in null Komma nichts Riesenerfolg haben.

Außerdem waren schließlich längst nicht alle Kunden nur hinter der kostenlosen Verpflegung her. Wenn die Frau schon bei der Wahl ihrer Donuts dermaßen heikel war – Erdbeerfüllung und Puderzucker? Ich bitte Sie! –, dann hatte ich ohnehin keine Chance, den richtigen Kerl für sie zu finden. Auf solche Kunden konnte ich verzichten. Ich brauchte solche Kunden, die eher verzweifelt als wählerisch waren. Einsam. Ohne die geringsten Ansprüche.

Sie waren irgendwo da draußen und würden mir jeden Augenblick die Bude einrennen. Sie wären einfach umwerfend, mit weit geöffneter Brieftasche und ohne große Erwartungen. Sie würden die Anmeldung im Nu ausfüllen und ich würde auf der Stelle den passenden Partner für sie finden. Und dann hieß es: Eins zu null für Lil im Spiel gegen diese mäkelige, Donuts liebende Teufelin in Menschengestalt.

Gut. Mit „umwerfend“ hatte ich die Latte wohl ein kleines bisschen zu hoch gelegt, entschied ich eine halbe Stunde später, als die Türklingel erklang und ein Mann hereinkam. Ich musste mich mit „erträglich“ begnügen. Und kahl. Mit lausigem Geschmack in puncto Klamotten.

„Willkommen bei *Dead End Dating*. Möchten Sie einen Keks?“ Ich war kurz nach draußen geflitzt und hatte meine Vorräte aufgefüllt, während ich meine Wunden leckte.

Er schüttelte den Kopf, ich lächelte. „Ich bin nicht hungrig, ich möchte einfach nur eine Verabredung“, sagte er.

„Wie gut können Sie mit Fragebögen umgehen?“

„Wenn Sie einen Stift für mich haben, komme ich schon klar.“

Meine Nacht war gerettet …

„Lassen Sie mal sehen …“ Nur fünfzehn Minuten später – der Typ war wirklich schnell – starrte ich auf den sorgfältig ausgefüllten Fragebogen und las mir einige Einzelheiten durch. „Sie wünschen sich wirklich jemanden, der lange Spaziergänge im Central Park und italienisches Essen liebt."

„Das stimmt."

„Hier steht, dass Sie Actionfilme mögen."

Er nickte. „Letzte Weihnachten haben meine Kumpels auf der Arbeit zusammengelegt und mir Kinogutscheine für das ganze Jahr geschenkt."

Aber viel wichtiger als seine Freikarten schien ihm das nigelnagelneue Paar Handschellen zu sein, das er in seiner Aktentasche liegen hatte.

Und während ich ihm mit meinem vampirischen Ultra-Sehvermögen in die haselnussbraunen Augen blickte, überkam mich ein Gedanke. Ein Bild durchzuckte mich – und ich erstarrte. Auch wenn ich kein vollständiges Bild vor mir sah – nur ein Arm hier, ein Bein da –, ich erkannte doch an der Art, wie sie stöhnte, als sich der kalte Stahl in die weiche Haut ihrer zarten Handgelenke grub, dass es sich um eine Frau handelte.

Ich rümpfte die Nase, als mich der beißende Geruch nach Öl überwältigte.

Einen Moment mal … Handschellen. Öl. Kalter Stahl und weiche Haut und … Das gab's doch nicht! Das war verdammt noch mal absolut unmöglich.

Der Kidnapper?

Eindeutig.

Vermutlich.

Vielleicht.

Es gab nur einen einzigen Weg, das herauszufinden.

„Hier sind Sie genau an der richtigen Stelle. Ich glaube, ich habe die perfekte Frau für Sie."

20

„Ich habe die perfekte Frau", verkündete Evie am nächsten Abend.

Es war gerade acht Uhr durch und wir saßen zu beiden Seiten des Schreibtischs in meinem Büro. Aus einem Starbucks-Becher neben Evie strömte Mokka Latte in weißen, wirbelnden Wölkchen, die sich zwischen uns in die Luft erhoben. Seit ich vor einer Stunde ins Büro gekommen war, durchsuchten wir unsere aktuelle Kundenliste nach der passenden Frau für den Handschellen-Heini. Das heißt, wenn wir uns nicht gerade ums Telefon kümmern, Raum A für die Kunden dieses Abends vorbereiten und unsere jeweiligen Accessoires – Strassohrringe bei mir und eine Kette aus venezianischen Glasperlen bei Evie – bewundern mussten.

Ich weiß schon. Wenn ich ihn wirklich für den Kidnapper hielt, was zum Teufel hatte ich dann eigentlich vor?

Es ging einfach nur darum, einen Beweis für seine Schuld zu bekommen. Und das bedeutete, ein Date für ihn zu finden, ihm zu folgen und ihn zu entlarven, noch bevor er jemandem ernsthaft Schaden zufügen konnte.

Davon wusste Evie natürlich nichts. Für sie war das nichts anderes als die Vermittlung eines weiteren erwartungsvollen Kunden.

Sie legte den Stapel Papierkram zur Seite, den sie gerade durchgeblättert hatte. In den letzten Tagen hatten wir einen bescheidenen Kundenansturm erlebt, daher hatte sie noch keine Zeit gehabt, alle Daten in den Computer einzugeben. Ich sage *sie*, weil meine Fähigkeiten beim Tippen ungefähr genauso ausgeprägt waren wie mein Talent, Tod und Zerstörung über die hilflose Menschheit zu bringen. Also – praktisch waren sie nichtexistent.

„Wie wär's hiermit?", sagte sie. Glasperlen stießen klickend aneinander, als sie einen der Fragebögen hochhielt. „Sie heißt Roxie. Sie ist eine begeisterte Bungee-Springerin und liebt thailändisches Essen. Sie hatte insgesamt schon zehn Knochenbrüche und zwei Gehirnerschütterungen, und ihr Lieblingsschauspieler ist Vin Diesel." Unsere Blicke trafen sich. „Wenn die nicht auf Action steht, dann weiß ich auch nicht."

Ich hörte mit meiner Suche auf und fasste über den Tisch, um mir das mal näher anzusehen. Während ich nun die Fragen und Antworten überflog, breitete sich ein Lächeln auf meinem Gesicht aus.

„Sieht so aus, als hätten wir das Passende gefunden." Ich gab ihr die Informationen über den Meistgesuchten von gestern Abend. „Rufen Sie sie gleich an und machen Sie ein Date aus."

Es ging also einzig und allein um ein Date und nicht um ein Gewaltverbrechen. Ich schätzte meine Kunden viel zu sehr, als dass ich sie einer tödlichen Gefahr ausgesetzt hätte. Vor allem solche, die eine unverschämt hohe Summe – danke, Roxie – für ein Paket, das das Beste vom Besten beinhaltete, was es partnervermittlungstechnisch überhaupt gibt, geblecht hatten. Das heißt: inklusive diverser persönlicher und individueller Dienstleistungen meinerseits und einer kostenlosen Bräutigamstorte, sollte sie mit einem durch *Dead End Dating* vermittelten Mann in den Hafen der Ehe einfahren.

Aber auch wenn ich unter keinen Umständen zulassen würde, dass ihr etwas zustieß, plante ich doch zumindest, sie als Lockvogel zu benutzen. Ich musste es tun. Ich war ja nun mal nicht unbedingt das leuchtende Vorbild, was die vampirische

Ernährungsweise betraf. Ich ernährte mich schon so lange von diesem Zeug in Flaschen, dass ich ganz vergessen hatte, wie Blut schmeckte, das direkt aus der Vene floss, und wie sehr es die Sinne schärfte. Es bestand durchaus die Möglichkeit, dass ich nicht länger das schärfste Messer in der Besteckschublade war und komplett danebenlag, was die Handschellen betraf.

Ja, natürlich.

Aber Scherz beiseite. Ich wusste, dass ich nicht so sehr danebenlag, aber ich würde Ty Bonner nicht anrufen, ehe ich nicht hundertprozentig sicher war. Ich wollte nicht, dass er mich für einen Volltrottel hielt. Nee, ich wollte unbedingt, dass er für alle Zeit in meiner Schuld stand, weil ich ihm den Arsch gerettet hatte. Jedenfalls so tief, dass er mit Freuden in ein Rendezvous mit Esther einwilligen würde. Eine erste Verabredung würde zu einer zweiten führen. Die zweite zu einer dritten. Drei zu passenden Särgen und einem Gemeinschaftskonto bei der örtlichen Blutbank.

Es war immerhin möglich.

Abgesehen von diesen berufsbezogenen Gründen, aus denen ich den Kidnapper schnappen wollte, ging mir das Gesicht der letzten vermissten Frau einfach nicht mehr aus dem Kopf. Ich hatte einen weiteren schlaflosen Tag hinter mir, hatte mich hin und her gewälzt und über verkommene, ganz und gar kranke Serienmörder nachgedacht.

Und über Ty.

Und über heißen Sex mit Ty.

Das kam so was von nicht in Frage.

Von Beziehungen ohne Zukunft hatte ich die Nase voll. Ich wollte ein „glücklich bis ans Ende ihrer Tage". Wenn das für mich im Augenblick nicht möglich war, da mich meine Karriere und mein ausschweifendes Sozialleben zu sehr beanspruchten, verlegte ich mich eben darauf, anderen dabei zu helfen, Romantik und ihr Glück zu finden. Und außerdem, wenn ich Esther und Ty verkuppelte, konnte ich ihn endlich von meiner Männer-mit-denen-ich-unbedingt-heißen-Sex-haben-will-Liste streichen. Mit gebundenen Vampiren bandelte ich genauso wenig an wie mit gewandelten. Ein dickes, fettes Kreuz durch alle Fantasien darüber, wie ich Ty die Kleidung vom Leib reiße und ihn von Kopf bis Fuß abschlecke.

Nein, ich musste meiner Pflicht als Manhattans neueste und großartigste Partnervermittlerin nachkommen und meine eigene, vergängliche sexuelle Erfüllung zum Wohle der Vampirheit opfern. Also würde ich dieses Date arrangieren, Handschellen-Heini folgen und abwarten, bis er zuschlug. Dann käme mein Auftritt als große Retterin, ich würde die vermissten Frauen einfach vergessen, Ty und Esther zusammenbringen und endlich wieder schlafen wie eine Tote.

„Überraschung!"

Ich hatte mich gerade entschlossen, meine E-Mails durchzugehen, als ich die vertraute weibliche Stimme hörte.

Wenigstens dachte ich, es handele sich um eine weibliche Stimme. Aber als ich mich zur Tür umwandte, sah ich etwas, das wie ein riesiges Blumenarrangement auf zwei Beinen aussah.

„Melissa?"

„Ich hoffe, Sie mögen Blumen." Eine Hand teilte das Arrangement und ein bekanntes Gesicht kam zum Vorschein. „Ich weiß, Sie sind wahrscheinlich beschäftigt, aber ich musste Ihnen einfach noch mal für das Date mit Francis danken. Das war ein Abend, den ich niemals vergessen werde."

„Das ist toll. Wirklich großartig." Oder auch nicht. „Aber Sie hätten sich doch nicht gleich in Unkosten stürzen müssen."

„Das ist nichts im Vergleich zu dem, was Sie für mich getan haben."

„Aber eigentlich habe ich ja gar nichts getan."

„Doch, natürlich! Es ist eine unglaubliche Leistung, Seelenverwandte zu vereinen."

„Dazu wollte ich Sie noch was fragen … Woher wissen Sie eigentlich, dass er Ihr Seelenverwandter ist?"

„Ich habe mich ihm so verbunden gefühlt wie noch keinem anderen Menschen zuvor. Es hat mich richtig gepackt. Genau hier." Sie berührte ihre Brust.

„Vielleicht war es ja nur eine Magenverstimmung. Das kommt häufiger vor, wenn das Essen geliefert wird. Vor allem diese schwedischen Hackbällchen." Nicht dass ich in dieser Beziehung Erfahrungen aus erster Hand besaß, aber ich hatte so viele Hochzeiten im Fernsehen gesehen, dass ich bestens im Bilde war – über alles, was den Gang zum Altar betraf.

„Sicher." Sie blickte einen Moment lang nachdenklich vor sich hin, bevor sie den Kopf schüttelte. „Nein, ich bin sicher, dass es an Francis und nicht an den Hackbällchen lag. Sie haben doch gesagt, dass er mich mochte. Das stimmt doch, oder nicht?"

„Sicher, äh, ja klar."

„Dann ist er wahrscheinlich einfach nur zu beschäftigt, um anzurufen." Sie warf einen Blick auf ihre Uhr. „Apropos beschäftigt, ich muss jetzt wirklich nach Hause. Ich habe noch so viel zu erledigen, und ich will auf keinen Fall seinen Anruf verpassen, sollte er heute Abend Lust haben zu reden. Wenn Sie zufällig mit ihm sprechen sollten, sagen Sie ihm doch … Sagen Sie ihm einfach, dass ich es wirklich schön fand. Natürlich nur, falls er es auch schön fand. Wenn er nichts sagt, dann erwähnen Sie es besser auch nicht." Sie blickte mich ängstlich an. „Es sei denn, Sie halten es für besser, es in jedem Fall zur Sprache zu bringen. Sie sind die Expertin, also wissen Sie vermutlich am besten, wie man mit diesen Dingen umgeht. Ich bin mir sicher, Sie sind ein absolutes Genie, wenn es darum geht, die Körpersprache zu deuten."

„Genie würde ich nicht unbedingt sagen.“ *Ich* würde es nicht sagen. Aber das hieß noch lange nicht, dass ich ein Problem damit hatte, es von anderen zu hören. „In meinem Geschäft zahlt es sich aus, auf seine Intuition zu vertrauen. Machen Sie sich da gar keine Sorgen. Ich bin sicher, er möchte Sie am liebsten auf der Stelle anrufen, und dass nur ein Problem, bei dem es um Leben und Tod geht, ihn im Augenblick davon abhält.“

„Meinen Sie wirklich?“

„Aber selbstverständlich.“ Ich weiß, ich weiß. Ich hätte ihre Hoffnungen und Träume auf der Stelle in meinen neuen Perserteppich stampfen sollen. Aber Genies löschen keine Träume aus, vor allem nicht, wenn sie ein Paar Slingbacks von Christian Louboutin mit Sieben-Zentimeter-Absätzen tragen.

Dazu kam, dass sie derartig hoffnungsvoll aussah, dass ich es einfach nicht über mich brachte, ihr zu sagen, dass es sogar wahrscheinlicher war, sie würde demnächst mit Brad Pitt vor den Traualtar treten.

„Machen Sie sich nur keine Gedanken. Gehen Sie einfach nach Hause, denken Sie gar nicht mehr drüber nach und lassen Sie die Dinge einfach auf sich zukommen.“

„Ich verdanke Ihnen ja so viel, Lil. Und wenn wir erst einmal verheiratet sind, werde ich Sie für alles entschädigen.“

„Wie bitte?“

„Unsere Erstgeborene, Sie Dummerchen. Wir werden sie nach Ihnen benennen. Es sei denn, es wird ein Er. Dann heißt er Francis junior. Aber sonst werden Sie bald eine kleine Namensschwester haben.“

„Ich weiß gar nicht, was ich sagen soll. Das ist so …“ – irrational, unrealistisch, vollkommen wahnsinnig – „süß“, brachte ich schließlich heraus. Ich blinzelte wegen der plötzlichen Feuchtigkeit in meinen Augen wie eine Verrückte. „Das ist wirklich süß.“ Und das war es ja auch.

„Das ist doch das Wenigste, was ich tun kann.“ Sie schloss die Tür, noch bevor ich irgendetwas sagen – und die ganze Sache noch schlimmer machen konnte. Ich blieb zurück, den Blick fassungslos auf eine welke Rose gerichtet.

Meine Hochstimmung von eben schien verflogen.

Hochzeit? Kinder?

Scheiße, was hatte ich bloß getan?

Die nächsten dreißig Sekunden verbrachte ich damit, mir im Geiste in den eigenen Arsch zu treten. Aber das half bei der Lösung meiner Probleme auch nicht wirklich. Und genau das war es, was ich jetzt brauchte. Eine Lösung für dieses Problem. Jetzt.

Mir blieben wohl nur drei Alternativen. Erstens: Ich könnte Francis tatsächlich dazu ermutigen, sich noch einmal mit ihr zu treffen. Er könnte seine spitzenmäßigen Vampirfähigkeiten dazu benutzen, ihr zu suggerieren, dass ihr erstes Treffen bei der Hochzeit absolut grauenhaft gewesen sei und sie ihn in Wahrheit hasse.

Die Sache war nur die: Francis hatte nicht allzu viel Durchblick, was diesen ganzen Vampir-Hokuspokus anging (erinnern Sie sich noch an die italienische Großmutter?), und das hieß, dass ich mich nicht hundertprozentig darauf verlassen konnte, dass ein weiteres Treffen tatsächlich das Ende dieser fatalen Zuneigung bedeuten würde. Es könnte genauso gut nach hinten losgehen. Melissa könnte unter Umständen derartig von Begierde nach Francis (man stelle sich das mal vor!) überwältigt sein, dass sie auf der Stelle über ihn herfällt, noch bevor er bis drei zählen, geschweige denn sie vampirisieren kann. Damit würde ich glatt mein ganzes Projekt sabotieren. Denn das Ziel war schließlich, eine Ewige Gefährtin für ihn zu finden, und nicht, ihm Sex zu verschaffen.

Möglichkeit Nummer zwei: Ich könnte das arme Ding einfach aus ihrem Elend erlösen, bevor sie sich noch mehr in einen

Vampir verknallte, den sie auf gar keinen Fall und definitiv nicht haben konnte. Schließlich war ich immer noch ein bösartiger Blutsauger. Aber, wie ich schon sagte, Mord und Totschlag passten einfach so gar nicht zu meinem Lifestyle. Was mir noch eine dritte Möglichkeit ließ: einen anderen Partner für Melissa finden, damit sie Francis einfach für immer aus ihrem Gedächtnis strich.

Also durchstöberte ich meine Datenbank und blätterte die Fragebögen durch, die Evie auf meinem Schreibtisch hatte liegen lassen, bis ich zwei Möglichkeiten ausgesondert hatte. Einen Typ, der für eine hiesige Lebensmittelgesellschaft Konservierungsstoffe erforschte, und einer, der Landkarten für das Abwasserkanalnetz in New York City erarbeitete. Ich hoffte, Melissa würde von deren unglaublicher Attraktivität und zahlreichen Vorzügen – sie waren alle beide *richtig* süß – dermaßen geblendet sein, dass ihr der Mangel an Persönlichkeit nicht weiter auffiele.

„Melissa“, sagte ich ein paar Minuten später zu ihrem Anrufbeantworter (offensichtlich war sie noch nicht wieder zu Hause eingetroffen). „Hier ist Lil. Ich weiß, dass Sie sich mit Francis wunderbar amüsiert haben, aber als Eigentümerin und Präsidentin der Qualitätskontrolle bei *Dead End Dating* bin ich dazu verpflichtet, Ihnen noch wenigstens zwei potenzielle Kandidaten vorzustellen. Schließlich garantieren wir drei Kontakte, und da Sie eine meiner Lieblingskundinnen sind, werde ich die Rechnung für beide Verabredungen übernehmen. Das ist meine Art, mich dafür zu bedanken, dass Sie eine so gute Kundin sind. Alles, was Sie tun müssen, ist zu kommen. Ihr Charme und Ihr Lächeln werden den Rest erledigen.“ Dann erklärte ich ihr noch, wann und wo (zwei der besten Restaurants in New York) sie verabredet war, und informierte sie darüber, dass ihre Verabredungen schon überaus gespannt auf sie waren. „Wenn es um seine Zukunft geht, darf man sich nicht einfach dem ersten heißen Mann an den Hals werfen, der einem über den Weg läuft." Beziehungsweise lauwarm, in Francis' Fall. Hey, immerhin war er ein Vampir. „Sie sind es sich selbst schuldig, alle Ihre Optionen auszutesten. Viel Spaß." Ich beendete meine Rede.

Problem gelöst.

„Ich habe Roxie, den Vin-Diesel-Fan, auf Leitung eins", sagte Evie, die in der Tür aufgetaucht war. „Sie sagt, sie hat diese Woche leider keine Zeit und kann frühestens nächstes Wochenende ein Date ausmachen."

Ich dachte an das vermisste Mädchen und meine verzweifelten Hormone. „Sagen Sie ihr bitte, sie möchte alles andere absagen. Das hier ist dringend."

„Dringend?" Evie warf mir einen seltsamen Blick zu.

„Sie wissen doch, was man sagt: Die Liebe wartet nicht."

„Es heißt ‚Die Zeit wartet nicht'. Liebe ist geduldig und freundlich."

„Was sind Sie eigentlich? Ein Kalender mit schlauen Sprüchen für jeden Tag?"

Sie grinste. „Ich liebe diese Dinger. Mein Onkel Bernie schenkt mir jedes Jahr einen." Ihre Miene wurde wieder ernst. „Da wir schon mal von Onkel Bernie reden, Louisa Wilhelm hat angerufen. Sie sagte, sie wäre für Kandidat Nummer zwei bereit. Ich sagte ihr, sie solle sich keine Sorgen machen und dass Sie sie so schnell wie möglich zurückriefen. Das tun Sie doch?"

„Wahrscheinlich."

„Und wir haben doch einen Kandidaten Nummer zwei, oder etwa nicht?"

„Das könnte man so sagen."

„Hab ich mir's doch gedacht. Warum kümmern Sie sich nicht um Leitung eins und ich fülle schon mal den Antrag auf Insolvenz aus?"

„Erinnern Sie mich bitte daran, Ihnen eine Gehaltserhöhung zu geben für unerschütterlichen Optimismus."

Ich wusste ja, dass Evie nur Spaß machte, aber ich konnte die Angst einfach nicht abschütteln, die sich tief in meine Eingeweide fraß. Und die ging weit über die bloße Furcht hinaus, ich könnte auf die Nase fallen und müsste am Ende doch Nacht für Nacht hinter dem Tresen bei *Moe's* stehen. Ich hatte vielmehr Angst, dass vielleicht – nur vielleicht – meine Mutter recht haben könnte. Vielleicht war die wahre Liebe tatsächlich bloß eine verrückte Idee, die sich die Menschen ausgedacht hatten, um Bücher, Kinokarten und von irgendwelchen Stars kreierte Parfüms zu verkaufen. Vielleicht gab es so was wie eine echte emotionale Bindung zwischen zwei Individuen gar nicht wirklich. Keine kosmische Verbindung. Keine wahren Seelengefährten.

Vielleicht ging es tatsächlich nur um Sex und Orgasmus-Quotienten und Fruchtbarkeitsquoten.

Ich schob diesen trostlosen, wenn auch erregenden Gedanken beiseite. In diesem Augenblick hatte ich eine viel dringendere Aufgabe. Ich musste Miss Actionfilm davon überzeugen, dass sie unbedingt alles andere fallen und stehen zu lassen und all ihre Vorhaben umzuorganisieren hatte, um sich mit einem Mann zu treffen.

So als ob er Der Eine sein könnte, der ihr Leben komplett umkrempeln würde.

Das war er nicht.

Aber er könnte das Leben einer anderen für immer verändern, wenn ich ihn nicht rechtzeitig entlarvte.

Ich griff nach dem Hörer, setzte mein überzeugendstes Lächeln auf und drückte auf den blinkenden Knopf für Leitung eins.

Wenn ich nicht sowieso schon kurz vor der Schwelle zum Wahnsinn gestanden hätte, nach einem weiteren schlaflosen Tag, dem

Melissa-Dilemma und einer fruchtlosen Suche nach Louisa Wilhelms nächstem Date, so hätte mich spätestens die fünfundvierzigminütige Taxifahrt mit Francis endgültig durchdrehen lassen.

Es war Donnerstagabend und ich hatte ihn bei sich zu Hause abgeholt, um den nächsten Schritt seiner Metamorphose vorzubereiten.

„Ihr Look ist jetzt absolut perfekt", versicherte ich ihm, als das Taxi vor unserem Fahrtziel bremste – einem riesigen Herrenhaus im Kolonialstil direkt neben dem Besitz meiner Eltern in Fairfield, Connecticut. Ich rückte noch einmal den Kragen seines schwarzen Gucci-Seidenhemds zurecht und glättete dessen Kante. Meine Finger streiften seinen Wangenknochen und sofort leuchteten seine Ohren rosa auf. „Von jetzt an geht es nur noch um Ihre Ausstrahlung. Wie Sie sich selbst sehen. Ihr Charisma."

„Ich hab kein Charisma."

„Genau, und das werden Sie auch nie bekommen, wenn Sie nicht endlich aufhören, immerzu rot zu werden."

„Dafür kann ich doch nichts."

„Natürlich nicht. Sie fühlen sich einfach nur vollkommen und komplett unwohl in Gegenwart des anderen Geschlechts. Aber das wird sich heute Abend ein für alle Mal verändern. Lassen Sie bitte den Motor laufen", sagte ich zum Taxifahrer, bevor ich die Tür öffnete und ausstieg.

„Glauben Sie wirklich, das wird funktionieren?", fragte Francis, während er mir über den gepflasterten Weg zur Haustür folgte.

„Es kann zumindest nicht schaden."

„Genau genommen schon. Für den Fall, dass Sie es nicht wissen: Werwölfe sind der Feind."

„Wir leben nicht mehr im Mittelalter, Francis. Auch Werwölfe haben sich weiterentwickelt. Sie besitzen Häuser und zahlen ihre Steuern und sie kochen auch nur mit Wasser, genau wie wir alle."

„Es sei denn, es ist Vollmond."

„Wir alle haben unsere Fehler. Jetzt hören Sie mal damit auf, so negativ zu sein. Das wird schon funktionieren." Es musste funktionieren. Ich hatte nicht die geringste Chance, Francis zu verkuppeln, wenn er jedes Mal, sobald eine Frau auch nur in seine Richtung schaute, so aussah, als würde er gleich in Flammen aufgehen. Vor der wuchtigen Doppeltür blieb ich stehen und drückte auf die Klingel. Eine gebimmelte Version von „Born to Be Wild" von Steppenwolf hallte durch das Haus. Ein paar Sekunden später öffnete eine große, attraktive Frau mit langem braunem Haar und ebenso dunklen Augen die Tür.

Viola Hamilton sah wie jeder andere steinreiche Werwolf in Connecticut aus. Sie trug einen leuchtend roten Hosenanzug von Christian Dior, es umgab sie eine Wolke von Chanel No. 5, und in ihrem Vorgarten stand ein Schild mit der Aufschrift WÄHLEN SIE AUCH DIESMAL BÜRGERMEISTER LIVINGSTON.

Bradley Livingston war ein Werwolf und ein Liberaler. Damit verkörperte er den Antichrist, soweit es meinen konservativen Vater betraf.

Ich hingegen fand gut, wie er beim alljährlichen Dinner und Ball zu Gedenken des Gründertags Cher imitiert hatte. Ich finde, einen Mann, der in Netzbody und oberschenkellangen Stiefeln noch eine gute Figur macht, muss man einfach lieben.

„Kann ich Ihnen helfen?"

„Ich bin's, Miss Hamilton. Lil. Lil Marchette von nebenan."

Ihre hellrot geschminkten Lippen verzogen sich zu einem schmalen Strich. „Wenn Sie mit einem weiteren Antrag Ihres Vaters gekommen sind, dann können Sie den genauso gut gleich nehmen und sich in den –"

„Ich habe keinen Antrag", unterbrach ich sie. „Nur einen Hackbraten." Ich hielt die mit Folie bedeckte Platte hoch. „Den besten in ganz Manhattan."

„Hackbraten." Ihre Nasenflügel blähten sich und für den Bruchteil einer Sekunde ließ aufblitzende Euphorie ihren Blick glasig werden. „Ich fürchte, ich verstehe nicht ganz", sagte sie schließlich.

„Ich weiß, dass mein Vater und Sie nicht immer einer Meinung sind, aber –"

„Letzte Woche hat er im Tierheim angerufen und gemeldet, dass sich auf seinem Grundstück ein Rudel streunender Hunde herumtriebe", fiel sie mir ins Wort. „Zunächst einmal kann von Streunern wohl kaum die Rede sein. Ich veranstaltete eine Dinnerparty, zu der zwei Senatoren und ein Polizeipräsident eingeladen waren. Zweitens befanden wir uns nicht einmal in der Nähe seines Grundstücks."

„Vielleicht wollte er Ihnen auch einfach nur einen Streich spielen. Er war schon immer ein Scherzbold."

„Er ist verrückt."

Ich öffnete den Mund, um ihr zu widersprechen (immerhin war er mein Vater), aber dann fiel mir wieder die Farbkombination ein, die er sich für die Uniform der Mitarbeiter bei *Moe's* ausgesucht hatte. Ich zuckte die Achseln und nickte. „Aber das heißt doch nicht, dass wir nicht Freundinnen sein können, oder? Ich würde niemals wegen irgendjemandem das Tierheim anrufen. Leben und leben lassen, das ist meine Devise." Lügnerin. Aber ich vermutete (mein wahres Motto) „Einkaufen bis zum Umfallen!" würde Viola nicht mal annähernd so beeindrucken. „Wir sind nun einmal Nachbarn, und deshalb sollten wir uns doch eigentlich vertragen und einander helfen."

Ihre Augen wurden zu Schlitzen. „Was genau wollen Sie von mir?"

„Das ist Francis." Ich zog ihn zu mir heran. „Er ist ein sehr alter Vampir, der bislang noch keine Ewige Gefährtin gefunden hat. Genau genommen hat er überhaupt nicht viel Sex gehabt. Alles in allem fühlt er sich in Gegenwart von Frauen einfach nicht richtig wohl. Er ist immer eher eine Art Eremit gewesen, hat allein gelebt, soziale Kontakte gemieden. Er muss unbedingt ein bisschen unter Leute kommen."

„Und das alles erzählen Sie mir *warum*?"

„Er möchte der NASA beitreten."

Sie musterte ihn eine ganze Weile. „Er ist ein Vampir."

„Eine unbedeutende Nebensächlichkeit."

„Ein männlicher Vampir."

„Aber nur so gerade eben. Das gilt für beide Vorwürfe."

Sie lächelte, und die Anspannung, die in der Atmosphäre gelegen hatte, schien nachzulassen. „Meine Liebe, wir nennen uns vor allem darum sinnesfrohe Amerikanerinnen, weil wir alle Frauen sind."

„Lebensprühende, aufregende, sexy Frauen", fügte ich hinzu. *Und nackt.* „Genau deshalb habe ich ihn ja zu Ihnen gebracht."

„Was haben Sie überhaupt damit zu tun?"

Ich zog eine Visitenkarte aus der mit Pailletten bestickten Handtasche. Ich setzte alles auf die Theorie, dass Ehrlichkeit die beste Politik sei. „Ich habe kürzlich eine Partnervermittlung eröffnet und Francis ist einer meiner Kunden. Er sehnt sich danach, endlich eine Ewige Gefährtin zu finden. Aber das wird sicher nicht passieren, wenn er nicht bald aufhört, wie ein Kätzchen zu schnurren und lieber anfängt, zu brüllen wie ein Löwe. Aber das kann er nicht, weil er zu sehr damit beschäftigt ist, rot zu werden. Das ist eine ganz schreckliche Angewohnheit von ihm, die durch den Mangel an Interaktion mit dem anderen Geschlecht verursacht wird. Ich würde ihn ja in den Club der Jägerinnen meiner Mutter schicken, aber das sind natürlich genau die Frauen, mit denen ich ihn später einmal zusammenbringen möchte. Menschliche Frauen sind auch keine große Hilfe, da sie sich viel zu leicht von Vampiren beeindrucken lassen."

Sie nickte. „So schwache Geschöpfe."

„Da sich weibliche Vampire und Werwölfe darin gleichen, dass sie sich alle vom König des Dschungels angezogen fühlen, wenn es um die Partnerwahl geht", fuhr ich fort, „dachte ich, es könnte Frank vielleicht helfen, seine Schüchternheit zu überwinden, wenn er sich eine Weile inmitten einer Gruppe von Frauen aufhält, wie Sie selbst eine sind."

„Und warum sollte ich Ihnen helfen wollen?"

Ehrlichkeit, ermahnte ich mich. *Sei offen, aufrichtig und ehrlich.* „Weil gute Nachbarn so was tun?" Sie runzelte die Stirn. „Weil Sie einen guten Hackbraten zu schätzen wissen?" Darüber schien sie kurz nachzudenken, bevor das Stirnrunzeln sich verstärkte. „Weil ich garantiere, dass mein Vater damit aufhört, die Sträucher an der Grundstücksgrenze zu beschneiden?"

„Das sind *meine* Sträucher. Sie stehen auf meiner Seite der Grenze und Ihr Vater hat nicht das mindeste Recht, sie zu verschandeln."

„Er glaubt schon."

„Dann muss er lernen, wie man einen Liegenschaftsplan liest." Sie sah mich forschend an. „Wie wollen Sie so etwas denn garantieren?"

„Ich hab da so meine Mittel und Wege."

„Erpressung?"

Ich hatte eigentlich mehr an bitten und betteln gedacht, aber stattdessen antwortete ich: „Genau."

Sie starrte mich noch einen Moment lang an, bevor sie endlich nickte. Was soll ich sagen? Ehrlichkeit mag ja gut und schön sein, aber Bestechung (unter Zuhilfenahme eines Hackbratens) bringt eben Ergebnisse.

Ihr Blick wanderte zu Francis, sie musterte ihn sorgfältig. „Nettes Hemd", sagte sie und beobachtete ihn, als sich sein Gesicht genauso rot verfärbte wie ihr Lippenstift. „Für gewöhnlich bedarf es schon einer guten Mahlzeit, damit die Wangen diese Farbe annehmen."

„Wem sagen Sie das", erwiderte ich.

„Dieses Wochenende haben wir Vollmond. Was bedeutet, dass wir nicht wir selbst sein werden." Ihre Augen glitzerten und Francis schluckte. „Wir werden besser sein. Glauben Sie, dass Sie dem gewachsen sind?"

„Nein."

„Und genau das ist der Grund, warum Sie es versuchen müssen", ermahnte ich ihn.

„Ich weiß nicht", murmelte er, als Viola zur Seite trat und ihn hereinwinkte. „Ich denke wirklich, ich sollte jetzt lieber nach Hause gehen. Ich hab, glaube ich, den Herd angelassen."

„Sie kochen doch gar nicht." Ich starrte ihn wütend an. „Und was noch wichtiger ist: Sie essen nicht."

„Aber wo soll ich denn schlafen? Sie haben doch gar keine Särge."

„Sie schlafen überhaupt nicht im Sarg."

„Darum geht's doch gar nicht. Es geht darum, dass sie", er senkte seine Stimme zu einem Flüstern, „anders sind."

„Das habe ich gehört", sagte Viola.

„So verschieden von uns sind sie gar nicht. Sie sind einfach nur ein wenig … wild."

„Genau."

„Vampirfrauen sind ebenfalls wild." Er hatte mich noch nie erlebt, wenn es hieß *Zwei zum Preis von einem*. „Hören Sie endlich auf, so ein Schlappschwanz zu sein. Ich bin sicher, dass Viola einen hübschen kleinen Weinkeller hat, wo Sie sich hinhauen können."

„Das – oder er kann sich einen der begehbaren Schränke aussuchen."

„Sehen Sie? Für alles ist gesorgt." Ich versetzte ihm einen kräftigen Schubs. „Ich hol Sie dann am Sonntagabend wieder ab."

Viola zwinkerte mir zu, bevor sie sich mit einem hungrigen Lächeln Francis zuwandte. „Vorausgesetzt, es ist dann noch etwas übrig, das Sie abholen können."

Mir lief ein Schauer das Rückgrat hinauf, als ich an der East Twelfth Street im West Village aus einem Taxi stieg. Ich war gerade noch rechtzeitig zu dem Treffen zwischen Action-Girl und Handschellen-Heini aus Connecticut zurückgekommen. Wo das Rendezvous heute Abend stattfand? Im *Gotham Bar and Grill.*

Es war Freitagabend und überall um mich herum summte es geschäftig. Menschen strömten die Stufen zum U-Bahnhof an der Ecke hinauf und hinunter. Taxis sausten die Straße entlang. Die Luft war vom Trompeten der Hupen erfüllt. Aus einer Bäckerei auf der anderen Straßenseite strömte der Duft von frischem Brot und mischte sich mit dem beißenden Geruch von Zigarren, der aus einem nahe gelegenen Tabakladen drang.

Ich hatte den Fahrer angewiesen, mich einen Block entfernt abzusetzen – das Entscheidende war heute Abend, zu beobachten und abzuwarten. Und das hieß: sich im Hintergrund halten. Mein Herz schlug schneller, als ich jetzt auf das Restaurant zuschlenderte. Lässig. Ohne Eile. Nur eine gut gekleidete, attraktive Frau, die sich einen Abend lang amüsieren wollte.

Das war doch wohl nicht mein Ernst …

Wir waren in New York.

Also beschleunigte ich meine Schritte, umging einen Feuerhydranten und ignorierte die Pfiffe einer Gruppe von Teenagern und den Zuruf „Komm zu Papa!", der von einem weißhaarigen alten Mann stammte, der eher wie mein Ururgroßpapa aussah.

Es war eine halbe Stunde nach der verabredeten Zeit. Was bedeutete, dass sich die beiden bereits getroffen hatten und sich vermutlich gerade beim ersten Gang befanden. Ich war nur noch wenige Schritte von meinem Ziel entfernt, als genau vor mir ein Taxi anhielt und eine mir wohlbekannte Frau ausstieg. Ich erkannte Action-Girl anhand ihres Fotos wieder und tauchte hinter einem Geschäftsmann unter, der gerade rechts von mir ging, um nicht gesehen zu werden.

„Hey, passen Sie doch auf", beschwerte er sich, als sich meine Hand auf seine Schulter legte und ihn meine übernatürliche Stärke (nennen Sie mich einfach Popeye mit Fangzähnen) dazu zwang, abrupt stehen zu bleiben. „Sie sollten –" Doch ihm blieben die Worte im Mund stecken, als er sich umdrehte und sein verärgerter Blick auf mich traf.

Ich schenkte ihm mein strahlendstes Lächeln. „Jake? Jake Abernathy?"

„Ich heiße Phil."

„Wirklich?" Ich schüttelte den Kopf. „Also, Sie sehen genauso aus wie Jake. Sie könnten glatt Zwillinge sein." Ich spähte an ihm vorbei und sah, wie Miss Actionfilm den Taxifahrer bezahlte und auf den Eingang des Restaurants zuging.

Ich nahm mir vor, daran zu denken, *Pünktlichkeit* von der Liste ihrer Eigenschaften zu streichen und stattdessen *kommt ständig viel zu spät* zu notieren.

„Es ist schon Jahre her, seit ich Jake das letzte Mal getroffen habe. Da konnte ich ihn doch nicht davonziehen lassen, ohne wenigstens Hallo zu sagen. Aber wenn Sie es gar nicht sind … Tut mir leid."

Er lächelte. „Jederzeit gerne wieder." Er wollte sich gerade umdrehen, als Miss Actionfilm genau vor der Tür des Restaurants stehen blieb. Sie drehte sich um und blickte die Straße hinauf, bevor sich ihr Blick auf mich zu bewegte.

„Wenn Sie es schon so nett anbieten." Ich zog „Groß, dunkel und jederzeit gerne wieder" genau vor mich. Seine stämmige

Statur hatte meiner Superduper-Vampirkraft nichts entgegenzusetzen. Sein Blick spiegelte Überraschung, bevor er sich in einen Ausdruck reinster Wonne verwandelte. „Könnten Sie einfach einen Augenblick hier stehen bleiben?“, bat ich ihn, um höflich zu bleiben, aber die Mühe hätte ich mir sparen können. Er hätte sich nicht mal dann vom Fleck bewegt, wenn es um sein Leben gegangen wäre. Er hätte es einfach nicht gekonnt.

Was soll ich dazu sagen? Ich bin halt absolut unwiderstehlich, wenn ich will.

„Da vorn ist jemand, den ich kenne und dem ich unbedingt aus dem Weg gehen möchte“, fügte ich hinzu. Nur weil ich unwiderstehlich bin, musste ich ja nicht unwiderstehlich *und* unfreundlich sein.

„Jake?“ Sein Blick wurde wild, als ob er vorgehabt hätte, den Kerl in Stücke zu reißen.

„Nur eine Freundin. Beruhigen Sie sich bitte wieder. Bleiben Sie einfach noch ein bisschen hier stehen.“ *Und nicht bewegen*, fügte ich in Gedanken hinzu. *Versuchen Sie auch nicht, mich zu umarmen oder zu küssen oder sonst irgendwie zu berühren. Starren Sie mich einfach nur bewundernd an und halten Sie den Mund.*

Und das tat er. Stocksteif stand er da und schirmte mich mit seinem Körper ab, während ich ihn ebenfalls bewundernd anglotzte. Für alle anderen sahen wir wie ein glücklich verliebtes Pärchen aus.

Ich zählte die Sekunden, während ich darauf wartete, dass die Frau endlich ins Restaurant ging.

Es vergingen scheinbar endlose Momente, ehe ein weiteres Taxi anhielt und Mr Handschellen-Heini ausstieg. Offensichtlich war er genauso unpünktlich wie sie.

Ich war definitiv die Allerbeste, wenn es um die Partnervermittlung ging.

Sie machten sich miteinander bekannt, gaben sich die Hände und tauschten die üblichen Banalitäten aus, bevor sie endlich das Restaurant betraten.

„Sie sind einfach wunderschön."

Ich seufzte erleichtert auf und richtete meine Aufmerksamkeit auf meinen menschlichen Schild.

„Wie bitte?"

„Sie sind hinreißend."

Blödmann.

„Sie sind süß, aber mit uns beiden, das wird leider nichts. Ich brauche gutes Aussehen, Fangzähne und eine anständige Fertilitätsrate. Ich fürchte aber, Sie besitzen nur eins dieser Dinge." Er starrte mich entgeistert an, ich lächelte. „Das ist ja nicht Ihre Schuld, aber es soll wohl einfach nicht sein." Noch bevor er antworten konnte, starrte ich ihm tief in die Augen und suggerierte ihm, alles über mich zu vergessen.

Das tat er jedoch nicht. Nicht dass ich ihm dies zum Vorwurf machen konnte. Das war halt die Sache mit der Unwiderstehlichkeit. Aber er war so lange weggetreten, dass ich ihm entwischen und ins Restaurant flitzen konnte.

Ich schlüpfte hinein und fand einen netten Platz am Ende der Bar, wo ich ganz unauffällig sitzen und Eiswasser schlürfen konnte, während ich der Unterhaltung, sofern sie stattfand, an dem kleinen, gemütlichen Tisch auf der anderen Seite des Raumes folgen konnte.

„Dann mögen Sie also Musik?", fragte Handschellen-Heini.

„Nicht wirklich", antwortete Actiongirl.

„Was ist mit Tanzen?"

„Schon irgendwie. Ich meine, ich mache Aerobic. Und Pilates. Da gibt es im Hintergrund immer Musik, also müsste das doch irgendwie zählen. Was ist mit Ihnen?"

„Ich mache kein Pilates."

„Ich meinte Tanzen. Tanzen Sie?"
„Ich mag das Tanzen, aber es mag mich nicht."
„Tut mir leid."
„Mir auch."
Vergessen Sie die Partnervermittlung, diese beiden brauchten schon göttliche Intervention.
Ich bestellte ein Mineralwasser und bemühte mich, angesichts der Austernvorspeise, die die Frau neben mir gerade schlürfte, nicht das Gesicht zu verziehen. Ich begriff nicht, was an glibberigen Meeresfrüchten so toll sein sollte. Und genau dieselben Leute konnten dann kein Blut sehen … Also wirklich.
Ich richtete meine Aufmerksamkeit wieder auf das Pärchen.
„Also, ich hörte, Sie mögen Vin Diesel?"
„Na ja, eigentlich mag ich ihn gar nicht besonders. Nur die Sonnenbrille. Und die Lederhose. Ich steh auf Lederhosen."
„Wirklich? Ich habe eine Lederhose."
„Ist nicht wahr!"
„Und die passende Jacke."
„Wow!"
„Ich dachte schon, ich hätte Sie verloren." Die tiefe Stimme erklang direkt an meinem Ohr. Ich fuhr zusammen.
„Was? Wo?" Ich wirbelte herum. Mein Ellbogen stieß gegen die Platte mit den Austern, die prompt über den Rand der Bar flog.
„Tut mir schrecklich leid", entschuldigte ich mich bei der Frau. Von wegen. Ich machte dem Barkeeper ein Zeichen, dass er ihr auf meine Kosten einen neuen Teller bringen solle, bevor ich mich zu dem Mann umdrehte, der hinter mir aufragte, ein Lächeln im Gesicht und die pure Gier in den Augen.
„Sie haben sich kein bisschen verändert", versicherte mir Phil. „Sie sehen noch genauso sexy aus wie in meiner Erinnerung."
„Es ist doch erst fünfzehn Minuten her, seit wir uns gesehen haben."

„Das waren die längsten fünfzehn Minuten meines Lebens. Darf ich Ihnen einen Drink spendieren?“

„Danke, ich hab noch.“

„Dann sitze ich einfach hier mit Ihnen, bis Sie ausgetrunken haben. Und dann gebe ich Ihnen einen neuen aus.“ Er zückte seine Brieftasche und warf der Austernschlürferin so lange einen Zwanziger nach dem anderen vor die Nase, bis sie ihren Platz verließ. Nun ließ er sich auf ihrem Barhocker nieder. Er zerrte an seiner Krawatte, um sie zu lockern, und starrte mich verlangend an. „Sie sind wirklich hübsch.“

„Danke.“ Ich starrte ihm tief in die Augen und forderte ihn mental auf, mich in Ruhe zu lassen. Er erstarrte – und ich wusste, dass die Botschaft in seinem Hirn angekommen war. Dann blinzelte er und weg war sie wieder.

„Möchten Sie vielleicht zu Ihrem Mineralwasser etwas essen? Ich würde Ihnen gern ein paar Austern bestellen. Oder ein Steak. Oder Hummer. Oder Hummer und Steak …“

Seine Stimme verklang, als ich mich wieder auf das Pärchen auf der anderen Seite des Restaurants konzentrierte.

„… liebe Madonna auch.“

„Ich bin ein Fan von Madonna. Vor ihrer Marilyn-Phase.“

„Mir hat sie eigentlich während ihrer Marilyn-Phase ganz gut gefallen. Und was sie danach gemacht hat –“

„Na los“, sagte Phil, während er meine Hand nahm und so meine Aufmerksamkeit wieder auf sich lenkte. „Sagen Sie mir, was Sie gerne essen möchten.“

„Vertrauen Sie mir“, entgegnete ich, „das möchten Sie gar nicht wissen.“

Offensichtlich glaubte er, ich flirte mit ihm, denn er lächelte und beugte sich so vor, dass er mir komplett die Sicht versperrte. „Ich möchte Sie gerne zum Abendessen einladen. Oder wir könnten auch gleich zum Dessert übergehen.“

„Schon gut, schon gut.“ Ich lehnte mich nach rechts und spähte an ihm vorbei. „Sie dürfen mir noch etwas zu trinken spendieren.“

„Aber Sie haben doch noch gar nicht ausgetrunken.“ Er deutete auf das volle Glas, das vor mir auf der Bar stand.

Ich wandte mich um und leerte es mit einem einzigen Schluck. „So. Alles weg und ich bin bereit für Nummer zwei.“

„Toll.“ Er grinste, als hätte ich gerade meine Keksdose geöffnet und ihm ein riesiges Schokoplätzchen mit doppelter Füllung gegeben.

Von wegen.

Ich bestellte noch ein Mineralwasser und beobachtete Handschellen-Heini, wie er seine Brieftasche herauszog und eine offizielle Madonna-Fanclub-Mitgliedskarte herauszog. Wahnsinn.

„Und was machen *Sie* so?“, fragte Phil mich. Er stützte seinen Ellbogen auf die Bar, legte sein Kinn auf seine Faust und glotzte mich an, als ob er mich am liebsten auf der Stelle auffressen würde. „Irgendwas Besonderes?“

Mir fielen ungefähr ein Dutzend Antworten ein, allesamt darauf ausgerichtet, den heterosexuellen Durchschnittsmann in Angst und Schrecken zu versetzen – von Gevatterin Tod bis hin zu Proktologin – und platzte dann mit der abschreckendsten heraus. „Hochzeitsplanerin.“

Er zuckte nicht einmal mit der Wimper. „Das gibt's doch nicht.“ In seiner Stimme schwang Erregung mit. „Ich liebe Hochzeiten.“

Von wegen *heterosexueller Durchschnittsmann*. Dieser Kerl war ein Workaholic, was bedeutete, er hatte kaum soziale Kontakte, was wiederum gleichbedeutend mit vereinsamt war. Und das hieß, er wollte mich nicht einfach nur bumsen. Er wollte mit mir *reden*.

„Wie lange machen Sie das schon mit der Hochzeitsplanung?“, fuhr er fort.

„Schon sehr, sehr lange.“ Ich richtete meinen Blick wieder auf das Pärchen und versuchte es diesmal mit einer menschlichen Taktik. Ignorier ihn und er wird verschwinden.

„Wie lange?“, wiederholte er hartnäckig.

„Zu lange.“ So viel also zum Thema ignorieren. *Halt die Klappe*, suggerierte ich. *Halt einfach die Klappe.*

„… bin nie in den Fanclub eingetreten, aber – was haben Sie gerade gesagt?“ Das Lächeln verschwand von Action-Girls Gesicht, als sie nun ihr Date über den Tisch hinweg anstarrte.

„Ich bin Mitglied, seit ich sechzehn bin.“

„Nicht das. Das danach. Sie haben gesagt, ich soll die Klappe halten“, sagte sie anklagend. „Ich hab's doch gehört.“

Oh-oh! Multitasking war eindeutig nicht meine Stärke.

„Also wirklich, das habe ich nicht gesagt. Das muss irgendjemand anders gewesen sein. Ich interessiere mich für das, was Sie erzählen. Wirklich. Bitte fahren Sie fort.“

„Wirklich?“ Sie sah ihn fragend an und er nickte.

„Bitte.“

„Na gut. Also, ich hatte schon darüber nachgedacht, dem Fanclub beizutreten, nachdem ‚Material Girl‘ rauskam, aber damals hatte ich gerade so viel mit der Highschool zu tun und hab auch mit dem Babysitten nicht so wahnsinnig viel Geld verdient und irgendwie bin ich einfach nicht dazu gekommen …“

„Woher wussten Sie, dass Sie Hochzeitsplanerin werden wollten?“ Wieder drängte sich die tiefe Stimme in meine Gedanken.

Raus hier! Der mentale Befehl flutschte mir heraus, bevor ich etwas dagegen tun konnte.

„… als Schauspielerin war sie auch gar nicht übel. Sie ist halt ein richtiges Allroundtalent und eine tolle Performerin …“ Action-Girl verstummte und runzelte die Stirn. „Schön, dann gehe ich eben.“ Sie warf ihre Serviette hin, während Heini verwirrt dreinblickte.

„Warten Sie, was ist denn los?"

„Ich weiß Ihre Ehrlichkeit zu schätzen. Offensichtlich funktioniert das hier nicht und Sie möchten vermeiden, dass sich das Theater noch länger hinzieht. Ist okay für mich. Das müssen Sie mir nicht zweimal sagen." Sie schnappte sich ihre Tasche und wandte sich zur Tür.

„Warten Sie doch –" Er sprang auf die Füße und versuchte ihr zu folgen. Mit der Schuhspitze blieb er aber am Stuhl hängen und warf ihn um, während er ihr hinterherrannte. „Warten Sie!"

Ich stürzte mich praktisch vom Barhocker.

„Wo gehen Sie denn hin?" Phil packte mich bei der Hand.

„Raus." Ich befreite mich, was genau genommen nicht allzu schwierig war, weil ich schließlich glatt ein großes, fettes SV auf meiner Brust tragen könnte. SV wie Super-Vampir. „Allein."

„Ich komme mit –" Seine Stimme erstarb, als ich zu ihm herumwirbelte und etwas tat, was ich in gemischter Gesellschaft normalerweise nicht tue: Ich ließ einen kleinen Fangzahn aufblitzen.

„Ich gehe jetscht", sagte ich. Die Worte klangen kalt und tödlich und auch leicht undeutlich – versuchen Sie mal zu reden, wenn Ihnen zwei riesige Hauer aus dem Mund hängen. „Und Schie bleiben hier, wenn Schie wischen, wasch gut für Schie ischt."

Er riss die Augen auf und sank zurück auf seinen Barhocker. Er sah aus, als ob ich sein Lieblingshündchen getreten hätte.

Okay, eigentlich sah er eher so aus, als ob ich sein Lieblingshündchen gefressen hätte. Und ich bekam Gewissensbisse.

„Ich muss jetzt gehen." Die Fangzähne zogen sich wieder zurück. Meine Stimme verlor den frostigen Klang und die Sprachbehinderung. „Aber rufen Sie mich doch einfach mal an." Ich gab ihm eine meiner Visitenkarten, und sobald meine Hand die seine kurz streifte, verschwand auch seine Angst wieder. „Ich werde schon jemanden für Sie finden. Aber nicht mich", beeilte ich mich zu versichern. „Jemanden anders. Der genauso nett ist." Als er daraufhin nicht allzu begeistert dreinschaute, fügte ich hinzu: „Genauso nett und genauso heiß."

Was soll ich sagen? Ich habe nun mal ein weiches Herz. Natürlich alles nur zum Wohle der Firma. Einsam? *Jawohl.* Verzweifelt? *Jawohl.* Gut gekleideter Geschäftsmann, der jede Menge zu bieten hat, aber nicht genug Finesse besitzt, um die richtige Frau kennenzulernen? *Jawohl.* Dieser Kerl war der wahr gewordene Traum für jeden Partnervermittler, und deshalb konnte ich ihn doch wohl kaum verlassen, solange er mich für die Königin der Verdammten hielt.

„Wir unterhalten uns später noch", versprach ich ihm.

„Aber –"

Ich bahnte mir bereits einen Weg zur Tür, bevor er noch ein einziges Wort herausbekam.

„Entschuldigen Sie bitte." Unterwegs klopfte ich dem Oberkellner auf die Schulter. „Haben Sie das Pärchen gesehen, das gerade gegangen ist? Großer Mann mit beginnender Glatze? Er war mit einer Rothaarigen zusammen, die auf Madonna steht?"

Er zeigte nach links. Als ich den Kopf drehte, sah ich gerade noch, wie die beiden in einem Taxi ein Stück die Straße hinauf verschwanden. Die Tür schlug zu, die Bremslichter erloschen und der gelbe Chevy fädelte sich in den Verkehrsfluss ein.

Die nächsten zehn Minuten verbrachte ich mit dem vergeblichen Versuch, ein Taxi für mich aufzutreiben, bevor ich schließlich aufgab und zu Fuß zu gehen beschloss. Ich war nicht sicher, wohin sie fuhren, aber ich wusste, dass er sie, sollte sich meine Ahnung als richtig erweisen und er tatsächlich der Mörder sein, irgendwohin bringen musste, wo sie ungestört waren. Das bedeutete: seine Wohnung. Oder ihre. Oder ein dritter, noch unbekannter Ort, zu dem er seine Opfer brachte. Das würde allerdings bedeuten, dass ich Pech hatte, weil es im *Dead End Dating*-Fragebogen leider keine Rubrik für GEBEN SIE BITTE EINE DRITTE, GEHEIME ADRESSE AN, DIE SICH PERFEKT DAFÜR EIGNET, OPFER AUFZUSCHLITZEN UND ZU ZERTEILEN. Was aber die ersten beiden betraf …

Ich beschloss, mich auf den Weg nach SoHo zu Action-Girls Wohnung zu machen, so schnell mich meine Schuhe trugen, und das war ganz schön schnell. Angesichts der Tatsache nämlich, dass ich über übernatürliche Kräfte verfügte und auch tatsächlich meinen Look etwas geändert hatte – Sie wissen schon: immer unauffällig bleiben – und ein Paar Christian Louboutins mit flachen Absätzen trug, die ich mal bei einem Ausverkauf bei Barney's ergattert hatte.

Schon gut, schon gut. Natürlich gab es bei Barney's keine Christian Louboutins im Ausverkauf, aber sie waren wirklich vergleichsweise günstig, in Anbetracht des Designers. Also hatte ich nicht widerstehen können.

Aber das gehört jetzt nicht hierher. Der Punkt war, ich konnte natürlich nicht mit einem einzigen Sprung auf irgendein hohes Gebäude hüpfen, jedenfalls nicht, ohne mich von meinem Motto – von wegen unauffällig bleiben – zu verabschieden. Aber ich machte mit kilometerlangen Gehwegen kurzen Prozess und gab dem Begriff *Power-Walking* eine neue Bedeutung.

Als ich ankam, lag die Straße vollständig leer vor mir. Was hieß, dass sie entweder schneller als ich gewesen waren und Action-Girl schon reingegangen war oder dass sie sich doch für seine Wohnung entschieden hatten.

Ich ging die Stufen zur Haustür hoch, klingelte und wartete. Nichts. Offensichtlich war sie nicht zu Hause.

Ich hatte mich gerade umgedreht, um die Treppe wieder hinunterzugehen, als ich Reifen quietschen hörte. Aus den Augenwinkeln nahm ich etwas Gelbes wahr, mein Kopf drehte sich herum. Ich sah das Taxi um eine Ecke biegen und die Straße hinunter auf mich zufahren. Mein Herz hüpfte mir bis zur Kehle, ich blickte mich panisch um. Dann sprang ich über das Geländer und hockte mich auf den Boden. Ich bemühte mich, mit den Schatten des Nachbargebäudes zu verschmelzen, während ich beobachtete, wie das Taxi anhielt.

Die Tür öffnete sich und Action-Girl und Heini stiegen aus. Offensichtlich hatten sie ihre Probleme bereinigt, denn beide schienen ziemlich glücklich zu sein. Sie lachten laut und lächelten einander an, als sie nun die Treppe zur Haustür emporstiegen. Sie hielten sogar Händchen, bis sie oben angekommen waren.

Sie hielten Händchen? Lachten? *Küssten sich*?

Ich sah, wie sie sich umarmten und fing schon an zu denken, dass ich mich am Ende doch getäuscht hatte. Vielleicht war dieser Kerl gar nicht der Kidnapper. Vielleicht waren die Handschellen, die ich gesehen hatte, als ich ihm in die Augen geschaut hatte, nur irgendein Überbleibsel aus einem verrückten Film.

Vielleicht.

Wahrscheinlich.

„Du hast wunderschöne Augen."

Also, das war nun wirklich die kitschigste Anmache aller Zeiten, aber da der Mond so rund und leuchtend über uns stand – wie romantisch! –, klang es tatsächlich richtig süß.

Ohhhhh!

Auf gar keinen Fall war dieser Schmalzbubi ein kaltblütiger Kidnapper. Unoriginell, ja.

„Das war wirklich schön mit dir", murmelte Action-Girl, als sie kurz nach Luft schnappen mussten.

„Finde ich auch." Er beugte sich vor und küsste sie erneut, und zwar ganz zärtlich, so als ob er alle Zeit der Welt hätte und die auch mit ihr zu verbringen gedachte.

Seufz.

„Das würde ich gern noch einmal wiederholen", sagte sie. „Natürlich nur, wenn du auch möchtest."

„Genau genommen", er schob seine Hand in ihren Nacken und verwob seine Finger mit ihrem Haar, „würde ich es tatsächlich gern wiederholen." Sein Griff wurde fester und sie erstarrte. „Aber der nette Teil ist jetzt leider vorbei." Er drängte sie rückwärts ins Haus. Die Tür schlug zu.

Ohmeingott. OHMEINGOTT. OH. MEIN. GOTT.

Das war's. Er war es. Er war der Kerl und würde sie jetzt … und ich würde …

Ich musste ihn aufhalten. Zuerst einmal musste ich Ty anrufen und dann musste ich ihn aufhalten. Nein, zuerst musste ich Ty anrufen, dann auf ihn warten, damit er den Kerl in flagranti erwischte, und dann musste ich ihn aufhalten. Ja, das war's. Das war mein Plan.

Eilig zog ich mein Handy hervor, tippte seine Nummer ein und wartete, dass er abhob.

„Sie müssen auf der Stelle herkommen", sagte ich, sobald ich sein tiefes „Hey" hörte.

„Wer ist denn da?"

„Hier ist Lil und ich habe Ihren Kidnapper. Er ist genau hier und er steht ganz kurz davor, sich wieder eine zu krallen." Sich eine zu krallen? Seit wann benutzte ich denn solche Ausdrücke? Ja, natürlich. Seit ich mich entschlossen hatte, mich in finsteren Gassen herumzutreiben und Serien-Kidnapper zu fangen, um meiner Firma zu helfen. „Beeilen Sie sich!" Ich nannte ihm die Adresse, drückte den Aus-Knopf und zermarterte mir das Gehirn nach einer Idee, wie ich Zeit schinden könnte, um zu verhindern, dass etwas Schlimmes passierte, ehe Ty ankam.

Ich durchwühlte meine Handtasche und zog eine kleine Dose Haarspray heraus, um sie als Waffe zu benutzen, falls die Dinge außer Kontrolle geraten sollten.

Haarspray? Du meine Güte, wozu hatte ich denn meine Reißzähne? Was für ein böses Geschöpf der Nacht war ich eigentlich, um auch nur daran zu denken, eine Spraydose zu benutzen?

Ein materiell veranlagtes Geschöpf natürlich. Ich trug mein neues Mini-T-Shirt von Guess mit dem Strassbesatz. Sicher nicht superteuer, aber hier ging es immerhin um Strass – das Teil musste in die Reinigung. Also Vorsicht vor Blutspritzern und umherfliegenden Körperteilen. Ich konnte ihn natürlich mit meinen Superduper-Kräften ohne Probleme überwältigen, aber ich zog es doch vor, ein bisschen Unterstützung zu haben, für den Fall, dass er selbst eine Waffe zog.

Ich brachte meine Füße mit purer Gedankenkraft dazu, den Boden zu verlassen, und schwebte mit der Dose in der Hand zum achten Stock empor.

Gerade hatte ich in alle Fenster auf der einen Seite gespäht und wollte schon um die Ecke zur nächsten schweben, als ich hinter mir die tiefe, wohlvertraute Stimme vernahm.

„Wo sind sie?"

Ich drehte mich sofort herum und sah Ty vor mir. Er sah so dunkel und köstlich aus wie immer, in schwarzer Lederhose und schwarzem T-Shirt. Heute Abend hatte er auf den Mantel verzichtet, und ich war nicht sicher, ob ich deshalb glücklich oder besorgt sein sollte.

Ich konnte sehen, wie sich die Muskeln in seinen Oberarmen anspannten. Das weiche Material seines T-Shirts schmiegte sich an seine breiten Schultern und die schmale Taille. Dieser Kerl war weitaus mehr als nur dunkel und appetitlich. Bei ihm lief einem definitiv das Wasser im Munde zusammen.

Schon verrückt, da er doch ein Gewandelter war. Es war ja schließlich nicht so, als ob er mir irgendetwas zu bieten hätte. Außer vielleicht richtig heißen Sex. Er sah eindeutig so aus, als ob er dazu imstande wäre.

„Hallo?“ Seine Augenbrauen zogen sich zu einer ungeduldigen Miene zusammen, die mich aus meiner Reise in die Gosse herausriss, wo dreckiger Sex die Welt regierte und Fertilitätsraten nicht die Bohne bedeuteten.

„Sie sind schnell.“ *Waaahnsinnig originell, Lil.* Natürlich war er schnell. Er war ein Vampir.

„Wo sind sie?“, wiederholte er seine Frage.

„Irgendwo in diesem Stockwerk.“ Ich bewegte mich um die Ecke auf die andere Seite des Hauses und er folgte mir. Einige Fenster später, genau am Ende des würfelförmigen Gebäudes, wurden wir fündig.

„Ich wusste es doch“, sagte ich, während ich durch das Fenster starrte und zusah, wie Handschellen-Heini Action-Girl mit einem schwarzen Tuch gerade die Augen verband. Ihre Hände hatte er schon hinter ihrem Rücken mit den Handschellen gefesselt, die bei unserer Unterhaltung im Büro kurz in seinen Gedanken aufgeblitzt waren. In der einen Hand hielt er einen bedrohlich aussehenden Ledergürtel und einen großen schwarzen Vibrator in der anderen. Moment mal.

„Ich glaube nicht, dass er sie gekidnappt hat“, sagte Ty einige Herzschläge später, während wir die Szene beobachteten, die sich da vor unseren Augen abspielte.

„Nein, das ist eindeutig keine Entführung“, brachte ich trotz meiner plötzlich vollkommen trockenen Kehle krächzend heraus.

Er machte gerade etwas, was hundertmal angenehmer war. Und ich sah dabei zu, ausgerechnet mit Ty Bonner an meiner Seite.

Dem heißen, echt geilen Ich-wünschte-mir-er-würde-mich-so-berühren-und-noch-ganz-andere-Sachen-machen-Ty.

Oh Mann.

22

Also, mir ist schon klar, dass ich mir mehr Sorgen darüber hätte machen sollen, ob uns nicht vielleicht jemand dabei erwischen könnte, wie wir vor jemandes Fenster im achten Stock schwebten. Aber das tat ich nicht.

Immerhin reden wir hier über nichts Geringeres als den Grund, warum Bigfoot und seine Kumpel heute ausgestorben sind. Mein Vater hat damals richtig viel Kohle kassiert, als er mit seinen Kollegen wettete, wie viele Bilder nötig sein würden, bis KÜR die Kolonie finden und die armen, pelzigen Viecher umbringen würden (KÜR steht für Killer übernatürlicher Raubtiere, als da wären: Vampire, Werwölfe und alles, was es wagt, sich des Nachts auch nur zu rühren). Alles in allem waren die Bigfoots innerhalb weniger Minuten ausgerottet gewesen, und das nur, weil ein paar von ihnen auf die Paparazzi hereingefallen waren.

Sicher, ich befand mich auf der Rückseite eines Wohnhauses mit nichts als einer Gasse unter mir. Aber dort schwebte ich in voller Sichtweite der umliegenden Häuser, von dem Pärchen mit Vorliebe für Fesselspielchen, das sich auf der anderen Seite des Fensters befand, gar nicht zu reden. Also, das war wirklich gruselig. Oder wäre es zumindest gewesen, wenn ich irgendetwas anderes hätte wahrnehmen können als den gewandelten Vampir, der direkt hinter mir schwebte.

An diesem Mann war nichts Süßes oder Zuckriges. Er roch nach frischer Luft und purer, wilder Kraft und Leder. Die Mischung war moschusähnlich und absolut überwältigend. Tief atmete ich sie ein. Als Reaktion darauf begann mein Magen zu knurren.

Eine bescheuerte Reaktion, ich weiß. Ich müsste eigentlich auf alles abfahren, was üppig, dekadent und *nach gebürtigem Vampir* roch. Süße Düfte, ermahnte ich mich selbst. An Ty Bonner war nichts auch nur annähernd Süßes.

Kein Wunder, dass ich ihn begehrte.

Begehrte?

Okay, ich geb's zu, ich begehrte ihn. Ganz schrecklich sogar. Nicht dass ich in dieser Richtung irgendetwas unternehmen würde. Es gab ungefähr eine Billion Gründe, warum Ty nicht der Richtige für mich war. Er war kein gebürtiger Vampir. Ich hatte es doch längst aufgegeben, meine Zeit mit kurzzeitigen Affären zu verschwenden. Er wusste sicher nicht mal, was eine Fertilitätsrate war. Ich hatte es doch längst aufgegeben, meine Zeit mit kurzzeitigen Affären zu verschwenden. Und ihm war mein Orgasmus-Quotient vollkommen schnuppe. Ich hatte es längst aufgegeben … Augenblick mal. Was hatte ich aufgegeben?

Ich versuchte mich daran zu erinnern, aber mein Gehirn war von Tys Ausstrahlung völlig benebelt. Plötzlich schien ich mich nicht mehr konzentrieren zu können. Ich zitterte, mein Körper schwankte und mein Gleichgewicht ging flöten.

„Ganz ruhig", murmelte Ty. Eine kräftige Hand schob sich um meine Taille und er zog mich an seinen großen, harten Körper. Seine Lippen streiften mein Ohr, mich überlief ein Schaudern. „Was ist denn mit Ihnen los?", flüsterte er. „Haben Sie heute Abend schon Nahrung zu sich genommen?"

„Nein." Natürlich hatte ich, aber das würde ich ihm ganz bestimmt nicht auf die Nase binden, da ich sonst auch erklären müsste, weshalb ich das Gleichgewicht verloren hatte. *Du riechst einfach so gut und das vermatscht mir total das Gehirn.* Auf keinen Fall! „Ich hatte heute Abend so schrecklich viel zu tun, darum wollte ich erst später einen Bissen zu mir nehmen, wenn ich das Dringendste erledigt habe."

„Die meisten Vampire nähren sich erst und arbeiten dann." Seine Hand legte sich fest auf meinen Bauch und drückte mich an sich. „Aber auf der anderen Seite sind Sie nun mal nicht wie die meisten Vampire. Jedenfalls nicht wie solche, die ich kenne."

Dieser Kommentar ließ meinen ganzen Körper erschauern. Ich kämpfte gegen den schier überwältigenden Drang an, mich in seinen Armen umzudrehen und meinen Körper gegen seinen zu pressen. Meine Brustwarzen wurden hart und mein Mund trocken. In meinen Ohren summte es, das geschäftige Brausen der Autos auf den nahe gelegenen Straßen verblasste und verschmolz mit dem regelmäßigen Pochen seines Pulses. Langsam, zuverlässig und hypnotisierend. Gier nagte in mir. Ich wollte ihn fast ebenso dringend schmecken wie ich ihn berühren wollte.

Fast.

Ich schluckte erst, um den Drang zu unterdrücken, dann bemühte ich mich, mich wieder in den Griff zu bekommen. *Denk nach! Erinnere dich an das, was wirklich wichtig ist.*

Oh ja. Fertilitätsraten, so war's doch, oder? Ich musste an die Zukunft denken. Es ging einzig und allein darum, den perfekten gebürtigen Vampir mit der höchsten Fertilitätsrate zu finden und perfekte kleine Vampirbabys zu produzieren.

Oder etwa nicht? Ich holte noch einmal tief Luft und atmete Ty ein. Und auf einmal war ich mir gar nicht mehr so sicher. Eigentlich (ein weiterer tiefer Atemzug) war mir sexy weitaus lieber als fruchtbar.

„Wir sollten gehen", murmelte Ty. „Ich glaube nicht, dass es irgendein Gesetz gibt, das einem verbietet, sich den Hintern versohlen zu lassen." Ich folgte seinem Blick auf das Pärchen und sah zu, wie Handschellen-Heini ein überaus nacktes – mit Ausnahme der Augenbinde und der Handschellen – Action-Girl über das Bett legte. Dann peitschte er sie mit einer schwarzen Federboa, die er aus einer Nachttischschublade gezogen hatte.

Sie stieß ein tiefes, erregtes Stöhnen aus und mein Magen zog sich zusammen.

„Gibt's da nicht irgendeinen Paragraphen gegen übermäßige Gewaltanwendung?" Ich wollte einfach nicht gehen. Noch nicht. Nicht, solange Ty mir so nahe war, sich so stark anfühlte und so wunderbar roch.

Und, machen wir uns doch nichts vor, es war schon so verdammt lange her, dass ich irgendeinem Mann näher gekommen war, dass ich förmlich nach Berührungen ausgehungert war.

Hey, aber das war nun mal im Augenblick meine Geschichte, und daran würde ich mich halten.

„Er benutzt keine Gewalt." Tys tiefe Stimme reizte die Härchen in meinem Nacken. „Sie provoziert ihn und er gibt ihr, was sie will."

Action-Girl wehrte sich gegen ihre Fesseln und stieß einen Schwall von Flüchen aus, der mir in den Ohren brannte. (Das war etwas ganz Neues. Schließlich war ich schon eine halbe Ewigkeit auf der Welt und hatte dank meiner Brüder so ziemlich jeden Kraftausdruck gehört, den es gibt. Ach Quatsch, die meisten hatte ich selbst schon ein-, zweimal benutzt. Natürlich nur, wenn ich provoziert worden war.)

„Wenn du dich weiterhin so aufführst, wirst du dafür büßen müssen", kündigte Heini an. „Das ist dir doch klar, oder etwa nicht?"

„Ja", hauchte Action-Girl, bevor sie ihn mit ungefähr einem Dutzend Schimpfwörtern belegte, die ihn zum Lächeln brachten.

„Wenn du darauf bestehst, ein unartiges Mädchen zu sein, dann habe ich keine andere Wahl, als dich dementsprechend zu bestrafen. Weißt du denn, was mit bösen Mädchen passiert?"

Wenn ich hätte raten müssen: noch ein paar Schläge mit der schwarzen Federboa.

Ty und ich sahen zu, wie die Federn über die blasse, weiße Haut ihres Rückens glitten. Sie keuchte und stöhnte – und meine Haut prickelte, nämlich genau da, wo Tys Hand lag, direkt über dem Bund meiner tief sitzenden DKNY-Jeans. Ich spürte, wie sich seine Hüften von hinten an mich pressten und merkte, dass er einen Steifen hatte (oh Mann, und wie!). Wieder hörte ich es keuchen und stöhnen – einiges davon stammte auch von mir, wie ich merkte, als seine Lippen mein Ohr berührten – und seine Fingerspitzen legten sich um meinen Brustkorb. Sein Daumen streifte die Unterseite meiner Brüste.

Also, Vampire brauchen nicht unbedingt Luft. Wir atmeten sie ein und aus wie jeder andere auch, aber sie war für uns nicht lebensnotwendig. Unsere Herzen pumpten unser verjüngendes Blut durch unseren Körper und waren daher das einzige wahrhaft lebenswichtige Organ.

Trotzdem schien ich auf einmal nicht mehr genug Luft in meine Lungen bekommen zu können. Meine Atmung wurde flach und schnell. Jetzt fing ich tatsächlich an zu keuchen. Jeder einzelne Nerv in meinem Körper war in höchster Alarmbereitschaft und sich jedes einzelnen köstlichen Zentimeters dieses Mannes bewusst, der mich an sich gedrückt hielt. Und alles schrie nach noch mehr als nur nach dieser Nähe. Ich wollte nackte Nähe. Gefolgt von einem spektakulären Orgasmus. Gefolgt von einem weiteren und einem weiteren und …

„Wir sollten gehen."

„Wir sollten eine Menge Dinge tun, aber jetzt fortzugehen gehört nicht dazu." Der Gedanke entsprang meinem Mund, bevor ich ihn aufhalten konnte. „Ich meine, es sei denn, du möchtest gehen."

„Nicht im Augenblick. Im Augenblick würde ich lieber genau hier bleiben." Er knabberte an meinem Ohrläppchen und ich legte den Kopf zur Seite, um ihm die Sache zu erleichtern.

Sein eigener kühler Atem huschte über die Haut unter meinem Ohr, nur für den Bruchteil einer Sekunde, bevor er seine Lippen auf ebendiesen Punkt drückte. Seine Zunge fuhr heraus und leckte einen Pfad von dort über meinen Hals nach unten.

Es fühlte sich so gut an, dass ich davon überzeugt war, es könnte gar nicht besser werden. Aber dann hörte ich sein tiefes Fauchen, gefolgt von einem kehligen, rauen Knurren … Und ich fühlte seine Fangzähne über meine sensible Haut gleiten.

Er wollte mich beißen. Ich wusste es tief in meinem Inneren. Darüber hinaus spürte ich es in der Anspannung, die seinen Körper so starr machte – und an der Erektion, die sich gegen mich drückte.

Er wollte mich unbedingt.

Also, warum biss er denn nicht einfach zu?

Stattdessen fuhr er mit geöffnetem Mund meinen Hals auf und ab, schmeckte und berührte und streichelte mich, bis ich es nicht mehr länger aushielt.

„Wirst du mich jetzt endlich küssen oder was?", hauchte ich.

Und dann geschah es, einfach so.

Er wirbelte mich herum und sein Mund bedeckte den meinen. Es ging so schnell, dass mein Kopf wieder ganz leer war und ich fühlte, wie ich immer höher und höher schwebte.

Seine Lippen knabberten an meinen, bevor er seine Zunge in meinen Mund schob. Es war der beste Kuss meines Lebens – und das sollte was heißen, denn ich hatte schon viele Küsse bekommen und war schon eine ganze Weile auf dieser Welt.

Aber da war irgendetwas an der Art, wie er mich hielt, und der Art, wie er den Kopf zur Seite legte, als ob er gar nicht genug bekommen könnte, und an der Art, wie er schmeckte: Das ließ mich all diese anderen Male mit all diesen anderen Männern vollkommen vergessen.

Es gab nur ihn. Und mich.

„… hör auf! Da draußen am Fenster ist jemand.“

Also, es gab ihn. Und mich. Und das Pärchen mit der Vorliebe für Fesselspiele.

Ty fuhr in genau der Sekunde zurück, als ich mit einem Ruck die Augen aufriss. Unsere Blicke wanderten gerade rechtzeitig zum Fenster, um zu sehen, wie Action-Girl unter einem vollkommen nackten Handschellen-Heini hervorkrabbelte.

„Siehst du“, kreischte sie. Ihre Augen weiteten sich, als sie auf mich zeigte. „Ich hab dir doch gesagt, dass da draußen jemand ist …“

Ihre restlichen Worte bekam ich nicht mehr mit, da Ty meine Hand packte und mich mit einem Schlag nach unten zog.

Ich landete in einer grünlichen Pfütze, die aus einer Mülltonne in der Nähe gesickert war. Das hätte mit Gewissheit diesem Augenblick der Romantik den Garaus gemacht, wenn dies nicht schon dadurch passiert wäre, dass man uns beim Spionieren erwischt hatte.

„Glaubst du, sie werden die Polizei rufen?“, fragte ich, während ich das Ekelzeug an meinen Schuhen untersuchte.

„Und denen erzählen, dass vor ihrem Schlafzimmerfenster im achten Stock zwei Vampire schwebten?“

„Guter Punkt.“

Wir standen noch ein paar Sekunden da; eine unangenehme Stille breitete sich zwischen uns aus. „Ich sollte jetzt wirklich gehen. Ich war gerade mit einem Typ von der Mordkommission vom Siebten Revier unterwegs. Er steckt mitten in einem Mordfall, bei dem er einfach nicht weiterkommt. Ich dachte, ich könnte ihm ja mal helfen, da ich schon hier in der Stadt bin. Man weiß nie, wann man mal jemanden brauchen kann, der einem noch einen Gefallen schuldet.“

„Verstehe. Du kratzt seinen Rücken und er kratzt deinen.“

„Genau.“

„Genau."

Ich leckte über meine Lippen und schmeckte ihn. Mir drehte sich der Magen um und mein Herz schlug zweimal rasch hintereinander. Ich verspürte das plötzliche Verlangen, ihm sein Hemd vom Leib zu reißen und ihn selbst ein wenig zu kratzen. Wenn ich ihm seinen Rücken kratzte, wäre er vielleicht seinerseits geneigt, mir meinen zu kratzen … und dann könnten wir –

„Weißt du, das ist auf so vielen Ebenen das absolut Falsche", stieß ich hervor, bevor ich noch einen Millimeter weiter in das Land der Durchgeknallten vordringen konnte. „Du … ich … Das kann einfach nicht funktionieren. Du weißt das. Ich weiß das. Es geht nicht."

„Du hast recht. Es geht nicht." Er zwinkerte. „Jedenfalls nicht heute Nacht."

Niemals, wollte ich hinzufügen, aber ich brachte es nicht übers Herz, die Worte auszusprechen. Nicht wenn er dieses angedeutete, halbe Lächeln lächelte, so als ob er etwas wüsste, das ich nicht wusste. Die Augenwinkel seiner neonblauen Augen kräuselten sich und in seiner dunklen, beschatteten Wange tauchte ein Grübchen auf.

Doch dann verschwand der Ausdruck genauso schnell wieder, wie er gekommen war, und er runzelte die Stirn. „Du hättest das nicht riskieren dürfen", sagte er mit kühler, präziser und stinkwütender Stimme. „Wenn es sich tatsächlich um den Kidnapper gehandelt hätte, hättest du die Lage noch verschlimmern können. Am Ende hätte er diesmal zwei statt nur ein Opfer haben können."

Ich brachte ein sarkastisches Lachen zustande, auch wenn ich (a) ihm lieber einen Schlag auf die Nase versetzt hätte, dafür, dass er es wagte anzudeuten, ich könnte nicht auf mich selbst aufpassen, und (b) ihn am liebsten an mich gezogen und geküsst hätte, bis er wieder lächelte. „Ich kann durchaus auf mich selbst und auch so ziemlich auf jeden anderen, der zufällig in meiner Nähe ist, aufpassen." Ich setzte meine selbstgerechte Miene auf, die ich in jahrelanger Arbeit zur Perfektion gebracht hatte. „Ich *bin* immerhin ein Vampir, wie du weißt."

„Ich bin bestimmt nicht derjenige, der das dauernd vergisst." Er starrte auf die Dose, die zu Boden gefallen war, als er so urplötzlich hinter mir aufgetaucht war. Er bückte sich und hob den kleinen Behälter auf. „Was hattest du denn damit vor? Wolltest du ihm eine neue Frisur verpassen?"

„Du kannst nicht beweisen, dass sie mir gehört."

„Stimmt. Vermutlich gehört sie dem Obdachlosen da drüben. Er kann sich zwar keine Wohnung leisten, aber ein Zwanni für Designer-Haarspray ist doch immer drin."

„Es kostet fünfundzwanzig – und nur weil ich Handschellen-Heini nicht gleich in Stücke reißen wollte, wenn er denn der Kidnapper gewesen wäre, so heißt das noch lange nicht, dass ich es nicht könnte." Ich entblößte für einen kurzen Moment meine Fangzähne und schnappte mir die Dose. „Das muss aus meiner Handtasche gefallen sein, als ich nach oben geschwebt bin."

„Aber sicher doch."

„Hast du nicht noch einen Rücken zu kratzen?"

„Ruf an, falls du irgendjemanden anders verdächtigst."

Das *falls* nagte an mir, als ich Ty hinterhersah, wie er die Straße entlangging. Mein ganzer Körper bebte und meine Brustwarzen standen in Habtachtstellung. Meine Haut juckte und fühlte sich sowohl gespannt als auch sehnsuchtsvoll an.

Nur ein einziger Drink, und ich würde mich gleich besser fühlen.

Mein Blick wanderte zu dem Obdachlosen, den Ty erwähnt hatte. Er saß gegen das Gebäude gelehnt da, die Augen geschlossen, eine leere Weinflasche in der Hand. Das gleichmäßige Pochen seines Pulsschlags dröhnte mir in den Ohren. Der warme, einladende Duft von Blut überwältigte den Geruch von schalem Bier und altem Thunfisch und zog mich magisch an.

Ba-bumm. Ba-bumm. Ba-bumm.

Ich kniete mich neben ihm hin und befahl ihm in Gedanken, die Augen zu öffnen.

Seine Lider zuckten. Sein Blick wurde langsam klarer, ein Wiedererkennen leuchtete in seinen Augen auf, die sich vor Angst weiteten.

„Was zum …“, lallte er.

Doch dann berührte ich ihn, und schon der leichte Druck meiner Fingerspitzen auf seinem Arm reichte aus, um seine Furcht zu zerstreuen. Seine Miene spiegelte schon bald die reine Wonne.

Ich beugte mich zu ihm und er beugte sich zu mir und …

„Na los, komm schon“, nuschelte er, da er mich von Augenblick zu Augenblick mehr begehrte. „Gib's mir, Baby.“

Gib's mir, Baby? Dieser billige Spruch schaffte es, die Blutgier, die meine Sinne vernebelte, zu durchdringen und beförderte mich abrupt in die Realität und bis zu der Tatsache zurück, dass ich eben noch kurz davor gewesen war, mich von dieser armen Seele zu nähren.

Schlimmer sogar, ich *wollte* mich von ihm nähren. Meine Zähne in seinen Hals versenken und spüren, wie seine Lebenskraft in meinen Mund sprudelte. Bei der bloßen Vorstellung kribbelten meine Brustwarzen und eine Welle der Reue schlug über mir zusammen.

Das mit der Partnervermittlung für andere konnte ich wirklich vergessen. Ich brauchte unbedingt selbst ein Date, und zwar absolut dringend. Sonst …

Mein Blick fiel wieder auf den übel riechenden Trunkenbold und mein Magen schlug einen Purzelbaum. Ich drehte mich um und verließ diesen Ort so schnell mich meine Christian

Louboutins tragen konnten. Auf dem Weg ins Büro zurück hatte ich nur einen einzigen Gedanken: Ich musste jemanden für mich finden.

Okay, genau genommen hatte ich zwei Gedanken: jemanden kennenzulernen und wilden, leidenschaftlichen, animalischen Sex mit ihm zu haben.

Aber eins nach dem anderen.

23

Die nächsten beiden Stunden verbrachte ich damit, mir diverse Profile durchzulesen. Wenn ich auch niemanden fand, der für *moi* in Frage kam, so hatte ich immerhin *beaucoup de* Glück und fand ein akzeptables Date für Mrs Wilhelm – er war zwar ein Mensch und erst dreiunddreißig, wusste aber ältere Frauen zu schätzen und mochte Gesellschaftstänze. Sicher kein Kandidat für den Posten als Ewiger Gefährte, aber gut genug für das zweite „Übungs"-Treffen; wodurch ich noch etwas Zeit gewinnen würde, bevor ich dann einen wirklich passenden Kerl aus dem Hut ziehen musste.

Außerdem fand ich die richtigen Partner für drei andere Kunden, darunter eine Bankangestellte aus SoHo und einen Grafikdesigner, die beide regelmäßig im Central Park joggen gingen und gerne Tofu aßen. Ich *weiß*. Da hatte ich wirklich das große Los gezogen. Wer hätte schon gedacht, dass es gleich zwei Tofu-Liebhaber auf der Welt geben könnte? Und vor allem, dass die beiden dann auch noch dieselbe Partnervermittlung aufsuchen würden. Und der Dritte? Jerry Dormfeld, alias der Kerl, der ausschließlich den Chili-Hotdog im Kopf hatte, der, wie es sich herausstellte, geradezu perfekt zu Melissa zu passen schien. Noch viel mehr als die beiden anderen Männer, die ich für sie ausgewählt hatte, damit sie sie von Francis ablenkten. *Bingo*.

Man könnte annehmen, dass ein paar Stunden Arbeit meiner Libido einen ernsthaften Dämpfer verpasst hätten. Aber wir gebürtigen Vampire sind nicht umsonst sinnliche, leidenschaftliche Geschöpfe. Als ich mit den Instruktionen für Evie, die Details der drei heute Nacht gefundenen zusammenpassenden Paare betreffend, fertig war – Zeit, Ort und Kleidungsstücke, die unter allen Umständen zu vermeiden waren –, dachte ich immer noch über Ty Bonner und seinen Kuss nach. Und wie dringend ich noch einen von dieser Sorte brauchte.

Natürlich nicht von ihm. Das wäre ja, wie wenn man einen Tropfen Blut leckt, obwohl man weiß, dass man das Glas nicht austrinken darf, das doch direkt vor einem steht. Oder für Menschen nachvollziehbar ausgedrückt: sich mit einem winzig kleinen Stück Schokolade aus einer riesigen Pralinenschachtel zufriedengeben zu müssen.

Schmerzlich.

Ich brauchte einfach nur jemanden, der mein Verlangen linderte. Jemanden, der meine Gedanken von Ty ablenkte. Jemanden mit richtig tollen Lippen, der wusste, wie man sie benutzt.

„Geht es uns denn nicht allen so?", fragte Evie, als ich sie kurz vor Mitternacht anrief und ihr mein Dilemma erklärte. Sie war mitten in einer Wiederholung von *CSI* und einer Riesenportion Cherry Garcia Eiscreme. „Im Augenblick fällt mir dazu auch nichts ein, aber ich werde morgen früh gleich als Erstes die Datenbank durchkämmen und sehen, ob ich jemanden für Ihre Freundin finden kann."

Ja, also, ich hatte nicht direkt *mein* Dilemma erklärt. Es war eine Sache, mir selber gegenüber zuzugeben, dass ich mehr als verzweifelt war, doch eine ganz andere, es jemandem anders zu erzählen. Außerdem musste ich an mein Image denken. Schließlich wollte ich vermeiden, dass Evie am Ende auf den Gedanken kam, ich sei gar nicht so toll.

Ich hörte noch ein paar Minuten zu, während sie sich über die gerade laufende Episode ausließ, die sie sich ansah, und berichtete ihr dann von den Partnervorschlägen, die ich heute Nacht erarbeitet hatte.

„Es ist wirklich zu schade, dass Mrs Wilhelm nicht an meinem Onkel interessiert ist. Er hat sich jedenfalls köstlich amüsiert."

„Er hat die meiste Zeit geschlafen."

„Mit dreiundneunzig ist das auch die beste Unterhaltung."

„Guter Einwand."

Wir unterhielten uns noch ein Augenblickchen, bevor sie Schluss machen musste – die Werbung war vorbei (ihr *Premiere* funktionierte immer noch nicht, deshalb musste sie normales Fernsehen gucken) und sie brauchte mehr Eis.

Stürz dich in die Arbeit, sagte ich zu mir selbst. Vergiss Ty. Vergiss den Kuss. *Vergiss einfach alles.*

Kein Problem.

Ich las meine E-Mails, betrachtete ein Weilchen sabbernd den süßen kleinen Rock von Ann Taylor – in A-Form –, den ich seit einer ganzen Weile online im Auge behielt. Dann zerbrach ich mir noch ein wenig den Kopf über mögliche neue Märkte, die ich meiner ständig wachsenden Liste hinzufügen könnte: Lebensmittelläden, die die ganze Nacht hindurch aufhatten, Geldautomaten, Kinos.

Gut, vielleicht hatte ich nach wie vor ein winzig kleines Problem. Zu diesem Schluss kam ich, als ich meinen Laptop zuklappte und mir meine MUDD-Jeansjacke mit den Perlen schnappte (nicht so teuer, aber richtig süß). Meine Lippen prickelten immer noch.

Ach ja, an anderen Körperstellen, die ungenannt bleiben sollen, ging auch noch einiges in Sachen Prickeln ab.

„Wohin?", fragte der Taxifahrer, als ich meinen prickelnden Körper auf den Rücksitz beförderte und mich bemühte zu ignorieren, wie verführerisch der Puls an seinem Hals pochte.

Hallo?! Das ist ein dicker, fetter Hals. Und daran befestigt ist ein noch fetterer, ungefähr fünfzigjähriger Kopf mit einem buschigen grauen Schnurrbart und fleckigen gelben Zähnen.

Bist du vollkommen übergeschnappt, Mädchen? Denk da noch nicht mal dran!

Aber ich dachte daran.

„Hoboken", brachte ich mit erstickter Stimme hervor. „Sofort."

Für gewöhnlich lasse ich mich in Jersey genauso wenig sehen wie in Brooklyn, aber ich musste wirklich dringend reden. Wenn ich hätte einkaufen müssen, wäre ich ins Waldorf gegangen und hätte Nina Eins überredet, ihren Job ein Weilchen zu vernachlässigen. Aber wenn es um Linguistik und eine anständige Portion Mitgefühl ging, brauchte ich eher Nina Zwei. Während der Fahrt zu jener Firma für Hygieneprodukte, in der sie die Buchhaltung leitete, versuchte ich meine Panik niederzukämpfen und mich auf andere Gedanken zu bringen.

„Es kann einfach nicht gesund sein, an so einem Ort zu arbeiten", sagte ich zu Nina, als ich eine Stunde später in ihr Büro kam.

Nur so nebenbei: Es war mir gelungen, meine Fangzähne bei mir zu behalten und den Taxifahrer nicht zu belästigen.

Mit Mühe und Not.

Nina Zwei blickte von ihrem Schreibtisch auf, wo sie an ihrem Computer arbeitete. Ihr braunes Haar trug sie in einem einfachen Pferdeschwanz zusammengebunden. Sie hatte nur wenig Make-up aufgetragen und natürlich ihren üblichen ernsthaften Gesichtsausdruck. „Hier werden keinerlei Toxine in die Luft abgelassen. Bei uns finden ausschließlich die Lagerung, Verpackung und Verschickung statt." Sie klang, als hätte sie eine Werbebroschüre zu viel gelesen. „Die Herstellung geht in unserer Anlage in Philadelphia vor sich. Anschließend wird alles zu einem letzten Kontrollgang hierher transportiert, bevor man es der Öffentlichkeit präsentiert."

„Ich rede nicht von der Luft. Ich rede vom Dekor." Ich blickte mich um und verzog das Gesicht. „Es ist beige."

„Oh." Sie folgte meinem Blick. „Ich mag beige."

„Und dieses Karomuster. So was hat man heutzutage überhaupt nicht mehr."

„Die Karos sind gelb und orange: unsere Firmenfarben." Sie stand auf. „Wieso kommst du denn den ganzen weiten Weg hierher gefahren?" Panik stieg in ihre Augen. „Es ist doch nicht etwa was mit Nina, oder? Sag mir, dass sie nicht noch ein Armband bei Tiffany gekauft hat."

„Sie hat sich ein Armband bei Tiffany gekauft?" Ich vergaß all die Probleme mit meinen Hormonen, mein Herz klopfte aufgeregt. „Wann?"

„Vor zwei Tagen. Hat sie dir gar nichts davon erzählt?"

„Ich hatte ziemlich viel um die Ohren und hatte keine Gelegenheit für ein richtiges Gespräch." Ich lächelte. „Und, wie sieht es aus? Wozu will sie es tragen? Wie viel hat es gekostet?" Die nächsten Minuten verbrachte ich damit, mir sämtliche Einzelheiten über Nina Eins' Neuerwerbung mitteilen zu lassen. „Das klingt wirklich cool", erklärte ich, sobald ich eine klare Vorstellung von Ninas neuestem Baby hatte. „Und teuer."

„Zu teuer", sagte Nina Zwei. „Sie hätte in drei verschiedene Investmentfonds investieren und noch ein Einlagenzertifikat mit einer Laufzeit von fünf Jahren erwerben können. Ich meine, wer würde bei einem Einlagenzertifikat mit einem Zinssatz von *acht* Prozent nicht schwach werden?"

„Da bin ich überfragt."

Nina ließ sich wieder auf ihren Stuhl sinken und musterte mich. „Dann lass mal hören. Was ist denn nun wirklich mit dir los?"

Ich habe einen gewandelten Vampir geküsst.

Es lag mir schon auf der Zungenspitze, aber aus irgendeinem Grund gelang mir nicht, es auch auszusprechen.

Hallo? Das ist Nina. Du hast ihr immer alles über deine Küsse erzählt, ob nun mit Gewandelten oder anderen.

Die Sache war nur die – ich hatte noch niemals zuvor einen Gewandelten geküsst und war mir nicht sicher, was ich davon halten sollte, und noch viel weniger, was eine meiner besten Freundinnen auf der Welt davon halten würde. Was, wenn sie mich daraufhin für völligen Abschaum hielt, der ihrer Gesellschaft nicht mehr länger würdig war?

Na ja, ich wusste, dass sie so was auf keinen Fall denken würde. Aber trotzdem hatte ich nicht dasselbe Verlangen, ihr alles über dieses ganz private Ereignis anzuvertrauen, so wie sonst immer. Ich war noch immer viel zu sehr damit beschäftigt, es immer wieder in meinem Kopf abspielen zu lassen und zu versuchen, es in der Schublade mit der Aufschrift MOMENTE KOMPLETTEN UND VOLLSTÄNDIGEN WAHNSINNS abzulegen.

Stattdessen sagte ich: „Ich hab darüber nachgedacht, ob der Job vielleicht doch nicht so superwichtig ist, wie immer behauptet wird. Und dass ich vielleicht mal eine kleine Auszeit brauche."

„Ich stecke bis über beide Ohren in Arbeit, ich habe keine Zeit für einen Ausflug zur Madison Avenue."

„Ich für meinen Teil ziehe ja die Fifth Avenue vor, aber das meine ich gar nicht." Ich räusperte mich. „Weißt du, die Sache ist die, dass ich mich in letzter Zeit ganz schön einsam gefühlt habe und …" Mal sehen. Wie sollte ich mich ausdrücken, ohne dass ich mich vollkommen hilfsbedürftig und schwachsinnig anhörte? „Das heißt, ich war ziemlich angespannt … und ich glaube, wenn ich nur mal wieder so richtig Dampf ablassen könnte, dann könnte ich auch endlich wieder klar denken."

„Okay." Sie sah mich erwartungsvoll an.

„Weißt du, ich bin ganz schön frustriert und brauche einfach ein Ventil dafür."

Ihre Augen leuchteten verständnisvoll auf und sie lächelte. „Warum hast du das nicht gleich gesagt?" Sie griff in ihre Schublade. „Du brauchst einen Stressball." Sie warf mir einen schwammartigen gelben Ball zu, auf dem in leuchtend oranger Schrift WELLBURTON FOR WOMEN stand. „Mit denen kann gar nichts schiefgehen. Wir haben sie eigentlich für Kunden herstellen lassen, aber die Angestellten lieben sie ebenfalls. Ich persönlich habe allein dieses Jahr schon ein paar davon verschlissen."

„Ich glaube wirklich nicht, dass mir da ein Stressball helfen wird." Ich legte das Ding beiseite.

„Wie wär's dann mit einer Druckklammer?" Sie zog etwas hervor, das wie eine Art Zange aussah, und drückte fest zu. „Ich weiß, dass diese Firma besonders strapazierfähige herstellt, ganz speziell für Vampire. Bei denen kannst du drücken, bis dir die Augen aus dem Kopf quellen."

„Ich brauche keinen Schraubstock."

„Was ist dann mit diesem Kugelstoßpendel?" Sie griff nach einem Apparat, der auf ihrem Schreibtisch stand. Silberne Kugeln hingen in einer Reihe von einem hölzernen Stab herab. Sie zog eine davon zur Seite und ließ sie dann gegen die anderen schlagen. „Die sind wirklich wunderbar beruhigend. Ich weiß, zuerst wirkt es gar nicht so. Der Krach ist irgendwie nervtötend, aber wenn du die Bewegung beobachtest, dann kann es richtig wohltuend sein. *Tick-tock. Tick-tock. Tick-tock. Tick-*"

„ICH BRAUCHE SEX!", platzte ich heraus und hielt die Kugeln mit beiden Händen fest. Der Lärm hörte auf und meine Nerven beruhigten sich so weit, dass ich von *gemeingefährlich* wieder auf *Neigung zu mittelschweren Straftaten* heruntergestuft werden konnte. „Und zwar ganz dringend."

„Oh." Sie schluckte und ein seltsamer Ausdruck überflog ihr Gesicht. „Hör mal, Lil, ich würde dir ja furchtbar gerne aushelfen. Wirklich. Du bist so eine gute Freundin und unsere Freundschaft bedeutet mir sehr viel. Aber gerade deshalb muss ich Nein sagen." Sie schüttelte den Kopf. „Ich kann das nicht tun. Ich meine, ja, ich hab auch schon mal drüber nachgedacht. Welche Frau hätte das nicht? Aber nicht ernsthaft. Ich mag … Männer."

„Doch nicht mit *dir*. Ich meine das im übertragenen Sinn. Ich vermisse den Sex, ich vermisse es, mit jemandem zusammen einzuschlafen. Und wieder mit ihm aufzuwachen. Und …" Ich schüttelte den Kopf. „Das fehlt mir einfach schrecklich."

„Was wirst du denn jetzt tun?"

Wir wussten beide, was ich tun konnte. Ich könnte mir irgendjemanden schnappen, ein kurzes Abenteuer mit ihm haben und fertig. Aber das hatte ich doch alles schon hinter mir. Und so groß die Versuchung auch sein mochte, ich wusste doch, dass das nur kurzfristig helfen würde. In sechs Monaten wäre ich dann wieder in genau derselben misslichen Lage wie jetzt. Oder in sechzig Jahren. Oder in sechshundert …

„Vielleicht habe ich meiner Mom doch Unrecht getan." Ich hab Ihnen doch gesagt, ich wäre völlig am Ende gewesen. „Sie hat mir immerhin einige potenzielle Gefährten vorgestellt. Der letzte, Wilson Harvey, war auch gar nicht mal so übel. Gut gekleidet. Sah nicht schlecht aus. Seine Fertilitätsrate war zwar eher niedrig, aber das hätte mein Orgasmus-Quotient mehr als kompensiert. Wir wären vielleicht gar kein übles Paar. Du bist doch mit ihm ausgegangen." Ich sah sie an. „Was meinst du? Wo wir gerade davon reden, vielen Dank noch mal dafür. Du hast mir echt den Arsch gerettet."

„Kein Problem."

„Also, was meinst du? Ich und Wilson? Wilson und ich?"

„Vielleicht."

Sie klang nicht allzu überzeugt und meine Verzweiflung wuchs. „Ich weiß, ich weiß. Er ist ein grauenhafter Langweiler, aber irgendwas muss doch an ihm dran sein. Er kann doch unmöglich ein vollkommener Blindgänger sein, oder? Vielleicht hat er einfach nur ein langweiliges Äußeres, und darunter verbirgt sich das Herz eines richtigen Kerls, den ich verpassen werde, nur weil ich mich weigere, mir die Zeit zu nehmen, unter die Oberfläche zu blicken."

„Vielleicht."

„Hilf mir doch mal ein bisschen. Ich weiß, wie er sich auf dem Papier ausnimmt, aber du hast wirklich Zeit mit ihm verbracht. Erzähl schon, ist er wirklich so schlimm?"

„Eigentlich ist er ziemlich klug."

„Na, sieh mal einer an."

„Und attraktiv. Er ist richtig attraktiv, aber mehr auf so eine wilde Pierce-Brosnan-Art."

„Es können ja nicht alle Brad Pitt sein."

„Und er kennt sich richtig gut mit Opern aus."

„Irgendeine Schwachstelle hat schließlich jeder." Sobald die Worte meinen Mund verlassen hatten, fiel mir etwas Entscheidendes ein. „Du magst die Oper."

„Ich liebe die Oper." Ein merkwürdiges Leuchten trat in ihren Blick. „Sie ist so leidenschaftlich. Wilson findet das auch. Und er ist nicht einfach nur einer von denen, die einem erzählen, dass sie die Oper mögen, weil sie glauben, dass es von ihnen erwartet wird. Nein, er weiß sie wahrhaftig zu schätzen, als eine hochklassige Form des dramatischen Ausdrucks."

„Du magst ihn", sagte ich.

Sie erstarrte. „Tu ich nicht."

„Tust du wohl."

„Tu ich *nicht*. Ich finde, er ist ein toller Mann, das ist alles. Wenn ich auf der Suche nach einem tollen Mann wäre, dann würde ich ihn ernsthaft in Erwägung ziehen."

„Seit wann bist du denn *nicht* auf der Suche nach einem tollen Mann?"

Sie zuckte mit den Schultern. „Seit der tolle Mann, um den es hier geht, nicht auf der Suche nach jemandem wie mir ist."

Ich erinnerte mich: Wilsons Bedingung Nummer eins an seine Zukünftige war ein hoher Orgasmus-Quotient, und auf einmal ergab alles einen Sinn. „Du magst ihn, aber er mag dich nicht."

„Das hat überhaupt nichts mit *mögen* zu tun. Er sucht eine Ewige Gefährtin ... und ich bin nicht das, was er im Sinn hat."

„Hat er das gesagt?"

„Das musste er gar nicht. Ich weiß es. Außerdem empfinde ich genau dasselbe. Er ist auch nicht meine erste Wahl. Mit dieser niedrigen Fertilitätsrate ist er nun wirklich alles andere als der Hauptgewinn." Sie schüttelte den Kopf. „Wir passen einfach nicht zueinander, und das wissen wir beide."

„Dann habe ich also freie Fahrt?"

„Absolut", erklärte sie, bevor sie einen Blick auf ihre Uhr warf. „Aber nicht heute Nacht. Ich bin gerade dabei, mein Portfolio zu diversifizieren. Und er hat angeboten, mir ein paar Tipps zu geben. Wir treffen uns also in einer halben Stunde auf einen Drink vor dem Schlafengehen."

„Verstehe", sagte ich, während ich innerlich die ganze Zeit über lauthals sang: *Wilson mag Nina, Wilson mag Nina ...*

„Das stimmt doch gar nicht." Offenbar war die Singerei doch nicht nur innerlich vor sich gegangen. „Ich habe es nicht auf ihn abgesehen und er mit Gewissheit auch nicht auf mich. Unsere Beziehung ist rein geschäftlicher Natur."

„Dann hast du also nichts dagegen, wenn ich ihn mal anrufe."

„Natürlich nicht."

„Gut."

„Gut." Sie gab ihr Bestes, unbeteiligt zu wirken, während sie ihren Computer herunterfuhr und nach ihrer Handtasche griff. Dann zog sie einen Lippenstift hervor und fuhr sich damit über die Unterlippe, als sie mein breites Grinsen bemerkte. Sie stopfte den Lippenstift wieder in die Tasche und stand auf. „Und, was hast du jetzt noch so vor?"

„Ich dachte, ich statte noch ein paar Fitnessclubs einige Besuche ab, bevor ich nach Hause gehe. Du weißt schon, *Crunch Fitness, The Sports Zone.*“ Ich hatte mir das Gehirn zermartert auf der Suche nach Treffplätzen gewandelter Vampire, wo es weder Alkohol noch eine Tanzfläche gab. Irgend so ein gut besuchter Ort, wo ein netter, anständiger, seriöser gewandelter Vampir (sollte es so etwas geben) hinging, um etwaige Kandidatinnen fürs Abendessen auszukundschaften. Und nachdem eine fett- und kohlenhydratarme Ernährung bei den Menschen der letzte Schrei war, warum nicht auch bei Gewandelten? Wenn ich schon ausgehen müsste, um mir mein Essen selbst zu suchen, dann würde ich sicherlich jemanden vorziehen, der gesund ist, statt, sagen wir mal, einen Besoffenen, der irgendwo bewusstlos im Rinnstein lag.

Ich verdrängte dieses Bild. Ich hätte ihn nicht gebissen.

Oder geküsst.

Oder sonst auf irgendeine Art und Weise Vorteil aus ihm gezogen.

Ich war geil. Nicht verrückt.

Das sagte ich mir zumindest immer wieder selbst.

„Fröhliche Jagd“, sagte sie. Sie griff nach einem schwarzen Ledermantel, der neben ihrem Schreibtisch hing.

„Ja, dir auch.“ Ich lächelte und sie erstarrte.

„Ich hab's dir doch gesagt.“ Sie zog den Mantel an und zupfte am Kragen. „So ist es nicht.“

„Natürlich nicht.“ Ich ging um den Tisch herum, zog an dem Band, das ihren Pferdeschwanz zusammenhielt, und plusterte ihr Haar ein bisschen auf. „Aber nur weil es nicht *so* ist, heißt das noch lange nicht, dass du nicht superscharf aussehen und ihm zeigen kannst, was er verpasst.“

„Mir ist vollkommen egal, was er denkt, solange er mir nur ein paar gute finanzielle Ratschläge gibt.“

„Und ich habe diese tolle kleine Eigentumswohnung auf Hawaii, direkt am Strand, die immerzu deinen Namen ruft."

Sie verzog das Gesicht. „Du bist manchmal wirklich eine richtige Nervensäge."

Mein Grinsen wurde breiter. So viel Spaß hatte ich die ganze Nacht noch nicht gehabt – natürlich abgesehen von einem Vampir, der für mich tabu war, und jeder Menge Knutscherei. „Das ist ein harter Job, aber irgendjemand muss ihn ja machen."

Die nächste Nacht verbrachte ich damit, Waschsalons nach dem perfekten Gefährten abzusuchen.

Natürlich nicht für mich.

Diese Idee hatte ich letzte Nacht aufgegeben. Nachdem ich mit dem Taxi wieder aus Jersey nach New York zurückgekehrt war und in vier verschiedenen Fitnessclubs, die rund um die Uhr geöffnet hatten, meine Visitenkarten verteilt hatte, war ich nach Hause gegangen und ins Bett gekrochen. Mir war klar geworden, dass ich einigermaßen überreagiert hatte. Was mir die Augen geöffnet hat? Ein Wort: Multi-Geschwindigkeits-Vibrator. (Eigentlich sind das natürlich drei Wörter, aber wenn ich mich recht erinnere, hat mein Hauslehrer Jacques immer irgendwas von wegen „der Bindestrich dient als eine Art Ehering" gesagt, also für alle Zeit gebunden und so weiter und so fort.)

Stellen Sie sich das mal vor: *Ich* ziehe tatsächlich einen der Kandidaten meiner *Mutter* in Erwägung, nur weil ich einen guten Orgasmus brauchte. Oder ein gutes Dutzend.

Ich konnte wirklich nicht mehr ganz bei Trost sein.

Nachdem die Mitternachts-Soiree in gut einer Woche stattfinden würde, musste ich ganz dringend neue Aufträge an Land ziehen. Nicht nur, dass mir Mrs Wilhelm im Nacken saß, meine Mutter hatte noch eine Handvoll anderer Freundinnen zu mir geschickt, damit ich für sie ein Date für diese Veranstaltung fand.

Zum Glück suchte wenigstens niemand von denen einen Ewigen Gefährten. Der ganze Club bestand aus wesentlich älteren weiblichen Vampiren, die all das Theater von wegen Bindung und Verantwortung schon hinter sich hatten. Sie hatten ihre Kinder bekommen und damit ihren Beitrag zum Überleben der Rasse geleistet, und jetzt wollten sie das Leben wieder genießen. Einige von ihnen waren Witwen, andere hatten einfach eine Übereinkunft mit ihrer besseren Hälfte getroffen, die es ihnen erlaubte, ihr Glück auch bei anderen Männern zu versuchen. Alles in allem wollten sie sich einfach nur amüsieren, und das bedeutete, dass es für sie also nicht unbedingt ein gebürtiger Vampir mit sagenhafter Fertilitätsrate sein musste.

„Dafür bezahlen Sie mir aber Überstunden", sagte Evie nach einer zwanzigminütigen Unterhaltung mit einem nicht ganz so süßen Typen, in der es um die Vorteile von Flüssigbleiche im Vergleich zu Pulver ging. Sie hatte den legeren Büro-Look perfekt umgesetzt – mit einem Hauch von *trendy*. So steckte sie in einem Bleistiftrock aus Jeansstoff von Rebecca Taylor, einem Baumwollpulli, einer Jeansjacke und (was dem Ganzen erst den richtigen Pfiff gab) einem Halsband mit Perlen.

Ich hielt mit einem bestickten Rock von Vivienne Tam dagegen, einem silberfarbenen, ärmellosen Top und einem Paar Leder-Stilettos von Nancy Geist. Und einer Hobo Bag in Leder von Furla.

Ich weiß, ich weiß. Das entspricht so gar nicht meinem augenblicklichen Budget, aber zum Glück hatten Nina Eins und ich dieselbe Größe und sie ließ sich immer wieder von meiner Bettelei erweichen.

„Stellen Sie sich doch einfach vor, Sie gingen mit Ihrer besten Freundin aus."

„Das hier ist aber nicht gerade das *Avalon*." Das *Avalon* war eine meiner Lieblingsdiscotheken drüben in Chelsea. „Eher das *Fold-n-Dry* auf der Siebenundsiebzigsten."

Das hatte Nina Eins auch gesagt, als ich sie eingeladen hatte, sich uns anzuschließen, nachdem ich ihren Kleiderschrank geplündert hatte. (Wenn ich auch inzwischen wieder der Ansicht war, dass ich keinen Gefährten brauchte, um etwas wert zu sein, so war ich doch auch nicht unbedingt darauf versessen, allein zu bleiben.) Nina Zwei hatte eine weitere finanzielle Besprechung mit Wilson gehabt. Genau: Samstagabend, Drinks in einer Champagnerbar, alles natürlich rein geschäftlich … Also, von *dem* lasse ich auf jeden Fall meine Finger. Da beide Ninas beschäftigt waren, blieb also nur noch Evie.

„Aber Spaß macht es doch trotzdem." Als mir Evie einen vielsagenden Blick zuwarf, lenkte ich ein. „Es ist zumindest äußerst informativ."

Sie zuckte die Achseln. „Das stimmt. Wer hätte gedacht, dass man bloß durch den Inhalt seines Wäschekorbs so viel über einen Menschen erfahren kann? Ob er Single ist oder verheiratet. Ob er Kinder hat. Wenn ja, wie viele."

„Wie oft er die Unterwäsche wechselt." Ich beobachtete einen Kerl, der gerade mit einem mikroskopisch kleinen Wäschebeutel reingekommen war. Er steuerte auf direktem Weg die nächste Waschmaschine an, stülpte den Beutel um – und drei T-Shirts purzelten in die Waschmaschine. „Oder ob überhaupt."

„Meinen Sie?" Evie musterte den Kerl, während er ein paar Münzen aus der Hosentasche fischte. Er war deutlich über eins achtzig groß. Nicht schlecht gebaut. Dunkle Haare. In Jeans und einfachem T-Shirt nicht gerade ein Modeguru, aber in Bezug auf Turnschuhe hatte er jedenfalls guten Geschmack: Nike. „Ich hätte ihn für den Boxershorts-Typ gehalten."

Noch einmal betrachtete ich ihn gründlich von oben bis unten, bevor ich mich auf seinen Hintern konzentrierte. „Glauben Sie mir, der steht im Augenblick auf unten ohne."

„Woher wissen Sie so was immer?"

„Mein sechster Sinn." Alias Supervampir-Röntgenblick. Ich

ging zu ihm hinüber, stellte mich vor und gab ihm meine Karte. Er hieß Jeff, war ein Mensch, arbeitete auf dem Bau, hatte nicht sehr viele Verabredungen, hätte aber gerne mehr. Und er trug keine Unterwäsche, weil er allergisch gegen Gummi war und von den elastischen Bündchen immer juckenden Ausschlag bekam.

Okay, Letzteres war mehr, als ich eigentlich hatte wissen wollen, aber wenigstens war der Mann freundlich. Und begeistert. Er versprach mir anzurufen, wenn er nicht mehr so viel arbeiten musste und wieder ein bisschen mehr Freizeit hatte.

Inzwischen hatte Evie drei weitere Karten verteilt, von denen ihr zwei gleich wieder um die Ohren gehauen wurden. Die eine von einer neugeborenen Jungfrau, die sich gerade eine längere Auszeit vom anderen Geschlecht nahm. Und die andere? Ein frisch geschiedener Mann, der immer noch hoffnungslos in seine Ex verliebt war. Der einsame Damenslip, der sich zwischen seine Socken verirrt hatte, hätte sie eigentlich über die Lage ins Bild setzen müssen, aber sie hatte im Zweifel für den Angeklagten entschieden und ihn einem Fetisch zugeschrieben.

Hey, wir alle hatten es irgendwann einmal erst lernen müssen.

Wir wollten gerade den achten Waschsalon verlassen, als mich Evies Stimme kurz vor der Tür aufhielt.

„Hey, ist das nicht eine unserer Kundinnen?"

Ich wandte mich um und folgte Evies Blick bis zu dem großen Fernseher, der oben an der gegenüberliegenden Wand angebracht war. Gerade lief eine Wiederholung der Lokalnachrichten von heute Abend, die ich natürlich verpasst hatte. Wie immer.

Mir starrte das vertraute Gesicht einer Frau entgegen, mein Magen schnürte sich zusammen.

„Sie wäre fast eine unserer Kundinnen geworden", sagte ich zu Evie. Bevor ich sie während des kleinen Vorfalls mit der gefälschten Prada-Tasche vertrieben hatte. Mir waren der Kaffee und die

Kekse ausgegangen, also war sie zur Konkurrenz gegangen, wo es kostenlose Donuts mit Erdbeerfüllung gab (und Puderzucker).

Und jetzt wurde sie vermisst.

„… sucht die Polizei nach Zeugen." Die Stimme des Sprechers übertönte das monotone Surren der Waschmaschinen und Trockner. „Sollten Sie diese Frau gesehen haben oder Informationen über ihren gegenwärtigen Aufenthaltsort besitzen, rufen Sie bitte bei unserer Hotline an. Die Nummer wird unten eingeblendet."

Mit zitternden Händen zog ich mein Handy raus und wählte Ty Bonners Telefonnummer.

„Ich kannte die Frau", berichtete ich Ty eine halbe Stunde später. Ich hatte Evie erst bei ihrer Wohnung abgesetzt, und als ich im Büro angekommen war, hatte er schon auf mich gewartet. „Ich *kannte* sie."

„Dann weißt du ja auch, dass sich der Kerl an seine bisherige Herangehensweise hält." Er trug schwarze Jeans, ein *San Antonio Spurs*-T-Shirt in Schwarz und Silber sowie Stiefel. Seinen schwarzen Ledermantel hatte er über den Stuhl gelegt, auf dem er saß. Die Beine hatte er vor sich ausgestreckt und die Knöchel übereinander gelegt. Kräftige Muskeln und ein düsterer, grüblerischer Gesichtsausdruck. Er beobachtete mich unter einem schwarzen Cowboyhut hervor, den er sich tief in die Stirn gezogen hatte. Seine neonblauen Augen verfolgten jeden meiner Schritte, als ich immer wieder rastlos von einem Ende zum andern über den Perser wanderte. „Er hat zwar den Ort gewechselt, doch er ist immer noch hinter demselben Typ Frau her. Laura Lindsey passt haargenau ins Schema."

„Laura?"

„Die Frau, die er gerade entführt hat. Sie war geschieden. Keine Kinder. Sie hat eine Großmutter irgendwo in Kentucky, aber keine anderen lebenden Verwandten. Sie hat sich letztes Jahr hierher versetzen lassen und seitdem noch nicht viele Freunde gefunden. Sie hat im Metropolitan Life Building gearbeitet, ist zweimal die Woche in die Bücherei gegangen und hat ihren Kaffee gern mit Zucker und viel Milch getrunken."

„Na schön, ich hab sie natürlich nicht richtig gekannt, aber ich hatte sie immerhin kurz gesehen. Sie hat einen Fragebogen bei uns ausgefüllt."

Seine Miene veränderte sich nicht, aber in seine Augen war ein Leuchten getreten. „Hast du ihr ein Date mit jemandem verschafft?"

„Die Gelegenheit dazu hatte ich gar nicht." Ich erklärte das mit der Annonce und der Gratisverpflegung und erzählte, wie mir der Nachschub ausgegangen war. (Da ich nach wie vor das Image des scharfen, unerreichbaren gebürtigen Vampirs verbreiten wollte, ließ ich den Teil aus, wo ich auf der Suche nach dem verloren gegangenen Prada-Firmenschild auf dem Boden herumgekrabbelt war.) „Sie wurde erst wütend und ist dann richtig ausgeflippt. Trotzdem, so was hat sie nicht verdient." Ich blieb stehen, unsere Blicke trafen sich. „Du musst sie finden. Oder zumindest herausfinden, was mit ihr passiert ist."

„Das werde ich." Er stand auf und kam die paar Schritte zu mir herüber.

Am liebsten wäre ich weggelaufen. Leider hätte ich zugleich auch am liebsten etwas ganz anderes getan (wobei es mehr ums Berühren als ums Weglaufen ging). Und so blieb ich, wo ich war.

„Was?", fragte ich, als er mit einem komischen Gesichtsausdruck einfach nur auf mich hinabstarrte.

„Du bist wirklich … zu viel."

„Was soll das heißen?"

Er schob seinen Hut so zurück, als ob er mich besser sehen

wollte. „Du hast Angst, stimmt's? Darum hast du mich angerufen und mich gebeten, dich hier zu treffen. Weil du richtige *Angst* hast."

„Hab ich nicht. Ich hab dich angerufen, weil ich dachte, du wüsstest gerne über das letzte Opfer Bescheid."

„Ich wusste schon Bescheid."

„Du wusstest aber nicht, dass sie hier bei uns war."

„Nein, aber ich wüsste auch nicht, inwiefern das in dieser Situation von Bedeutung sein sollte."

Ich auch nicht, aber in dem Augenblick, als ich ihr Bild auf dem Fernsehbildschirm aufleuchten gesehen hatte, war es mir von Bedeutung erschienen, und ich hatte ein geradezu überwältigendes Gefühl des Verlusts verspürt. Ich hatte etwas tun wollen. Etwas sagen wollen. „Okay, vielleicht ist es das auch gar nicht. Aber man weiß schließlich nie, welcher Hinweis wirklich nützlich ist und welcher nicht. Ich dachte nur, du könntest dir vielleicht ein besseres Bild von ihr machen, wenn du wüsstest, dass sie hier war. Und dass sie auf Gratisscheiß steht. Und dass sie einsam genug war, um mehr als eine Partnervermittlung aufzusuchen."

„Genau genommen war sie einsam genug, um drei aufzusuchen, diese hier nicht mitgezählt. Alle drei haben ihr Dates verschafft, und wir sind gerade dabei, das zu untersuchen."

„Machst du Witze? Glaubst du wirklich, dass der Kidnapper ebenfalls bei allen dreien war?"

„Vielleicht."

Was bedeutete, dass die Chancen nicht schlecht standen, dass er auch hier bei *Dead End Dating* auftauchen würde.

Ich fand diese Vorstellung jetzt nicht mehr halb so aufregend wie vor Ty Bonners Kuss in der letzten Nacht. Ich versuchte mir einzureden, dass das daran lag, dass mir die Gefahr inzwischen sehr viel realer erschien. Und nicht etwa daran, dass ich nicht mehr plante, mich als Heldin aufzuspielen und Ty mit Esther zu verkuppeln. Oder mit sonst jemandem. Oder weil ich ihn für mich selbst haben wollte.

Auf gar keinen Fall.

Er sah mich an. „Du *hast* Angst."

„Ich bin ein Vampir. Ich habe keine Angst. Ich bin nur besorgt."

„Vampire sind nicht besorgt."

Gutes Argument. „Hör mal, ich hab dir doch schon einmal gesagt, dass ich schließlich eine Firma habe, an die ich denken muss. Wenn meine Kundinnen jetzt anfangen zu verschwinden, ist alles kaputt, was ich mir aufgebaut habe." Ich wusste, dass wir dieselbe Diskussion schon einmal geführt hatten, aber es klang jedenfalls wesentlich besser als: „Du hast recht, ich mach mir vor Angst bald in die Hose." Es war eine Sache, ein anonymes Bild im Fernsehen zu sehen – wie das erste Opfer –, aber eine ganz andere, jemandem tatsächlich von Angesicht zu Angesicht gegenübergestanden zu haben, der dann auf einmal verschwand. Das machte es so … *real*.

„Die Firma, was?"

„Genau."

„Deswegen läufst du hier, seit du durch die Tür gekommen bist, auf und ab wie ein Tiger im Käfig. Weil du dir Sorgen um die Firma machst."

„Ich laufe nicht auf und ab."

„Du rennst so schnell, dass deine Schuhe schon anfangen zu glühen."

Ich blickte hinunter und sah weiße Rauchwölkchen, die meine Knöchel umkreisten. „Na gut, ich laufe auf und ab. Aus lauter Frust, aber nicht aus Angst." Er machte den Mund auf, um mal wieder auf das Offensichtliche hinzuweisen – Vampire waren nicht frustriert –, aber ich hielt eine Hand hoch. „Behalt's für dich. Halt einfach nur die Klappe." Ich nagelte ihn mit einem Blick fest. „Also, was wirst du jetzt tun?"

„Was ich schon die ganze Zeit tue. Ich werde ihm auf den Fersen bleiben, bis er einen Fehler macht."

„Und wenn er keinen macht?"

„Das wird er aber. Irgendwann machen sie immer einen Fehler."

„Aber was ist, wenn das noch eine Weile dauert?", bohrte ich weiter. „Was ist, wenn er immer weiter damit durchkommt? Was, wenn er noch eine Frau entführt? Was, wenn er beschließt, sich an eine meiner Kundinnen heranzumachen? Er könnte einfach mit Melissa oder Action-Girl losmarschieren oder mit irgendeiner der anderen netten Frauen, die zu mir gekommen sind, damit ich ihnen helfe."

Ich wollte, dass er mir versichert, dass dies nicht passieren würde. Dass er den Kerl vorher finden und ihm kräftig in den Arsch treten würde und all den anderen Macho-Mist, den die meisten Männer genauso großzügig verteilen wie eine Katze ihre Haare.

Stattdessen sah er mich einfach nur an. „Das ist eine sehr reale Möglichkeit."

Langsam drangen seine Worte in mein Bewusstsein und es bildete sich mitten in meiner Brust ein fester Knoten. „Scheiße, das könnte er tun. Er könnte es einfach so tun." Die Wahrheit erdrückte mich fast, und so schwieg ich eine ganze Weile. Dann schüttelte ich den Kopf. „Nein, das kann er nicht. Weil das bedeuten würde, dass er an mir vorbei müsste, und das wird nicht passieren."

Er grinste. „Braver Vampir." Dann berührte er mich; seine kühlen Fingerspitzen streichelten meine Wange. „Wenn es eines gibt, was ich in den letzten hundert Jahren gelernt habe, dann ist das Geduld. Es mag ein Weilchen dauern, aber ich bekomme immer, was ich will."

„Ist das so?"

Er beugte sich hinab. Sein Mund näherte sich meinem. „Immer." Das Wort war wie ein leiser Lufthauch an meinen Lippen und ich fühlte, wie ein elektrisierendes Prickeln meine Wirbelsäule hinaufschoss.

Hallo? Das ist der falsche Kerl, oder hast du das immer noch nicht geschnallt? Gewandelter Vampir!, mahnte mich mein Gewissen. *Fertilitätsrate gleich null. Vampirischer Abschaum. Das untere Ende der Nahrungskette …*

Ja, ja.

Es war doch so: Ich würde ihn nicht küssen. *Er* würde *mich* küssen, was doch wohl ein ganz anderes Licht auf die Sache warf. Ich konnte ja kaum etwas falsch machen (und mir deswegen auch noch Vorwürfe machen), wenn ich gar nicht diejenige war, die diese Entscheidung getroffen hatte. Ich war nichts als eine unschuldige Zuschauerin. Eine Rose, die nur darauf wartete, gepflückt zu werden. Eine reife Erdbeere, die kurz davor stand aufzuplatzen … Okay, die komplett falsche Analogie, aber Sie wissen, was ich meine.

Also, zurück zu dem, was wirklich zählt. Er beugte sich zu mir, mit wilden, leidenschaftlich leuchtenden Augen. Mmmm … Ich fühlte schon den Hauch seines Atems auf meinen Lippen. Er würde mich gleich küssen, so viel stand fest. Er würde …

„Halt einfach die Augen offen, für den Fall, dass etwas Verdächtiges passiert." Seine tiefe Stimme durchdrang das regelmäßige *pamm, pamm, pamm* seines Pulsschlags, das mir in den Ohren dröhnte.

Ich riss die Augen auf, nur um festzustellen, dass sich unsere Nasen praktisch berührten. Allerdings hatte er die Lippen keineswegs zum Küssen gespitzt, sondern grinste.

Ich runzelte die Stirn. „Du hast nicht vor, mich zu küssen, oder?"

Er schüttelte den Kopf. Seine Nasenspitze streifte meine. „Diesmal nicht."

Verdammt.

„So wie ich das sehe, Süße, bist *du* jetzt dran."

Was wohl so viel heißen sollte, wie: Entweder ich küsste ihn oder es würde nichts laufen.

Er rührte sich nicht vom Fleck, sondern wartete. Sein Körper befand sich angespannt und unmittelbar vor mir. Er wartete.

Ich leckte mir über die Lippen und dachte an die letzte Nacht. Wie gut er geschmeckt hatte und wie sehr ich ihn begehrte.

Jedenfalls so sehr, dass ich mich schrecklich aufregte und tatsächlich die Ratschläge meiner Mutter in Erwägung zog. Ich war sogar so weit gegangen, mir mich zusammen mit Wilson vorzustellen. Ich hatte uns schon mit einem halben Dutzend kleiner Wilsons gesehen.

Iiiiihhhh!

Ich schluckte und versuchte, mich zusammenzureißen. „Ich fürchte, ich muss passen. Ähm, vielen Dank, dass du vorbeigekommen bist."

Ich meinte, kurz Enttäuschung aufblitzen zu sehen. Aber dann grinste er noch breiter und mir blieb nichts als der unangenehme Gedanke, dass es ausschließlich meine Hormone waren, die komplett verrücktspielten.

„Jederzeit, Süße." Mit diesen Worten drehte er sich um und ging davon.

Das ist nur zu deinem Besten, flüsterte mein Gewissen. (Ja, ich weiß, Vampire sollten eigentlich auch so was gar nicht haben; finden Sie sich einfach damit ab.) *Du hättest nicht zulassen dürfen, dass er dich letzte Nacht küsst. Und du hättest ihn nicht anrufen sollen, nur weil du ausgerastet bist. Und du hättest auf gar keinen Fall einfach so dastehen und darauf warten sollen, dass er mal wieder den ersten Schritt tut.*

„Ach, halt doch die Klappe", knurrte ich. „Halt einfach deine verdammte Klappe."

Ich horchte, bis seine Schritte und das köstliche Pulsieren seines Blutes endgültig verklungen waren. Dann schnappte ich mir meine Tasche, schaltete alle Lichter im Büro aus und ging nach Hause.

Noch so ein Samstagabend, der total für den Arsch war.

25

„Bitte sag mir, dass das nicht das ist, wofür ich es halte." Mein Blick wanderte von meiner Mutter zum bestaussehenden Vampir, den ich je getroffen hatte. Und das wollte etwas heißen, da im Durchschnitt schließlich alle Vampire unglaublich gut aussehen.

Es war mal wieder Sonntagabend. Eine weitere Jagd im trauten Kreis der Familie. Und ein weiterer Verkupplungsversuch.

Der heutige Kandidat wirkte, als sei er vom Cover eines Liebesromans direkt in die Realität umgestiegen. Er hatte wallend langes schwarzes Haar, ausgeprägte Kieferknochen, durchdringende grüne Augen, sinnliche Lippen und einen Körper, der einfach nur göttlich wirkte. Puh … War es hier drin heiß oder lag das an mir?

Gewisse, ähm, Körperteile prickelten vor Erregung und ein winziger Hoffnungsstrahl durchzuckte mich.

Hoffung?

Pfff. Ich war verzweifelt.

Ich verlagerte meine Aufmerksamkeit auf den Kerl, der neben ihm stand: sein genaues Spiegelbild, was die Gesichtszüge betraf. Nur dass Nummer zwei wallend blondes Haar und wunderschöne schokoladenbraune Augen hatte.

Es gab also zwei von der Sorte.

„Es sind zweieiige Zwillinge!" Meine Mutter sprach laut aus, was ich dachte.

Das heißt, natürlich nur einen winzig kleinen Teil all dessen, was ich gerade dachte. Zum Glück.

„Beide sind fantastisch", fuhr sie fort, „aber doch so unterschiedlich, dass für jeden Geschmack etwas dabei ist. Ich dachte mir: Wo du doch so mäkelig bist, könnte ich mit gleich zwei fantastischen Männern – beide mit extrem hohen Fertilitätsraten – auf keinen Fall falsch liegen. Jeder sieht auf seine Art gut aus. Wenn dir Thirstons Haar zu dunkel ist, dann nimm doch einfach Theodore, der blond ist. Wenn dir Theodores Augen zu braun sind, dann bringst du einfach ein bisschen Farbe ins Spiel und entscheidest dich für Thirston. Was will man mehr?"

„Das ist, ähm, nett, Mom, aber ich glaube nicht, dass ich mich für einen der beiden entscheiden werde."

„Warum denn nicht?" Sie wirkte dermaßen fassungslos, dass ich ernsthaft darüber nachdachte, ob Aliens nicht am Ende doch existierten. Schließlich lebten auf der Erde eine ganze Schar übernatürlicher Wesen, warum also keine Außerirdischen? Das würde so vieles an dieser Frau erklären, die mich gerade anstarrte. Meine Mutter war gar nicht meine Mutter. Sie war ein tauber, verbohrter Alien, der nur zu einem einzigen Zweck auf der Welt war: seiner einzigen Tochter das Leben zur Hölle zu machen. Heute ich, morgen alle Töchter auf der Erde, bis diese aufdringlichen Mütter die Welt ganz allein regierten.

Dieser Gedanke reichte aus, sämtliche prickelnden Körperteile wieder zur Räson zu rufen.

„Du musst wirklich aufhören, so wählerisch zu sein, Lilliana. Du wirst auch nicht jünger. Übrigens, hast du schon eine Begleitung für die Soiree?"

„Ich brauche keine Begleitung. Ich bin definitiv in der Lage, solo zu fliegen."

Sie schüttelte den Kopf. „Du darfst vor Mitternacht nicht fliegen, Liebes. Das ist gegen die Regeln der Soiree."

„Ich meinte fliegen ja auch nicht im Sinn von *fliegen*. Ich meinte, dass ich durchaus allein an dieser Veranstaltung teilnehmen kann. Ohne einen Mann."

„Warum um alles in der Welt solltest du so etwas tun wollen, wenn diese beiden dich doch nur allzu gerne dorthin begleiten würden? Sie sind alle beide gut aussehend und männlich. Außerdem besitzt Thirston eine Papierfabrik und Theodore ist in der Hausmüllindustrie sehr erfolgreich tätig."

Hat sie tatsächlich gerade in einem Atemzug die Wörter *männlich* und *Hausmüll* benutzt?

„Sie sind vollkommen, Lilliana. Absolut vollkommen."

„Der eine stellt Klopapier her und der andere bringt den Müll raus."

„Nicht nur Toilettenpapier", mischte sich Thirston ein. „Außerdem stellen wir Papiertücher und Servietten her. Und wir haben eben erst unsere Produktpalette von Einweggeschirr völlig neu gestaltet. Wir produzieren den superhaltbaren Teller."

„Den was?"

„Superhaltbar. Garantiert undurchlässig und unzerbrechbar, oder Sie erhalten Ihr Geld zurück."

„Das ist wirklich … nett." Ich richtete meine Aufmerksamkeit wieder auf meine Mutter. „Also, ähm, wo ist Dad?"

„Er ist in der Bibliothek und bespricht etwas Geschäftliches mit Wilson."

„Wilson ist auch hier?" Ich verdrehte die Augen himmelwärts und stöhnte. *„Mom."*

„Ich hab ihn nicht eingeladen. Er ist einfach aufgetaucht. Er sagte, er müsse mit deinem Vater über die neuen Investitionen sprechen, die er unserem Portfolio hinzufügt. Und das ist auch gut so, sonst würde dein Vater immer noch schmollend in der Ecke sitzen."

„Warum?"

„Diese Frau hat während des Spiels heute Abend seinen

Glücksgolfball gestohlen.“ *Diese Frau*, auch unter dem Namen Viola „der Werwolf“ Hamilton bekannt.

„Das ist ein Witz, oder?“ Ich hätte sie eigentlich nicht für eine Diebin gehalten, aber was wusste ich schon? Ich hatte mich ganze fünf Minuten mit ihr unterhalten.

„Ich wünschte, es wäre einer. Er hatte sein Ziel ein wenig verfehlt. Der Ball flog über die Hecke. Viola und ihr ganzer Haufen dachten offenbar, dass dein Vater mit ihnen Stöckchen spielen wollte. Ich muss es wohl eigentlich nicht extra erwähnen, aber sie denkt nicht einmal daran, ihn zurückzugeben. Dein Vater ist am Boden zerstört. Er liebt diesen Ball mehr als alles andere, bis auf seine signierte Knicks-Kappe. Er hat sie von einer Golf-Legende.“

„Tiger Woods?“

„Der Tochter des Chiropraktikers von Tigers Vater.“ Sie lächelte die beiden Vampire an. „Wie wäre es mit einem kleinen Drink, um den Appetit anzuregen?“ Als beide Männer nickten, lächelte sie. „Lilliana, warum kümmerst du dich nicht um Thirston und Theodore, während ich uns etwas zu trinken hole?“

„Das würde ich ja furchtbar gerne tun, aber ich sollte jetzt wirklich gehen und Max finden. Er macht ein paar Farbbroschüren für mich … und ich muss mit ihm noch den ganzen Aufbau und so besprechen.“

„Er ist noch nicht da.“

„Tja, also, mit Jack muss ich auch noch reden.“

„Er ist ebenfalls noch nicht da.“

„Rob?“

„Vermutlich unterwegs.“

„Du meinst, sie kommen allesamt zu spät?“ Bei Jack wunderte mich das nicht. Er kam ständig zu spät. Aber Max war nur eine jüngere, etwas modernere Version meines Vaters, und er war *immer* pünktlich.

„Ich habe sie gebeten, eine halbe Stunde später zu kommen."

„*Mich* hast du nicht darum gebeten."

„Weil ich wollte, dass du zur gleichen Zeit wie immer hier bist. Ich wollte, dass du Theodore und Thirston in aller Ruhe und ohne Unterbrechungen kennenlernen kannst."

Womit ein Abend, der ohnehin schon viel zu lang war, noch um eine zusätzliche halbe Stunde verlängert wurde.

Sie drückte beiden Männern ein Glas Bourbon mit Eis in die Hand und lud sie mit einer Handbewegung ein, auf dem Sofa Platz zu nehmen. „Lilliana, möchtest du dich nicht zu ihnen setzen?" Sie zeigte auf den freien Platz zwischen den beiden, doch ich ließ mich lieber eilig auf einem Sessel auf der anderen Seite des Queen-Anne-Tischchens nieder. „So. Dann seid ihr ja alle versorgt." Sie lächelte mir zu. „Würdest du bitte die Stellung halten, Liebes? Ich muss nur kurz in den Keller gehen und eine Flasche mit irgendetwas richtig Altem und Importiertem für das Abendessen auswählen."

„Aber ich würde wirklich lieber –" Sie verschwand, noch bevor ich den Satz beenden konnte. Das Klicken ihrer hohen Absätze auf den Marmorfliesen hallte durch die Eingangshalle und war bald nicht mehr zu hören.

Der Müllkönig ließ mir einen überaus ernsten Blick angedeihen, während der Klopapiertyp ein BlackBerry aus seiner Anzugtasche zog. „Es macht Ihnen doch hoffentlich nichts aus, wenn ich mir rasch ein paar Notizen mache?"

„Ich schätze –"

„Gut", unterbrach er mich mit ernsthafter Miene. „Also, wie hoch liegt Ihr Orgasmus-Quotient?"

Oh nein. Jetzt ging das wieder los.

Ich holte tief Luft und suchte nach einer taktvollen Antwort, die ohne die Worte *Das geht dich verdammt noch mal einen Scheißdreck an* auskam. „Null", erwiderte ich.

Die beiden tauschten verwirrte Blicke aus. „Sie machen doch Witze", stellte er schließlich fest. „Sinn für Humor." Er schüttelte den Kopf. „Das ist zwar nicht unbedingt nötig, aber ich schätze, es kann auch nicht schaden", sagte Theodore, während sich Thirston fieberhaft Notizen auf dem BlackBerry machte.

„Ich besitze in der Tat einen Sinn für Humor, aber das meine ich ernst." Ich setzte eine düstere Miene auf, um das Ganze zu untermauern. „Ich leide unter dieser grauenhaften Krankheit, die mein sexuelles Verlangen derartig bremst, dass ich Sex nicht einmal mögen kann."

Theodore wirkte erleichtert. „Sie müssen es nicht mögen. Die Hauptsache ist, dass Sie Eizellen produzieren."

Das wurde ja immer besser.

Er beugte sich vor. „Und, tun Sie das?"

Ich beugte mich ebenfalls vor. „Ja." Er lächelte und ich lächelte. „Nicht dass Ihnen das in dieser besonderen Lage helfen würde." Sein Lächeln verschwand, meines dagegen wurde breiter. „Nichts gegen Sie, Theo, aber wenn ich mir meinen Traummann vorstelle, dann ist er Pilot oder ein Navy SEAL oder ein halbnackter Bauarbeiter." Oder ein Kopfgeldjäger, fügte eine leise Stimme hinzu. *Böse Stimme.* „Er wischt jedenfalls ganz bestimmt nicht irgendwelche Pfützen mit 'nem Zewa Wisch & Weg auf." Ganz schön hart, ich weiß. Aber, ich bitte Sie, *Eizellen produzieren*? Das war doch wohl das Letzte.

„Das ist die andere Küchenrolle. Unser Produkt nennt sich Super-Saugstark."

„Das war doch nur eine Redewendung. Und wenn es auch durchaus manchen Müll gibt, auf den ich stehe", Ich wandte mich an seinen Bruder, „so gilt für Sie genau dasselbe wie für ihn. Nicht dass ihr beiden nicht megascharf wärt. Ich glaube nur einfach nicht, dass wir zusammenpassen. Aber", ich lächelte, „ich wette, ich kann jemanden für Sie finden, der das tut."

Ich war schon *so* nahe am Poolhaus – meinem Versteck für die heutige Jagd –, als ich Wilsons Stimme hörte. „Wie läuft die Jagd?“

Als ich mich herumdrehte, stand er hinter mir. Er sah in seinem Dreiteiler genauso gut aus wie immer: sein Gesichtsausdruck düster, grüblerisch und überaus vampirisch. Irgendwie. Allerdings hatte er einen Tintenfleck auf der Krawatte und ich sah, wie ein Taschenrechner seine Jackentasche ausbeulte. „Eigentlich sehr gut.“ Ich hatte erwähnt, dass unsere nächste Nachbarin zur Linken eine ungebundene gebürtige Vampirfrau war, die erst kürzlich als Inhaberin des höchsten Orgasmus-Quotienten in der Geschichte unserer Rasse in das Vampirbuch der Rekorde aufgenommen worden war. Theodore und Thirsten waren daraufhin sofort losgerannt und ich hatte mich auf den Weg zum Poolhaus gemacht. „Ich bin nicht dran. Heute Abend hat Max das Vergnügen, was bedeutet, dass ich mich verziehe, bis alles vorbei ist.“

„Ich meinte die Jagd nach einer Ewigen Gefährtin. Für mich. Haben Sie schon jemanden gefunden?“

„Aber ich dachte, Sie und Nina … Ich meine, Sie haben sich doch gestern Abend noch getroffen.“

„Ich dachte, sie wäre nur zum Aufwärmen. Bis die Richtige kommt.“

Okay, das war sie ja auch tatsächlich gewesen. Ich hatte unbedingt ein Date für ihn finden müssen und Nina hatte sich freiwillig zur Verfügung gestellt, damit ich nicht als ganz und gar unfähig dastand. Aber dann hatte es gefunkt und jetzt mochte sie ihn.

Der entscheidende Punkt: *Sie* mochte *ihn*.

„Sie ist eine intelligente Frau“, sagte er. „Wirklich intelligent. Und ich glaube nicht, dass ich jemals jemanden kennengelernt habe, der mehr über Ruhestandkonten wüsste. Außerdem ist sie sehr attraktiv. Aber es führt kein Weg daran vorbei: Sie entspricht nicht einmal annähernd den Anforderungen, die ich stelle."

„Aber Sie haben sich mehr als einmal getroffen", beharrte ich. Meine Kehle brannte und meine Brust fühlte sich an wie eingeschnürt.

„Ja, das stimmt schon. Aber dabei ging es nur um Geschäftliches. Wir unterhalten uns gern über das Neueste am Finanzmarkt, aber es ist ja nicht so, als ob ich sie nach Hause zu meiner Familie mitnehmen könnte. Kommen Sie, die würden sich glatt totlachen."

Zum zweiten Mal an diesem Abend musste ich feststellen, dass ich meine Meinung zu körperlicher Gewalt vielleicht doch überdenken sollte. Wenn es jemanden gab, dem man mal gründlich in den Hintern treten sollte, dann war es Wilson Harvey. Und vielleicht noch die Vampirzwillinge. Und jeder andere gebürtige Vampir-Chauvi da draußen.

Hallo? Das wären dann wohl so ziemlich alle.

Mag schon sein, aber im Augenblick war ich einfach nur stinksauer und fühlte mich dieser Herausforderung durchaus gewachsen.

„Lassen Sie es mich mal so sagen, *Wilson*. Ich würde Ihnen selbst dann nicht zu einer Gefährtin verhelfen, wenn Sie der letzte gebürtige Vampir auf der Welt wären und das Überleben der gesamten Spezies von Ihnen abhinge. Und was für ein bescheuerter Name ist *Wilson* überhaupt? Das ist ein Nachname, sonst nichts. Was für ein Mann hat denn einen Nachnamen als Vornamen?" Ich weiß, ich hatte mich so in Rage geredet, dass nur noch Mist rauskam. Aber das tat ich für eine meiner liebsten Freundinnen sowie für alle gebürtigen weiblichen Vampire auf der ganzen Welt. „Ein Langweiler, ist doch klar. Ein Kerl, der immer einen Taschenrechner dabeihat und der Tintenflecke auf seinem Schlips hat. Was habe ich mir bloß dabei gedacht, dass ich Sie auch nur auf zwei Meter an Nina herangelassen habe? Sie sind es nicht mal wert, ihre konservativen, aber dennoch geschmackvollen Schuhe abzulecken."

„Entschuldigen Sie?"

„Nein, ich entschuldige gar nichts!" Ich drehte mich um, stampfte auf das Poolhaus zu und knallte die Tür zu. Und dann schmollte ich für die nächsten beiden Stunden, bis die Pfeife erklang.

Als ich ins Haus zurückkam, merkte ich, dass Wilson gegangen war. Sein Glück. Auch wenn ich inzwischen nicht mehr vor Wut bebte, so war ich immer noch auf hundertachtzig und nicht in der Stimmung, mir irgendwelchen Mist anzuhören.

Jack erhielt zur Belohnung fünf Extra-Urlaubstage, nachdem er Max – nach einer wilden Jagd – in der Nähe des Pekannusswäldchens überrumpelt hatte. Mein jüngster Bruder saß auf dem Sofa und feierte seinen Sieg mit seiner neuesten Sklavin, Dolly oder so, einer vollbusigen Barfrau aus Greenwich. Rob stand zusammen mit meinem Vater auf der anderen Seite des Zimmers. Meine Mutter war auf der Suche nach einer frischen Flasche AB negativ verschwunden.

„Was ist mit dir los?", erkundigte sich Max, als ich mich auf dem Sofa neben ihm niederließ.

„Warum sind Männer eigentlich alle solche Arschlöcher?"

„Was?"

Ich schüttelte den Kopf. „Schon gut." Ich warf ihm einen wütenden Blick zu. „Vielen Dank, dass es so lange gedauert hat. Ich könnte schon längst wieder in Manhattan sein."

Er grinste. „Ich musste ihnen doch einen ordentlichen Kampf liefern. Welche Beute wirft sich denn einfach auf den Boden und ergibt sich?"

Ich nickte rüber zu Jack und der Frau, die sein Weinglas hielt. „Dolly?"

„Okay, aber sie ist ein Mensch. Ich musste Jack für sein Geld doch schon eine Verfolgungsjagd bieten. Du bist bloß eifersüchtig, weil sie dich schon nach fünfzehn Minuten geschnappt haben." Er zwinkerte, bevor er sich meiner Mutter zuwandte, die ihm ein Glas AB negativ reichte.

„So, was ist denn mit Delphina?", fragte ihn meine Mutter.

Delphina war die neueste Lebensgefährtin meines ältesten Bruders. Sie unterrichtete menschliche Sexualität an der New Yorker Uni und war – Sie haben es sicherlich schon erraten – ein Mensch.

„Wir legen gerade eine Pause ein. Im Augenblick haben wir genug voneinander."

„Aber natürlich." Sie tätschelte liebevoll seine Wange. „Du bist doch noch viel zu jung, um dich dauerhaft zu binden, mein Schatz. Und schon mal gar nicht an eine menschliche Frau. Dies ist die Zeit, wo du deine Flügel ausbreitest, um abzuheben. Du hast noch jede Menge Zeit, bis du später einmal eine Verbindung mit einer gebürtigen Vampirfrau eingehst, die eher für dich geeignet ist."

Jepp. Ich war in der Tat eifersüchtig auf Max. Aber nicht, weil er bei unserer Jagd die bessere Beute gewesen war.

„Wo sind denn Thirston und Theodore?" Meine Mutter sah mich fragend an, als sie mir ein Glas reichte. „Ich habe sie seit Beginn der Jagd nicht mehr gesehen."

„Sie, ähm, sie mussten gehen. Irgendwas Geschäftliches."

„Am Sonntagabend?"

„Sicherlich so ein superhyperwichtiger Notfall. Sag mal, Mom", ich zeigte auf etwas hinter ihr, „ist das eine neue Vase?"

„Oh, aber ja." Sie lächelte und nahm das riesige, kunstvoll verzierte Behältnis in die Hand. „Es gab eine Auktion in meinem Club, da habe ich sie ersteigert. Sie stammt aus einem winzigen Dorf an der Riviera ..."

Sie erzählte uns die vollständige Geschichte der Vase, bevor sie sich ein neues Glas holen ging.

„Du hast vielleicht ein Glück", sagte ich, als sie außer Hörweite war.

„Das hat nichts mit Glück zu tun. Es bedarf einer jahrelangen Übung, um so gerissen zu werden wie ich. Ich konzentriere mich. Ich verschmelze mit meiner Umgebung."

„Und außerdem pinkelst du im Stehen."

Als er endlich begriff, was ich meinte, zwinkerte er mir zu. „Was soll ich sagen? Bei mir läuft eben alles bestens."

„Läuft?" Meine Mutter kehrte mit einem weiteren Glas zurück und reichte es mir. „Wer läuft wohin?"

„Ich meinte doch …" Er verstummte, als ihn mein Blick traf. „Eigentlich, ähm, sollte ich langsam mal aufbrechen. Gestern kam eine neue Lieferung Toner rein, und ich hatte bislang noch keine Gelegenheit, das Zeug zu überprüfen."

„Aber es ist doch noch früh."

„Jede Menge Zeit, um mich um den Toner zu kümmern. Lil hat angeboten, mir zu helfen."

„Ach, wirklich?" Meine Mutter starrte mich an.

„Ach, wirklich?" Ich starrte meinen Bruder an. „Ach ja", sagte ich, als der Groschen fiel. „Sicher. Nur für heute Abend. Ich arbeite nicht dort", fügte ich hinzu, als ich sah, wie die Freude in den dunklen Augen meiner Mutter aufleuchtete. „Ich helfe meinem großen Bruder dieses eine Mal aus, weil er meine Hilfe nämlich dringend braucht. Stimmt's, Max?"

„Ich weiß nicht, ob da jetzt von dringend die Rede – aua!" Er rieb sich die Stelle an seinem Arm, in die ich erbarmungslos und mit aller Kraft gekniffen hatte. „Ja, ich brauche sie."

„Dringend?" Ich lächelte.

„Hey, schließlich bin ich derjenige, der dir hi… Ja, klar." Er grunzte und rieb sich diesmal den Oberschenkel. „Dringend."

„Eigentlich sollte ich dich dafür zu Fuß nach Hause latschen lassen“, drohte er, als wir in seinen schwarzen Hummer stiegen, den er sich letztes Jahr zugelegt hatte, nachdem er meinem Vater seine zusätzlichen Urlaubstage zurückverkauft hatte. „Du bist wirklich gemein, weißt du das?“

„Bin ich nicht. Du bist einfach nur eine Riesenmemme. Da wir übrigens gerade von Memmen reden, kannst du mir einen Gefallen tun?“

„Nein.“ Er ließ den Motor an.

„Danke. Wir müssen noch kurz bei Viola Hamilton anhalten.“

„Willst du mich verarschen? Nur für den Fall, dass du's noch nicht mitgekriegt hast, sie ist der Feind! Dad ist wegen dem Golfball dermaßen sauer, dass er schon davon gesprochen hat, einen professionellen Scharfschützen zu engagieren, der da reingehen, den Ball zurückholen und jeden erledigen soll, der sich ihm in den Weg stellt.“

„Dad reagiert ein bisschen zu heftig. Er sollte es mal damit versuchen, sie einfach nett und freundlich darum zu bitten.“

„Na klar doch.“

„Ich weiß nicht. Sie schien eigentlich ganz vernünftig zu sein.“

„Und wann bist du zu dieser Erkenntnis gekommen?“

„Als ich ihr letztens eine Sühnegabe gebracht habe.“

„Meinst du so was wie Geld, Gold oder deinen Erstgeborenen?“

„Einen Hackbraten, du Blödmann.“

„Na und? Hast du deinen Topf dagelassen?“

„Eigentlich habe ich einen Kunden dagelassen.“ Ich schnallte mich an und machte es mir in dem Ledersitz gemütlich. „Und den brauche ich jetzt zurück.“

26

„Er sieht … anders aus." Ich stand in Viola Hamiltons marmorner Eingangshalle und starrte Francis an.

„Tun wir das nicht alle?" Viola winkte ab. Sie wirkte in einem eng anliegenden schwarzen Kleid von Christian Dior, das sich von den Brüsten bis zu den Waden an ihren Körper schmiegte, einfach makellos. Hochhackige schwarze Sandalen vervollständigten das Outfit. Leuchtend roter Lippenstift betonte ihre vollen Lippen, ihre Augen waren mit dunklem Eyeliner umrandet.

„Er sieht wirklich verändert aus", sagte ich. Francis konnte kaum aufrecht stehen. Er stand da, gegen die Wand gelehnt, dunkle Schatten unter den Augen, als ob er nicht mehr geschlafen hätte, seit ich ihn dort abgeladen hatte. Sein Hemd war nicht richtig zugeknöpft, seine Khakihose vollkommen zerknittert.

„Was soll das heißen, er sieht verändert aus?", fragte Max, der über meine Schulter spähte. „Verdammt, er ist total orange."

Wiedersehen, Bleichgesicht; hallo, Tony der Tiger.

„Camille, ich hab dir doch gleich gesagt, du hast zu viel von dem Bräunungsmittel benutzt", rief Viola über die Schulter hinweg. „Sehen Sie", sagte sie wieder mir zugewandt, „er wurde auf der Stelle knallrot, sobald eine von uns ihm zu nahe kam oder, Gott bewahre, auch nur versuchte ihn anzusprechen."

„Interaktion ist nicht gerade seine Stärke."

„Das ist die größte Untertreibung, die ich je gehört habe. Jedenfalls, ich schwöre, wir dachten alle, sein Gesicht würde explodieren. Da nichts dieses Erröten abstellen konnte, dachten wir, wir könnten es vielleicht überdecken. Camille – das heißt Camille Rhinehart von den Neuengland-Rhineharts – hatte sich gerade diese neue Do-it-yourself-Bräunungsspraypistole gekauft, also beschlossen wir, sie mal auszuprobieren. Aber ich hatte ihr gleich gesagt, sie benutze zu viel von dem Bräunungsmittel und nicht genug von der Grundierung."

„Bräunung?" Max kratzte sich am Kopf. „Er ist *orange*."

„Er ist tahitisch", korrigierte Viola. „Tahitischer Sonnenaufgang. Ein großartiger Ton, vorausgesetzt natürlich, man bekommt die Grundierung richtig hin." Gegen Ende des Satzes wurde ihre Stimme lauter und anschließend hörten wir ein schwaches „Ich *hab* sie richtig hinbekommen. Allerdings hatte ich nicht gerade den perfekten Untergrund". Es kam irgendwo aus dem Haus.

„Dann wird er also nach wie vor ständig rot?", fragte ich.

„Nun ja, genau genommen haben wir ihn seit gestern Abend schon nicht mehr erröten sehen. Aber ich würde jede Wette eingehen, dass es nach wie vor passiert. Entweder das oder er hat diese schlechte Angewohnheit gegen eine andere ausgetauscht. Leona Stallenburk – das sind die Philadelphia Stallenburks, nicht die aus Chicago – hat sich vor ein paar Stunden splitterfasernackt ausgezogen und ist vor ihm auf und ab spaziert, als Testlauf sozusagen. Um den Schwierigkeitsgrad noch ein wenig zu erhöhen, forderte sie ihn zu einer Runde Poker heraus. Wir konnten zwar keine Farbveränderung wahrnehmen, aber immerhin begann er zu blinzeln. Und als sie dann tatsächlich anfingen zu spielen, wurde es sogar noch schlimmer." Sie beugte sich zu ihm, flüsterte einige verführerische Phrasen und leckte sich anzüglich über die Lippen.

Und tatsächlich blinzelte er, als morse er mit seinen Augenlidern.

„Oh nein." Das Erröten war ja schon schlimm genug, aber Blinzeln?

„Vielleicht“, Viola zuckte die Achseln, „ist es ja auch bloß ein nervöser Tick, der ganz allein uns vorbehalten ist.“ Sie holte tief Luft. „Wenn es Mitternacht schlägt und der Vollmond scheint, können wir durchaus etwas anstrengend sein. Möglicherweise haben wir ihn dazu getrieben, die Mauern, hinter denen er sich verbirgt, noch zu verstärken, anstatt ihn aus seinem Schneckenhaus zu locken. Da wir gerade von Mauern sprechen“, sie drehte sich um und nahm ein Stück Papier von einem kleinen Marmortischchen, „würden Sie dies bitte Ihrem Vater geben und ihm sagen, er möchte dafür sorgen, dass sich sein dummes Golfspiel auf seine Seite der Hecke beschränkt.“

Ich starrte auf eine Quittung der Glaserei *Connecticut Glass and Mirror.*

„Er hat mit seinem dämlichen Golfball mein Fenster zerschlagen und mein Lieblingsbild ruiniert. Selbstverständlich erwarte ich, dass er für beides aufkommt.“ Sie präsentierte ein weiteres Blatt Papier. „Dies ist die Versicherungspolice für meinen Rembrandt. Entweder ersetzt er mir den Rahmen und das Glas oder das ganze Stück. Das sei ihm überlassen. Und“, sie wandte sich wieder um und nahm eine kleine braune Tüte auf, „sagen Sie ihm, hier ist sein geliebter Ball.“ Als ich die Tüte öffnen wollte, hielt sie eine Hand hoch. „Das würde ich nicht tun, wenn ich Sie wäre. Wissen Sie, als der Ball hereingeflogen kam und das Gemälde traf, habe ich mich ein klein wenig echauffiert, wenn Sie verstehen, was ich meine.“

Vollmond. Werwolf. Kapiert.

Ich erinnerte mich an den Kommentar meiner Mutter, Viola habe den verirrten Golfball wohl für die Aufforderung, Stöckchen holen zu spielen, gehalten.

„Genau“, sagte Viola, als hätte sie meine Gedanken gelesen. Was natürlich unmöglich war. Werwölfe hatten keine telepathischen Fähigkeiten. Oder?

„Es ist ein kleiner Ball“, fuhr sie fort. „Und als ich meinen Mund öffnete, um ihn zu fangen, habe ich ihn versehentlich verschluckt.“ Sie schüttelte den Kopf. „Ihr Vater erwies sich einmal mehr als jeder vernünftigen Unterhaltung unzugänglich und verlangte immer wieder nur, dass ich ihm den Ball zurückgeben solle, obwohl ich ihm die Lage doch in allen Einzelheiten geschildert hatte.“ Sie seufzte verärgert. „Aber der Mann wollte einfach nicht zuhören. Er tobte und wetterte und beschuldigte mich, eine Diebin zu sein, was selbstverständlich vollkommen aus der Luft gegriffen ist. Und er sagte, dass er mich verklagen und dafür sorgen werde, dass man mich verhafte. Also hier.“ Sie nickte in Richtung der Tüte. „Da ist er.“

Ich brauchte volle dreißig Sekunden, um ihre Erklärung zu verdauen. Dann blähten sich meine Nasenflügel auf, als mich die Wahrheit mit voller Wucht traf. Rasch reichte ich die Tüte an Max weiter, der sie auf Armeslänge von sich weghielt.

„Sagen Sie, Miss Hamilton, kennen Sie eigentlich schon meinen Bruder Max?“

„Nennen Sie mich doch bitte Viola, und: Nein, ich glaube, ich hatte noch nicht das Vergnügen. Aber ich habe ihn natürlich schon des Öfteren gesehen.“ Sie musterte Max von seinem dunklen Haupt bis zu den Spitzen seiner Gucci-Slipper. „Aus der Nähe betrachtet sind Sie sogar noch attraktiver.“

„Wenn Sie es gern rechthaberisch und überheblich haben“, sagte ich.

„Durchaus.“ Sie zwinkerte Max zu, bevor sie ihren Blick wieder mir zuwandte. „Es tut mir leid, dass ich Ihnen keine größere Hilfe sein konnte. Ich kenne viele Vampire – und ich hatte auch eine ganze Reihe von ihnen“, fügte sie mit einem Blick auf Max hinzu, „aber so jemanden wie Francis habe ich noch nie getroffen. Wo haben Sie ihn denn gefunden?“

„Bei *Moe's*.“

„Das erklärt natürlich eine Menge."

Wem sagen Sie das.

„Hoffentlich hört dieses Blinzeln bald wieder auf", fügte sie hinzu. „Aber wenn nicht … ich kenne da diesen fabelhaften Schönheitschirurgen, der einfach die Lider festnähen könnte."

„Danke, aber das ist nicht nötig. Ich brauche ihn am kommenden Samstag in Topform, und ich bezweifle, dass die Schwellungen bis dahin zurückgehen würden."

„Wahrscheinlich nicht."

„Also, ähm, wie lange soll dieses Zeug denn halten?"

„Vier Wochen. Vielleicht fünf, wenn Sie nicht zu schuppiger Haut neigen."

Vier?

„Wenigstens sieht man ihm sein Erröten bis dahin nicht mehr an."

„Das stimmt. Also, machen Sie's gut, Miss Hamilton. Komm jetzt, Frank." Ich schnappte mir den völlig erledigten Vampir und dirigierte ihn über den Weg zur Straße hin. Lächelnd half ich ihm, auf den Rücksitz von Max' Hummer einzusteigen. Sobald er saß, brach er zusammen.

„Was ist mit Britney und den Zwillingen?", schaffte er gerade noch mit schwacher Stimme zu fragen.

„Ihnen geht's gut."

„Haben Sie sie gefüttert, während ich weg war?"

„Ja."

„Ihnen Wasser gegeben?"

„Ja."

„Sie zum Pipi machen rausgelassen?"

„Ja. Aber es heißt pinkeln, nicht Pipi machen. Männliche Vampire sagen nicht Pipi machen."

„Sie sagen pissen", ergänzte Max vom Fahrersitz aus. „Zumindest sage ich das."

„Okay." Er seufzte und schloss die Augen.

Ich stieg vorn zu meinem Bruder auf den Beifahrersitz.

„Ich bin ja kein Experte, aber eins weiß ich: Knallharte Vampire sind nicht orange", sagte Max, während er den Schlüssel in die Zündung steckte und anschließend die kreisförmige Auffahrt entlangfuhr.

„Nein", stimmte ich ihm zu. „Wohl kaum."

„Aber du lächelst."

„Weil ich finde, dass die Vorstellung einiges für sich hat." Ich musste den Tatsachen ins Auge sehen. Entweder ich fing an zu heulen oder ich lachte über das Ganze. Ich war nie eine dieser weinerlichen, hilflosen Frauen. Jedenfalls nicht in Gegenwart anderer. Außerdem hatte ich keinen Termin für eine Bräunung gemacht, weil gebürtige Vampire nicht braun sein mussten, um megaheiß auszusehen. Aber warum nicht? Und wenn es anständig gemacht war, würde es tatsächlich das Erröten verstecken.

Ich sah ihn an und betrachtete noch einmal den grässlichen Farbton. Ich hoffte aus meinem vollsten Vampirherzen, dass Dirkst ihn wieder hinbekam. Sonst …

An so was denkst du jetzt gar nicht, ermahnte ich mich.

Ich würde ein Scheitern gar nicht erst in Betracht ziehen oder die Möglichkeit, dass ich auf den Knien zu meiner Familie zurückkriechen müsste, weil mich die Vampirgesellschaft ausgestoßen hatte, nachdem ich einen der Ihren einer spraywütigen Werwolfdame ausgeliefert hatte, der von ihr in der Nuance „tahitischer Sonnenaufgang" eingefärbt worden war.

So viel dazu, nicht darüber nachzudenken.

Ich schluckte, um die plötzliche Trockenheit in meiner Kehle zu vertreiben, schaltete das Radio an und tat mein Bestes, um mich auf die Black Eyed Peas zu konzentrieren, deren Musik aus den Lautsprechern strömte.

Max setzte Francis in Brooklyn ab und brachte mich dann nach Hause. Ich war gerade erst ins Bett gekrochen, als ich den Wecker nebenan klingeln hörte. Als Nächstes vernahm ich den Klang der Frühnachrichten.

Ich schloss die Augen, fest entschlossen, die Stimme des Sprechers zu ignorieren und in meinen normalen Zustand seliger Unwissenheit zurückzukehren.

„... zu den Lokalnachrichten. Laura Lindsey, eine Bankangestellte aus dem West Village, wird nach wie vor vermisst. Sie ist schon die zweite Frau, die in den vergangenen zwei Wochen verschwunden ist. Die Polizei hat bislang keinerlei Hinweise, aber verlässlichen Quellen zufolge könnte es sich um das Werk eines Serienentführers handeln."

Oder eines Serienmörders.

Ich erinnerte mich an alles, was Ty über die Anzahl der Frauen gesagt hatte, und dass es vollkommen ausgeschlossen war, dass der Täter eine so große Zahl von Menschen am Leben erhalten könnte, ohne irgendeinen Verdacht zu erregen. Ich wusste, dass er recht hatte – er war einem leibhaftigen Mörder auf den Fersen. Einem, dessen Opferliste beständig wuchs.

Die Wahrheit verstärkte meine Schlaflosigkeit noch, weil ich wusste, dass Laura nicht nur vermisst wurde. Sie war tot. Oder so gut wie tot. Und es gab absolut nichts, das irgendjemand dagegen tun konnte.

Ich verbrachte den Großteil des Tages damit, mich unruhig hin und her zu wälzen und an die Decke zu starren. Abzüglich der Zeit, in der ich mir eine dieser Talkshows ansah – unser heutiges Thema? Mein Ex-Geliebter ist ein Transvestit und Serienmörder – und mir eine Pediküre gönnte.

„Vielleicht bewahrt er die Leichen ja in einem Bootshaus auf", schlug ich Ty vor, als ich ihn auf dem Weg ins Büro anrief. „Hast du schon die Bootshäuser unten am Hudson überprüft?"

„Er bewahrt sie nicht in einem Bootshaus auf."

„Woher weißt du das?"

„Weil ich jede in Frage kommende Lagermöglichkeit in und um Manhattan überprüft habe."

„Oh, na ja. Das ist gut. Wenigstens können wir das dann ausschließen."

„Wir?"

„Ich versuche zu helfen."

„Wenn du wirklich helfen willst, dann bemüh dich das nächste Mal, wenn du einen Verdacht hast, nicht wieder den Helden zu spielen, und ruf mich stattdessen lieber gleich an."

Und küss mich.

Ich verdrängte den letzten Gedanken und murmelte: „Ich bin spät dran."

„Bis später."

„Ja, bis später."

Später bedeutete in diesem Fall zwanzig Minuten später. Genau die Zeit, die ich brauchte, um Evies Latte zu besorgen und mich an meinem Schreibtisch niederzulassen.

„Was ist denn mit den Transen-Treffs in der Gegend?"

„Meinst du, unser Mann bunkert seine Opfer in einem Stammlokal von Transvestiten?"

„Entweder das oder er hängt dort ab."

„Das passt nicht zu seinem Profil"

„Vielleicht stimmt das Profil nicht."

„Und vielleicht solltest du dir in Zukunft keine Talkshows mehr anschauen."

Vielleicht hatte er recht. Das Letzte, was ich im Augenblick brauchen konnte, war, meine Energie damit zu vergeuden, mir Sorgen um Laura zu machen. Ich hatte weitaus größere Probleme. Eine ganze Liste davon. Das dringlichste? Francis. Ich machte für ihn einen Termin bei Dirkst, und zwar gleich für morgen Nachmittag. Und dann begann ich damit, sämtliche Leute zurückzurufen, die mir eine Nachricht hinterlassen hatten. Abgesehen von meiner Mutter natürlich. Sie rief ich erst dann an, als ich für alle meine Klientinnen vom Club der Jägerinnen ein angemessenes Date besorgt hatte.

Die Erste auf meiner Liste war Sally Deville, eine ungefähr siebenhundertjährige Witwe, die gerne Tango tanzte. Ich verbrachte zwei Stunden damit, die Kundenkartei zu durchforsten, ehe ich zum Telefon griff und einen von Max' Freunden anrief, den ich einmal auf einem Hochzeitstag meiner Eltern Tango tanzen gesehen hatte. Auch wenn er für eine feste Partnerschaft noch nicht bereit war, gelang es mir doch, ihn von den unendlichen Möglichkeiten zu überzeugen – sie waren sämtlich sexueller Natur –, die sich ergaben, wenn man mit einer älteren, reiferen Vampirdame ausging.

Bingo!

Ich hatte meine Aufmerksamkeit gerade auf Nummer zwei gelenkt, als Nina Zwei mich auf meinem Handy anrief.

„Ich wollte dich nur kurz zurückrufen. Du hast also gestern Abend Wilson gesehen?"

„Leider ja."

„Was soll das denn heißen?"

„Dass er ein mieses Schwein ist – und nicht wert, auch nur eine Sekunde deines Lebens an ihn zu vergeuden."

„Das hast du ihm aber doch wohl nicht gesagt, oder?"

„Nicht in genau diesen Worten, aber ich bin sicher, dass er die Message kapiert hat. Sein Geld hab ich ihm per Scheck zurückerstattet." Eine schmerzliche Pflicht, aber es war mir gelungen. „Soll er doch jemanden anders finden, der seinen ach so wichtigen Anforderungen entspricht."

„Aber das kannst du doch nicht machen! Dann weiß er doch, dass etwas nicht stimmt."

„Bei dem stimmt ganz und gar nichts … Du magst ihn."

„Tu ich nicht. Kein Stück. Ehrlich."

„Lügnerin."

„Ist doch auch ganz egal. Weil wir nicht füreinander bestimmt sind, das weiß ich. Darum möchte ich, dass du jemanden findest, der zu mir passt."

„Meinst du wirklich, dass das klug ist, so schnell?"

„So schnell nach was? Zwischen uns war doch gar nichts. Wir sind bloß Bekannte. Ende der Geschichte. Ich würde genauso wenig auf die Idee kommen, mit ihm etwas Ernstes anzufangen, wie er auf die Idee käme, mit mir etwas Ernstes anzufangen. Ganz bestimmt." Sie lachte, aber es klang nicht allzu überzeugend.

Meine Brust zog sich zusammen.

„Ich möchte einen Mann mit einer wesentlich höheren Fertilitätsrate", fuhr sie fort. „Und du wirst so einen für mich finden."

„Ach ja?"

„Du musst."

„Du brauchst überhaupt nichts zu beweisen, Nina. Wen interessiert es schon, was Wilson denkt?"

„Das hat doch gar nichts mit Wilson zu tun. Es geht nur um mich. Ich will nichts beweisen, und am allerwenigsten, dass ich Wilson nicht mag. Denn genauso ist es. Ich tue lediglich das, was alle Vampire in meinem Alter tun. Ich bekunde mein Interesse daran, den Einen zu finden, und ich möchte, dass du mir dabei hilfst. Warum noch länger warten? Besorg mir einen Kerl."

„Ich weiß nicht …" Als ich ihr widersprechen wollte, kam mir auf einmal eine Idee. Eine fabelhafte Idee. (Ich hatte Ihnen doch gesagt, dass ich unter Druck besonders gut bin.) „Ich weiß nicht, warum du mich nicht schon früher darum gebeten hast."

„Dann tust du es also?"

„Besorg du dir einfach nur das sexyhafteste Outfit, das du

finden kannst. Evie wird dich später anrufen und dir alle Einzelheiten mitteilen."

„Danke, Lil. Das ist genau das, was ich jetzt brauche. Du bist die Beste."

„Wie wahr." Jedenfalls Letzteres. Was hingegen jenes betraf, was sie jetzt brauchte … Ich war mir nicht so sicher, dass Nina ein Date, also eine Ablenkung, brauchte. Was sie viel dringender nötig hatte, war, dass ihr mal jemand die Augen öffnete.

Genau wie Wilson.

Ich rief seine Datei auf und wählte seine Telefonnummer. Beim zweiten Klingeln ging er dran.

„Wilson Harvey."

„Hier ist Lil." Trotz seines lautstarken Protests fuhr ich einfach fort. „Ich weiß, ich bin Ihnen ganz schön aufs Dach gestiegen, aber ich habe hier eine wunderbare Frau, die Sie unbedingt kennenlernen müssen."

Er schwieg eine ganze Weile lang. „Wie hoch ist ihr Orgasmus-Quotient?"

„Einfach unglaublich. Genau genommen ist sie gegenwärtig die Rekordhalterin im Vampirbuch der Weltrekorde. Außerdem ist sie Single und wünscht sich sehnsüchtigst einen Ewigen Gefährten. Und sie mag die Oper."

„Okay."

Männliche Vampire konnten solche Trottel sein.

27

Der Samstag brach an, und Laura Lindsey wurde immer noch vermisst. Ich sah mir immer noch Talkshows im Fernsehen an und Francis war immer noch orange.

Dirkst hatte gestern in einer dreistündigen Sitzung sein Bestes getan und, glauben Sie mir, es kam mich teuer zu stehen, so kurzfristig einen Termin zu bekommen. Jepp, Sie haben's erraten: ein Date mit der lesbischen Lady. Nicht dass ich mir deswegen im Augenblick den Kopf zerbrach, vor allem nachdem ich die Sendung zum Thema „Mein Freund ist in Wahrheit eine Tussi, aber er törnt mich trotzdem noch an" gesehen hatte. Außerdem hatte ich wirklich Wichtigeres zu tun.

Heute war *der* Samstag. Der große, alles entscheidende Tag.

Der Tag der Mitternachts-Soiree des Clubs der Jägerinnen.

Ich hatte insgesamt sechs Dates für den großen Event arrangiert, einschließlich dem für Miss Wilhelm, für die ich schließlich Jeff, den Bauarbeiter *au naturel* aus dem Waschsalon ausgesucht hatte.

Ich weiß, ich weiß. Er ist ein Mensch. Fein. Irgendwas ist doch an jedem auszusetzen.

Aber abgesehen von gewissen Mängeln besaß der Kerl eine ganze Reihe von Qualitäten, die ihn zum perfekten Begleiter (bitte beachten Sie, ich sagte Begleiter, nicht Gefährte) für diese hochnäsige, eingebildete Vampirzicke machten. Und siehe da: Jeffs Mutter war Tanzlehrerin gewesen, was bedeutete, dass er sämtliche Tänze vom Cha-Cha-Cha über den Ententanz bis hin zum allseits beliebten Square Dance beherrschte.

Gutes Aussehen. Tanzkenntnisse. Noch perfekter geht's doch gar nicht.

Darüber hinaus hatte ich noch fünf andere glückliche Paare zusammengefügt. Ich hatte meinen Vampirkundinnen fast durchweg menschliche Begleiter zugedacht. Die Frauen wollten einfach nur ihren Spaß, und das hieß Dinner und Tanzen und *Dinner.* Dank der fantastischen vampirischen Fähigkeit der Gedankenkontrolle musste ich mir auch überhaupt keine Gedanken machen, dass die Menschen etwa ihre Nase in etwas reinstecken würden, das sie nichts anging, oder dass sie die anderen Gäste nervös machen könnten. Am folgenden Morgen würde sich keiner von ihnen mehr daran erinnern, wo sie gewesen waren oder was sie erlebt hatten. Das Einzige, was ihnen im Gedächtnis haften bliebe, war, dass sie unglaublich viel Spaß gehabt hatten, den sie einzig und allein *Dead End Dating* verdankten.

Mit Ausnahme von Dara und Dorien Cranford. Sie waren Schwestern. Beide Witwen. Beide schrecklich allein, selbst wenn sie es nie zugeben würden. Deshalb hatte ich zwei gebürtige Vampire für sie reserviert, die *DED* angerufen hatten, nachdem sie meine Karte in ihrem Fitnessstudio bekommen hatten. (War ich fleißig oder was?)

Das wahre Problem, und der Grund, warum ich über eine ganze Stunde vollkommen in Panik vor meinem Kleiderschrank verbracht hatte, war der, dass meine Eltern dort sein würden. Und meine Brüder. Und auch noch jeder andere Vampir, der seinen Stammbaum ohne Weiteres bis in die Steinzeit zurückverfolgen konnte.

Das war sie. Meine Chance zu glänzen. Zu beweisen, dass ich mein Metier beherrschte. Irgendwie. Francis hatte der krönende Höhepunkt werden sollen, aber in seiner gegenwärtigen Verfassung war das offensichtlich vollkommen ausgeschlossen.

Dank Dirkst hatte sich seine Hautfarbe zwar in eine Art Goldorange verwandelt, aber nach wie vor war er eher Tony der Tiger als ein gebräunter Adonis. Das war's dann mit meinen Fantasien von wegen „Lil ist ein Genie", die ich mir während all der schlaflosen Tage ausgemalt hatte (wenn ich mir nicht gerade vorstellte, wie Ty und ich es am Strand trieben).

Demzufolge würde sich meine Mutter also vermutlich kaum überschlagen, um mich dafür um Verzeihung zu bitten, dass sie nicht an mich geglaubt hatte (Fantasie Nummer zwei). Aber ich erwartete zumindest widerwillige Akzeptanz.

Was meiner Meinung nach sowieso tausendmal besser war als irgendwelche nutzlosen Schuldgefühle.

„Ich kann das nicht", ertönte eine tiefe Stimme hinter der geschlossenen Schlafzimmertür.

Ich hatte unterwegs in Brooklyn Halt gemacht, um Francis abzuholen, und saß jetzt auf dem Sofa in seinem Wohnzimmer, Britney zu meiner Linken und die Zwillinge zu meiner Rechten. Ich wartete darauf, dass er das neue Hemd anzog, das ich unterwegs noch für ihn besorgt hatte.

„Oh doch, Sie können", entgegnete ich. Ich schob einen der Zwillinge beiseite, stand auf und ging zu der geschlossenen Tür hinüber. „Alles wird wunderbar klappen."

„Sie haben mich doch gesehen. Wer würde in diesem Zustand schon mit mir ausgehen wollen?"

„Ich!", antwortete ich – und die Tür ging auf. Trotz seiner Hautfarbe sah er gut aus. Er trug eine schwarze Hose und sein neues Hemd. Seine schwarzen Schuhe glänzten. Sein Haar hatte er mit Gel zurückgekämmt und – ich streckte meine Hand aus und zerzauste seine Haare. Schon besser.

„*Sie* sind mein Date?" Ich nickte, während ich eine widerspenstige Strähne bearbeitete, die ihm in die Stirn gefallen war. „Ein Mitleids-Date."

„Das ist alles andere als ein Mitleids-Date." Als er mir einen Blick zuwarf, der mehr als deutlich ausdrückte, was ihm gerade durch den Kopf ging („Verarschen kann ich mich selbst."), zuckte ich die Achseln. „Na gut, es ist ein Mitleids-Date, aber nicht so eins, wie Sie denken. Genau genommen sind Sie derjenige, der sich meiner erbarmt. Wenn ich dort ohne Begleitung auftauche, habe ich nicht einen Moment Ruhe vor meiner Mutter." Mit seinen Haaren war ich inzwischen fertig, und mir fiel auf, dass er nicht rot geworden war. Jedenfalls nicht so, dass man es hätte sehen können.

Nennen Sie mich ruhig Wundertäterin.

„Dann brauchen *Sie* also mich?"

Ich erinnerte mich an Thirsten und Theodore und wurde mit einem Mal von Verzweiflung überwältigt. „Mehr als jemals zuvor." Ein seltsamer Blick trat in seine Augen und meine Verzweiflung verflog auf der Stelle. Ich wich ein Stückchen zurück. „Aber nicht, dass Sie jetzt auf dumme Ideen kommen. Ich weiß, dass ich scharf und absolut unwiderstehlich bin", vor allem in dem heißen Ensemble des heutigen Abends, das aus einem eng anliegenden, trägerlosen, goldfarbenen Kleid und einem Paar goldener Michael-Kors-Sandalen bestand, die mich drei Anzahlungen von Kunden gekostet hatten, „aber zwischen uns, da läuft nichts." Außerdem hatte ich mir das Tiffany-Armband von Nina Eins geliehen. Stellen Sie sich dazu noch ein Paar große Kreolen und einen Hauch meines neuen Bronzers vor … und *voilà* – ein Anblick zum Anbeißen. „Sie sind nicht mein Typ."

Er zuckte die Achseln. „Weil ich wie Garfield aussehe."

„Weil Sie ein Klient sind." Und keine schwarzen Jeans tragen und keinen Cowboyhut, und eine Sig Kaliber. 40 haben Sie auch nicht. Schon wieder diese böse Stimme. „Die orangene Farbe ist nur das Tüpfelchen auf dem i."

„Also, auch wenn es ein Mitleids-Date ist", fuhr ich fort, „werden Sie heute Abend die Gelegenheit haben, sich unter Leute zu mischen, neue Bekanntschaften zu machen und so zu tun, als sei es für Sie das Normalste auf der Welt, sich inmitten einer Schar von gebürtigen weiblichen Vampiren zu bewegen. Das wird sie trotz der Hautfarbe gleich viel attraktiver erscheinen lassen. Und das wiederum sollte mir eine große Hilfe dabei sein, Ihnen weitere Dates zu verschaffen." Jedenfalls drückte ich mir dafür alle Daumen. „Denken Sie immer daran: Sie sind cool und lässig und – *vergeben*, zumindest heute Abend. Verhalten Sie sich desinteressiert. Und geheimnisvoll. Und was auch immer Sie tun – nicht blinzeln!"

„Das mit dem Blinzeln hab ich im Griff." Er blinzelte. „Größtenteils."

Es hatte sich herausgestellt, dass das Blinzeln durch Schlafmangel verursacht wurde. Ich hatte die Wahrheit am Dienstag herausgefunden (nach einem weiteren schlaflosen Tag), als ich mir den Sonnenuntergang im Spiegel ansah, ins Bett gekuschelt. Meine Augenlider waren plötzlich dermaßen ausgeflippt, dass ich von dem Ganzen am Ende überhaupt nichts mitbekommen hatte.

Es schien also so, dass Francis, der sich inzwischen von seinem Wochenende bei der NASA vollkommen erholt zu haben schien, diese lästige Angewohnheit weitgehend abgelegt hatte, wohingegen ich …

Blinzel.

Na, Sie können es sich sicher vorstellen.

„Also, wie finden Sie's?" Er trat einen Schritt zurück und breitete die Arme aus.

Ich musterte das Gesamtbild und lächelte. Und blinzelte. „Gefällt mir."

Er strich mit der Hand über den schwarzen Seidenstoff seines Hemds. „Ich glaube fast, mir gefällt es auch. In den meisten Kleidungsstücken, die wir ausgesucht haben, fühle ich mich irgendwie steif und unwohl, aber das hier ist richtig nett."

„Es ist mehr als nett. Es ist Gucci."

Er runzelte die Stirn und schaltete in den Vampir-Modus um. „Wie teuer?"

„Stellen Sie sich nicht so an. Sie können es sowieso nicht behalten."

„Ich möchte es aber gerne behalten."

„Daraus wird nichts." Ich stopfte ihm das Preisschild unter die Manschette. „Ich bring es gleich morgen wieder zurück. Passen Sie nur auf, dass Sie nicht kleckern."

„Ich habe Ihnen doch gesagt, Sie sollen nicht kleckern." Ich stand im großen Ballsaal des New Canaan Country Club und beäugte den dunklen, klebrigen Fleck vorn auf Francis' neuem Hemd.

„Hab ich auch nicht. Jemand anders hat mich bekleckert. Das hab ich jetzt davon, dass ich mich in die Meute am Büfett vorgewagt habe." Er schüttelte den Kopf, fuhr sich mit der Hand durch die Haare und verstrubbelte die Frisur, die ich ihm in seiner Wohnung so sorgfältig zurechtgestrubbelt hatte. „Ich hätte vorher essen sollen."

Das Gefühl kannte ich. Mein eigener Magen hatte vor einer halben Stunde während eines Gesprächs mit der Vorsitzenden der heutigen Veranstaltung rebelliert. Ich muss wohl gar nicht erst erzählen, dass sie die Security in den Garten geschickt hatte, damit diese nach den Eindringlingen suchte, die das Fest mit ihrem Krach störten.

„Wo das Malheur jetzt schon mal passiert ist, haben Sie doch sicher nichts dagegen, sich noch einmal ins Getümmel zu stürzen und mir etwas Trinkbares zu besorgen?"

Er drehte sich um und starrte auf die Schlange von Gästen, die sich einmal um die gesamte Tanzfläche herumzog.

„Sie machen Witze, stimmt's?"

„Ich stehe so kurz davor, in Ohnmacht zu fallen, und Sie wissen, wenn ich abkratze, dann müssen Sie tatsächlich mit jemandem anderen außer mir reden."

„Euer Wunsch ist mir Befehl."

Die nächsten Minuten verbrachte ich damit, meine Umgebung genauer zu mustern, soweit das zwischen den Blinzelattacken überhaupt möglich war.

Ich gebe es wirklich nur ungern zu, aber wir Vampire verstehen es echt zu feiern. Ich persönlich stand ja mehr auf Outkast und Nelly, aber ich muss schon sagen, das riesige Orchester hatte den Tango voll drauf. Auf der Tanzfläche tummelten sich Designerkleider und kostspielige Anzüge. Über den Saal verteilt standen mit schwerem Leinen bedeckte Tische. Auf jedem von ihnen erhob sich ein großer, goldener Kerzenhalter, umgeben von frischen roten Rosen. Silberne Brunnen sprudelten alles heraus, von importiertem Champagner bis hin zu AB negativ. Ein verführerischer Duft nach teuren Parfüms, jeder Menge Geld und köstlich schwerem Blut lag in der Luft.

Ich hielt nach meinen Pärchen Ausschau und nahm zur Kenntnis, dass zwar nur zwei von ihnen tanzten, die anderen sich aber offensichtlich auch gut amüsierten. Ein Pärchen saß an einem Tisch in meiner Nähe, sie hatten die Köpfe zusammengesteckt und unterhielten sich angeregt. Ein anderes stand in der Schlange am Büfett. Wieder ein anderes stand am Rand der Tanzfläche und sah Jeff dabei zu, wie er Mrs Wilhelm mit einer überaus eleganten Bewegung hintenüber beugte. Der ganze Saal applaudierte. Langer Rede kurzer Sinn: Niemand hatte bisher irgendjemanden anders in Stücke gerissen.

Sogar noch besser: Ich war meiner Mutter bislang bloß einmal für dreißig Sekunden über den Weg gelaufen. Ihre Aufgabe war es gewesen, die Einladungen am Eingang zu kontrollieren. Sie hatte Francis kurz und gründlich von oben bis unten gemustert und mir ein schmallippiges „Interessantes Kleid, Liebes“ gegönnt. Mit anderen Worten: Du hättest etwas anderes anziehen sollen.

Seitdem hatte ich nichts mehr von ihr gehört oder gesehen.

Yo, Baby!

„Wilson ist hier.“ Die Feststellung folgte auf ein Schulterklopfen von hinten. Ich drehte mich um und erblickte Nina Zwei, die überaus nervös wirkte.

Und scharf.

Sie war meinem Rat gefolgt und hatte ihrem konservativen Image den Laufpass gegeben. Sie trug ein leuchtend rotes Kleid, das bis in schwindelerregende Höhen geschlitzt war und ein ebenso schwindelerregendes Dekolleté zeigte. Es schmiegte sich an Kurven, von denen ich gar nicht gewusst hatte, dass sie überhaupt existierten. Ihr Haar hatte sie mit einem rubinbesetzten Kamm hochgesteckt. Um ihren schlanken Hals trug sie eine passende Kette, die im Kerzenlicht funkelte und blitzte, sobald sie sich bewegte.

„Er ist *hier*“, wiederholte sie.

„Du hast mir doch gesagt, ich soll ihm ein Date beschaffen.“

„Aber doch nicht *hier*. Nicht am selben Abend, an dem ich auch jemanden Neues kennenlerne.“

„Wie läuft denn dein Date?“ Ich starrte an ihr vorbei zu dem gut gekleideten Mann hinüber, der neben einem der Champagnerbrunnen stand.

Er war groß, dunkel und sah wirklich gut aus. Ich hatte ihn in einem der Fitnessstudios getroffen. Er war ein gebürtiger Vampir, der am besten nachdenken konnte, wenn er sich auf dem Laufband abmühte. Er hob sein Glas in unsere Richtung, bevor er einen Schluck trank.

„Er ist nett, denke ich. Hier drinnen ist es so laut, dass wir uns noch gar nicht richtig unterhalten konnten. Nicht dass es viel gäbe, worüber wir uns unterhalten könnten."

„Er ist Steueranwalt und du bist Buchhalterin. Da muss es doch etwas geben, worüber ihr euch unterhalten könnt."

„Er hat sich auf Körperschaftssteuer spezialisiert."

„Und dein Vater besitzt eine Körperschaft, also ein Unternehmen, um dessen Buchhaltung du dich kümmerst. Für mich klingt das nach jeder Menge erstklassigen Themen für eine Unterhaltung."

„Er mag die Oper nicht." Noch bevor ich *gut für ihn* sagen konnte, fügte sie hinzu: „Und davon, sein Geld selbst anzulegen, hält er auch nichts. Er findet, der Markt wäre dafür im Augenblick zu instabil."

In anderen Worten: Er war nicht Wilson, alias der Vampir, den sie laut eigener Aussage nicht leiden konnte.

Ich wandte meine Aufmerksamkeit Mr Harvey zu, der ein paar Meter weiter entfernt an der Bar stand, die Hände in die Hosentaschen gestopft, den Blick unverwandt auf den Steueranwalt gerichtet, statt auf den attraktiven Rotschopf neben sich.

Ayala Jacqueline Devanti. Sie war die Tochter einer der Freundinnen meiner Mutter und der perfekte weibliche Vampir. Wunderschön. Gebildet. Ein Orgasmus-Quotient, der es sogar mit meinem aufnehmen konnte (nicht hoch genug, um sie als Rekordhalterin zu qualifizieren, aber doch ausreichend, um sie zu einer sehr begehrten Frau zu machen). Und sie sehnte sich verzweifelt danach, endlich eine Familie zu gründen und so ihren Beitrag zur Rasse der Vampire beizutragen.

Wilson wirkte eher eifersüchtig als interessiert.

Ich lächelte. „Vergiss die Oper. Und die Investiererei. Geh zurück zu deinem Begleiter und fordere ihn zum Tanzen auf."

„Ich kann nicht tanzen."

„Umso besser, dann bitte ihn, es dir beizubringen." Auf ihren zweifelnden Blick hin tätschelte ich ihr den Arm. „Du brauchst Wilson nicht. Was du brauchst, ist: dich einmal so richtig zu amüsieren und ihm zu zeigen, dass du ihn nicht brauchst."

Sie starrte mich eine ganze Weile an, bevor es ihr endlich zu dämmern schien. „Meinst du?"

„Ich *weiß* es. Jetzt geh schon. Und mach deine Sache gut." Ich sah Nina Zwei hinterher, als sie zu ihrem Date zurückging. Wilson ließ sie nicht aus den Augen.

„Hey." Francis trat neben mich, in den Händen zwei Kristallgläser, die mit einer köstlichen tiefroten Flüssigkeit gefüllt waren. „Was gibt's?"

Ich blickte auf einen zweiten schmierigen Fleck auf seinem Hemd. „Sie meinen: abgesehen davon, dass Sie soeben ein Gucci-Hemd erworben haben? Die Rechnung lasse ich Ihnen dann zugehen." Er runzelte die Stirn und ich grinste. „Nicht viel." Ich wandte mich wieder der Tanzfläche zu und sah, wie der Steueranwalt Nina an sich zog, bevor ich Wilson einen flüchtigen Blick zuwarf. Seine Lippen waren missbilligend aufeinandergepresst, seine Augen zusammengekniffen. „Noch nicht."

„Oh-oh", sagte Francis. „Ich fürchte, wir bekommen gleich Ärger."

„So weit würde ich nicht gehen. Er sieht zwar so aus, als ob er jeden Augenblick vor Wut explodiert, aber das liegt nur daran, dass er gerade mit seinen Gefühlen kämpft. Sobald er akzeptiert, dass er nur sie will und sie die Seine ist, wird er zu ihr gehen und es ihr sagen. Der Steueranwalt hat nicht genug in die Beziehung investiert, um Wilson herausfordern zu wollen. Er wird sich diskret zurückziehen." Nachdenklich betrachtete ich Wilson. „Noch ein paar Minuten, und es ist so weit."

„Er sieht so aus, als ob er jede Sekunde losschlagen würde."

„Das beweist einmal mehr, wieso *ich* die Partnervermittlerin bin und *Sie* der Kunde. Man muss schon eine ausgezeichnete

Menschenkenntnis besitzen, um jeden Gesichtsausdruck und jede Geste deuten zu können. Alles hat eine bestimmte Bedeutung."

„Was ist mit einem Pflock? Was meinen Sie, was das bedeutet?"

„Worüber reden Sie denn über..." Die Frage erstarb auf meinen Lippen, als ich mich umdrehte und seinem Blick in Richtung Eingang folgte.

Mitten im Türrahmen stand ein männlicher Werwolf. Er war groß, mit hellbraunem Haar und tiefbraunen Augen. Er trug einen blauen Anzug von Brooks Brothers und sah genau wie jeder andere erfolgreiche, stilbewusste Wolf aus, der einen hölzernen Pflock bei sich trägt.

Oh-oh.

Dieses Gefühl schien sich durch den ganzen Ballsaal zu verbreiten, als die Gäste nach und nach auf ihn aufmerksam wurden. Die Band verstummte, die Leute drehten sich um und auf einmal lag eine tiefe Stille in der Luft.

„Ayala!", rief er. „Was zum Teufel machst du mit diesem Kerl?" Noch bevor sie antworten konnte, schüttelte er den Kopf. „Das darf nicht sein. Du gehörst mir. *Mir.*"

„Das tue ich nicht, James. Das habe ich dir doch schon erklärt. Du und ich – das kann nicht funktionieren. Und das weißt du auch."

„Von wegen, verdammte Scheiße. Wir passen gut zusammen."

„Wir haben guten Sex, das ist unsere einzige Verbindung."

„Es ist viel mehr als das."

Sie betrachtete ihn mit demselben Mitgefühl und derselben Toleranz, die die Vampire normalerweise für Menschen reserviert hatten. „Nein, das ist es nicht."

„Wegen ihm." Seine Miene wurde immer finsterer.

„Wegen dir. Du bist ein *Werwolf*", erwiderte sie. „Es hat Spaß gemacht, aber mehr auch nicht. Du hättest es nicht so persönlich nehmen sollen."

Aber das hatte er getan.

Ich konnte es in seinen Augen erkennen. Diese vollkommene Missachtung seiner eigenen Sicherheit (er würde in winzig kleine Fetzen gerissen werden, wenn er es auch nur versuchte, einem gebürtigen Vampir etwas anzutun). Der Schmerz und die Verzweiflung. Diese unsterbliche Liebe. Bis dass der Tod uns scheidet …

Okay, vielleicht interpretierte ich ein bisschen zu viel in seinen Blick hinein. Vielleicht war es eher rasende Begierde, garniert mit einem klitzekleinen Spritzer unsterblicher Liebe. Ganz gleich, jedenfalls waren seine Gefühle für die schöne Ayala tief empfunden, obwohl die Regeln der Vampirgesellschaft dagegen sprachen. Ich musste einfach mit ihm fühlen.

„Es ist seine Schuld", wiederholte der wütende Werwolf, als hätte er nicht ein Wort von dem, was sie gesagt hatte, gehört. „*Seine*."

Gleich nachdem er dieses Wort ausgesprochen hatte, leuchteten seine Augen blutrot auf. Seine Lippen zogen sich zurück und entblößten einen Mund voller scharfer Zähne. Er machte einen Satz nach vorn, den Pflock genau auf Wilsons Herz gerichtet.

„Halt!" Ich bewegte mich, bevor ich mir die Konsequenzen meines Handelns ausrechnen konnte (Pflock plus wütender Werwolf ergibt: Halt dich um Himmels willen bloß da raus). Ich trat genau in dem Augenblick vor Wilson, als der Pflock ihn erreichte.

Schmerz durchbohrte meine Schulter und packte meinen gesamten Körper. Ich sah auf einmal nur noch verschwommen. Mein Puls dröhnte mir in den Ohren und übertönte fast das Geschrei, das um mich herum ausbrach.

In den nächsten Sekunden lief alles wie in Zeitlupe ab. Meine Knie gaben nach und der Boden stürzte mir entgegen. In meinem

Kopf hallte ein lautes *rrritsch* wider und ich fühlte kühle Luft an meiner bloßen Haut. Mich durchfuhr der flüchtige Gedanke, dass meine Mutter recht gehabt hatte: Ich hätte wirklich etwas anderes tragen sollen.

Dann wurde alles um mich herum schwarz.

28

„Lilliana?“

Der Name drang durch den schwarzen Nebel, der mich gefangen hielt.

„Kannst du mich hören? Öffne die Augen, Liebes. Ich bin's, *Maman*.“

Maman.

Mit einem Ruck wurde ich in die Vergangenheit zurückkatapultiert. Ich war wieder acht Jahre alt. Meine Mutter weckte mich zu meinem Unterricht bei Jacques. Mein Leben war ganz einfach. Es drehte sich ausschließlich um das Konjugieren von Verben und das Puppenspiel mit den Ninas. Keine Sorgen. Kein Stress. Keine Stromrechnung.

„Ich wusste gleich, als ich sie in diesem Plastikmüll eingeschweißt sah, der sich Kleid schimpft, dass irgendetwas Schlimmes passieren würde.“

Ich riss die Augen auf. Ende der Illusion.

„Da bist du ja“, rief meine Mutter.

Sie schwebte gleichsam über mir, während mir drei wichtige Dinge zugleich auffielen. Erstens, ich lag flach auf dem Rücken auf einem der Tische im Ballsaal. Zweitens, ich war in die Tischdecke eingewickelt. Und drittens, ich war in die *Tischdecke* eingewickelt! Irgendjemand hatte mir die Tischwäsche übergelegt und die Enden unter meine Arme gestopft. Meine Füße, die nach wie vor in den Michael-Kors-Sandalen steckten, baumelten über den Tischrand. Meine Zehennägel glitzerten leuchtend rosa im Schein der Kerzen.

„W-was ist passiert?“

Meine Mutter sah mich mit derselben missbilligenden Miene an wie vor langer Zeit, wenn ich etwas auf meine neuen Petticoats verschüttet hatte. „Du wärst um ein Haar gestorben, *das* ist passiert. Was ist denn bloß los mit dir? Man rennt doch nicht einfach in das spitze Ende eines Holzpflocks!“

Mit einem Mal fiel mir alles wieder ein und ich erinnerte mich an Wilson. Und den Werwolf. Und den Pfahl …

Ohmeingott. Ich war *gepfählt* worden!

Ich starrte auf das zusammengefaltete Handtuch, das meine Schultern bedeckte. Blut war hindurchgesickert und hatte den Stoff hellrot gefärbt. Mein Magen drehte sich um und meine Hände zitterten.

„Ich …“ Ich schien keine Luft mehr zu bekommen. Zu meinem Glück musste ich das auch nicht. Aber ich musste einen Kloß hinunterschlucken, der annähernd die Größe von Texas hatte.

„Du hast wirklich Glück gehabt, Fräulein“, sagte mein Vater. Er blickte auf mich herab, sein Gesicht stellte eine schwarze Maske aus Wut und Sorge dar. „Ein paar Zentimeter weiter rechts – und es wäre aus mit dir gewesen.“

Ich bemühte mich verzweifelt, etwas zu sagen, aber meine Zunge war so schwer. Ich musste die schreckliche Wahrheit unbedingt erfahren. „Mein Kleid?“, gelang es mir mit krächzender Stimme zu fragen.

„Die Seitennaht ist komplett aufgeplatzt, und als du hingefallen bist, hat sich das Kleid endgültig in seine Einzelbestandteile aufgelöst.“

Also jetzt blieb mir so richtig die Luft weg. Vergessen war die Tatsache, dass ich nackt vor einem riesigen Ballsaal voller Vampire dagestanden (beziehungsweise dagelegen) hatte. Wir reden hier immerhin über Christian Dior.

Ich bemühte mich einige Sekunden lang, diese Nachricht zu

verdauen; Sekunden, in denen mir ein Dutzend weiterer Fragen durch den Kopf schossen.

„Was ist mit dem Werwolf?“

„Den haben deine Brüder hinausbegleitet.“

Na, das hätte ich mir denken können.

Ich erinnerte mich noch vage daran, dass Max vor mir auftauchte und Jack mir den Pflock aus der Schulter zog. Rob war auch irgendwie dabei gewesen, zusammen mit Francis.

„Oh nein. Oh nein. Oh nein. OH NEIN!“

Ich hörte noch einmal seine Stimme in meinem Kopf und blinzelte wie besessen, um wieder aus meinen tränenden Augen sehen zu können.

„Francis?“

„Dein Begleiter?“ Mein Vater starrte nach links und ich folgte seinem Blick zu Francis, der in der Ecke saß, von einem halben Dutzend weiblicher Vampire umzingelt. „Deine Mutter und ich, wir waren zunächst gar nicht so angetan, als wir ihn zum ersten Mal sahen – er hat eine etwas merkwürdige Hautfarbe. Aber es stellte sich heraus, dass er ein feiner, anständiger junger Mann ist.“ Von seinem Gucci-Hemd war ein Ärmel glatt abgerissen worden, der Rest hing in Fetzen an ihm herab. Sein Arm war voller Kratzer und sein Haar wirr: er sah so sexy aus wie noch nie. Offensichtlich war ich nicht die Einzige, die so dachte.

„Was sagtest du noch mal, womit er sein Geld verdient?“

„Grundstücke.“

„Willst du damit sagen, er ist Immobilienmakler?“

„Ich will sagen, er ist Immobilienbesitzer. Ihm gehört ein Großteil Frankreichs. Er ist François Deville. Von *den* Devilles.“

Meine Mutter und mein Vater strahlten.

Ich versuchte mich aufzurichten. Schmerz durchzuckte mich und ich kämpfte gegen eine Welle von Übelkeit an.

„Immer mit der Ruhe.“ Mein Vater streckte die Hand aus

und half mir in eine aufrechte Position hoch, während ich dafür sorgte, dass das feuchte Handtuch nicht verrutschte.

Ich blickte mich um. Der Ballsaal war in einem erbärmlichen Zustand. Die Band hatte aufgehört zu spielen und ihre Instrumente angesichts der Gefahr einfach im Stich gelassen. Überall umgestürzte Tische. Hier und dort lagen die Trümmer eines Stuhls. Die übrig gebliebenen Gäste standen in Gruppen zusammen und unterhielten sich im Flüsterton. Die Getränkebrunnen waren ebenfalls umgefallen. Überall flitzten Kellner umher, beseitigten die Trümmer und räumten auf, was von dem prächtigen Saal noch übrig geblieben war.

Mein Blick fiel auf Wilson und Nina Zwei (und blieb dort hängen). Nirgends eine Spur von Ayala oder vom Steueranwalt. Nur diese beiden inmitten des Chaos, das zurückgeblieben war. Er lag auf dem Boden, sie kniete neben ihm. Sie hielt seinen Kopf in ihrem Schoß und streichelte beruhigend über seine Stirn.

„Fünfzig Jahre lang ist bei der jährlichen Soiree alles wie am Schnürchen gelaufen. Bis heute Abend." Meine Mutter schüttelte den Kopf. „Ich hab dir doch gleich gesagt, dass diese Partnervermittlungssache ein gewaltiger Fehler ist. Ich hab's ihr gesagt", wiederholte meine Mutter an meinen Vater gerichtet, bevor sie sich wieder mir zuwandte. „Ich hoffe, du weißt, dass du für all das verantwortlich bist, Lilliana. Du und deine lächerliche Firma."

Wilson ergriff Nina Zweis Hand und ich lächelte. „Du hast recht. Ich bin verantwortlich."

Verdammt noch mal, das war ich, und ich hätte gar nicht stolzer sein können.

Ich musste unbedingt schlafen.

Auf dem Weg zurück in die Stadt zerrte die Erschöpfung an meinen schmerzgeplagten Sinnen. In die Tischdecke hatte ich mich wie in einen Sarong eingewickelt. Das Handtuch auf meiner Schulter war durch einen großen Verband ersetzt worden, den mir Dr. Sheridan freundlicherweise verpasst hatte, der Leibarzt meiner Mutter, der einen Hausbesuch – oder in diesem Fall eher einen Ballsaalbesuch – gemacht hatte, sobald meine Mutter ihn alarmiert hatte.

Ich hatte Francis in Geneva Grays Händen zurückgelassen. Das war ein erfolgreicher Single und zugleich die Leiterin seines neuen Fanclubs. Auch wenn sie so aussah, als wäre sie bereit, ihn in einem Happen zu verschlingen, schien er ihr doch mehr als gewachsen zu sein. Der Kampf hatte wohl die niederträchtige Seite seiner Persönlichkeit freigelegt und sein Schneckenhaus regelrecht geknackt.

Endlich.

Meine Mutter und mein Vater hatten noch bleiben und bei den Aufräumarbeiten helfen müssen – mit anderen Worten: Sie schrieben dem Personal vor, was es zu tun hatte. Jack und Rob waren nicht mehr aufgetaucht, seit sie den Werwolf nach draußen begleitet hatten. Ich wusste, dass ihre wilde Seite dermaßen gereizt worden war, dass sie unbedingt einen Teil dieser Energie wieder loswerden mussten. Und wie? Mit jeder Menge anständigem Sex.

Max sah aus, als müsste er gleich platzen. Mit wilder, verbissener Miene fuhr er mich nach Hause. Aber er war der Älteste und hatte sich am besten unter Kontrolle, darum gelang es ihm, die fünfundvierzigminütige Fahrt zu überstehen, ohne spontan in Flammen aufzugehen. Ich wusste allerdings: Sobald ich aus dem Auto ausgestiegen war, würde er sich auf die Jagd begeben und eine Frau finden, die ihm dabei half, diese ganze Vampirenergie zu verbrauchen. Das Mädchen hatte wirklich Glück. Es gab Sex. Es gab *Vampir*sex. Sie stand definitiv kurz davor, die denkwürdigste Nacht ihres Lebens zu verbringen.

Ich verspürte allerdings einen Hauch Eifersucht. Schließlich schien heute Nacht jeder Sex zu haben – außer mir. Dann erwischten wir allerdings ein Schlagloch. Schmerz explodierte und schoss durch meinen ganzen Körper. Ich biss die Zähne fest aufeinander und begann wieder über mein weiches, warmes Bettchen und erholsamen Schlaf nachzudenken.

„Kommst du alleine klar?" Max stand im Türrahmen zu meinem Schlafzimmer. „Ich könnte hierbleiben, wenn du mich brauchst."

„Geh ruhig." Ich war auf dem Bett zusammengebrochen und winkte ihm nun zu, sich zu entfernen. „Ich ruf dich morgen an."

„Versuch zu schlafen. Das wird helfen."

„Bin schon dabei, falls du es noch nicht gemerkt hast", erwiderte ich mit geschlossenen Augen. Ich vergrub meinen Kopf unter dem Kissen, noch bevor er das Licht löschte.

Ich hörte nicht mal mehr seine Schritte. Nur das Geräusch, als sich die Tür öffnete und wieder schloss. Und dann war er weg.

In meiner Schulter hämmerte es, als ich die Tischdecke, die ich immer noch trug, abwarf und zwischen die Laken kroch. Ich schloss die Augen und stand kurz davor einzuschlafen, zum ersten Mal in dieser Woche. Ich war viel zu erschöpft, um zu denken, geschweige denn mir Sorgen über vermisste Frauen und Kreditkartenrechnungen und ruinierte Kleider zu machen. Schlaf, redete ich mir gut zu. Schlaf einfach.

Ich war schon fast völlig weggetreten, als ich die Wohnungstür hörte.

Da die Sonne immer noch nicht aufgegangen war, hätten meine Sinne eigentlich wesentlich schärfer sein müssen. Das wären sie auch gewesen, wenn ich vorhin nicht um ein Haar in ein Vampir-Schaschlik verwandelt worden wäre. Erst als ich die kühle Hand auf meiner Stirn fühlte, gelang es mir, die Augen zu öffnen.

Ich sah einen riesigen Schatten über mir aufragen und fuhr zusammen. Wieder durchzuckten mich heftige Schmerzen und ich schrie auf.

„Was zum Teufel ist denn mit dir passiert, Süße?“ Die tiefe, wohlvertraute Stimme drang an meine Ohren.

„Was …?“ Ich blinzelte. Das waren wohl Halluzinationen. Es konnte doch nicht sein, dass *er* hier war. In meinem Schlafzimmer. Jetzt.

Sicher, er hatte mir schon häufig solche Besuche abgestattet, aber das hatte sich nur in meiner Fantasie abgespielt.

Meine Schulter tat allerdings verflucht weh. Und das sprach eindeutig dafür, dass dies die Realität war.

Ich räusperte mich, da meine Kehle plötzlich wie ausgedörrt war. „Was tust du denn hier?“

„Was ist passiert?“ Ty starrte mit finsterem, verschleiertem Blick auf meine Schulter, als gingen ihm ein Dutzend Gedanken auf einmal durch den Kopf – keiner davon schien besonders angenehm zu sein.

„Ich wurde gepfählt.“ Ich erklärte ihm das mit dem eifersüchtigen Werwolf.

„Das war wirklich extrem dumm.“

„Ich weiß nicht. Ich fand, es war ganz schön mutig. Sogar edel. Und natürlich überaus professionell. Wilson ist mein Klient – und ich habe ihn überhaupt erst in diese missliche Lage gebracht. Da konnte ich ihn doch wohl kaum im Stich lassen. Sicher, er ist zwar ein ignoranter Vollidiot, am Ende aber immerhin doch noch zur Vernunft gekommen.“ Ich berichtete, dass er den Saal mit Nina Zwei zusammen verlassen hatte, und wie glücklich sie ausgesehen hatten.

„Das hätte ich mir ja denken können.“

„Was soll das denn nun schon wieder heißen?“

„Dass du nicht alle Ampullen im Kühlschrank hast, und ich

meine nicht deine Blutvorräte." Er kniff die Augen zusammen und musterte mich gründlich, wodurch mir die Tatsache, dass ich vollkommen nackt unter meiner Decke lag, wieder ins Bewusstsein rückte. „Bist du sicher, dass du überhaupt ein Vampir bist?"

Leider.

Also, wie kam ich denn plötzlich auf so was? Ich mochte es, Vampir zu sein und vampirische Dinge zu tun und ewig zu leben.

Ich kämpfte mich in eine sitzende Position hoch, das Laken fest zwischen Arme und Körper geklemmt, und meine Schulter protestierte gegen die Bewegung mit einem Schmerz, wie ich ihn noch nie im Leben verspürt hatte. Mich überkam das dringende Verlangen, mich zusammenzukringeln und zu verschwinden. Meine Augen überzogen sich mit einem Tränenschleier.

Okay, meistens mochte ich diese ganze Vampirsache. Aber dieser Moment gehörte definitiv *nicht* dazu.

„Ist schon gut." Aber er hörte sich nicht so an, als ob irgendetwas gut wäre. Er klang verlegen.

„Was ist los?" Ich schniefte. „Hast du noch nie einen Vampir weinen gesehen?"

„Na ja, eigentlich nicht."

„Wenn du mir jetzt mit ‚Vampire weinen nicht' kommst, verprügle ich dich mit meinem gesunden Arm."

Er grinste und streckte die Hand aus. Mit einer rauen Fingerspitze fing er eine frische Träne auf. Ich erschauerte bei dem Gefühl.

„Leg dich hin", murmelte er.

Mmm … Ich hatte schon gedacht, er würde mich nie darum bitten.

Er half mir dabei, mich wieder hinzulegen. Und gerade, als ich die Augen schloss, bereit für seinen Kuss, fühlte ich einen

Luftzug, als er fortging. Dann hörte ich, wie sich die Tür des Kühlschranks öffnete und wieder schloss. Gläser klirrten. Und dann war er wieder da.

Die Matratze neigte sich zu einer Seite und ich fühlte seinen harten Oberschenkel an meinem Körper.

„Trink das hier." Er schob seine Hand unter meinen Nacken und half mir dabei, meinen Kopf zu heben. „Das hilft dir dabei, wieder zu Kräften zu kommen." Er hielt mir das Glas an die Lippen und mein Blick saugte sich an seinem Handgelenk fest. Blaue Venen zeichneten sich unter der Haut ab, pulsierten mit einer Lebenskraft, die mir weitaus schneller helfen würde als das Zeug in Flaschen, an das ich mich allmählich gewöhnt hatte. Sein Puls hallte in meinem Kopf wider und tief in mir knurrte es hungrig.

„Mach schon", sagte er.

Ich blickte ihn an und erkannte in den Tiefen seiner Augen, was er meinte. Er wusste, was ich dachte, und er dachte genau dasselbe.

Ich leckte mir über die Lippen und fühlte, wie meine Eckzähne meine Zunge streiften. Sein Puls pochte immer lauter in meinen Ohren und alles in mir verkrampfte sich.

Ich würde es nicht tun, versprach ich mir. Ich konnte nicht. Ich war aus härterem Holz geschnitzt.

Aber dann brannte es wie Feuer in meiner Schulter, der Schmerz war unerträglich und direkt vor mir und –

Meine Lippen schlossen sich über seinem Handgelenk und ich nahm, was er mir anbot.

Das köstliche heiße Nass füllte meinen Mund und rann mir die Kehle hinunter. Ich fühlte seine Lebenskraft mit Lichtgeschwindigkeit durch mich hindurch pulsieren. Sie breitete sich bis in meine Finger und Zehen aus. Raste zu der Wunde in meiner Schulter. Die Qualen ließen nach und wurden durch eine andere Art von Schmerz ersetzt. Einer, der genauso wild war, aber viel tiefer ging.

Er schmeckte noch wesentlich köstlicher, als ich erwartet hatte. Süß. Kräftig. Dekadent. Nach mehr. Mmmm.

„Ahhh …“ Sein tiefes Stöhnen hallte in meinen Ohren wider und katapultierte mich in die Wirklichkeit zurück.

Ich blickte auf und sah ihn neben mir sitzen, den Kopf zurückgeworfen, die Augen geschlossen, während ich mich von ihm nährte. Seine Finger umschlossen noch immer das Glas. Ich saugte stärker. Er stöhnte erneut und seine Knöchel färbten sich weiß. Das Glas zerplatzte. Mein frisches weißes Laken war plötzlich rot gesprenkelt.

Ups.

Nicht *ups*, weil ich mir gerade meine Lieblingsbettwäsche ruiniert hatte. Sondern *ups*, weil ich ein feierliches Gelöbnis gebrochen hatte, das ich mir selbst gegeben hatte, und all meine Überzeugungen und Werte über Bord geworfen hatte, für ein paar Sekunden sofortiger – wenn auch wirklich erstklassiger – Befriedigung.

Großes *ups*.

Ich zog mich zurück und leckte über meine Lippen. „Es … es tut mir wirklich leid. Ich hätte das nicht … ich meine, sonst …“ Ich wischte mir über den Mundwinkel. „Ich meine … ach verdammt, ich weiß auch nicht, was ich meine.“ Ich schüttelte den Kopf und griff nach dem Tischtuch, das ich abgelegt hatte, bevor ich unter meine Decken gekrochen war, und zog es mir bis zum Hals, während ich gleichzeitig das besudelte Laken nach unten auf meine Füße zuschob.

Tys starke Hände streiften meine Kniekehle, während er sich vorbeugte, um mir zu helfen. Er knüllte das Laken zusammen und verschwand damit in der Küche.

Als er wiederkam, hatte ich es geschafft, diesen ganzen Vorfall meinem Delirium zuzuschreiben, hervorgerufen durch einen schier unerträglichen Schmerz, was so viel heißt wie: vorübergehende Vampirunzurechnungsfähigkeit.

„Also, was tust du eigentlich hier?"

„Die Polizei hat eine Leiche gefunden."

„Laura?"

„Sie glauben schon, aber sie können sich nicht absolut sicher sein, ehe sie nicht die zahnärztlichen Unterlagen zum Vergleich haben. Es sieht so aus, als ob derjenige, der die Leiche entsorgt hat, zuerst versucht hat, sie zu verbrennen."

„Das ist eklig."

„Ja." Er fuhr sich mit der Hand durchs Haar. „Auch wenn natürlich niemand die Entführung zu einem Mord hochstufen will, so hofft die Polizei doch, dass es sich tatsächlich um Laura handelt. Eine Leiche ist gleichbedeutend mit Hinweisen. Falls es die richtige Leiche ist."

„Und du glaubst das nicht?"

„Es passt einfach nicht. Dieser Kerl hat sich schon viele Frauen geschnappt, aber es wurde bisher noch nicht eine einzige Leiche entdeckt. Warum jetzt?"

„Vielleicht wird er langsam schlampig."

„Die Leiche wurde in einem Müllcontainer in der Nähe des Hudson gefunden." Seine Augen verwandelten sich zu schmalen Schlitzen. Er musste wohl auch das Buch mit dem schönen Titel „Ich hab's dir doch gleich gesagt" gelesen haben, denn gleich darauf fuhr er fort: „Ein Müllcontainer, kein Bootshaus."

„Lager ist Lager."

„Es handelt sich um einen Müllbehälter, nicht um ein Lager."

„Ein Lager für Müll", erklärte ich. „Das ist nahe genug für einen Dankesbrief an die Talkshowredaktion."

Er warf mir ein rasches Lächeln zu, bevor seine Miene wieder zur Tagesordnung überging. „Die Leiche war nicht einmal besonders tief vergraben. Sie lag einfach nur da, ziemlich weit oben. Als hätte es jemand eilig gehabt und sie einfach reingeworfen.“ Er schüttelte den Kopf. „Dieser Kerl hat es nicht eilig. Er geht methodisch vor. Vorsichtig.“

„Ich würde meinen, die Polizei weiß das auch.“

„Sicher, aber ohne Hinweise stehen die örtlichen Behörden unter enormem Druck, die vermissten Frauen zu finden, tot oder lebendig. Sonst mischt sich das FBI ein.“

„Vielleicht wäre das gar nicht schlecht.“

„Vielleicht. Aber vielleicht bringt das den Mörder auch einfach nur dazu, sich in eine andere Stadt zu flüchten.“ Er rieb sich mit der Hand übers Gesicht, und zum ersten Mal sah ich über sein geheimnisvolles gutes Aussehen hinweg und bemerkte die dunklen Augenringe, die die Erschöpfung in sein Gesicht gebrannt hatte. „Ich habe ihn schon einmal quer durch das ganze Land gejagt. Ich will, dass es endlich aufhört. Hier.“

Er sah müde aus.

So müde, wie ich mich fühlte.

Kriech doch einfach hinein, hätte ich ihm am liebsten gesagt. *Das Bett ist groß genug für zwei*. Aber ich wusste – sollte Ty zu mir ins Bett steigen, wäre das Letzte, was wir tun würden: schlafen.

„Danke, dass du vorbeigekommen bist.“

Er nickte, als hätte er meine Gedanken gelesen. „Du solltest deine Tür abschließen.“

„Ich brauch kein Schloss. Ich bin ein Vampir.“

„Das erzählst du andauernd, Süße, aber ich bin mir nicht sicher, ob ich dir das auch abkaufe.“ Er grinste und seine Lippen entblößten eine Reihe gerader weißer Zähne. „Ein richtiger Vampir hätte mich auf der Stelle vernascht, als ich zum ersten Mal einen Fuß in dein Büro gesetzt habe.“

„Ein richtig schlauer Vampir hätte dir den Hintern versohlt, schneller als du Bela Lugosi sagen kannst.“ Ich musterte ihn.

„Besser spät als nie? Willst du das damit sagen?“

„Genau. Und jetzt raus.“

„Eines Tages“, schwor er, als er aufstand, „wirst du mich anbetteln, Sex mit dir zu haben.“

„Hier geht es nicht um Sex.“

„Sex“, murmelte er, kurz bevor er die Wohnungstür hinter sich zuzog, „ist unvermeidlich.“

Genau das befürchtete ich auch.

29

Jegliche Genugtuung, die ich empfand, nachdem ich Wilson und Nina zusammenbrachte, schwand in dem Moment dahin, als ich am Montag meine müden Knochen ins Büro schleppte und mich auf Leitung vier meldete, da Evie schon mit den Leitungen eins, zwei und drei beschäftigt war.

Nachdem ich endlich eingeschlafen war, als Ty gegangen war – wir reden hier über Stunden und einen spektakulären Sonnenaufgang –, hatte ich den ganzen Tag und die ganze Nacht verschlafen (das hatte ich Tys Blut zu verdanken, ein kleines Detail, über das ich lieber nicht nachdachte). Ich öffnete meine Augen, als die Sonne gerade unterging, und stellte fest, dass meine Schulter verheilt und die Schmerzen komplett verschwunden waren.

Ein guter Anfang für jeden Montag, das musste ich zugeben, aber dabei blieb es leider nicht. Erst vergaß ich meine Brieftasche zu Hause und musste auf halbem Weg zur Arbeit wieder umkehren. Dann ging die Latte-Maschine genau in dem Augenblick kaputt, als ich an der Reihe war und Evies Becher gefüllt wurde. *Dann* trat ich in Hunde-Aa und versaute mir meine neuen, champagnerfarbenen Lederstiefel von Miu Miu.

Und jetzt das

„... für die Zahlungen, mit denen Ihr Konto belastet wurde. Wir von der Ford Bank verstehen natürlich, dass jeder mal schlechte Zeiten durchmacht, aber wir müssen uns auch an unsere Vorschriften halten. Das gilt vor allem für den Mindestrückzahlungsbetrag, der jetzt fällig ist."

„Aber ich habe Ihnen doch erst letzte Woche einen Scheck geschickt." Für das Christian-Dior-Kleid, das jetzt nur noch aus Fetzen bestand, und meine Miu Mius.

„Sie haben uns den Betrag geschickt, der für die Gebühren vorgesehen war."

„Genau."

„Aber nicht die zusätzlichen Verspätungsgebühren für die vergangenen beiden Monate, die Sie, wie vertraglich vereinbart, in voller Höhe bezahlen müssen, und zwar als einen Teil der monatlichen Mindestrückzahlsumme. Um ihr Konto auszugleichen, müssen Sie insgesamt eine Summe von ..."

Meine Augen weiteten sich, als er den Betrag nannte. Wenn das Geschäft im Augenblick auch besser als erwartet lief, so lief es doch längst nicht *so* gut.

„Ich fürchte, für diesen Monat ist ein weiterer Verspätungszuschlag fällig. Das heißt, natürlich nur, falls Sie die Zahlung der fälligen Summe nicht sofort per Telefon veranlassen. In diesem Fall könnten wir weitere Verspätungszuschläge vermeiden und Ihr Konto sofort ausgleichen."

„Von mir aus ..." Das war die Kurzform für *Was für eine Wahl habe ich denn schon, nachdem Sie mich in die Ecke getrieben haben und ich nicht mal mehr so tun kann, als ob ich der Anrufbeantworter sei?*

Ich teilte ihm die erforderlichen Angaben zu meiner Bankverbindung mit, überschlug kurz, was jetzt noch übrig war und schmollte die nächsten fünfzehn Minuten, während ich nach so ziemlich allem geiferte, was der neue Ann-Taylor-Online-Katalog zu bieten hatte.

Ich war gerade damit beschäftigt, mir mich in einem roten Top à la Grace Kelly vorzustellen, als Evie hereinkam. Sie trug einen Cardigan aus Netzstoff mit Metallperlen und einen Jerseyrock aus Seide – beides aus der letzten Saison, aber trotzdem total süß. Keilschuhe aus Wildleder und ein breites Lederarmband vervollständigten das Ensemble.

Vielleicht gab es doch noch Hoffnung.

Wenn Evie in Klamotten aus der vergangenen Saison großartig aussehen konnte, dann konnte ich das auch. Das Leben bestand aus mehr als nur aus Geld und einem anständigen Kreditrahmen. Das redete ich mir jedenfalls in meiner Verzweiflung ein.

„Ich habe gute Nachrichten, schlechte Nachrichten und richtig schlechte Nachrichten. Welche möchten Sie zuerst hören?"

„Erst mal die guten Nachrichten." Was soll ich sagen? Ich bin nun mal eine unverbesserliche Optimistin.

„Melissa hat heute Morgen angerufen und gesagt, dass sie mit den beiden letzten Männern, mit denen Sie ihr Dates verschafft hatten, kein Glück hatte, dass sie aber bereit ist, es noch einmal zu versuchen. Also habe ich ein paar Nachforschungen angestellt und jemanden gefunden, von dem ich denke, dass er genau der Richtige für sie sein könnte. Sie treffen sich", sie blickte auf ihre Armbanduhr, „genau in diesem Moment."

Das bedeutete also, dass sie über ihre Verliebtheit in Francis hinweg war. Eindeutig gute Nachrichten.

„Und die schlechten Nachrichten?"

„Francis hat angerufen und sagte, dass Britney krank sei und er sein Date für heute Abend absagen müsse."

„Er hat heute Abend ein Date?"

„Das sind die richtig schlechten Nachrichten. Sie gehört nicht zu unseren Kundinnen. Er hat sie Samstagabend kennengelernt und sie hat ihn gefragt, ob er mit ihr ausgehen würde – genau wie ein ganzes Dutzend weiterer Frauen."

„Weil sie ihn auf der Soiree getroffen haben, die er zusammen mit mir besucht hat."

Sie dachte kurz nach und lächelte. „Dann fällt diese Verabredung wohl in unseren Verantwortungsbereich. Also ist das doch kein so schlechter Tag." Sie verschwand wieder in ihrem Büro und ich griff nach den beiden Ordnern, die sie mir auf den Tisch gelegt hatte.

Der erste gehörte zu Melissa, der zweite zu Jerry Dormfeld, der auch als der Chili-Hotdog-Mann bekannt war. Ich öffnete beide Dossiers und legte sie nebeneinander. Ich las mir Chili-Hotdogs Vorlieben und Abneigungen durch, was die perfekte Frau betraf, bevor ich meine Aufmerksamkeit auf Melissas Profil richtete.

Single. Nie verheiratet. Keine Kinder. Die Angehörigen leben in einem anderen Bundesstaat. Kellnerin in einem hiesigen Restaurant.

Evie hatte eine richtig gute Wahl getroffen. Melissa entsprach den Wünschen dieses Mannes bis ins Letzte. Auf dem Papier war sie die geeignete Frau für ihn.

Oder das geeignete Opfer.

Sobald mir dieser Gedanke in den Sinn kam, verdrängte ich ihn gleich wieder. Oder versuchte es zumindest. Aber dann wandte ich mich noch einmal der ersten Akte zu – und da konnte ich praktisch hören, wie Tys Stimme den Modus Operandi (ich hatte die Talkshows endlich aufgegeben und sah mir stattdessen *CSI* an) des Kidnappers beschrieb.

Seine Opfer sind alle alleinstehend. Waren nie verheiratet. Keine Kinder. Keine unmittelbaren Angehörigen. Keine richtige Karriere.

Dazu kam noch, dass sie neu in der Stadt war. Sie hatte noch keine Gelegenheit gehabt, neue Freunde zu finden. Sie war neu in ihrem Job. Niemand würde sie sofort vermissen.

Bis es zu spät war.

Ich sollte Ty anrufen.

Aber was sollte ich ihm denn sagen?

Es war nur so eine Ahnung. Eine durchaus gerechtfertigte allerdings. Aber trotzdem nur eine Ahnung.

Chilis Profil las sich genau so wie ein Dutzend andere in meiner Kartei. Darüber hinaus war mir auch nicht ein einziger fragwürdiger Gedanke aufgefallen, als ich ihm von Angesicht zu Angesicht gegenübergestanden hatte. Er war ein Kerl. Mit einem eingleisigen Gehirn. In dem ein Chili-Hotdog auftauchte. Ende der Geschichte.

Höchstwahrscheinlich war er überhaupt nicht der Kidnapper und ich hatte gerade nur einen kleinen Nervenzusammenbruch. Ich war gepfählt worden und hatte Tys Blut getrunken – alles im Verlauf von ein paar Stunden. Da war es doch nur zu erwarten, dass mich diese Reizüberflutung innerhalb eines so kurzen Zeitraums komplett überfordern würde. Du liebe Güte, schließlich war ich auch nur ein Vampir und nicht Wonder Woman.

Ich überflog noch einmal seine Unterlagen. Mein Blick blieb an seiner letzten Adresse hängen. Eine Adresse in Chicago.

Mich überkam ein mulmiges Gefühl.

Was soll das? Eine Menge New Yorker stammen aus Chicago.

Trotzdem drückte ich auf die Gegensprechanlage und befragte Evie. „Was sagten Sie doch gleich, wo sich Melissa heute Abend mit ihrem Date trifft?"

„Ich habe gar nichts gesagt, aber ich kann mal schnell nachsehen." Sie verstummte und ich hörte, wie ihre Finger über die Tastatur des Computers flogen. „Carmine's. Das ist dieses italienische Restaurant drüben auf der Upper West Side. Superleckeres Parmesanhühnchen und eine beeindruckende Weinkarte."

„Geben Sie mir die Adresse." Ich notierte mir die Angaben auf einem Post-it; dann nahm ich beide Akten an mich und meine Handtasche und sprang auf.

„Übrigens", begann Evie, als ich ins vordere Büro kam, „Francis möchte, dass Sie ihn anrufen, sobald Sie eine freie Minute …" Sie verstummte, als sie meine Tasche bemerkte. „Stimmt irgendwas nicht?"

„Nicht dass ich wüsste", sagte ich, schon auf dem Weg zur Tür. Mein Herz schlug so schnell, dass ich bereits fürchtete, es würde mir gleich die Brust sprengen.

Wenigstens nichts, was ich beweisen könnte.

Noch nicht.

Ich hatte komplett falsch gelegen. Chili-Hotdog war nicht der Kidnapper.

Nein. Der bösartig aussehende Vampir, der neben ihm stand, das war der Kidnapper.

Ich stand in den Schatten vor Melissas Mietshaus und sah zu, wie ihr dieser tödliche Vampir tief in die Augen starrte und sie mit Hilfe seiner Vampirkräfte in ein willenloses Etwas verwandelte. Der Duft nach dunkler Schokolade erfüllte trotz der Entfernung meine Nase.

Das hieß also: bösartig aussehender *gebürtiger* Vampir.

Es war jetzt eine Stunde her, seit ich das Büro verlassen und mich auf den Weg zum Carmine's gemacht hatte, wo ich allerdings hatte feststellen müssen, dass Melissa und ihr Date das Restaurant bereits wieder verlassen hatten. Ich versuchte mein Glück zuerst bei ihrer Wohnung – wieder so eine Ahnung –, um festzustellen, dass dort alles dunkel, verriegelt und verrammelt war. Der einzige Laut, der von drinnen an mein Ohr drang, war das leise Kläffen ihres Hundes, Daisy.

Ich hatte das als ein gutes Zeichen betrachtet.

Wäre ich ein Massenmörder, so hätte ich dieses kläffende Vieh mit Gewissheit als Allerallererstes zum Schweigen gebracht. Was darauf schließen ließ, dass sie nicht in ihre Wohnung gegangen waren, sondern woandershin.

Ich wollte mich gerade auf den Weg zu der Adresse machen, die Chili-Hotdog angegeben hatte, als meine Supervampirsinne ein leises Geräusch aufgefangen hatten, das aus der schmalen Straße hinter dem Gebäude zu kommen schien. Ich hatte mich auf Zehenspitzen in die Schatten geschlichen und mich an der kalten Steinmauer entlanggetastet, bis ich an der Ecke angekommen war, die zur Rückseite des Hauses führte. Vorsichtig hatte ich dann einen Blick riskiert und war fündig geworden.

„Ich …“ Melissas Worte endeten mit einem erstickten Gurgeln, als ein glasiger Blick in ihre Augen trat. Sie starrte zu dem hochgewachsenen Fremden empor, der über ihr aufragte. Er trug das klassische Vampir-Outfit: schwarze Hose, schwarzes Seidenhemd und Gucci-Slipper. Er hatte dunkles, welliges Haar, das bis auf den Hemdkragen reichte, und blickte aus rauchgrauen Augen. Alles in allem sah er nicht schlecht aus.

Das heißt, ich hätte ihn sogar als gut aussehend bezeichnet, wenn ich nicht die Gewaltbereitschaft gespürt hätte, die dicht unter der Oberfläche lauerte.

Er wollte nicht nur ihr Blut.

Er wollte von ihr trinken und dann zusehen, wie sie starb.

Angst raste mein Rückgrat rauf und runter, während ich zusah, wie Melissa förmlich vor ihm dahinschmolz. Er fing sie ohne jede Mühe auf und warf sie sich wie einen Wäschesack über die Schulter. Dann bewegte er sich in einem derartigen Tempo auf einen schwarzen Rolls-Royce zu, dass nur ein verschwommenes Bild von ihm zu sehen war. Der Wagen war mit allem Drum und Dran ausgestattet: Ledersitzen, teuren Felgen und DVD-Player. (Was soll ich sagen? Mir fallen solche Dinge nun mal auf.) Er ließ sie auf den Rücksitz des Autos fallen, dessen Motor lief, bevor er sich Chili-Hotdog widmete.

Auf einmal ergab alles einen Sinn. Jerry Dormfeld – wenn das überhaupt sein richtiger Name war; ich zumindest würde darauf nicht wetten – war der Sklave dieses Typen. Sein Diener. Sein Schoßhündchen.

Das war der Grund, weshalb ich in seinen Gedanken nichts hatte lesen können. Weil er gar keine eigenen Gedanken hatte. Er existierte nur aus einem einzigen Grund: zu tun, was sein Herr ihm befahl. Er dachte nur an eines, und zwar an das, was ihm sein Herr in seinen Geist eingepflanzt hatte. In diesem Fall: ein riesengroßer Hotdog mit extra Chili und zwei Portionen Zwiebeln.

Der Sklave tat alles, was sein Herr von ihm forderte. Er antwortete auf Annoncen und suchte Partnervermittlungen auf, immer auf der Suche nach Frauen, auf die das geforderte Profil passte. Und dann trat Supervamp in Aktion und entführte sie.

Und saugte sie aus.

Danach beobachtete Supervamp genüsslich, wie sich seine Opfer in Vampire verwandelten (ein schmerzhafter, qualvoller Prozess, nach allem, was ich so gehört habe), und setzte sie dem Tageslicht aus. Die Sonne verbrannte sie und verwandelte sie zu Staub.

Damit waren alle Beweise zerstört.

Das kann nicht sein, flüsterte eine Stimme in mir. *Du hättest eindeutig nicht so viel* CSI *gucken sollen.*

Aber alles passte zusammen. Gebürtiger Vampir. Vermisste Frauen. Keine Leichen.

Und Melissa stand kurz davor, die Nächste zu werden.

Ich zog mein Handy raus und tippte Tys Nummer ein.

„Hey", hörte ich seine tiefe Stimme am anderen Ende der Leitung brummen. „Ich bin im Augenblick nicht zu erreichen, also hinterlassen Sie mir eine Nachricht." *Piiiep.*

„Ich bin's", flüsterte ich. „Hilfe!" Ich berichtete ihm so schnell und so leise, wie ich nur konnte, was gerade vor sich ging, und dann rief ich Evie an.

„Mit Melissas Date stimmt was nicht", flüsterte ich hektisch.

„Ist er ein Loser?"

„Genau genommen ist er ein Mörder." *Der* Mörder. „Sie müssen auf der Stelle diese Nummer anrufen, und zwar so lange, bis Ty Bonner sich meldet."

„Dieser heiße Kopfgeldjäger?"

„Ja. Geben Sie ihm dieses Autokennzeichen und sagen Sie ihm, ich wüsste nicht, wohin sie jetzt fahren, aber ich melde mich, sobald ich die Adresse habe."

„Und wenn nicht?"

„Dann rufen Sie die Polizei an."

„Sollte ich das nicht auf jeden Fall tun?"

Damit sie samt und sonders abgeschlachtet wurden, falls es ihnen tatsächlich gelingen sollte, Supervampir zu finden? Damit würde ich mein Gewissen ganz bestimmt nicht belasten.

Auf der anderen Seite … Wenn ich nicht anrief, um die Adresse durchzusagen, würde das bedeuten, dass ich ebenfalls abgeschlachtet worden war. Und das wiederum hieß: Die Aussichten, dass ich in Zukunft schuldbeladen irgendwo in der Ecke rumsitzen würde, waren eher gering.

Ich schüttelte diesen Gedanken ab. „Im Augenblick gibt es nichts Konkretes, was man denen sagen könnte. Rufen Sie einfach nur Ty an. Ich muss jetzt Schluss machen."

Ich duckte mich hinter eine Mülltonne, als Supervamp sich umdrehte und genau in meine Richtung sah. Er hatte mich gehört. Ich wusste es, noch bevor ich spürte, wie sich seine Präsenz auf mich zubewegte.

Die Härchen in meinem Nacken stellten sich auf, ich kniff die Augen zu.

Ich konzentrierte mich auf das Erste, was mir einfiel: Britney. Innerhalb von Sekunden hatte ich mich in einen Klon des nervtötenden kleinen Cockerdudels verwandelt.

Die Mülltonne vor mir flog davon und krachte gegen die nächste Wand, als Supervamp sie beiseitestieß. Durchdringende graue

Augen starrten auf mich herab. Ich wedelte mit dem Schwanz und bellte laut und durchdringend.

„Dämliches Mistvieh", knurrte er.

Okay, ich war bestimmt nicht Britneys größter Fan, aber so weit würde ich jetzt nicht gehen.

Ich bellte noch ein bisschen weiter und schnappte sogar nach seinen Knöcheln, bis er sich umdrehte und zum Wagen zurückging. Er stieg ein. Die Türen knallten, der Motor heulte auf und der Wagen fuhr aus der Straße hinaus und ließ mich und Chili-Hotdog zurück.

Sobald das Auto verschwunden war, drehte sich der Sklave um und verließ ebenfalls die schmale Straße. Seine Arbeit war für diese Nacht getan.

Meine dagegen hatte gerade erst angefangen.

Ich konzentrierte mich erneut und einen Herzschlag später stand ich wieder genauso da, wie ich vorher ausgesehen hatte, bis auf meine Miu-Miu-Stiefel. Es war so eine Sache mit dem Gestaltwandeln, vor allem, wenn man es nicht allzu oft machte. Man kam aus der Übung, und das bedeutete, dass manchmal alles klappen konnte, das nächste Mal aber gab es irgendein Durcheinander bei der Verwandlung. Dinge verschwanden spurlos. Ein Paar Schuhe. Eine Handtasche. Ein Handy.

Ich schob meine Tasche, die ich unter den Arm geklemmt hatte, zurecht (zum Glück steckten mein Handy und die beiden Ordner immer noch darin) und bemühte mich, die feuchte Nässe unter meinen Füßen zu ignorieren. Ich wusste, dass sich meine Stiefel vermutlich irgendwo in der Nähe befanden, vielleicht in der Mülltonne, die umgekippt auf dem Boden lag, oder auf einem Haufen Schachteln gleich daneben. Und wenn ich bloß die Zeit gehabt hätte, hätte ich nicht geruht, bis ich sie gefunden hatte.

Aber die Uhr tickte für Melissa und darum verdrängte ich mein Verlangen und schloss die Augen.

Noch einmal volle Konzentration – und das Geräusch schlagender Flügel erfüllte meine plötzlich winzigen Ohren. Meine Sehkraft wurde noch besser, ich fühlte mich so leicht wie eine Feder. Meine Zähne schrumpften und wurden spitz und ziemlich fledermausartig. Als ich schließlich losflog, konnte ich bloß hoffen, dass ich das mit der Farbe richtig hinbekommen hatte. In diesem Fall also schwarz. Pink hätte sich mit meinem Vorhaben, bloß nicht aufzufallen, nicht so gut vertragen. Ich ließ die Gasse hinter mir, entdeckte den Wagen in genau dem Augenblick, als er auf eine der Hauptstraßen einbog, und folgte ihm.

30

Es war kein Bootshaus.

Es war ein luxuriöses zweistöckiges Haus in einem der besseren Viertel von Jersey, das voller großzügiger Backsteinhäuser stand, mit sorgfältig manikürten Rasenflächen davor. Der Wagen bog in die Auffahrt ein und das Garagentor öffnete sich polternd. Der Rolls verschwand in der Garage und das Tor schloss sich wieder, während ich hinter einer Hecke landete und mich von der schnittigen, seidig glänzenden Fledermaus wieder in mein gewöhnliches Selbst zurückverwandelte.

Bis auf meinen Lieblingsarmreif von Gucci und die Minilederjacke aus Wildleder, die ich angehabt hatte.

Ich kämpfte gegen eine Welle der Angst an. Was hatte ich denn erwartet? Wer es nicht regelmäßig tut, verlernt es.

Das hatte Max immer gesagt. Ich hasste es, wenn Max recht behielt.

Ich zwang mich dazu, das Ganze positiv zu sehen. Ich hatte immer noch meine Tasche, mein Handy und meine Gesundheit. Was könnte sich ein weiblicher Vampirsingle mehr wünschen?

Ich sah nach der Hausnummer auf dem Briefkasten, tippte die Zahl auf meiner Handytastatur ein und simste sie Evie ins Büro. Und Ty. Ich wagte es nicht, einen Anruf zu riskieren. Supervamp hatte mich schon einmal gehört, und dieses Risiko wollte ich auf gar keinen Fall noch mal eingehen. Mein Ziel war, mich unauffällig im Hintergrund zu halten – und mit etwas Glück würde mir die Kavallerie bald zu Hilfe eilen.

Allerdings nicht früh genug, wie mir klar wurde, als ich einmal um das ganze Haus schlich und Melissa in einem der Schlafzimmer, die nach hinten hinausgingen, entdeckte. Sie lag auf einer roten Satintagesdecke, und zwar vollkommen nackt. Ihre Hände und Füße hatte der Vampir, der sich gerade über sie beugte, mit Handschellen an die Bettpfosten gefesselt. Stechender Ölgeruch ließ mich die Nase rümpfen. Ich beobachtete durch das Fenster, wie Supervamp noch einmal ihre Fesseln zurechtrückte und sich dann aufrichtete, um sein Werk zu bewundern. Er überprüfte erst das eine Handgelenk und dann das andere, bevor sein Blick zur Fensterfront wanderte, die eine ganze Wand des Schlafzimmers einnahm.

Eine Wand, die nach Osten ging.

Guten Morgen, Sonnenschein!

Was soll ich sagen? Ich hatte eben alles: gutes Aussehen *und* Köpfchen. Tiefe Befriedigung erfüllte mich, gefolgt von einer Panikattacke, als ich mich rasch zur Seite duckte, um nicht entdeckt zu werden. Einige Sekunden vergingen, bevor ich spürte, dass sich die Aufmerksamkeit des Vampirs wieder auf die Frau richtete, die gefesselt auf dem Bett lag.

Ich spähte vorsichtig um die Ecke, gerade noch rechtzeitig, um zu sehen, wie er seine Hände über Melissas Körper gleiten ließ. Sie bäumte sich unter seiner Berührung auf, zerrte an ihren Fesseln, ihre Augen waren glasig, ihr Gesicht vor Gier verzerrt. Ihr gefiel, was er tat – und sie verlangte nach mehr.

Seine Hände.

Sein Mund.

Seine Fangzähne.

Du Blödmann! Sie stand unter dem Einfluss seiner Vampirkräfte. War nichts mehr als ein bebendes Häuflein Verlangen, sodass nur Supervamp ihr geben konnte, was sie sich so verzweifelt zu wünschen glaubte. Doch das war nicht real. Es war eine durch seine Hypnosekräfte hervorgerufene Illusion.

Aber wenn sie endlich wieder bei Sinnen war, würde es zu spät sein.

Dann war sie selbst ein Vampir. Und dazu verurteilt, im gleißenden Licht der Sonne einen qualvollen Tod zu sterben.

Schon gut, jetzt reicht's aber wirklich. Genug von Tod und Verderben und dem ganzen Schwachsinn. Tu etwas!

Ich setzte mich in Bewegung, und zwar so schnell, wie mich meine übernatürlichen bloßen Füße tragen konnten, und eilte wieder zurück zur Vorderseite des Hauses. Ich sprach ein Gebet – und hoffte, dass der Große Vampir Dort Oben einen Augenblick Zeit für mich hätte. Dann klingelte ich an der Tür.

„Hallo." Ich lächelte strahlend, als sich die Tür öffnete und Supervamp mich anstarrte. Sein Blick war düster und hungrig und überaus unglücklich. Puh. Also hatte er sie noch nicht angebissen. „Ich bin Lil." Mein Lächeln wurde noch strahlender. „Ihre Nachbarin. Ich wollte schon seit Langem mal vorbeikommen und Sie recht herzlich bei uns in der Nachbarschaft willkommen heißen. Sie sind gerade erst eingezogen, stimmt's?"

„Vor ein paar Wochen. Aber ich werde wohl nicht lange hierbleiben. Das Haus habe ich nur gemietet. Ich reise viel. Geschäftlich."

„Das ist doch kein Grund, sich nicht trotzdem kennenzulernen." Ich lächelte erneut und entschloss mich, alles auf eine Karte zu setzen. Schließlich war ihm mit Gewissheit nicht verborgen geblieben, dass ich ein Vampir war. Ein gebürtiger noch dazu. „Es ist so schön, jemanden hier wohnen zu haben, der zu meinesgleichen gehört. Ich kann Ihnen gar nicht sagen, wie einsam ich hier war, mit all diesen Menschen." Ich senkte meine Stimme vertraulich. „Und Werwölfen." Ich schüttelte den Kopf. „Von Mrs Abercrombie drüben an der Ecke gar nicht zu reden. Sie wollen bestimmt nicht wissen, was sie alles so treibt, sobald die Sonne untergegangen ist. Heutzutage ist es wirklich nicht leicht, ein Vampir zu sein."

Er starrte mich misstrauisch an, bevor er schließlich mit den Schultern zuckte. „Jedenfalls ist bestimmt nichts mehr so wie in den guten alten Zeiten."

„Darf man fragen, wie lange die für Sie schon zurückliegen?"

„Achthundert Jahre."

Ich pfiff, in meinem Kopf überschlugen sich die Gedanken. Wenn das mit Francis nicht funktionieren sollte, könnte ich aus dem Kerl hier vielleicht einen anständigen Ewigen Gefährten machen ... Nee. Langweiler waren eine Sache, aber bösartige, mörderische Vampire ... Na ja, wer sollte denen schon vertrauen?

„Ich würde wirklich zu gern noch ein Weilchen mit Ihnen plaudern. Warum lassen Sie mich nicht einfach rein und dann unterhalten wir uns so richtig nett über die alten Zeiten –"

„Nein, ich bin beschäftigt. Ich habe keine Zeit."

„Nicht mal für ein kleines Schwätzchen?"

„Nein."

„Sie wollten wohl gerade zu Abend essen."

„So was in der Art."

„Dann könnte ich Ihnen doch Gesellschaft leisten. Ich hasse es, allein zu essen."

„*Ich* mag es."

„Kommen Sie schon." Ich verzog das Gesicht. „Es macht überhaupt keinen Spaß, so ganz allein zu essen." Was erzählte ich da eigentlich? Vampire aßen immer allein. Es sei denn, man zählte die Hauptspeise mit. „Seien Sie ruhig ein bisschen gesellig."

Er erstarrte und seine Miene verfinsterte sich noch mehr. „Ich möchte nicht gesellig sein."

„Jetzt schauen Sie doch mal ein bisschen freundlich."

„Ich will aber nicht freundlich schauen." Er schüttelte den Kopf. „Hören Sie, am besten verschwinden Sie jetzt. Ich schätze meine Privatsphäre." Noch bevor ich auch nur ein weiteres Wort herausbekam, schlug er mir die Tür vor der Nase zu.

Ich klingelte noch mal und die Tür wurde aufgerissen, noch bevor das *Ding-Dong* verklungen war.

„Was?", stieß er grollend aus.

„Ich habe mich gefragt, ob Sie vielleicht ein paar Kekse möchten."

„*Was*?"

Ja, *was*?

„Ich, ähm, das heißt, ich dachte, Sie nehmen sie vielleicht ins Büro mit, für Ihre, ähm, Kollegen. Oder vielleicht haben Sie ja eine Haushaltshilfe oder einen Gärtner. Also, ich wette, die würden sich über eine Tüte Makronen richtig freuen. Die sind einfach köstlich." Als er mich anstarrte, als ob mir gerade ein Heiligenschein gewachsen wäre, sprach ich eilig weiter. „Nicht dass ich das aus eigener Erfahrung sagen könnte, wie Sie wohl wissen. Aber ich habe menschliche Bekannte, die mir immer versichern, dass sie wirklich ganz hervorragend schmecken." Okay, das klang ziemlich schwach, aber er sah mittlerweile stinksauer aus, ich war vollkommen nervös … und irgendwas *musste* ich doch sagen.

„Sie haben ja gar keine Kekse dabei." Sein Blick musterte mich forschend vom Kopf bis zu den bloßen Füßen.

„Äh, nein, aber ich könnte gehen und sie holen. Oder, noch besser, Sie kommen gleich mit. Dann können Sie sich aussuchen, welche Sie haben möchten."

„Verziehen Sie sich." Er knallte die Tür zu.

Ich drückte erneut auf den Klingelknopf. „Ich werte das als ein Nein", sagte ich, als er die Tür wieder aufriss.

„Verdammt noch mal, *nein*!" Die Tür wurde erneut zugeknallt.

Ich stand kurz davor, ein weiteres Mal zu klingeln, als ich Tys tiefe Stimme hinter mir hörte.

„Wo ist sie?"

Ich drehte mich herum und merkte erst dann, dass er so dicht bei mir stand, dass mein Kinn an seine Brust stieß. Ich fuhr zusammen. „Mann, das wird aber auch mal Zeit." Ich zeigte auf die Hausecke. „Sie ist da hinten."

Wir erreichten die Fensterfront gerade rechtzeitig, um Zeuge zu werden, wie der Vampir wieder das Schlafzimmer betrat. Er murmelte irgendetwas von wegen „diese verdammten neugierigen Nachbarn und ihre dämlichen Kekse". Ty warf mir einen Blick zu, der deutlich fragte: „Was zum Teufel soll das denn bedeuten?"

Ich zuckte mit den Schultern. „Was soll ich dazu sagen? Ich bin nicht daran gewöhnt zu improvisieren."

Der Vampir bewegte sich auf das Bett zu und Ty zog eine tödlich wirkende Sig aus der Tasche.

„Damit wirst du bei ihm wohl nichts ausrichten", bemerkte ich.

„Aber es wird ihn lange genug aufhalten, dass ich ihn überwältigen und mir ein paar Antworten holen kann."

„Oh."

„Tritt zurück." Er zielte. Der rote Leitstrahl zeigte genau auf die Schulter des Supervamps.

Gerade als Ty den Abzug durchziehen wollte, klingelte es an der Tür.

Danach ging alles sehr schnell.

Der Vampir verfiel regelrecht in Raserei. Er drehte sich herum. Ty betätigte den Abzug. Glas zersprang klirrend. Jemand kreischte.

Und hörte nicht mehr auf zu kreischen.

Ich riss meinen Mund sogar noch weiter auf, als ich Francis im Türrahmen zum Schlafzimmer auftauchen sah. Augenblick mal – Francis? Evie folgte ihm auf den Fersen, der inzwischen verwundete Vampir wandte sich ihnen zu.

Ty sprang durch das zerstörte Fenster, aber er war schon zu weit entfernt. Der verwundete Vampir packte sich Francis und schleuderte ihn gegen die Wand. Als Nächstes schnappte er sich Evie. Sie flog durch die Luft und landete wie ein Häufchen Elend in der Ecke.

Frank stand wieder auf. Evie nicht.

Ich erreichte ihren leblosen Körper gerade in dem Augenblick, als Francis einen Gegenangriff startete (los, Francis, mach schon!). Er rannte mit gesenktem Oberkörper auf Mördervampir zu und rammte ihm seinen Kopf genau in den Leib. Dann war auch schon Ty bei ihm.

Ty hielt Mördervampir im Würgegriff fest, während Francis ihm ein paar richtig gute Fausthiebe vor die Kinnlade pfefferte. Es gelang Mördervampir, seine Beine anzuziehen, und so schleuderte er Francis quer durchs Zimmer, dann schlug er seine Hauer in Tys Arm, der um seine Kehle lag.

Ich bin mir nicht sicher, was als Nächstes geschah. Ich weiß nur, dass Mördervampir in der einen Sekunde noch versuchte, Ty abzuschütteln, in der nächsten aber flog der Mörder quer durch den ganzen Raum. (Ty hatte einen Mordsbumms.) Er landete in einem Wirrwarr von Armen und Beinen zu meinen Füßen.

Das hätte eigentlich das Ende sein müssen. Das wär's auch gewesen, wäre er ein Mensch gewesen. Aber nein. Der Kerl war ein Vampir. Also starrsinnig. Er musste unbedingt noch einmal hochkommen.

Taumelnd kam er wieder auf die Füße, und ich fühlte, wie sich meine Hand um eine große Glasscherbe aus dem kaputten Fenster schloss.

„Hey." Ich klopfte ihm auf die Schulter und er drehte sich zu mir um.

Ich stieß zu und das Glas versank tief in seiner Brust. Er erstarrte; sein Mund öffnete sich und weißer Schaum quoll hervor (iiiiihhh), und dann verwandelte er sich in Staub. Fleisch, Knochen ... *Puff*, alles war weg.

Fünf Sekunden lang war ich starr vor Angst – hey, der Typ war richtig B-Ö-S-E –, dann lief ich zu meiner verletzten Assistentin.

„Evie?" Ich fühlte ihr den Puls. Es pochte unter meinen Fingerspitzen und meine Panik ließ langsam nach.

„Was ist denn passiert?", fragte sie ein paar Sekunden später, als sie mühsam die Augen aufschlug. „Hat er mich getroffen?" Sie blickte um sich, aber es war gar kein *er* mehr zu sehen. „Wo ist er denn hin?"

„Das ist eine lange Geschichte." Eine, die ich ihr in absehbarer Zeit bestimmt nicht erzählen würde. „Was machen Sie denn hier?"

„Ich konnte doch nicht einfach im Büro sitzen bleiben und gar nichts tun, während Sie hinter einem gefährlichen Mörder her sind. Also musste ich Ihnen helfen."

„Was ist mit Francis?" Ich zeigte auf den Vampir, der sich gerade abmühte, die sich jetzt heftig wehrende Melissa zu befreien. Sowie Supervamp verschwunden war, war auch sein unheilvoller Einfluss auf Melissa verschwunden. Sie kreischte jetzt in den höchsten Tönen. Ihre gellende Stimme übertönte fast den Lärm der herannahenden Sirenen.

„Er hat angerufen, kurz nachdem Sie mir gesimst hatten. Ich war ziemlich aufgeregt und irgendwie bin ich einfach mit allem rausgeplatzt, was los war. Als er schließlich begriffen hatte, dass Melissa entführt worden war, ist er fast durchgedreht. Wussten Sie eigentlich, dass er sie mag?"

„Er hat mal so was erwähnt, ist aber schon ein Weilchen her." Und ich hatte versucht, ihn davon abzubringen. Mensch – Vampir. So was durfte nicht passieren.

„Er hat mich abgeholt", fuhr Evie fort, „und wir sind Ihnen zu Hilfe gekommen."

Melissas Geschrei endete in einem Schluchzer, während sie den Vampir anstarrte, der ihr gerade die Handschellen von ihrem linken Handgelenk abnahm. „Du bist wirklich durchgedreht", Melissa ließ Francis nicht aus den Augen, „als du von meiner Entführung gehört hast?"

„Na ja, schon irgendwie. Du bist doch nett. Ich wollte nicht, dass dir was passiert."

„Ich dachte immer, du magst mich nicht. Du hast nie angerufen."

„Ich dachte, du möchtest nicht, dass ich dich anrufe."

„Hat Lil dir denn nicht gesagt …" Ihre Stimme verstummte, während sich zwei Augenpaare auf mich richteten.

Ich zuckte die Achseln. „Jeder macht mal einen Fehler, wisst ihr. Niemand ist perfekt." Ich hatte plötzlich alle Hände voll zu tun, weil ich schließlich Evie aufhelfen musste, während Ty nach vorne ging, um die Polizei reinzulassen.

Menschen und Vampire. Wer hätte das gedacht?

Eine halbe Stunde später stand ich mit meinen bloßen Füßen am Rand der Einfahrt, zusammen mit einem guten Dutzend Nachbarn. Im Haus wimmelte es nur so vor Polizei und FBI. Die ganze Gegend war mit gelbem Absperrband umsäumt. Auf dem Bürgersteig stand ein Krankenwagen. Melissa lag daneben auf einer Trage. Zwei Rettungssanitäter versorgten zahlreiche kleine Schnitte auf ihren Armen und ihrem Körper – die hatte sie dem zerschmetterten Fenster zu verdanken.

Francis hielt ihre Hand.

Ein weiterer Krankenwagen, in dem Evie versorgt wurde, bog gerade um die Ecke. Sie hatte eine mittelschwere Gehirnerschütterung und musste für vierundzwanzig Stunden zur Beobachtung in ein nahe gelegenes Krankenhaus.

Ich hatte sie begleiten wollen, musste aber noch am Tatort

bleiben, um meine Aussage zu machen. Und das hoffentlich noch in diesem Jahrhundert.

Ich betrachtete die Polizisten, die sich um die Eingangstür scharten, und winkte. „Hey, haben Sie mich vielleicht vergessen?“

„Wie könnte ich dich vergessen?“ Tys tiefe Stimme drang an mein Ohr. Ich drehte mich um und sah ihn neben mir stehen. „Du warst wirklich großartig da drinnen.“

„Ich hab doch gar nichts getan. Ich meine, sicher, ich habe ihn gepfählt, aber schließlich hatte ich gar keine andere Wahl. Ansonsten hab ich jedenfalls nicht viel gemacht.“

„Du hast gekreischt. Laut. Ich glaube nicht, dass ich jemals einen Vampir habe kreischen hören.“

Ich zuckte die Achseln. „Nur eines meiner zahlreichen Talente.“

„Ernsthaft, du hast dich heute Abend wirklich gut gehalten.“

Es war mir gelungen, einen anderen Vampir zu pfählen und damit seine Existenz zu beenden, ohne dass mir das Mittagessen wieder hochstieg oder ich einen Weinkrampf bekam. Ich schätze, das war irgendwie gut.

Auch wenn es sich nicht besonders gut anfühlte.

„Ich an deiner Stelle“, fuhr Ty fort, „hätte mir nur was anderes einfallen lassen, statt dieser Keksgeschichte. Aber hey, wer bin ich schon?“

Ich lächelte, trotz der merkwürdigen Traurigkeit, die mir auf der Brust lag. „Es hat aber funktioniert, nicht wahr?“

„Oh ja.“ Er schüttelte den Kopf, als ob er überrascht wäre. Ein Grinsen hob seine Mundwinkel an. „Das hat es. Verdammt noch mal, das hat es.“

Ein paar Sekunden lang herrschte zwischen uns Schweigen. Ich wandte meinen Blick wieder zum Haus zurück. Aber nicht meine Aufmerksamkeit. Die gehörte voll und ganz dem Mann neben mir. Und der Tatsache, dass er dicht neben mir stand, nur Millimeter trennten uns noch. Das Wissen um diese Nähe jagte einen Schauer nach dem anderen über meinen Rücken.

„Du siehst aus, als ob du frierst." Weiches Leder glitt über meine nackten Arme, als er mir seine Jacke um die Schultern legte. Sein berauschendes Aroma schloss mich ein. „Ich würde dir ja auch meine Stiefel geben", fuhr er fort, „nur glaube ich nicht, dass die passen. Aber wahrscheinlich macht dir die Kälte überhaupt nichts aus."

In diesem Augenblick wurde mir erst so richtig bewusst, dass Ty nicht mehr über gebürtige Vampire wusste als ich über gewandelte. Was in diesem besonderen Fall eine gute Sache war.

„Mir ist tatsächlich ein *bisschen* kalt, aber es geht schon." Ich kuschelte mich tiefer in die Jacke und tat so, als klapperten mir die Zähne. „Danke."

„Keine Ursache." Er sah so aus, als ob er eigentlich etwas anderes sagen wollte. Oder mich berühren wollte. Oder beides.

Bitte!

Vielleicht machte mir die Kälte doch mehr zu schaffen, als ich gedacht hatte. Jetzt drehte ich endgültig durch. Es durfte einfach nicht sein, dass ich Ty begehrte und er mich … und überhaupt sollte einfach alles ganz anders laufen –

„Bin gleich wieder da." Tys tiefe Stimme unterbrach mein mentales Geschwafel und brachte mich mit einem Ruck in die Gegenwart zurück.

„Wirklich?" Der Fall war doch gelöst. Abgeschlossen. Geschichte.

„Klar. Ich muss noch bei der Polizei meine Aussage machen und dann mit dem Gerichtsmediziner über die Leiche des Verdächtigen sprechen."

„Es gibt keine Leiche."

„Genau." Noch bevor ich wusste, wie mir geschah, fühlte ich

seine Lippen auf meiner Stirn, als er mir einen raschen Kuss aufdrückte. „Bis gleich."

Das konnte ich nur hoffen.

„Ach, Sie haben also eine Partnervermittlung?", fragte mich eine der Nachbarinnen, nachdem Ty gegangen war.

Ich drehte mich zu ihr um und sie zeigte mir eine Visitenkarte, die Evie – der Länge nach auf der Krankenbahre ausgestreckt – verteilt hatte.

Ich nickte und sie fuhr fort: „Mein Mann ist im vergangenen Jahr verstorben … und so langsam würde ich gern wieder ein bisschen aktiver am Leben teilnehmen. Aber das ist gar nicht so einfach, wissen Sie? Ich meine, diese Verabredungen können einen glatt umbringen."

In Gedanken durchlebte ich noch einmal im Schnelldurchgang die Geschehnisse des heutigen Abends und starrte auf mein blutbeflecktes Tanktop, das unter Tys Lederjacke so gerade noch sichtbar war. „Wem sagen Sie das."

EPILOG

Mr Wilson Harvey und Miss Nina Wellburton freuen sich, ihre Verbindung bekanntzugeben, und laden Euch herzlich ein, den Tag ihrer Verbindung mit ihnen zusammen zu feiern …

In einer klaren, sternfunkelnden, mondbeschienenen Nacht saß ich in meinem Büro und hielt das dicke, glänzende Pergament mit den goldgeprägten Lettern in der Hand. Mein Herz schlug vor Aufregung wie verrückt.

„Ich habe noch nie gehört, dass eine Einladung zur Hochzeit so formuliert wird", sagte Evie, die mir über die Schulter sah. „Aber das ist doch eine, oder?"

„Ja." Beziehungsweise das vampirische Äquivalent. Komplett mit luxuriösem Empfang und den grässlichsten Brautjungfernkleidern, die ich gesehen hatte, seit meine Tante Clarabella aus Louisiana unten in Shreveport ihre Bindungsphiolen austauschte, damals, kurz vor Ausbruch des Sezessionskriegs. Wenn Sie wissen möchten, wie das ausgesehen hat, stellen Sie sich einfach eine Mischung aus *Vom Winde verweht* und *Der Exorzist Teil IX* vor.

Klasse, was?

Nicht dass ich mich beschweren wollte. Ich würde sogar Reifröcke tragen oder im Bratwurstkostüm Werbung für eine Imbissbude machen, wenn das bedeutete, dass ich sehen konnte, wie Nina Zwei den Bund für die Ewigkeit mit dem Vampir ihrer Träume schloss.

Wozu sind Freundinnen denn da?

„Ich schätze, für eine anständige Feier reicht das Geld nicht mehr. Hier steht *Bitte Getränke selber mitbringen.*"

Das würde ich ihr bestimmt nicht erklären.

Evie hatte mein kleines Geheimnis noch immer nicht herausbekommen. Soweit sie wusste, war ich eine exzentrische – und offensichtlich geschmackvolle – Chefin mit einer eindrucksvollen Sammlung von Armreifen und Designergürteln.

Und wie war es all den anderen inzwischen ergangen?

Also, Nina Eins war ihrer Shoppingsucht treu geblieben, wenn es Nina Zwei und mir auch gelungen war, sie dazu zu bringen, sich ein wenig zurückzuhalten. Aber vielleicht lag das auch nur daran, dass ihrem Vater das Geld nicht mehr so locker saß und er mittlerweile ihre Ausgaben kontrollierte. Mein Bruder Max war immer noch der Beste und Coolste, und Jack und Rob versuchten, in seine Fußstapfen zu treten. Esther Crutch wartete weiterhin darauf, dass ich einen geeigneten Partner für sie fand – zwischen Botoxinjektionen und Cellulitismassagen. Mein Vater führte immer noch seinen Krieg wegen der Territorialrechte der Hecken im östlichen Teil des Grundstücks. Meine Mutter versuchte nach wie vor, mich zu verkuppeln. Und Ty spukte noch immer in meinen Träumen herum.

Und auch im größten Teil meiner Realität.

Er hatte den hiesigen Behörden bei einigen ungelösten Fällen geholfen und seine Sache dabei so gut gemacht, dass man ihn gebeten hatte, doch noch ein Weilchen hier in Manhattan zu bleiben.

Ich *weiß*. Ich sitze echt in der Scheiße, wie?

Zu meiner Verteidigung: Seit jener Nacht in meiner Wohnung haben meine Lippen weder seinen Mund noch irgendeinen anderen Teil seiner Person berührt. Und auch sonst ist nichts zwischen uns passiert.

Noch nicht.

„Das ist ja so aufregend“, fuhr Evie fort und lenkte mich damit zum Glück von diesem ganzen Ty-Dilemma ab. Gott möge ihre menschliche Seele segnen. „Unsere erste offizielle Hochzeit. Wir müssen die Einladung einrahmen und an unsere Glücklich-vereint-Wand hängen."

„Seit wann haben wir denn eine Glücklich-vereint-Wand?"

Sie wedelte mit der Einladung. „Seit gerade eben."

Ich lächelte, auch wenn nicht alles genauso gelaufen war wie geplant. Da wäre zum Beispiel Francis, der sein neues, cooles Image einfach so abgelegt und das halbe Dutzend weiblicher Vampire vor den Kopf gestoßen hatte, die sich auf der Soiree vor drei Monaten in ihn verknallt hatten. Inzwischen lebte er mit Melissa zusammen.

Sicher, sie waren glücklich. Und irgendwie ja auch vereint. Wenn man vollständige Monogamie und zueinander passende Pullover als Ausdruck ihrer unsterblichen Zuneigung wertete. Aber sie brauchten weder ein Kinderzimmer noch trugen sie das Blut des anderen um den Hals. Was bedeutete, dass sie von dem perfekten Beispiel eines vampirischen Happy Ends meilenweit entfernt waren.

Aber wenn es mir auch nicht gelungen war, eine Ewige Gefährtin für den ältesten, verschrobensten Vampir der Welt zu finden, war es mir doch immerhin gelungen, eine solche für den wählerischsten Vampir zu finden. Alias Wilson Harvey.

Ich bin definitiv die Beste.

Und die Mund-zu-Mund-Propaganda, die ich wegen der Entführungen beziehungsweise Morde erhalten hatte, hatte natürlich auch nicht geschadet. Dabei war es Ty gelungen, den Vorfall in Jersey zu vertuschen, dank einiger seiner Freunde in gehobenen Positionen – wer hätte geahnt, dass das FBI tatsächlich eine Abteilung für Paranormales hat, die von einem, *ta-da*, Vampir geleitet wird? Bei den örtlichen Behörden hatte es doch eine ganze Menge Spekulationen gegeben. Mein Name ist dabei wohl auch das ein oder andere Mal gefallen. Ich muss wohl nicht extra betonen, dass ich mir im Lauf der letzten paar Monate gerade auch bei den New Yorker Freunden und Helfern einen guten Ruf erworben habe und mittlerweile einen durchaus beeindruckenden Kundenstamm besitze, der sich vor allem aus gebürtigen Vampiren und einsamen Polizisten zusammensetzt.

Nebst anderen Kreaturen.

Ich verabschiedete mich von Evie und wartete, bis sie gegangen war, bevor ich die Nachricht aufnahm, die sie mir auf den Schreibtisch gelegt hatte.

Bitte rufen Sie Viola Hamilton an. Es ist dringend …

Dringend? Was konnte die Königin der Werwölfe denn von mir wollen, das so dringend war?

Ich ignorierte das plötzliche Kribbeln in meinem Bauch, griff zum Telefon und wählte die Nummer. Ich hatte es mit einem Mörder aufgenommen, für meine allerbeste (und langweiligste) Freundin auf der ganzen Welt einen Mann gefunden und eine Reinigung entdeckt, die meine Miu-Miu-Stiefel sauber bekommen hat, ohne dass irgendwelche Flecken zurückgeblieben sind. Es gab also nichts, was ich nicht tun konnte.

Wenigstens redete ich mir das ein.

Und es gab nur einen einzigen Weg, um das herauszufinden.

DANKSAGUNG

Gern möchte ich mich bei meiner Agentin, Natasha Kern, für ihre Kompetenz, ihre Beratung und ihr uneingeschränktes Vertrauen bedanken. Ohne sie wäre dieses Buch nicht möglich gewesen.

Herzlichen Dank auch an Nina Bangs und Gerry Bartlett, die mein Buch Hals über Kopf gelesen und mich in so vielen Augenblicken der Entmutigung wieder gestärkt haben. Ihr seid einfach die Besten!

Vielen Dank an Charlotte Herscher, nämlich dafür, dass sie eine so liebenswürdige und geduldige Lektorin ist. Auf wesentlich mehr Arten, als man sich überhaupt vorstellen kann, hat sie dafür gesorgt, dass ich nicht aufgebe.

Und ein besonderer Dank geht an meinen Mann, der immer dann besonders wunderbar ist, wenn ich es *nicht* bin. Ich weiß nicht, was ich ohne dich täte.

Mary Janice Davidson

Wer zuletzt beißt

Band 7

Roman

Gewinnerin des Romantic Times Awards!

Betsy Taylor, Königin der Vampire, ist kaum aus den Flitterwochen zurückgekehrt, als eine Horde wilder Blutsauger in ihr Heim einfällt und ihre Fähigkeiten als Herrscherin auf eine harte Probe stellt. Kurz darauf bittet Detektiv Nick Berry sie um Hilfe bei der Aufklärung einiger schrecklicher Mordfälle, bei denen offenbar ein Vampir die Hand im Spiel hatte. Zu allem Unglück wird Betsy außerdem vom Geist ihrer unlängst verstorbenen Stiefmutter verfolgt, die nach dem Tod noch viel unausstehlicher ist als zu Lebzeiten.

»Die Betsy-und-Sinclair-Show wird mit jedem Buch besser. Was soll ich sagen? Betsy ist einfach klasse!« *Fresh Fiction*

256 Seiten, Softcover mit Klappenbroschur
€ 8,95 [D]
ISBN: 978-3-8025-8197-7

Katie MacAlister

Vampire sind zum Küssen da

Band 5

Roman

Himmlisch unterhaltsam und verdammt erotisch!

Als Physikerin glaubt Portia Harding nicht an übersinnliche Dinge. Umso skeptischer ist sie, als sie auf einer Reise durch England einen alten Feenring entdeckt. Als sie und eine Freundin ein Beschwörungsritual rezitieren, das sie im Internet gefunden haben, geschieht das Unglaubliche: Ein magisches Wesen erscheint und verleiht Portia die Fähigkeit, das Wetter zu beeinflussen. Kurz darauf versucht ein gut aussehender Verrückter sie zu entführen. Doch er ist kein gewöhnlicher Irrer – er ist der Sohn eines gefallenen Engels und glaubt, dass Portia die Einzige ist, die seine Seele retten kann.

»Ein paranormales Abenteuer zum Schlapplachen ... Ernst zu bleiben ist bei Katie MacAlisters Humor einfach unmöglich.«
LoveLetter

356 Seiten, Softcover mit Klappenbroschur
€ 9,95 [D]
ISBN: 978-3-8025-8209-7

Lynsay Sands

Ein Vampir zum Vernaschen

Band 2

Roman

Der gut aussehende Vampir Lucern Argeneau schreibt unter einem Pseudonym historische Liebesromane. Er besitzt eine große Fangemeinde, die sich nichts sehnlicher wünscht, als ihren Autor einmal persönlich kennenzulernen. Doch Lucern lebt äußerst zurückgezogen und weigert sich, auf Lesereise zu gehen oder Autogramme zu geben, schon allein deshalb, weil für ihn als Vampir das Reisen bei Tag schwierig ist. Doch seine neue Lektorin Kate C. Leever hat es darauf angelegt, den schüchternen Lucern aus der Reserve zu locken – und das um jeden Preis.

»Eine witzige, verrückte Geschichte … Leserinnen von Vampirromanen werden sich vor Lachen kaum halten können. Und die Liebesszenen sind ein erotischer Hochgenuss!«
Publishers Weekly

384 Seiten, Klappenbroschur
€ 9,95 [D]
ISBN: 978-3-8025-8172-4

Annette Blair

Hexen mögen's heiß

Band 1

Roman

Magie und Liebe gehen Hand in Hand!

Der alleinstehende Logan ist Produzent in einem Fernsehsender, sein Job lässt ihm kaum Zeit, sich um seinen kleinen Sohn Shane zu kümmern. Auf der Suche nach einem Babysitter gerät Logan an seine hübsche Nachbarin Melody, die Gerüchten zufolge eine echte Hexe sein soll. Melody erklärt sich bereit, auf Shane aufzupassen, stellt ihrem gut aussehenden Nachbarn jedoch eine Bedingung: Sie möchte zum Casting für die Kochshow seines Senders eingeladen werden. Mit ihrem umwerfenden Charme und einigen kleinen Zaubersprüchen wird Melody zum Star. Auch Logan gerät mehr und mehr in ihren Bann ...

»Bezaubernd, humorvoll, wunderbar geschrieben! Dieser Roman hat mich in seinen Bann geschlagen.« *Myshelf.com*

ca. 360 Seiten, Softcover mit Klappenbroschur
€ 9,95 [D]
ISBN: 978-3-8025-8205-9